作家榜®经典名著

读经典名著,认准作家榜

大
方
sight

A ROOM WITH A VIEW

看得见风景的房间

[英] E. M. 福斯特 著

黎紫书 译

中信出版集团 | 北京

本书译自

A Room With A View, E.M.Forster,
Penguin Books, Harmondsworth, Middlesex, England, 1973

目录
Contents

导言　　　　01

第一部　　　001

第二部　　　147

福斯特年表　384

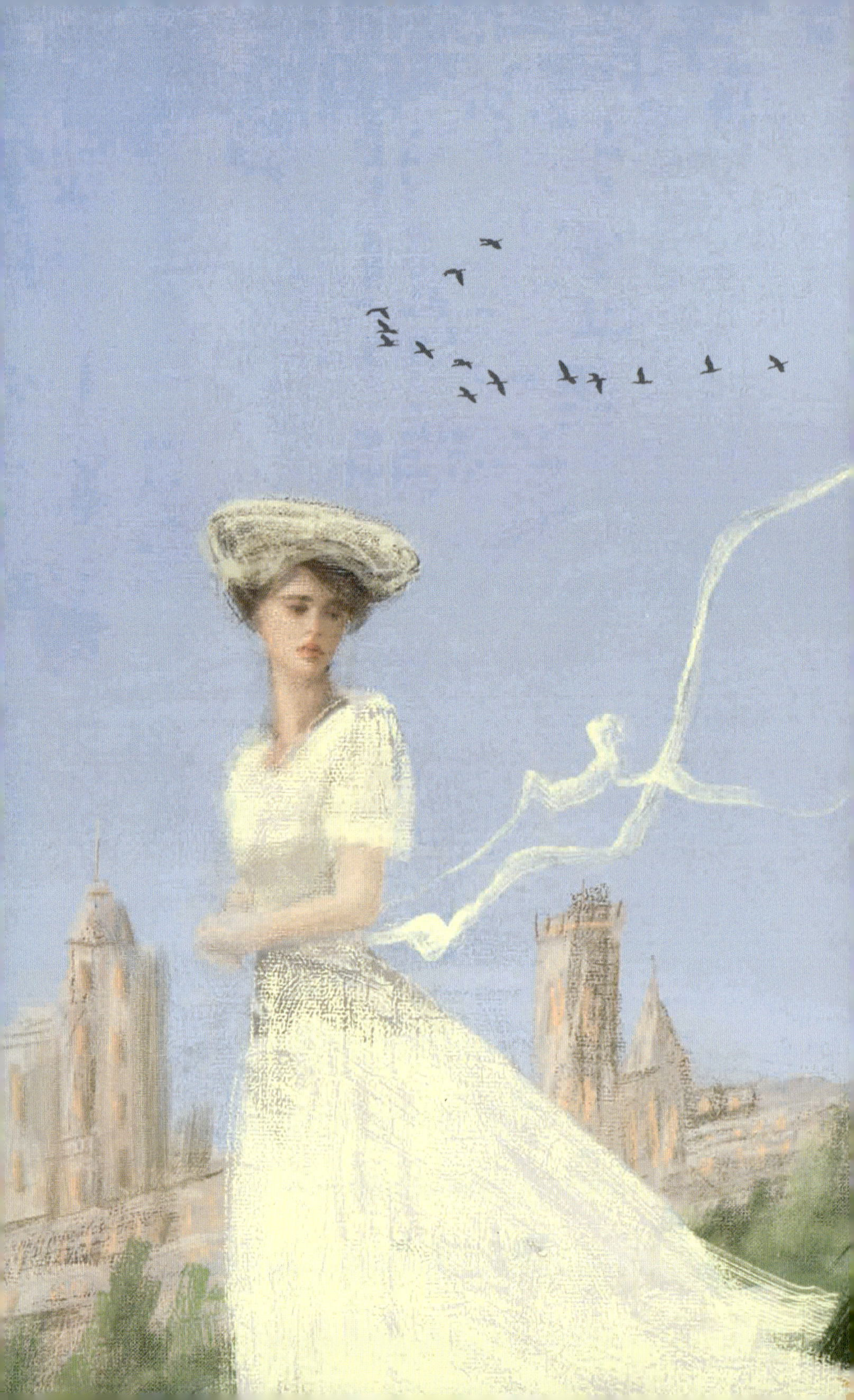

导言

在意大利和英格兰的风景中醒来

1908年,《看得见风景的房间》出版时,爱德华·摩根·福斯特才29岁。在此之前,他已经发表过两部小说了——《天使不敢涉足的地方》(1905)以及《最长的旅行》(1907)。

可事实上,他是在写了《看得见风景的房间》前半部(以意大利为背景),将之搁置了一段时日后,才写的上述两部作品。待这两部作品完成后,又回头接着写以英国为背景的下半部,最终将《看得见风景的房间》完成。

福斯特之旅

这位英国小说家 45 岁宣告退休，在将近 20 年的小说创作生涯中，只创作了 6 部长篇小说以及为数不多的短篇小说。除了 1913 年完成的《莫瑞斯》（碍于当时的社会风气，这部描述同性恋的爱情传记延至 1971 年才出版）以外，其他 5 部小说（包括后来让他真正受到广泛关注的《霍华德庄园》与《印度之行》）的命名都含有"地方"的意味，也或多或少透露着一种对出走的向往。

尽管创作量不大，但福斯特在这些作品中表露的倾向，或许已足以展示他对于"处境"有着强烈的自觉。福斯特出生并成长于维多利亚时代中后期，他那不算长的创作生命则主要处在爱德华时代（6 部小说中的 5 部都成于第一次世界大战之前），那是英国的黄金时代，不仅工业、文化、政治、科学与军事都大力发展，大英帝国的版图同时也大幅扩张。爱德华七世继位后，这位外向的君主引领了受欧洲大陆艺术影响的时尚潮流，市场景象一片繁荣，帝国有充裕的海外储蓄，自由主义者也在英国重新执政并进行改革，全国各地的便利设施不断增加，劳工和女性的政治参与度日渐提高。

纵然社会发展欣欣向荣，但在维多利亚与爱德华时代，英国的社会风气十分保守，阶级制度极其森严。福斯特作为一名建筑师的儿子，父亲在他未满 2 周岁时病故，之后他随着母亲从伦敦搬到赫特福德郡郊区生活。可以想象，福斯特家的社会地位大概与《看得见风景的房间》里的汉尼彻奇一家不相上下，而福斯特母子恐怕还不会像汉尼彻奇家那样幸运，"在可能获得的最佳社交圈子里扎下了根"，并被周边富裕的名门邻居所接纳。

而在夏街，住在风景绝佳的临风隅中，尽管那不是一栋豪宅，却有好几个仆人可以使唤，汉尼彻奇太太尚且还会生出"老天存心要她贫穷"的感慨呢。

1901年大学毕业后，福斯特与母亲一同到欧洲大陆旅行（母子俩也去了意大利，在佛罗伦萨待过）——这情形倒是让人想起了小说中"和母亲在罗马安静地度过了一个冬天"的谢西尔——那时候福斯特便动念要以意大利为背景写一部小说。事实上，福斯特在剑桥大学国王学院上学时，在那里加入了一个秘密社团——"剑桥使徒"（正式名称为"剑桥交谈俱乐部"）。社团的成员秘密会面，经常就哲学和道德问题展开讨论，并且对自由主义、怀疑论、南欧和古代文明十分崇拜。

这些剑桥使徒的成员，后来组成了英国文学史上著名的布卢姆茨伯里派，福斯特也是其中一员。布卢姆茨伯里派强调爱、同情、敏感、美的创造和享受、追求知识的勇气，也就是流行于上层知识分子中的人文主义精神。

来自维多利亚的女性群像：从远方，从清晨与黄昏

我们不难想象，怀着对南欧文化的崇尚，年轻的福斯特站在佛罗伦萨街头或领主广场上，兴许就和《看得见风景的房间》里那一位女性小说家拉维希小姐一样，会大口大口呼吸，说出"人们到意大利来并非为了追求舒适，而是要寻找生活的气息"这样的话来。当然，拉维希小姐比当时的福斯特年长多了，而且她在小说里可不是个讨喜的角色，更奇怪的是，她越是强调自己对自由的向往以及对意大利的热爱，便越是表现出她对其他英国同胞的鄙夷以及她性格中刻薄和虚伪的一面。她是如此不讨人欢喜，甚至曾一度对她抱有幻想的小说女主人公露西，在从意大利回到英国后，提起拉维希小姐时，也不免要说"一个可怕的人"。

但拉维希小姐实在没有露西说的那样可怕。她在书中毋宁是个喜剧人物，比起其他更装模作样（这点连露西本人也难以避免）的英国人，尤其是压抑的上流社会淑女们，她大多数时候都敢于发言，勇于表达自我，作风新颖大胆，常有"出格"之举。若说她偶尔表现得小眉小眼，或是出言尖酸刻薄，又或者在强势者面前畏缩，以今天的眼光来看，其实那更多是出于人性上的弱点，即便不在当时的英国上层社会，而是换在今天，恐怕这样的表现也是时有所见的。

作为一位小说家，福斯特对他作品中这一位与他本人一样崇尚南欧文化与艺术，也热衷追求自由的"同行"表现得不可谓不苛刻，嘲讽时一点不留情。我们细细读来，《看得见风景的房间》虽被广泛认同为"通过对照意大利和英格兰两地的差异，来讽刺和批评英国社会的传统陋习，以及压抑虚伪、令人窒息的环境"，书中出现的英国人大多难逃福斯特的讽刺，被这支笔刻画得最深刻的几乎都是女性——不仅仅是拉维希小姐而已，在福斯特笔下，书中几乎没有一个英国女性角色（小女孩明妮·毕比除外）不显现出一点扭曲的性格和面貌来。

从小说的第一章第一页开始，贝托里尼膳宿公寓那位靠不住的女房东——说着一口考克尼方言的伦敦人，试图表现出南欧人的优雅亲善，还把公寓布置得像布卢姆茨伯里一家舒适的膳宿公寓，完全不伦不类、画虎类犬。接下来，露西的表姐夏洛特小姐更是这些"性格扭曲的女性"的佼佼者，她在三十年前便已加入了那支"蒙昧的大军"，成为其中一个"既不依从心灵，也不听从头脑的指挥"的人。关于这支大军，福斯特说：

"这大军里满是愉快而虔信的人。但是他们屈服于唯一要紧的敌人——那内在之敌。他们违反了激情与真理，而他们为追求美德所做的斗争终将流于虚空。随着岁月流逝，他们遭受非难。他们的愉悦与虔诚出现裂痕，他们的机智幽默变成了愤世嫉俗，无私成了虚伪。无论他们到哪里去，都会惶惶不安，也会让别人苦恼。"

表姐夏洛特对露西影响至深，在露西的成长过程中一再给她灌输女人当有的价值观，而在露西需要她时，又无法对这位涉世未深的表妹回馈以真情，以致表姐妹俩在一趟意大利之旅中关系渐趋紧张，几乎无法继续走下去。回到英国后，露西变得"成熟"了，与表姐之间俨然有了一个隐形的战场，彼此互使心计，有点勾心斗角起来。而在佛罗伦萨时天真直率的露西，这时候也多少变得比以前矫揉作态、表里不一。她穿上了"谎言的盔甲"，不仅对每一个人撒谎，也欺骗她自己的灵魂。

小说中其余的女性，除了性格爽直（但没什么学识）的汉尼彻奇太太，拉维希小姐也好，两位艾伦小姐也好，无不有点喜剧人物的意味，可在福斯特笔下都不是什么可爱的人。反而是小说里的男性，包括艾默森父子，一老一少都是性情中人；还有毕比先生，一个友善睿智、心胸宽广的社区牧师，甚至露西的弟弟弗瑞迪，也是个坦率爽朗、"生活端正、思想正直"的小伙子。就连满身中古时代遗风、态度傲慢而思想行为拘谨可笑的谢西尔，在露西要求解除婚约的那个晚上，也出人意料地表现得真心实意，谦卑诚恳，即便不是绽放出"人性的光辉"，至少还真表现出高尚可敬的绅士风度来了。

倘若把《看得见风景的房间》当作一幅图景，放大了看，虽说作者批评20世纪英国社会的用心十分清晰，对上层人士的假道学、虚情假意和各种陋习极尽讽刺，但是这幅图景中，显而易见，被这传统社会压抑得最厉害、性格也扭曲得最严重的人，其实都是女性。这是必然的——未婚少女如露西者，出个门都得有监护人伴随，而外头有太多事情非淑女所当为，而所谓淑女，就连什么时候该吃惊、什么时候该沮丧，都有一套行为准则。按表姐夏洛特的解释：

"并非因为女士比男士卑下，而是因为女士和男士不同。她们的使命是激励别人去获得成就，而不是自己去争取成功。凭着灵巧的手腕和无瑕的名声，一个女士可以间接地取得巨大的成就。可如果她自己加入战场去冲锋陷阵，就会被谴责，继而被鄙视，最终被大家弃之不顾。"

20世纪初，英国在埃米琳·潘克赫斯特[①]领导下，激进的女权运动进行得如火如荼。福斯特在《看得见风景的房间》里让露西对此稍有醒觉，但她的醒觉不彻底，仅止于情感、爱与婚配的自由自主而已。（她曾斥责老艾默森先生"一副男人口吻——总以为女人一心想的都是男人"，换回来对方一句"可你就是那样"。）

露西真的就是那样。意大利让她开了眼界，启蒙了她，

[①] 埃米琳·潘克赫斯特（Emmeline Pankhurst, 1858—1928），英国女权运动代表人物、政治活动家，被誉为英国"妇女选举权之母"。

让她最终放下一切，追随所爱而去，而不是像她母亲汉尼彻奇太太所说的那样"与打字机和闩锁钥匙厮混在一起，还去搞鼓动，去大喊大叫，再双腿乱蹬地被警察带走……"，她甚至没有追随两位老太太到天涯海角去看世界，而只是解放了心中的激情，与乔治·艾默森"私奔"到意大利。

"看得见风景，找不到房间"

然而这样的选择终究影响深远，那意味着她必须从过去象牙塔般的生活里走出来，与一个铁路公司的小职员做一对寻常夫妻。小说出版50年后，福斯特写了一篇小文——《看得见风景，找不到房间》，谈论这一部作品中各人物可能有的经历和命运。79岁高龄的他站在历史的隧道中回顾，"看见"露西与乔治婚后过了好几年甜美的生活——露西带着一笔嫁妆，乔治谋得报酬较高的工作，加上表姐夏洛特将她的财产悉数留给了他们——小两口与老艾默森先生住在伦敦北郊一处好所在。随着"一战"爆发，乔治因反战而拒服兵役，失去了原来的工作；露西则因弹奏德国人贝多芬的乐曲而遭人举报。不久，老艾默森先生死去，夫妇俩带着三个小孩迁到乡下。

至于露西所眷恋的临风隅，在她的母亲去世后，被当医生（却不得意）的弗瑞迪继承。为了扶养众多的子女，他迫不得已将它出售。临风隅被拆掉，花园也被改建，从此，萨里郡再没有人提起汉尼彻奇这姓氏。

那以后还有"二战"呢，年届五十的乔治报名入伍，竟发现自己喜欢打仗，还会因为无仗可打而感到饥渴。就在这段妻子不在身边的日子，乔治难以保持忠贞。露西在英国教人弹钢琴维生，可住处被炮火所毁，全部家产尽付阙如。身在前线的乔治受伤被俘，囚于墨索里尼统治的意大利。在意大利崩溃时，他朝北走到佛罗伦萨，那城市被战争破坏了不少，他发现那一段河滨大道上的房屋都已换了门牌并重新建造，让人无法判断哪一栋房屋是过去的贝托里尼公寓。乔治写信给露西说："风景还在，那个房间一定也在的，却是找不到了。"彼时露西已无家可归，却仍然为这消息感到高兴，并为她与乔治的未来感到安心踏实。

这篇文章最后也提到了谢西尔。令人诧异的是，福斯特一点不吝于表现他对这号人物的念念不忘。他说："他（谢西尔）具有正直的品行与聪明才智，命中注定该搞机密工作……"并提出一件小小的轶事作为例子——在亚历山大港①郊区一个小聚会上，女主人因为害怕被"德国人的音乐"连累而不敢弹奏贝多芬的乐曲。一位青年军官便说"一位知

---

① 位于埃及西北部的一座城市。当时埃及尚未独立，为英国的殖民地。

情的内部人士告诉我,贝多芬肯定是比利时人"。他这么一说,女主人便放心了,于是《月光奏鸣曲》流泻在沙漠中,闪耀它的光辉。

福斯特说,那位青年军官提到的"知情者"必是谢西尔无疑。"那个既喜欢恶作剧又有文化修养的人是不可能被认错的。"——即便在战火纷飞的时代,谢西尔依然深受喜剧的缪斯所爱,也得到福斯特的眷念,容许他不改戏谑的本性,成为一个贯彻始终的喜剧人物。

福斯特善于描写人与人之间的微妙关系,《看得见风景的房间》虽是他早期的作品,但已可以看见他的写作风格,包括优美精练的文字,以及幽默而微带讽刺的笔调,还有他观照社会和生活细节的敏锐,这点甚至得到了弗吉尼亚·伍尔夫的赞赏。

最后,这本书的英文原著插进了不少意大利文,为了让读者有身临其境的感受,均在文中予以保留,并伴有对应的中文翻译。至于本文提到的《看得见风景,找不到房间》,则参考了巫漪云的翻译。

2021 年 4 月 23 日

第一部

1. 贝托里尼公寓

A Room With A View

"房东太太这样做真没道理，"巴特莱特小姐说，"实在太没道理了。她答应给我们的是朝南看得见风景的房间，两间相邻，而如今我们却在朝北的房间里，对着个庭院，还隔开这么远。天呀，露西！"

"还有呢，那考克尼口音①！"露西说。房东太太说话的口音叫她猝不及防，也让她更沮丧了一些。"这像是在伦敦。"她举目看向坐在餐桌旁的两排英国人；看着一排装了清水的白瓶子和装着葡萄酒的红瓶子，在这些英国人之间传过来递过去；看看已故女王和已故桂冠诗人的肖像，挂在这些英国人身后的墙上，都镶着厚重的相框；又看了那一张英国国教发的通告（由牛津大学文学硕士卡勃·伊格副牧师签署），除了两幅肖像画以外，这是墙上唯一的装饰品。"夏洛特，你是不是也觉得我们好像还在伦敦呢？真不敢相信其他形形色色的东西就在外头。我看，人太疲劳了就会这样吧？"

---

① Cockney，意指英国伦敦的工人阶级，尤其指伦敦东区以及当地民众使用的考克尼方言（即伦敦方言）或"考克尼口音"。

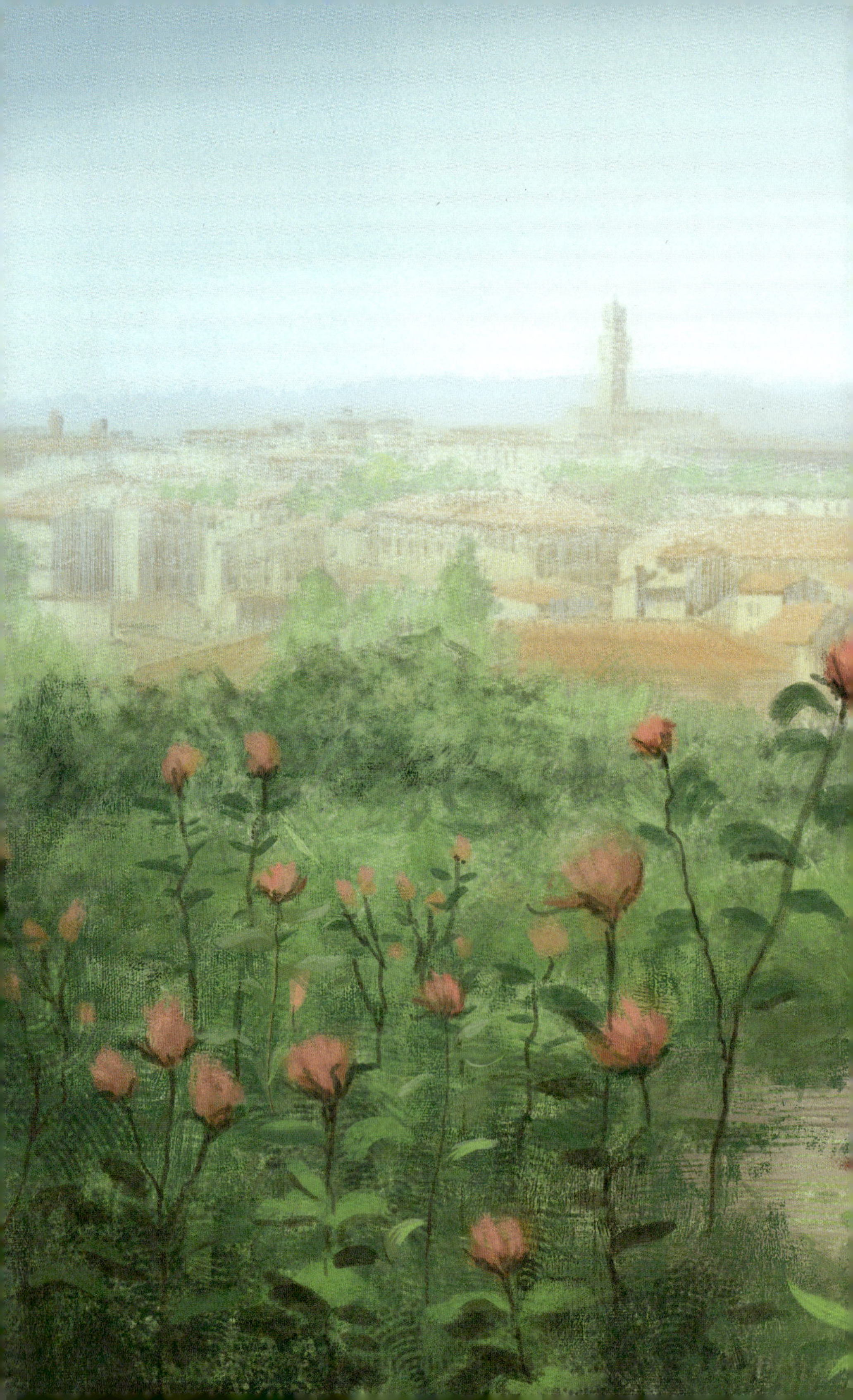

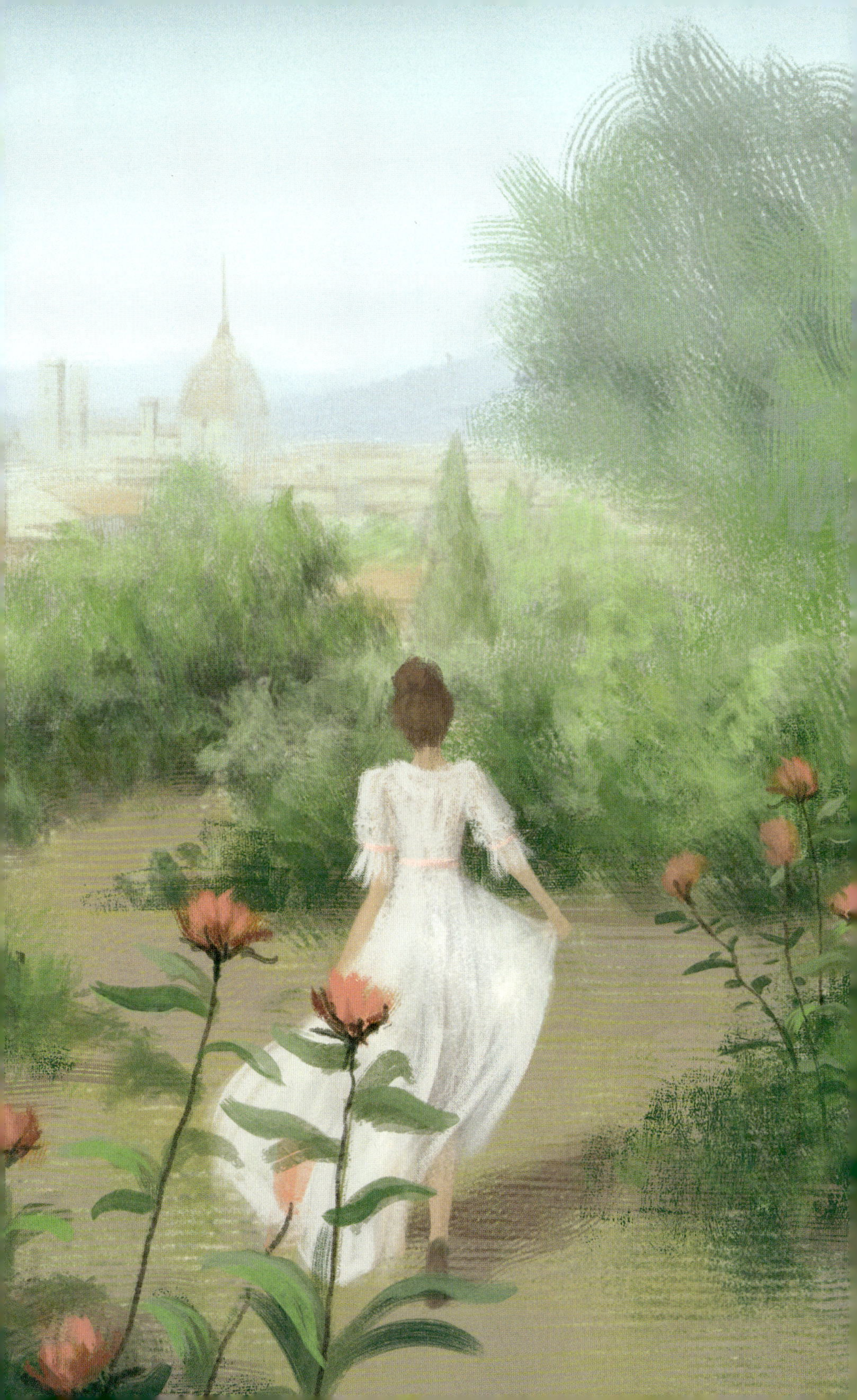

"这块肉肯定拿来熬过汤了。"巴特莱特小姐说着,放下她的叉子。

"我真想看看阿诺河啊!房东太太在信中许诺给我们的两个房间,都该望得见阿诺河才是。房东太太她实在太不讲道理。天,太不应该了!"

"我倒好,随便给我哪个角落都行,"巴特莱特小姐接着说,"可是让你看不见风景,这看来确实太难为你了。"

露西察觉自己显得有点自私。"夏洛特,你千万别惯坏我。当然,你也必须要看到阿诺河才行。我说真的。等到前面一有了空房——"

"那就是你的,"巴特莱特小姐说。她的部分旅费由露西的母亲赞助——这慷慨之举,她已多次委婉而巧妙地提起过。

"不,不。那必须是你的。"

"我坚持那样,否则你的母亲将永远不会原谅我,露西。"

"她永远不会原谅的人是我。"

两位女士的声音越发激昂,并且——倘若这可悲的事实被承认——已略微有点怒气了。她们两人都已经十分疲劳,还要在无私的伪装下争执不休。她们周围有些人交换眼色,其中一人——人们在国外总不免会遇上的那种没教养的人——隔着餐桌倾身向前,搅入两人的争论中。他说:

"我有风景,我的窗外有风景。"

巴特莱特小姐吃了一惊。一般在膳宿公寓里,人们总得观察她们一整日,甚至两天,才会开口攀谈,而且往往不等她们离开便无法断定她们是"够格"的人。她不待看一眼便知道这么无礼的插话者是个没教养的人。这是个老先生,身形笨重,脸色白皙,胡子刮得干干净净,还有一双大眼睛。这双眼睛透着些许稚气,却并非那种因年衰而返老还童般的稚气。巴特莱特小姐没仔细去想那到底是什么,她的目光已转移到老人的衣服上。这身衣物对她毫无吸引力。他也许想要在她们加入那里的社交圈子之前,就先跟她们结交。于是她在对方说话的时候装出一副茫然的神色,然后说:"风景?噢,风景!那该有多怡人呀!"

"这是我儿子,"老先生这么说,"他的名字叫乔治。他的窗外也有风景。"

"哦。"巴特莱特小姐应了一声,将正要开口说话的露西拦下来。

"我要说的是,"他接着说,"你们两位可以住我们的房间,而我们就住你们的。我们交换就得了。"

那些身份比较高的旅客对此感到震惊,并且对这两位新来的人感到十分同情。巴特莱特小姐回话时嘴巴尽可能不张大,说:

"实在非常感谢,不过绝对不行。"

"为什么呢?"老先生问,他的两只手在餐桌上握紧了拳头。

"因为这是完全不可能的,谢谢你。"

"听着,我们不想接受——"露西刚开口,她的表姐又一次拦下她。

"这是为什么呢?"他锲而不舍,"女人都爱看风景,男人却不。"说着,他像个调皮的孩童那样,两只拳头在桌面上敲打,再转向他的儿子说:"乔治,说服她们!"

"这已经很明显,她们应该住那两个房间,"那儿子这么说,"再没有别的什么可以说了。"

他说这些话的时候,眼睛并没有看向两位女士,可是他的声音听起来惶惑而忧伤。露西也一样感到惶惑,但她明白她们被卷进了一个所谓"戏剧化的场景"中,而且她有一种奇怪的感觉,这一对缺乏教养的旅客无论什么时候开口,都只会让这场争端愈演愈烈,那时要解决的就不再是房间和风景的问题,而是——而是某个很不一样的、她以前从未意识到其存在的问题了。眼下那位老先生近乎暴烈地向巴特莱特小姐进攻:为何她不肯换呢?她有什么反对的理由吗?他们只需要半个小时就可以把房间腾出来。

尽管巴特莱特小姐向来善于应对精致的谈话,然而面对粗暴,她完全无能为力。面对这般明目张胆的人,根本不可能淡然置之。愠怒令她面红耳赤。她举目四顾,像是在说:"你们不会都是这样的吧?"两个身材矮小的老太太坐在餐桌的另一端,椅背上挂着她们的披肩,都转过头来看了看,分明在表示:"我们才不是这样,我们可有教养了。"

"吃你的晚餐吧,亲爱的。"她对露西说,一面心不在焉地拨弄那一块被她谴责过的肉。

露西小声咕哝,说坐在对面的看来是很古怪的人。

"吃你的晚餐,亲爱的。这家膳宿公寓糟透了。明天我们换个地方。"

几乎还没把这颠覆性的决定说出口,她就已经回心转意了。饭厅尽头的门帘这时候朝两旁分开,从中冒出来一个身材肥硕却颇有魅力的牧师。他急匆匆地向前走到餐桌旁,兴致勃勃地为自己的迟到而道歉。此时的露西尚未将社交礼仪掌握得体,立刻站了起来,惊呼道:"噢,天呀!怎么竟是毕比先生!老天,真是太好啦!噢,夏洛特,不管房间有多糟糕,这下我们一定得住在这里了。噢!"

巴特莱特小姐可要自制多了,她说:

"您这一向都好吧,毕比先生?我猜您已经不记得我们了?巴特莱特小姐和汉尼彻奇小姐。那是个非常寒冷的复活节,您协助圣彼得堂的教区牧师时,我们两个都在唐桥井。"

这位牧师沉浸在度假的氛围里,并没有像两位女士记得他那样,也对她们印象深刻。但他还是相当愉快地走上前来,接过露西招呼他坐下的那张椅子。

"看到您,我实在太高兴了!"女孩说。她在精神上正处于饥渴状态,倘若她的表姐许可,即便与侍者打交道也能令她欢喜。"您看这世界多么小。还有夏街也是,让这一切变得特别有趣。"

"汉尼彻奇小姐住的地方在夏街教区,"巴特莱特小姐补上一句,"她凑巧曾在聊天中告诉过我,说您刚接受了那儿的职位——"

"是呢,我上个星期才从母亲那里得知这事。她不晓得我在唐桥井就跟您结识了,但我立即给她回信,对她说:'毕比先生是——'"

"说得很对。"这位牧师说,"这个六月,我就要搬到夏街的教区长住宅了。能被指派到这么个迷人的社区,我可真幸运。"

"天呀,我真高兴!我们家的房子叫临风隅。"毕比先生听了欠了欠身。

"母亲和我一般都住在那儿,还有我的弟弟,尽管我们不常把他带到教堂——我是说,教堂离我们家相当远。"

"露西,最亲爱的,你让毕比先生吃晚餐吧。"

"我正在吃,谢谢,还吃得津津有味呢。"

比起巴特莱特小姐,他更愿意与露西交谈,虽然巴特莱特小姐能记得他的布道,可他记得的却是露西弹的钢琴。他问露西对佛罗伦萨是否熟悉,女孩详尽告知,说她以前从未到过那里。指点新人是一件乐事,而他在这方面是个中翘楚。"别忽略了周围的乡野,"他这么结束他的建议,"第一个晴天的下午坐车到菲耶索莱,在塞蒂尼亚诺兜一圈,或者其他类似的行程也行。"

"不!"餐桌的上首响起一个声音,"毕比先生,您错了。第一个晴天的下午,您的这些女士们一定得去普拉托。"

"那女士看来很聪明啊,"巴特莱特小姐细声对她的表妹说,

"我们走运了。"

确实如此,一时之间,海量的信息滔滔不绝地向她们涌来。人们告诉她们什么该看,什么时候该去看,该怎样让电车停下来,该如何打发乞丐,该付多少钱买一本精制羔皮纸做的吸墨纸,这个地方又将如何令她们渐渐着迷,等等。整个贝托里尼公寓就这样,几乎满腔热情地一致认可了她们。不管她们看向哪里,都有和善的女士们朝她俩微笑,向她们大声招呼。那位聪明女士大声疾呼的声音高高响起,盖过了这一切:"普拉托!她们一定得去普拉托。那个邋遢的地方美妙极了,非言语可以形容。我太喜欢它了,你们知道我就喜欢摆脱体面和名望带给人的种种束缚呢。"

那个名叫乔治的青年瞄了一眼这位聪明的女士,又闷声不响地转回去看着面前的盘子。很明显,他与他的父亲都是不够格的人。露西徜徉在她成功被大家接受的喜悦当中,心里竟祈望他们也可以被大家认可。看见有人受到冷遇,可不会为她增添丝毫快乐。因而在起身离开时,她转过身向这两个被排拒在外的人紧张地微微鞠了个躬。

为父者并没有看见,做儿子的察觉了,却不是回以一个鞠躬,而是双眉一扬,微微一笑。他这一抹微笑,仿佛在跨越什么。

她赶紧跟上她的表姐。表姐的身影已经消失在门帘那里——那门帘打在人的脸上,沉重得似乎不仅仅只有布料而已。在她们前方站着的是那位靠不住的房东太太,正给她的客人们鞠躬行晚安礼,并由她的小儿子恩纳利,以及她的女儿维多利亚在旁帮衬。这么一口考克尼方言的伦敦人,试图用这一套来表达南方人的优雅和亲善,让这小场面显得有点说不出的奇怪。然而更古怪的是这里的会客室,它竟然试图与布卢姆茨伯里一家舒适的膳宿公寓一比高下。这里还真的是意大利吗?

巴特莱特小姐已经在一张扶手椅上坐下,那椅垫被填塞得满满的,颜色和形状都有如番茄。她正与毕比先生谈话,而在说话时,她那狭长的头颅慢慢地、有规律地朝前又向后,像是正在捣毁某些隐形的障碍。"我们太感激您了,"她说,"第一个晚上意义重大啊。您来到的那一刻,我们正进退维谷,不知如何是好[①]。"

他对此表示遗憾。

"不晓得您知不知道,晚餐时坐在我们对面的那位老人叫什么名字?"

"艾默森。"

"他是您的朋友吗?"

"我们相处得很友好——在膳宿公寓里每个人都这样。"

"那我不好多说了。"

他稍加追问,她便说下去。

"我嘛,"她继续把话说完,"是我表妹露西这趟外出的监护

---

① 原文 mauvais quart d'heure,法语,意思是"糟糕的时刻"。

人，而我若让她接受别人的恩惠，还是我们丝毫不了解的外人，这可是件严重的事。那人的举止真不怎么合宜。但愿我的做法是最好不过的吧。"

"你这么做很自然。"毕比先生这么回答。他似乎若有所思，过了一会儿又补充道："话虽如此，但我相信就算你接受了，也不至于有多大的害处。"

"当然不会有害处。但我们不能欠人家的情。"

"他是个挺古怪的人。"他又迟疑了一下，柔声说，"我想他不会因为你接受了他的好意而占你的便宜，也不会期望你对他表示感激。他这人啊，有个优点——如果这算个优点的话——就是率直坦白，我口说我心。他不觉得自己的房间有什么了不起，刚巧又认为你们会在

乎。他不会想着要让你们欠他人情,这和他根本没想过要表现得有礼貌一样。要了解那些实话实说的人啊,真的很难——至少我觉得难。"

露西听了很高兴。她说:"我刚才就盼望着他是个好人,我真的总希望所有人都能友善对待别人。"

"我想他是这样的人啊,既善良又让人不胜其烦。在所有稍微重要的事情上,我和他的观点几乎全都不同,因此我预料——或者我应该说我希望——你也会与他不同。可是他这类人,尽管让人难以苟同,却不至于招人憎恶。他初来乍到时,不用说,自然很让人不痛快。他既不圆滑也半点不讲礼貌——我不是指他态度恶劣——他这个人想到什么说什么,不会把话藏在心里。我们差点要向那令人扫兴的房东太太投诉他了,不过现在我庆幸我们没有那么做。"

"那我是不是可以这么下结论,"巴特莱特小姐说,"他是个社会主义者?"

毕比先生接受了这个现成的名词,只是嘴唇不免稍稍抽搐了一下。

"也可以假定,他把儿子也培养成了一个社会主义者,对吧?"

"我对乔治一点也不熟悉,因为他根本还没学会谈天。他看起来人不错,而且我觉得他相当有头脑。当然,他的言行举止有着他父亲的所有习性,所以这很有可能,他呀,或许也是一个社会主义者。"

"噢,您让我放心了,"巴特莱特小姐说,"所以您认为我那时应该接受他们的建议吗?您是不是觉得我心胸狭窄,疑心也太重了?"

"一点也不，"他回答，"我完全没这个意思。"

"但是无论如何，难道我不该为我那显而易见的粗鲁行为道歉吗？"

他有点不耐烦，说这实在没有必要，同时站起身来往吸烟室走去。

"我有这么讨人厌吗？"他的身影才刚消失，巴特莱特小姐便这么说，"你刚才怎么不说话呢，露西？他更喜欢与年轻人交谈，这我肯定。我真希望我没有霸占着他。我本来还希望这一整个晚上，还有整个晚餐时间，你都能与他相处呢。"

"他人很好，"露西大声说，"我记得他就是这样的人。他似乎能在每个人的身上看到优点。没有人会把他看作一个神职人员。"

"我亲爱的露西——"

"哎，你知道我的意思。你也知道通常神职人员笑起来是什么样子，毕比先生可是像个普通人那样笑的。"

"你这有趣的女孩！你让我想起你的母亲了。真不晓得她对毕比先生会不会满意呢。"

"我肯定她会的，弗瑞迪也会。"

"我想在临风隅的每一个人都会称许他的，那里可是个时髦的圈子。我呢，习惯于唐桥井，在那里，我们都落后得无可救药。"

"是呢。"露西闷闷地说。

她隐隐察觉有一种不敢苟同的意思，如同阴霾在空气之中。那是对她的不满吗？抑或是对毕比先生？或者是对临风隅里的时髦圈子？又或者是对唐桥井这个狭小的天地？她无法确定。她尝试分辨出来，可一如往常，她又弄错了。巴特莱特小姐一再否认

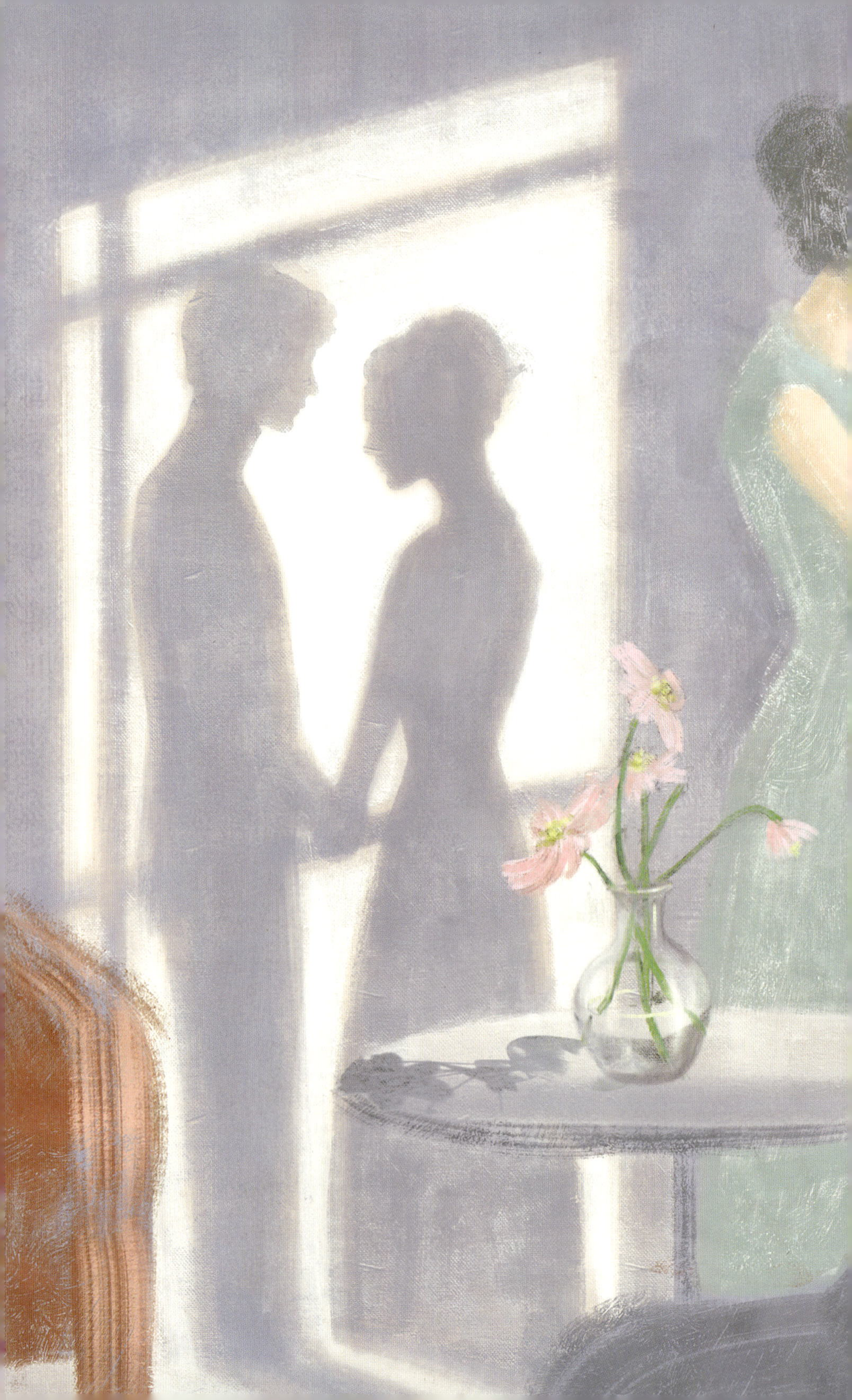

自己对任何人或事有不满，还加上一句"恐怕你觉得我是个很没趣的旅伴吧"。

女孩不禁又一次想："我必定是表现得很自私，或者很刻薄，我必须得再谨慎一些才是。夏洛特境况不好，这对她来说太可怕了。"

好在适才饭厅里的一位身材矮小、曾对她们一直亲切微笑的老太太这时候趋前来探问，想知道她是否可以坐毕比先生刚才坐过的位子。得到准许后，她便开始叨叨地聊起了意大利，到这里来是怎样的一次冒险，而这冒险又是怎样值得欣喜，她姐姐的健康如何因此有所好转，又出于怎样的原因，晚上非得把房间的窗门关上不可；还有，早上把热水瓶彻底倒空也是有必要的。她适切地掌握了话题，而这些话题，也许要比客厅另一头围绕着归尔甫党人与吉伯林党人①而激烈展开的高谈阔论更值得留心。她在威尼斯的那个晚上可真是一场不折不扣的灾难啊，那还不是个偶发事件呢，她在房间里发现一物，比跳蚤要糟糕，却又比另一样东西好些。

"不过在这儿，你们就像在英国一样安全。贝托里尼夫人完全是一派英国人作风。"

"可是我们的房间有一股怪味，"可怜的露西说，"我们都害怕上床睡觉。"

"是啊，而且你们只能看着庭院。"她叹了一口气，"要是艾

---

① 归尔甫派和吉伯林派，又称教皇派与皇帝派，是指位于中世纪意大利中部和北部分别支持教皇和神圣罗马帝国皇帝的派别。

默森先生的方式能再得体一点就好了！晚餐的时候我们都为你俩感到遗憾。"

"我想他的本意是好的。"

"这当然，"巴特莱特小姐说，"毕比先生刚为了我生性多疑而斥责我呢。当然，我推却是为了我表妹的缘故。"

"那是自然的。"这位矮小的老太太说。接着她与巴特莱特小姐窃窃私语，说和一个年轻的女孩在一起，再怎么谨慎都不为过。

露西试图表现得端庄得体，却不禁觉得自己像个大傻瓜。她在家里时，可没有人为她多加小心，或者说，不管怎样，她不曾察觉有人这么做。

"关于老艾默森先生——我知道得很少。是的，他这人毫不圆滑得体，但是啊，你有没有察觉到，有些人做的事情虽然不够文雅，可同时却又——十分美好？"

"美好？"巴特莱特小姐为这个词深感困惑，"难道美好和文雅不是同一回事吗？"

"人们都会这么想的，"对方无奈地说，"不过有时候我觉得，有些事情很难说。"

她没有继续探讨她所说的那些事情，因为毕比先生又出现了，而且看起来还很高兴。

"巴特莱特小姐，"他高喊，"房间的事没问题了。我真高兴。艾默森先生刚才在吸烟室里谈起这件事，我因为心里有底，便鼓励他再一次提出交换房间的建议，他让我来询问你。他对此乐意之至。"

"噢，夏洛特，"露西对她的表姐叫道，"这一回我们必须接受那两个房间。老先生对我们好得不能再好了。"

巴特莱特小姐沉默不语。

"恐怕我太好管闲事了,"等了一会儿以后,毕比先生说,"我必须为我的干预向你们道歉。"

毕比先生十分不悦,转身就要走。巴特莱特小姐这时候才开口回答:"最亲爱的露西呀,与你的意愿相比,我个人的意愿一点也不重要。要是我在佛罗伦萨阻拦你做你喜欢的事情,那确实太过分了,毕竟我是因为你的好意才会来到这里。倘若你希望我将这两位绅士请出他们的房间,那我会这样做的。毕比先生,可否请你对艾默森先生说,我接受他的好意,然后将他请到这儿来,好让我亲自向他道谢?"

她说话的时候提高了音量,整个客厅都听到了这番话,让归尔甫派与吉伯林派都安静下来了。那位做牧师的,心里咒骂着所有女性,表面上却还是鞠了个躬,带着她的口信离开。

"记着,露西,这事情只牵涉我自己一个人。我不希望让你来接受这份人情。不管怎样,这你得由我。"

毕比先生回来了,有点紧张地说:

"艾默森先生有事缠身,不过他的儿子来了。"

这青年低头看着三位女士,她们坐的椅子实在太矮了,这让她们感觉像是坐在了地上一样。

"我的父亲正在洗澡,"他说,"所以你们不能亲自向他道谢。不过你们要我传达给他的任何口信,待他洗澡出来,我会马上转告他的。"

"洗澡"这说辞让人难以招架,巴特莱特小姐无言以对。她所有带刺的社交辞令，一旦说出口就得碰钉子。小艾默森先生这次明显赢了，这让毕比先生甚为高兴，露西也心中暗喜。

"可怜的年轻人！"小艾默森先生一走开，巴特莱特小姐便叹道。

"房间的事得让他多生他父亲的气啊！他也就只能这样来保持礼貌了。"

"半个小时左右你们的房间就会准备好。"毕比先生说了后，若有所思地看了一眼这对表姐妹，然后回到他自己的房间去补写他那些饶富哲理的日记。

"噢，老天！"那位矮小的老太太叹了一口气，接着打了个冷战，仿佛九霄的风都吹进公寓里来了。"男士们啊，有时候就是不明白——"她的声音渐渐消退，但巴特莱特小姐似乎听懂了，并且能与之展开对谈，主要谈的正是那些没有透彻明白事情的男士们。一旁的露西也不明白，只好撤退到书本里。她拿起一本贝德克的《意大利北部旅行指南》[①]，费心将佛罗伦萨历史上最重要的日子一一记下来。她可是下定决心第二天要好好享受她的旅程。于是那半个小时颇有收获地悄悄流逝，终于，巴特莱特小姐带着一声叹息站起身来，说：

"我想现在该有人动身了。不，露西，你别动。我来负责搬房间的事。"

"你一个人怎么照管得过来所有事情？"露西说。

"当然没问题，亲爱的。这是我的事情啊。"

[①] 德国人卡尔·贝德克（Karl Baedeker, 1801—1859）于19世纪出版的旅行指南，多用红色封面。也引申为一般的导游手册。

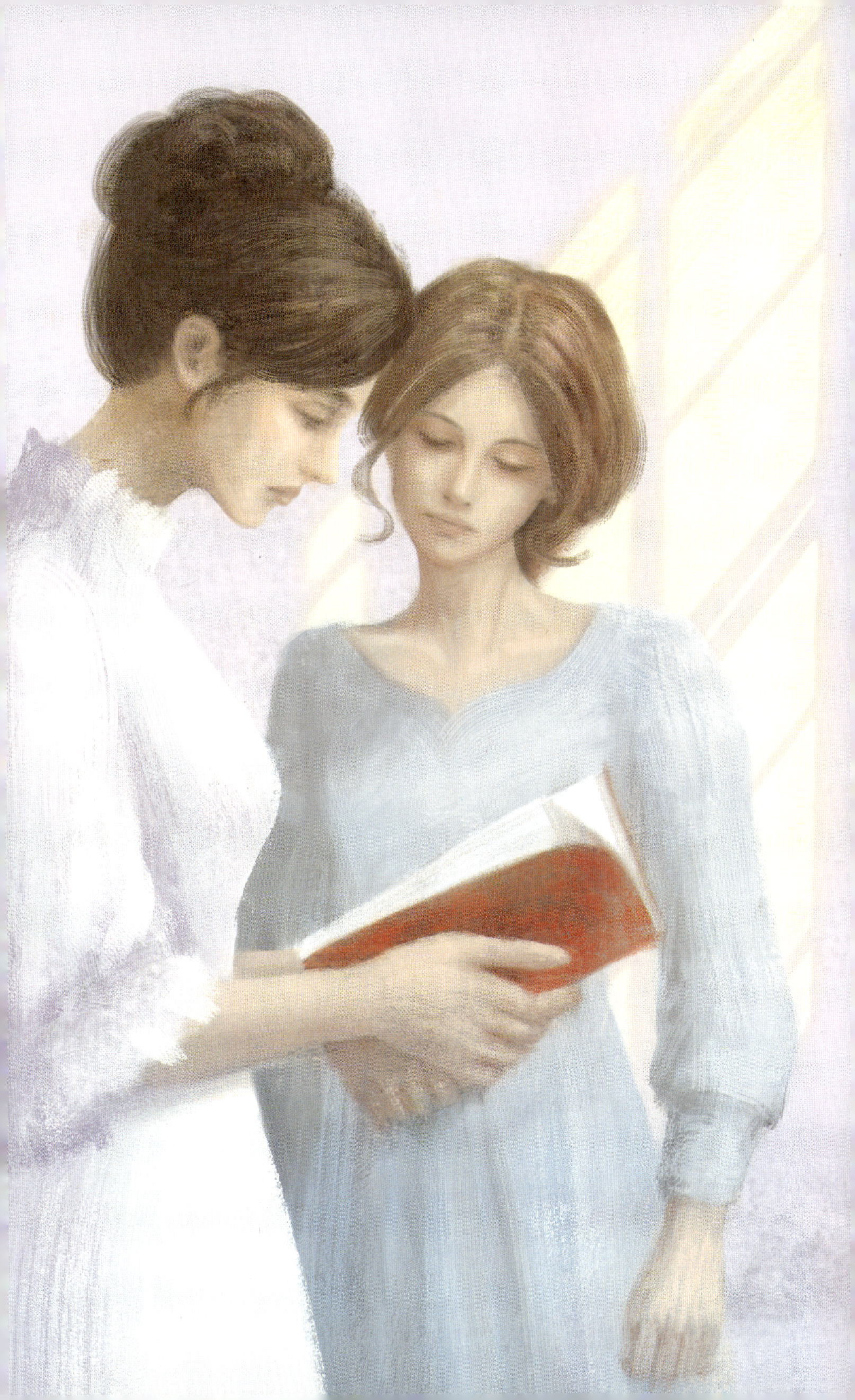

"可是我想帮你的忙。"

"不用,亲爱的。"

夏洛特这精力!还有她的无私!她这辈子都如此,可是啊,这趟意大利之行,她是真的更上一层楼,超越了自己。露西是这么觉得的,或者说她极力要让自己这么觉得。然而——她内心有一股反叛精神,让她始终怀疑接受换房间一事大可不必如此复杂,倒是可以让它更美好一些。无论如何,她走进自己的房间时,心里丝毫不感到雀跃。

"我得解释一下,"巴特莱特小姐说,"我为什么要住到那个大房间。本来嘛,我自当把那房间给你,不过我恰巧知道它是那年轻人住过的,而我很肯定你的母亲不会喜欢这样。"

露西愣在那儿,脑筋转不过来。

"倘若你得接受他们两人献的殷勤,那么你欠他父亲的情要比欠他的情更妥当一些。我呀,或多或少是个见识过世态人情的女人,我知道事情会往哪个方向发展。无论如何,毕比先生算是个担保人,保证他们不会因为这个而起什么非分之想。"

"母亲不会在意的,我敢肯定。"露西说,可她再一次隐隐感到这背后有着更大且未曾想到过的问题。

巴特莱特小姐唯有叹气而已,在向她道晚安的时候,像要保护她似的,将她整个人搂在怀中。这让露西感觉如堕五里雾中,因而待她回到自己的房间,便马上打开窗呼吸夜间的清新空气,心里想着那位好心的老先生。是他让她得以看见阿诺河上的灯火翩翩起舞,还有圣米尼亚托大殿的翠柏苍苍,以及亚平宁山脉绵绵的丘陵,黑森森地反衬着一轮冉冉上升的明月。

至于巴特莱特小姐，她在房间里先闩紧窗门再锁上房门，然后在房内巡逻一遍，查看几个柜子通往何处，以及房间里有无地牢或秘密入口。就在那时候，她看见盥洗台上方钉着一张纸，上面涂鸦似的画了一个巨大的问号。此外，别无其他。

"这是什么意思？"她一面思索一面借着烛光仔细察看这个问号。起先它没有任何意义，渐渐地它变得咄咄逼人，面目可憎，而且充满邪恶的预兆。她生起一股冲动想要把它撕毁，幸好想起来她没有权利这么做，因为那必定属小艾默森先生所有。于是她小心翼翼地将它取下，把它夹在两张吸墨纸中间，替他把纸保持干净。完成了对房间的检查以后，她习惯性地深深叹了一口气，便上床就寝去了。

2. 在圣克罗彻，
　　　　没带旅游指南

A Room With A View

在佛罗伦萨醒来是一件愉快的事。于一间明亮宽敞的房间里睁开眼睛，红色瓷砖铺的地面虽然不怎么打扫，看上去却很干净；彩绘天花板上，粉红色的狮鹫兽与蓝色的小爱神们在黄色小提琴及巴松管的丛林中嬉戏。同样愉快的是——将窗户一把推开，手指捏在陌生的窗销上，再把身子探到阳光中，美丽的山峦啊、树木啊、大理石砌成的教堂啊，全都扑面而来，窗下不远处，阿诺河流水淙淙，拍击着沿河的堤岸。

河那边，男人们拎着铁锹和筛子在沙滩上干活，河上有一条小船，船上也一样有着勤奋劳碌的人影，却不知在忙些什么。一辆电车在窗下疾驰而过。车厢内除了一名游客便空空如也，倒是电车平台上挤满了意大利人，他们都宁肯站在那里。有些孩子企图吊在车尾巴上，售票员不含恶意地朝他们的脸上啐唾沫，以便让他们松手。这时候出现了一群士兵——男儿们相貌俊美，个子矮小——各自背着用邋遢毛皮覆盖着的背包，身上穿着显然为体型较大的士兵剪裁的大衣。一旁走着他们的军官，个个看着愚蠢又凶神恶煞；走在他们前头的是几个小男孩，都随着乐队的节拍在翻筋斗。电车陷于这行列中，只能费力地挣扎前进，犹如一条毛毛虫落入蚁群。这厢一个翻筋斗的小男孩摔倒，那厢好几头白色的小公牛从拱廊冲出。说真的，要不是一个卖纽扣钩子的老头好意劝告，这条道路也许就会一直这么水泄不通。

许多宝贵的光阴就在这些细微琐碎的小事上悄悄溜走，这位到意大利来研究乔托壁画的质感或是罗马教廷腐败统治的游客，很可能回去后只记得蔚蓝的天空，以及居住在这片蓝天下的男男女女。因此，巴特莱特小姐敲门进来实在无可厚非，她还批评露西没有锁上房门，又说她没完全穿戴好便探身到窗外，再敦促她加紧行动，否则一天中最好的时光就要消逝了。待露西准备就绪，她的表姐已经吃完了早餐，正面对着徒剩面包屑的盘子，听那位聪明的女士高谈阔论。

一番交谈随之进行，对话的形式并不让人感到陌生。巴特莱特小姐却觉得有点累了，因此提议她们最好在公寓里待一上午，稍做安顿，除非露西真的想要出去。露西当然是宁愿外出的，这可是她在佛罗伦萨的第一天。当然，她完全可以自己一个人出门。不过巴特莱特小姐可不允许。不论露西到任何地方，她都愿意相随。噢，那一定不行，露西会和她的表姐一起待在公寓里。噢，不！那是绝对不行的。噢，可以的！

这时候，那位聪明的女士插话了。

"若是葛兰迪太太[①]让你为难，那我向你保证，你大可不

[①] 英国剧作家托马斯·莫顿（Thomas Morton，1764—1838）的剧本《加快犁地的速度》(1798)中的一位拘泥世俗常规、爱以风化监督者自居的人物。

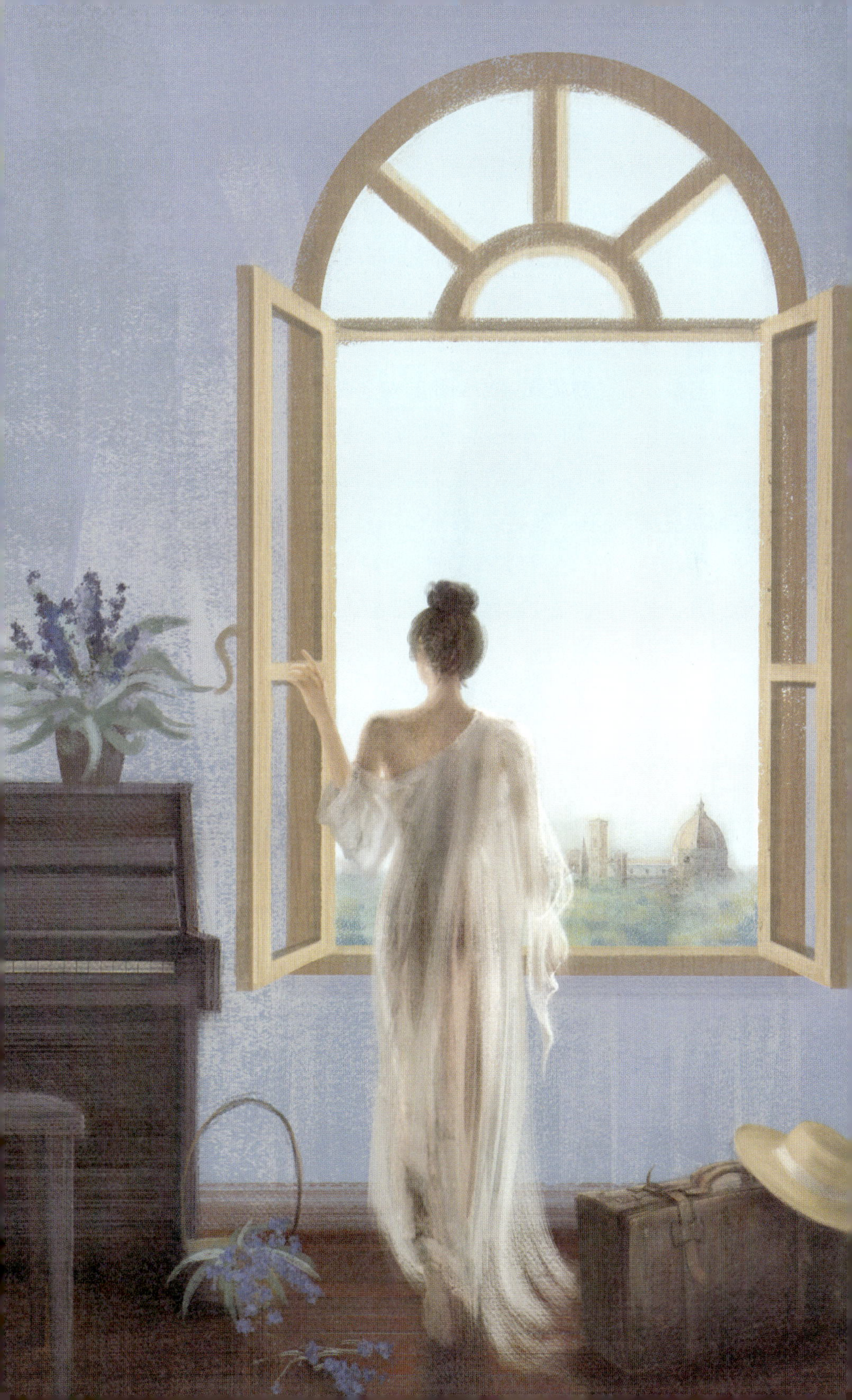

必理会这位好人。作为英国人呀，汉尼彻奇小姐绝对会非常安全。这意大利人都懂。我的一位好朋友巴伦切丽伯爵夫人，她有两个女儿，每当她不能派遣女佣送她们上学时，她就让她们戴上水手帽自己去上学。所有人都把她们当成英国人，你看吧，尤其是她们若把头发紧紧地扎在脑后。"

巴伦切丽伯爵夫人两个女儿的安全说服不了巴特莱特小姐。她决意要亲自带露西出去，反正她的头痛也没多严重。那位聪明的女士便说，她正打算到圣克罗彻教堂消磨一个漫长的上午，倘若露西愿意一起去，她将会很高兴。

"我会带你走一条可爱极了的肮脏后巷，汉尼彻奇小姐，如果你给我带来好运，我们必将有一番冒险。"

露西说这安排再好不过了，又立即翻开贝德克的旅游指南，查看圣克罗彻教堂在什么地方。

"啧啧啧！露西小姐！我希望很快就能将你从贝德克手上解放出来。这位作者触碰到的无非皮毛而已。真正的意大利呀——他甚至不曾梦到过。要发现真正的意大利，唯有通过耐心的观察。"

这听起来十分有趣，露西赶紧吃完早餐，兴致勃勃地与她的新朋友一起出发。终于，意大利来了。那位满口考克尼方言的夫人与她的那些作品，如噩梦般消退。

拉维希小姐——也就是那位聪明的女士——往右一拐，向着阿诺河阳光充沛的河滨公路走去。这和煦的天气真叫人舒坦呀！可是小街上刮来的风却锋利如刀，不是吗？那恩宠桥——特别有意思，但丁可是提起过的；圣米尼亚托教堂——不仅有意思，还十分漂亮；那亲吻过杀人犯的耶稣受难像[1]——汉尼彻奇小姐会记住这个传说的。河上的男人们正在钓鱼（事实并非如此。然而，大多数消息不都这样？），拉维希小姐闪进那一道有过白色小公牛窜出的拱廊，又戛然停下，叫喊起来："这气味！真正的佛罗伦萨的气味！让我告诉你吧，每一座城市都有它自己的气味。"

"这气味很好闻吗？"露西说，她继承了母亲的洁癖，厌恶秽污。

"人们到意大利来并非为了追求舒适，"对方这么反驳，"而是要寻找生活的气息。Buon giorno！Buon giorno！（早上好！早上好！）"她向左右两边连连鞠躬。"看看那可爱的运酒车！看那开车的怎样盯着我们，亲爱的，那就是纯朴的灵魂呀！"

拉维希小姐就这样穿过佛罗伦萨的好些城市街道。她矮小，毛躁不安，虽不如小猫优雅，却如同小猫般淘气。对露西来说，与这样一位十分聪明又快活无比的人在一起，实在是一种享受。再说她还披着一件蓝色军人披风，就像意大利军官穿的那样，更添喜庆的气氛。

"Buon giorno！（早上好！）听一个老女人的话吧，露西小姐：对地位不如你的人客气一些，你永远不会后悔。这就是真正的民主。尽管我也是个真正的激进主义者。看，现在你被吓着了。"

"我没有被吓着，真的！"露西叫嚷起来，"我们也都是激进分子，彻头彻尾的激进分子。我的父亲一向都把票投给格莱斯顿

---

[1] 据传说，圣·乔瓦尼·瓜尔贝托曾放弃为兄复仇的机会，一个大十字架为了表示嘉许，向他倾斜来吻他。

先生①,直至他对爱尔兰实施了那么糟糕的政策。"

"我明白了,我明白了。所以现在你已经倒向敌人那一边了。"

"噢,请别这么说——我的父亲若还在世,我肯定他现在会再投票给激进党的,爱尔兰已不成问题了。事实上,我们家前门的玻璃,上回选举时被砸碎了。弗瑞迪深信那是保守党人所为,母亲却说他瞎扯,她觉得是流浪汉干的。"

"真可恨!那是在工业区吧,我猜?"

"不——是在萨里郡山区。离多尔金大约五英里②,望得见威尔德地区。"

拉维希小姐似乎很感兴趣,脚下放慢了步伐。

"那一带可是十分怡人呀,那地方我熟悉得很。住在那里的都是些无与伦比的好人。你认不认识哈里·奥特威爵士——一个前所未有的、真正的激进派?"

"我们非常熟稔。"

"那么慈善家巴特沃思老太太呢?"

"怎么?她租了我们家的一块地呢!太有趣了!"

拉维希小姐望着头上那缎带般狭长的天空,低声说:"噢,你们在萨里郡有产业?"

"没多少。"露西这么说,生怕会被当成势利之徒,"就只有三十英亩——不过是一片园林,都在山坡下,还有一些田地。"

---

① 威廉·尤尔特·格莱斯顿(William Ewart Gladstone,1809—1898),英国自由党政治家,维多利亚女王时期曾四次出任首相。曾提议让爱尔兰实行自治,但在下议院被否决,自由党由此产生了分裂。

② 英里是英制长度单位,1英里约相当于1.61千米。

拉维希小姐并未对此感到厌恶，她说这规模呀，与她的一位姑妈在萨福克郡的地产不相上下。意大利暂且退去。她们试着回想某位什么路易莎夫人的姓氏，她前一年在夏街附近租了一栋房子，却又嫌恶它，实在太奇怪了。拉维希小姐正回想那姓氏时，突然中断谈话，惊叫起来：

"上帝保佑！救救我们吧！我们迷路了。"

她们一路到圣克罗彻，的确像是花了很长的时间。那教堂的钟楼，她们可以从公寓的楼梯平台窗口清楚看见的呢。可是拉维希小姐一再说她对佛罗伦萨怎样了如指掌，露西才会毫无疑虑地跟着她走的。

"迷路了！迷路了！我亲爱的露西小姐，当我们在猛烈抨击政治的时候，我们竟误入歧途。那些恐怖的保守派会怎样嘲笑我们呀！我们该怎么办呢？两个孤身女子在一座不为人知的城镇。现在你看，这就是我说的冒险了。"

露西实在想看看圣克罗彻教堂，便提出一个可行之法，说她们该向人问路。

"噢，可是只有胆小鬼才会说那样的话！还有你呀，别别别，别再看你的旅游指南了。把它给我，我不许你带着它。我们就信马由缰地走好了。"

于是她们信步而行，穿过一条又一条灰褐色的街道，它们既不宽敞也没有如画的风景，这样的街道在这城市东部多的是。露西很快对路易莎夫人的不满失去兴趣，反而是她自己感到不满了。好在有那么令人陶醉的一瞬，意大利忽然出现在眼前。露西站在圣母领报广场上，看着活生生的赤陶塑像，那些圣洁的婴孩，无

031

论有过多少廉价复制品都不会使之衰朽失色。他们就站在那儿，从人们施舍的衣服里伸出熠熠生辉的四肢，雪白强劲的手臂高高举向天穹。露西心想，她从未见过比这更美的景象了。可是拉维希小姐扫兴地发出一声尖叫，拽着她向前，说她们这下至少走偏了一英里的路。

到点了，她们吃的欧式早餐快要开始或者应该说"停止"产生效用了。两位女士在一家小店买了一些热栗子糊，只因为它看着十分地道。这东西的味道尝起来有一点像它的包装纸，还有一点像发油，又有一点像某种完全未知之物。可它终究给了她们力气，让她们得以漫步到另一个广场。偌大的广场尘土飞扬，在另一边矗立着一座黑白色调门面的建筑物，难看得无可比拟。拉维希小姐戏剧化地朝它说话。这就是圣克罗彻教堂了。冒险完毕。

"等一等，让那两个人先走过去，不然我就不得不与他们交谈了。我实在厌恶俗套和应酬。真讨厌！他们居然也要进教堂。唉，海外的英国人哪！"

"昨天吃晚餐的时候，我们就坐在这两人对面。他们把自己的房间让给我们了。他们实在是非常好的人啊！"

"你看看他们的身材！"拉维希小姐忍俊不禁，"他们像两头牛似的走过我的意大利。我知道我这样很恶劣，但我真想在多佛尔设立一个考场，有哪个游客考试不及格的，都得给我折返。"

"你会拿什么问题考我们呢？"

拉维希小姐愉快地将一只手搭在露西臂上，仿佛在表示，

她无论如何都会得满分的。就这么志得意满地,她们来到大教堂的石阶上,正准备进去时,拉维希小姐兀地停下脚步,尖叫一声,挥起双臂叫喊起来:

"我的地头蛇朋友就在那边!我得去和他说几句话!"

眨眼间,她已经跑到广场远处去了,她的那件军人披风在风中猎猎翻飞。她片刻也没放慢脚步,直至追上一个长了白色络腮胡子的老人,调皮地在他的臂上掐了一下。

露西等了将近十分钟。她开始感到不耐烦。周围的乞丐令她苦恼,灰尘吹进她的眼里。她还想起来,一个年轻女子不该在公众场所溜达。她循着石阶往下走,慢慢往广场走去,打算找到拉维希小姐,与这位作风新颖得有点过了头的女士重新会合。不过,此时拉维希小姐与她的那位地头蛇也在移动,两人手舞足蹈地拐进一条岔路,没了踪影。露西眼中涌出了愤慨的眼泪,一部分是因为拉维希小姐抛弃了她,还有一部分是因为她拿走了她的旅游指南。这下她该如何寻路回去?她又该凭借什么参观这座圣克罗彻教堂?她的第一个上午被毁掉了,而她很可能永远不会再到佛罗伦萨来。不过就在几分钟前,她还趾高气扬,言谈像个有文化修养的女人,还多少有点相信自己很不同凡响。而今她既懊恨又委屈地走进教堂,甚至记不起来建造这座教堂的是方济各会修士呢,还是多米尼加会修士。当然,这必定是一座令人惊叹的建筑物。可它活脱脱像一座谷仓!又这么冷!里头固然有乔托的壁画,有了这些质感坚实厚重的壁画,她自当能体会什么才是真正的优美。然而谁来告诉她,哪些才是乔托的作品呢?她矜持地来回走动,不愿对作者及年代不详的碑石表示热衷。那里甚至无人告诉她，铺设在教堂中殿及两边耳堂的所有墓石中，哪一块才是真正精妙、最受罗斯金先生[①]赞美推崇的。

可后来意大利那能蛊惑人的魅力令她着迷，她没有去请教别人，却开始感到自在快乐。她煞费心思弄明白了那些意大利文告示——禁止人们带狗进入教堂的告示——请求人们为了大众的健康以及对他们所在的这座圣殿表示尊敬而不要随地吐痰的告示。她观察周围的游客，圣十字教堂实在很冷，他们的鼻子都红彤彤的，就像他们携带的旅游指南一样。她目睹三位天主教徒——两个男童和一个女童——遭受的可怕命运。他们先用圣水浇湿彼此，然后挂着一身不断坠落的水珠，俨然已成圣洁之人，朝马基雅维利纪念碑走去。距离有些远，他们十分缓慢地一步一步趋近，以手指触碰那纪念碑，再用他们的手帕轻拭，然后用头颅碰了碰，之后便退下。这意味着什么呢？他们如此一再重复。露西这才明白他们错把马基雅维利当作某位圣徒，指望着触碰他以获取美德。惩罚很快随之而来。个子最小的那个男童在罗斯金先生十分赞赏的一块墓石上绊了一跤，两脚缠上一尊主教卧像的脸庞。露西这样一位基督教徒，马上冲向前去。她来得迟了。男童狠狠摔倒在那位主教跷起的脚趾上。

"可恶的主教！"那是老艾默森先生的声音，他也冲到了那里。"生前冷酷，死后无情。到外面的阳光下去吧，小弟弟，对着

[①] 约翰·罗斯金（John Ruskin，1819—1900），英国艺术评论家。他访问佛罗伦萨时的第一天早晨就去观光圣克罗彻教堂，在《在佛罗伦萨度过的一些早晨》一书中赞美这些墓石。

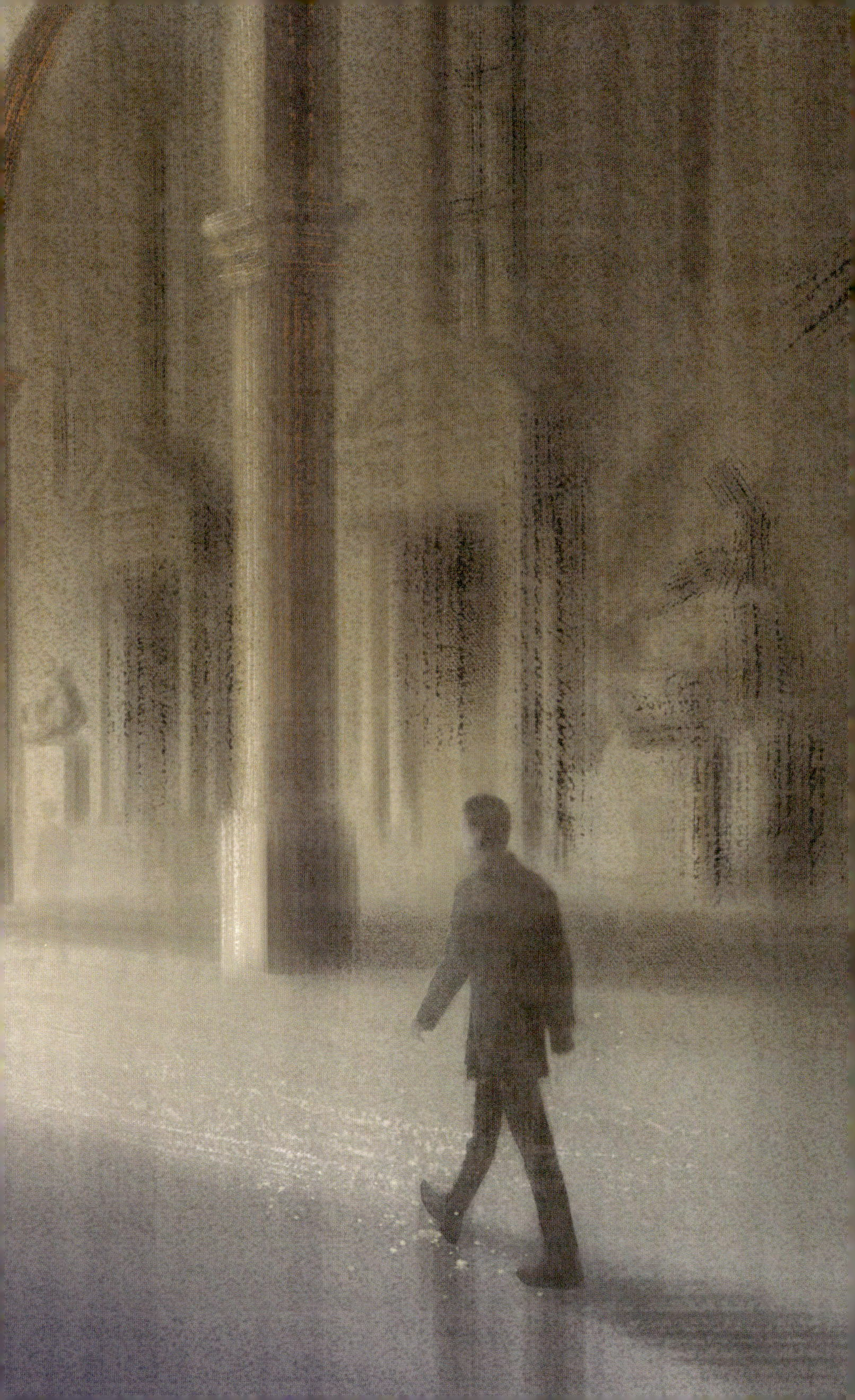

太阳亲吻你的手,那才是你应该待的地方。这要不得的主教啊!"

听到这一番话,对着这些把他扶起来、替他拭去尘土、轻抚瘀伤、还叫他不要迷信的可怕的人,那孩童发狂似的尖叫起来。

"看看他!"艾默森先生对露西说,"真是一团糟:一个小孩受了伤,受着冻,还受惊呢!可是除了这些,你还能对一座教堂有什么期望?"

那孩童的两腿像是变成了融化中的蜡。每次艾默森先生和露西扶他站起来,他都大叫一声瘫倒下去。幸好有一位本来应当在祷告中的意大利女士上前来救援。凭着为人母亲者独有的某种神秘能力,她使小男孩的脊骨挺直起来,又往他的两膝输送力气。他站了起来。走开时嘴巴里依然叽里呱啦,语无伦次,激动不已。

"你是个能干的妇人,"艾默森先生说,"你所做的贡献比世上所有的圣徒遗物还要多。我和你信仰不同,但我真的信任那些让其他人快乐的人。这宇宙间的安排没有——"

他顿住了,想要找一个适当的词。

"Niente.(不客气。)"那女士用意大利文说罢,回去继续她的祷告。

"我不确定她是否听得懂英语。"露西提醒到。

怀着一种经过惩戒和磨砺后的心情,她不再蔑视艾默森父子了。她决意要对他们以礼相待,要态度美好而不求精致复杂;而且,倘若有可能的话,要给那两个舒适的房间一些好评价,以抵消巴特莱特小姐那一套迂腐的礼节。

"那个妇人什么都听得懂。"艾默森先生这么回应,"可是你怎么会在这里?你是来参观教堂的吗?你已经都参观过了吗?"

"没有。"露西想起她遭受的委屈，喊了起来，"我是与拉维希小姐一起来的，她说好要给我解说的。然而就在大门前——实在太糟了！——她就这么跑掉，我等了好一会儿，只能自己进来了。"

"你为什么不该自己进来？"艾默森先生说。

"对啊，为什么你不该自己进来呢？"这回是儿子说的，那是他第一次对这位年轻的女士说话。

"可是拉维希小姐还把旅游指南拿走了。"

"旅游指南？"艾默森先生说，"我很高兴那就是你在意的。这很值得在意嘛，丢失了一册旅游指南。确实很值得在意。"

露西觉得困惑不解。她再一次意识到这里头有着什么新想法，却不能确定它会将她引向何处。

"你若是没有旅游指南，"那位儿子说，"最好还是和我们一起走吧。"难道新想法就是要把她引到这里吗？她端起淑女的架子要掩护自己。

"非常感谢你们，但我可不这么想。我希望你不会以为我过来是为了要跟你们凑在一起。我确实是来帮助那小孩的，也感谢你们昨晚非常好心地把房间让给我们。我希望这没有带给你们太多的不便。"

"亲爱的，"老人柔声说，"我想你这是在重复你从年长者那里听来的话。你装作很敏感易怒，但你并不真是那样的人。别再这么烦人了，倒不如跟我说说你想看这教堂的哪个部分。带你过去看才是一种真正的乐趣。"

这下简直是无礼至极，她本该大发雷霆才是。但是有时候要发脾气，就和别的时候要沉住气不发作一样的困难。露西恼火不

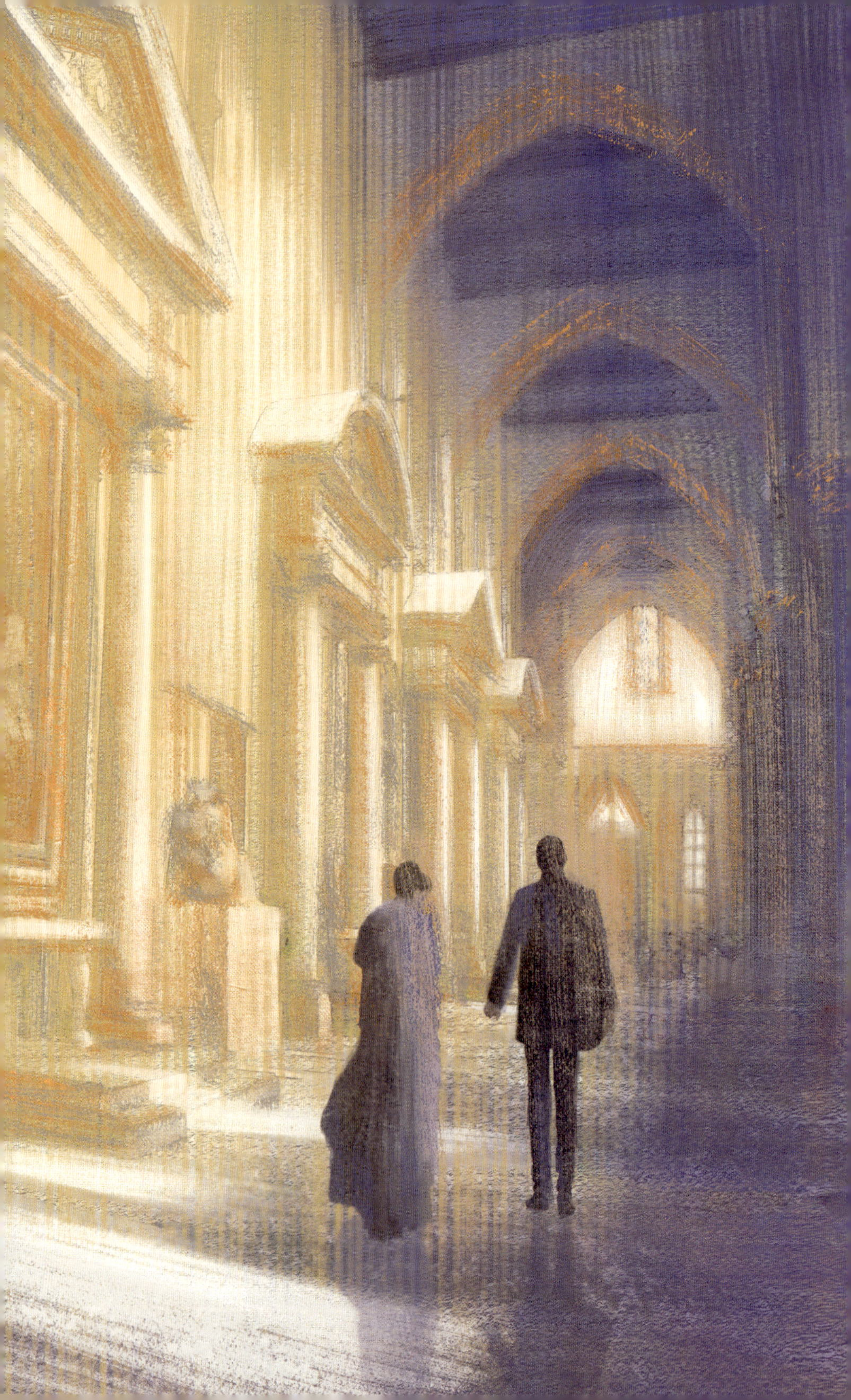

起来。艾默森先生是个老人,理所当然的,一个女孩该迁就他。可是另一方面,他的儿子是个年轻男子,而她觉得身为女孩理应对他生气,或者不管怎样,应该在他面前表现出被冒犯的样子。因此,在回答之前,她的眼睛是盯着他看的。

"我没有敏感易怒,我希望我没有。我要看的是乔托的壁画,如果可以,请你们好心地告诉我它们是哪些。"

那儿子点点头。他领路到佩鲁齐小圣堂,脸上有种既忧郁又满意的表情。他的神态有点像个教师。她觉得自己像个小学生,刚正确地回答了一个问题。

小圣堂里已经挤进了一群神情热切的人,他们当中传来一个讲师的声音,正指导他们要如何根据精神上的标准,而不是以技艺方面的价值来敬仰乔托。

"记住,"那人正在说,"记住关于这座圣克罗彻教堂的真实事迹,那时候还没有文艺复兴来玷污人们热情的信仰,人们凭着对中世纪艺术风格的热忱将它建造起来。仔细观察乔托在这些壁画里——如今,不幸地,因修复而被毁了——没有被解剖学与透视学的圈套所困扰。有什么能比这更庄严、更悲怆、更美丽、更真实吗?知识和技巧啊,比起一个真正能体验感情的人所带给我们的感受,实在微不足道啊!"

"才不是!"艾默森先生大声嚷起来,在教堂里,这声音委实有点过大了。"不要记着那样的东西!说什么用信仰建起来的呢!那只是说明工匠们没有得到适当的酬劳。至于那些壁画,我没看见一丝半毫的真实。就看那个穿蓝色衣服的胖子吧!他的体重肯定与我不相上下,可他却像气球那样射向天空。"

他指的是《圣约翰升天》那幅壁画。小圣堂里，不令人意外地，那位讲师的声音变得支支吾吾。听众们不自在地挪动位置，露西也一样。她确信自己实在不该与这两个人在一起，可是他们像是对她施了咒一样使她入魔。他们是那样的认真，却又是那样的古怪，以致她不知所措，不知该如何反应才是。

"所以啊，升天这事真的发生了吗？有还是没有？"

乔治回答："如果真有其事，那它发生的经过应该就像这样吧。我宁愿自己进入天国，而不是被一群长翅膀的小天使硬推进去。还有我若到了那里，我也会喜欢我的朋友都探出身子来，像他们在这画里做的一样。"

"你永远不会上去的，"他的父亲说，"你和我，亲爱的孩子，将会安息在这片孕育我们的土地下，我们的名字也必将消失，一如我们的作为必将永存。"

"有些人只能看见空空如也的坟墓，而看不见任何一位圣徒升天。假如真有其事，那么它发生的经过必定就像这样。"

"抱歉，"一个冷冰冰的声音说，"这个小堂有点太小了，容不下两批人。我们就不再妨碍你们了。"

那位讲师是一名牧师，他的听众必然也是他辖区内的教友，因为他们手里不仅拿着旅游指南，还捧着祈祷书。他们静默地列队走出小圣堂。当中有贝托里尼膳宿公寓的两位矮小的老太太——特蕾莎·艾伦以及凯瑟琳·艾伦小姐。

"不用走！"艾默森先生大喊，"这里的空间多着呢，容得下我们全部人。不用走！"

那队伍一声不响地消失了。

很快那位讲师的声音在隔壁的小圣堂响起,在述说圣方济各的生平。

"乔治,我确信那位牧师就是布里克斯顿区的副牧师。"

乔治走到隔壁的小圣堂,回来说:"好像真是他,我不记得了。"

"那我最好还是过去和他谈谈,让他记起我是谁。这就是那位伊格先生,对吧。他为什么离开呢?我们说话的声音太大了吗?真令人着恼呀。我该过去对他说我们很抱歉。这样做会好点吗?他也许就会回来的。"

"他不会回来了。"乔治说。

但艾默森先生懊悔不已,很不高兴,终究还是赶过去向卡勃·伊格副牧师道歉。露西表面上正对一扇弦月窗全神贯注,耳朵却听着隔壁的讲解再次被打断,老先生焦虑而富有侵略性的声音,以及对方那粗率而愤怒的回答。至于他儿子,他总是把每一桩让人困窘的小事故都当成悲剧,也在凝神倾听。

"几乎对每一个人,我父亲都会有这种效应,"他告诉她,"他总是试着对别人好。"

"我希望大家都能这么尝试啊!"她说,笑得有点紧张。

"因为我们认为这样能改进我们品格。不过他对别人好是因为他爱他们。只不过他们发现后会觉得被冒犯,或者感到害怕。"

"他们太傻了!"露西这样说,尽管她其实也心有戚戚,"我认为善意之举如果做得圆滑一些——"

"圆滑?!"

他不屑地昂起头来。显然,这道题她给了个错误的答案。她凝视着这个独特而孤单的人在小圣堂内来来回回地踱步。就一个年轻人而言,他的一张脸看起来粗犷而——当暗影落于其上——严峻。在阴影笼罩之下,这脸却又忽然变得温柔。后来,在罗马西斯汀小堂的天花板上,她仿佛又看见了他,带着一担子橡果。纵然身体健康而肌肉发达,他却仍然给她一种灰色的感觉,仿佛一场悲剧,也许只能在黑夜里得到解答。这感觉很快消失,她难得为任何微妙的事物这般费神。它由静默及一种不明所以的情绪所生,直至艾默森先生回来,它就消失了,她又可以重新回到那个喋喋不休的世界,那正是她唯一熟悉的。

"你被斥责了吧?"他的儿子平静地问。

"可是我们让不知多少人扫了兴。他们不会回来了。"

"……充满与生俱来的同情心……善于在别人身上发现优点……人人俱为兄弟的愿景……"关于圣方济各的讲解,断断续续地隔着墙传来。

"别让我们坏了你的兴致,"他继续对露西说,"你已经参观过那些圣徒了吗?"

"参观过了,"露西说,"他们都很精美。你知道罗斯金在他的著作中赞扬过的是哪一块墓碑吗?"

他不知道,却建议他们不妨猜猜。乔治拒绝走动,这让露西暗自松了一口气,于是她与老先生不无乐趣地逛起了圣克罗彻教堂。尽管它看起来像一座谷仓,却有着富饶的收藏,保存了许多美丽的珍品。一路上还有他们必须避开的乞丐,也有必须绕着柱子躲过的导游,以及一名带着狗的老妇,而且随时有个神父谨慎地穿过成群结队的游客去主持弥撒。艾默森先生对这一切并不太感兴趣,他注意着那位牧师,觉得自己妨碍了他的成功讲解,又

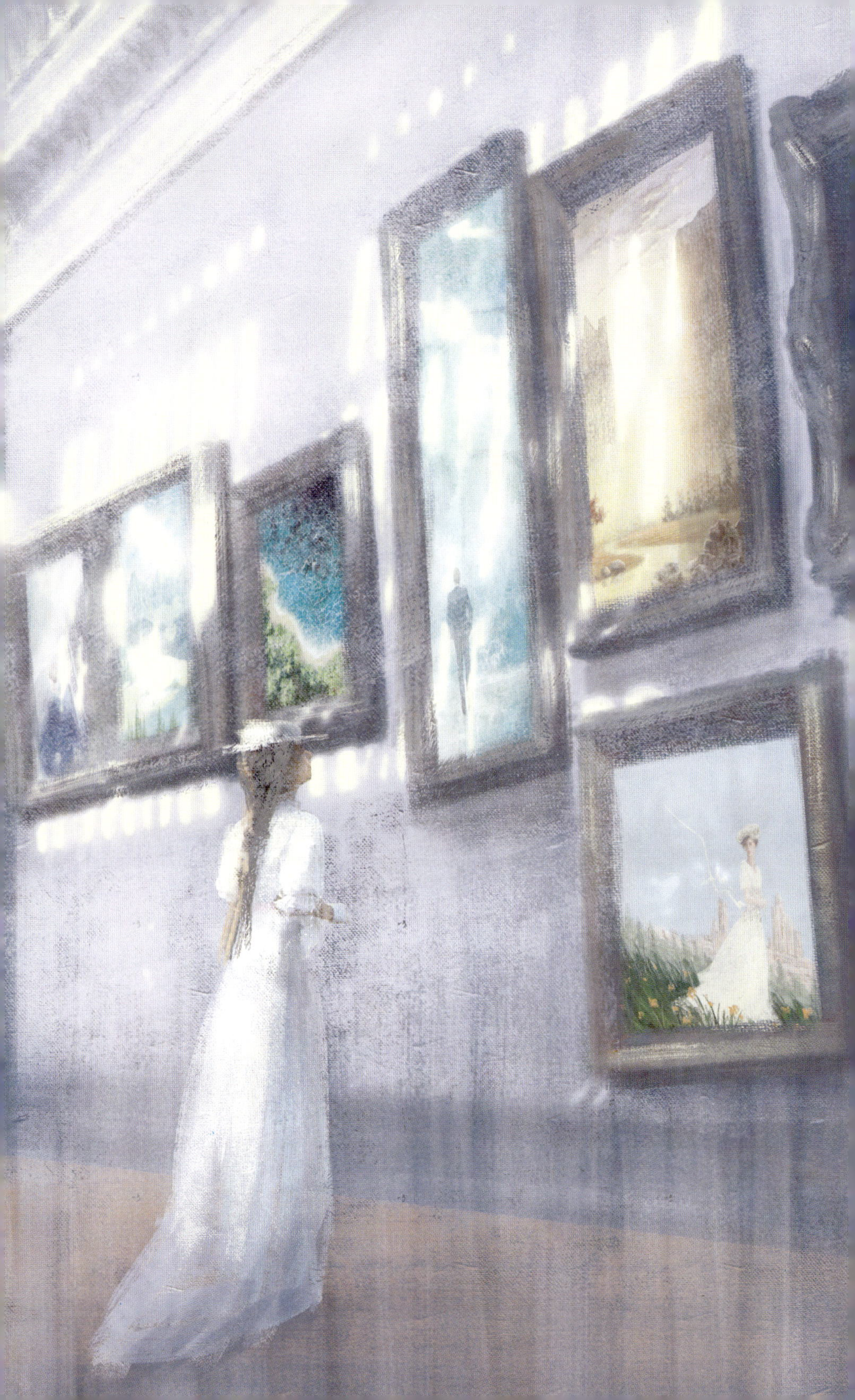

不安地望着他的儿子。

"为什么他老盯着那幅壁画？"他不安地说，"我看不出来它有什么特别。"

"我喜欢乔托，"她回答说，"人们对他的壁画所给予的评价实在非常精彩。虽然我更喜欢德拉·罗比亚的赤陶婴儿那一类东西。"

"你该当如此。一个婴儿比得过一打圣徒。我的宝贝儿子就抵得上整个天堂，然而就我所看到的，他却活在地狱里。"

露西又一次觉得这样说话很不得体。

"在地狱里啊，"他重复，"他不快乐。"

"噢，老天！"露西说。

"他这样强壮，又充满活力，为什么他会不快乐？谁还能给他什么呢？再想想他是怎样长大的——完全不受以上帝的名义令人相互仇恨的迷信以及愚昧所荼毒。受到这样的教育，我还以为他长大一定会成为一个快乐的人。"

她不是个神学家，但她觉得这是个十分愚蠢的老人，而且还特别的不敬神。她还觉得她的母亲也许不会喜欢她与这种人谈话，夏洛特尤其会坚决反对。

"我们能对他做什么呢？"他问，"他到意大利来度假，却表现得——像那样，像那个本该好好玩耍，却在墓碑上把自己摔痛了的小孩。呢？你刚刚说什么了？"

露西没有提出任何想法。他忽然接着说：

"别为这个犯傻了。我不是要让你爱上我这孩子，但我确实想你也许该试着了解他。你与他年纪相仿，而你如果能放松一些，敞开自己，我相信你是通达明理的。你也许可以帮助我。他认识的女人太少了，而你正好有时间。我想你会在这里逗留几个星期吧？但是你得放轻松一些。容我就昨晚的事做出判断，你这人似乎很容易被搞得思绪混乱。敞开些，将你不了解的那些想法从深处掏出来，摊开在阳光下，弄明白它们的含义。通过了解乔治，你可能学会了解自己。这对你们两个人都有好处。"

这番话实在过于出人意表，露西不知如何回答。

"我只知道他出了什么问题，却不知道为什么会造成这样的问题。"

"那他到底是什么问题呢？"露西战战兢兢地问，以为会听到什么悲惨的故事。

"老毛病，不适应。"

"对什么不适应？"

"对这宇宙间的事物不适应。这是真的。不适应。"

"噢，艾默森先生，你这是在说什么呢？"

他的声音与平常说话时无异，以致她没察觉到他正在引用诗句。他说：

从远方，从黄昏与清晨，
风从四面八方而来，
将我编织起来的生命素材，
吹向这里：我于焉而生。[1]

---

[1] 摘自《从远方，从黄昏与清晨》，作者是阿尔弗雷德·爱德华·豪斯曼（Alfred Edward Housman, 1859—1936），英国诗人，以诗歌集《什罗普郡的少年》为世人熟知。

"乔治和我都知道这个,可是这为什么令他苦恼呢?我们知道我们从风里来,也将回到风里去;知道生命最终在永恒的平静中,也许是一个结,一团纠缠,一点瑕疵。然而这为什么要使我们忧愁呢?我们倒不如相亲相爱,努力工作与尽情欢乐。我才不相信这什么世界性的烦忧。"

汉尼彻奇小姐表示同意。

"那就让我的儿子也像我们这样想吧。让他领悟到在那永远不灭的问号旁边,总有一个'肯定'——一个短暂的'肯定',如果你愿意这样理解,那就是个'肯定'吧。"

她忽然忍不住发笑,任何人听了自然都会发笑。一个青年男子郁郁寡欢,了无生趣,因为这宇宙间的事物难以适应,因为生命是一团纷乱或一阵风,抑或一个"肯定",又或者某种什么东西!

"我非常抱歉，"她大声说，"你会觉得我是个冷酷的人，但是——但是啊——"这时候她变得老成起来，像个庄重的妇人。"哎，你的儿子需要找些消遣。他没有特别的爱好吗？我这么说，因为我自己也有烦恼，不过只要碰上钢琴，我基本上就可以忘忧了；而集邮对我的弟弟有无尽的好处。也许意大利让他厌烦了，你们应该试试到阿尔卑斯山或湖泊地区。"

老人的脸黯淡下来，他用手轻轻地碰了碰她。这没有令她惊慌，她以为自己的劝告打动了对方，他为此表示谢意。他还真的是完全不再令她感到惊慌了，她把他看作一个善良却相当傻气的人。她的心情变好，意气风发，就像一个小时以前心里充满了美感一样，那时她还没失去旅游指南。那位可爱的乔治，这时候从墓碑间大步向他们走来，看着既可怜又可笑。他趋前来，一张脸笼罩在阴影中。他说：

"巴特莱特小姐。"

"啊，老天！"露西说，兀地消沉下来，再次从一个新的角度看到了整个人生。"在哪里？在哪里？"

"在中殿。"

"那样啊。那两位爱嚼舌根的艾伦小姐一定——"她遏制自己说下去。

"可怜的女孩！"艾默森先生突然冲口说出这么一句，"可怜的女孩！"

这她可不能置之不理，因为她自己心里也正有这样的感觉。

"可怜的女孩？我不明白你这话什么意思。我认为自己是个非常幸运的女孩，请你放心。我十分快乐，也正玩得开心。请省点时间别为我感到悲哀。即便不去编造烦恼，这世上已经够多烦恼了，不是吗？再会。非常感谢你们两位的好意。啊，是呢！真的是我的表姐来了。这是个愉快的上午！圣克罗彻真是一座美妙的教堂！"

她又和她的表姐在一起了。

3. 音乐、紫罗兰与字母"S"

A Room With A View

露西还真的觉得日常生活一片混乱，但只要打开钢琴，她就能进入一个比较实在的世界。那时她不再谦逊恭敬，也不再屈尊俯就；不再是个叛逆者，亦不再是个奴隶。音乐王国不是这人世的王国，它愿意接受那些被出身、智识及文化一同排斥的人。一个凡夫俗子只需开始弹钢琴，便轻而易举地飞升到九天之上，而我们举头仰望，惊叹他何以能从我们之间逃脱，并且相信他若可以将他所见的幻景转化成人类的语言，也将他的种种经验变成人类的行动，那我们将要如何崇拜和爱戴他呀。也许他是做不到的——他肯定没有这样做，或者极少这么做。露西就从未这般做过。

她不是一个令人目眩的演奏家，她弹的速奏一点也不像珍珠串般清脆圆润，她也不比其他如她这般年纪和处境的人能弹出更多正确的音符。她还不是一个多情的女士，会在夏日傍晚打开窗户演奏悲情的曲调。她的演奏虽有热情，不过这份热情却难以归类。它介于爱与恨和嫉妒之间，融于形象化演奏风格必备的所有内涵之间。她的悲剧性只被她的伟大衬托出来，因为她喜爱为胜利的一方演奏，至于那是什么胜

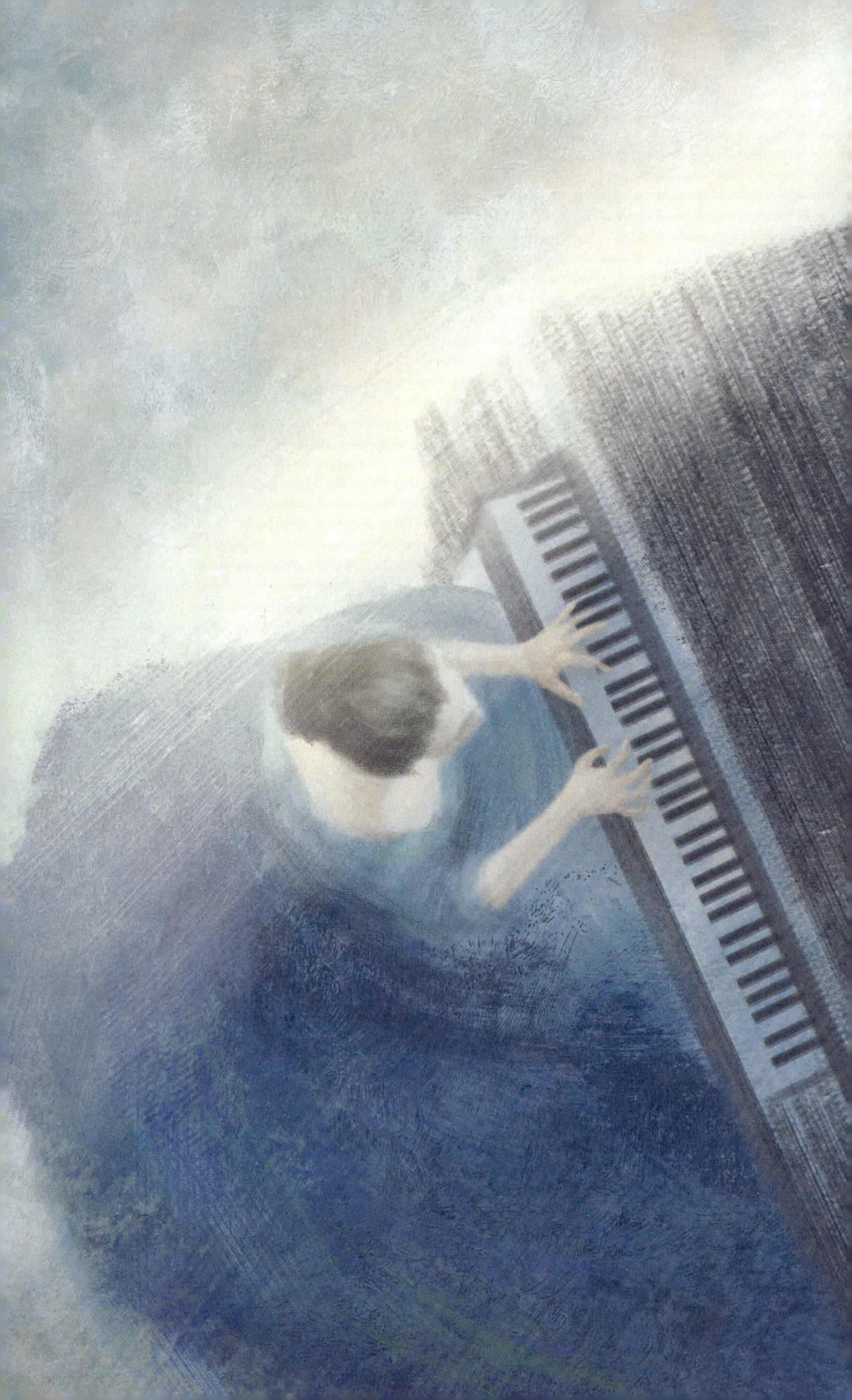

利,又胜过了什么——那是日常生活的语言不足以对我们诉说的。可是贝多芬有些奏鸣曲无可否认地写得十分悲怆,但演奏者仍然可以决定它们表现的是凯旋抑或绝望,而露西决定它们应该表现胜利。

在贝托里尼公寓,一个大雨滂沱的下午,她找到了机会做自己真心喜欢的事,于是午餐后,她打开那一架罩着套子的小钢琴。有几个人在周围徘徊,并称许她的演奏,不过,见她不做回应,就都四散到各自的房间去续写他们的日记或是上床休息了。她没有注意到艾默森先生在寻找他的儿子,也没发现巴特莱特小姐在寻找拉维希小姐,或是拉维希小姐在寻觅她的香烟盒。就跟一个真正的演奏家一样,音符本身纯粹的感觉令她醉心,它们像手指一样爱抚着她的手指。因而不仅仅借着琴音,她也通过触碰,满足了自己的欲求。

毕比先生不为人注意地坐在窗前,为汉尼彻奇小姐身上这种不合逻辑的元素陷入沉思,也忆起他最初在唐桥井发现这情形时的场合。那是上层人士款待下层人士的联欢活动之一。座位上坐满了毕恭毕敬的听众,当地教区的女士和绅士们,在教区牧师的主持下,唱歌、朗诵或模仿拔出香槟瓶塞子的动作。预定的节目中有一项是"汉尼彻奇小姐,钢琴演奏,贝多芬",毕比先生正思忖那会是《阿黛莱德》呢,还是《雅典的废墟》中的进行曲。这时候,他的沉着被《作品第Ⅲ号》开头的几个小节打乱了。那一整个导奏过程他的心都是悬着的,因为不到节奏加速起来便不能领会演奏者的意图。在听到主题乐章以一声咆哮开头时,他便知道这次演奏非同一般,在预告即将曲终的那些和弦声中,他听到宣告胜利的锤击声响。他庆幸她只演奏第一乐章，因为他实在无法专注倾听那迂回曲折又错综复杂的十六分之九拍的段子了。听众鼓掌时不失恭敬。倒是毕比先生带头使劲跺脚，在那场合已是竭尽所能了。

"她是谁呀？"他后来问那里的教区牧师。

"我的教区一位教友的表亲。我不觉得她选了一支适当的乐曲。贝多芬的感染力素来是简单和直接的，只有纯粹出于任性才会选这样的乐曲吧。这首曲子如果有什么用的话，那就是徒令人心烦意乱而已。"

"帮我引荐一下吧。"

"她一定会很高兴。她与巴特莱特小姐对你的布道赞不绝口。"

"我的布道？"毕比先生叫起来，"为什么她会去听我的布道？"

当他被带到她的面前，他就明白为什么了。原来汉尼彻奇小姐一旦离开她的钢琴凳子，便不过是一个有着一头浓密黑发和一张非常漂亮、苍白而尚未成熟的脸的年轻闺秀。她爱去音乐会，喜欢在她的表姐家小住，喜欢冰咖啡及蛋白脆饼。他不怀疑她也喜欢他的布道。可是在他离开唐桥井之前，他对那里的教区牧师说了一句评论的话，那也是此刻，当露西合上小钢琴的琴盖，神思恍惚地向他走来时，他对她本人说的这一句：

"倘若汉尼彻奇小姐对待生活的态度能像她对待弹琴一样，这于我们、于她，都将会是十分令人激动的事。"

露西马上又回到日常生活中。

"噢，这多么有趣啊！有人对我的母亲说过一模一样的话，而她说她相信我永远不会把生活过成二重奏。"

"汉尼彻奇太太不喜欢音乐吗?"

"她不怎么把音乐当回事。只是不喜欢一个人对任何事情表现得太过激动,她觉得我对音乐的态度很愚蠢。她认为——我也不知该怎么说。有一次,你知道吗?我说我喜欢自己的弹奏胜过任何别人的弹奏。她从此忘不了这句话。当然,我并不是说我弹得有多么好,我的意思是——"

"那是当然的。"他说,心里奇怪她何以着意解释。

"音乐——"露西说,似乎正试图要整理出一句概括性的话。她没法把话完成,却是出神地凝望着窗外那湿答答的意大利。南方的整个生活都失去了章法,这个欧洲最优雅的国家摇身一变,成了一团一团溃不成形的衣服堆。

街道与河流都流于浊黄,桥是肮脏的灰,而群山则是一片脏兮兮的紫。在这重重叠叠的山峦某处,拉维希小姐与巴特莱特小姐正隐身其中,她们选择了这个下午到加卢塔观光。

"音乐怎么了?"毕比先生问。

"倒霉的夏洛特要变成落汤鸡了。"露西如此回答。

这次出游完全符合巴特莱特小姐一贯的作风,她回来时必将又冷又累又饿,却仍然像天使般温柔体贴,穿着被雨水糟蹋了的裙子,拿着一本发胀了的旅游指南,还会因喉咙发痒而不时咳嗽。可是换另一个日子,当整个世界在欢唱,空气灌入口腔如同美酒,她却不愿意离开会客室,嘴里说着她是个老人家了,不配给一个活力充沛的女孩做伴这样的话。

"拉维希小姐带你的表姐走错路了。她希望在雨中找到真正的意大利吧,我相信。"

"拉维希小姐这人实在别具一格啊！"露西嘟哝着说。这其实是一句套话，是贝托里尼公寓在下定义方面的一大杰作。拉维希小姐实在别具一格。毕比先生对此有所怀疑，不过这些怀疑会使人认为牧师思想偏狭。正因如此，再加上别的原因，他选择保持沉默。

"请问是真的吗，"露西以一种敬畏的语调继续说，"拉维希小姐正在写一本书？"

"他们确实是这么说的。"

"这本书是写些什么的呢？"

"是一部长篇小说，"毕比先生回答，"写的是现代意大利。我看你该去请教凯瑟琳·艾伦小姐，她比我所认识的任何人都更能言善辩。"

"我希望拉维希小姐能亲自告诉我。我们刚认识时就已经是好朋友了。不过我认为那天上午在圣克罗彻，她不应该拿着旅游指南突然离开。夏洛特看见我独自一人在那里时，非常恼怒，所以我不禁也对拉维希小姐有点生气了。"

"不管怎样，这两位女士啊，已经言归于好了。"

巴特莱特小姐与拉维希小姐两个明显截然不同的女人突然建立起友谊来，他对此很感兴趣。她们总是相互做伴，露西则成了被怠慢的第三者。他相信自己了解拉维希小姐，然而巴特莱特小姐很可能还有不知多少异常之处，尽管它们不一定具有什么意涵。难道是意大利使她偏离正道，不再当个循规蹈矩的监护人？这身份可是他在唐桥井时指派给她的。他这一生就喜欢研究独身女性，她们是他的研究专长，而他的职业为这项研究提供了充分的机会。像露西这样的女子十分赏心悦目，然而毕比先生基于一些相当深奥的理由，对异性的态度多少有点冷淡，宁愿只对她们感兴趣，而不是为她们神魂颠倒。

露西第三次念叨起"倒霉的夏洛特要变成落汤鸡了"。阿诺河泛滥起来，上涨的河水把小推车留在河滩上的辙痕冲洗得一干二净。然而西南方出现了黯淡的黄色烟霾，如果这不是在预告天气会变得更糟，那它可能表示天气即将转晴。她打开窗户察看，一阵冷风旋即吹入房里，同一时刻进入房里的凯瑟琳·艾伦小姐正走到了房门口，这激起她的一声哀号。

"噢，亲爱的汉尼彻奇小姐，你会着凉的！何况这儿还有毕比先生呢。谁会想到这是意大利呢？我的姐姐竟然得抱着热水罐，既没有让人舒适的设施，伙食也不合格。"

她侧着身子走向他们，坐下，一副忸怩的样子。她每每走进一个里头只有一个男人或者只有一男一女的房间时，都会这般浑身不自在。

"我听到了你那优美的演奏，汉尼彻奇小姐，即便我在自己的房间里，还关上了门。关上门哪，这实在很有必要。在这个国家，没有人有一丝半点的隐私观念。人们像是患感染病，一个传一个地从别人那里学来这德性。"

露西得体地回应。毕比先生无法告诉女士们他在摩德纳的一次惊险的经历，在那里，一个收拾房间的侍女在他洗澡时闯进来，兴高采烈地嚷着说："Fa niente, sono vecchia.（这没什么啊，我都这么老了。）"他只能如此安慰自己："我很同意你说的，艾伦小姐。意大利人是最令人不悦的民族了。他们无处不打探，什么事都不放过，在我们还不知道自己要什么的时候，他们倒率先知道了。我们完全听由他们摆布。他们知道我们心里的想法，能预先说出我们的心思。从马车夫到——到乔托吧，他们将我们由里到外全翻出来，我就讨厌这个。而在他们内心的最深处，他们是——多么肤浅呀！他们完全不晓得何谓知性生活。贝托里尼夫人说得可正确了，那天她对我嚷着说：'噢，毕比先生，真希望你知道我为孩子的搅育所受的折腾啊。踏不可能把我的小维多利亚交给一个五知的、神么也解释不了的意大利人来教导！①'"

艾伦小姐没有听懂，不过她猜毕比先生是在善意地揶揄她。她的姐姐对毕比先生有点失望，毕竟她对这个头上秃顶、两鬓有赤褐色络腮胡子的牧师有所期望，以为他该具备更值得称赞的品质。的确，谁会想到在这个有军人风度的身躯里，也会藏着宽容、同情心和幽默感呢？

怀着满意的心情，她仍然侧着身子，而此中缘由最终被揭露

---

① 原文故意用一些错拼字来表现房东太太说的英语发音可笑。

了。她从自己坐着的椅子下抽出一个炮铜制的香烟盒来,上面有涂抹成绿松色的姓名首字母:"E.L."

"那是拉维希的东西。"牧师这么说,"拉维希呀,她是个好人,不过我倒希望她以后改抽烟斗。"

"噢,毕比先生,"艾伦小姐既恭敬又欢喜地说,"实在地说,她抽烟是很糟糕,不过没有你想象的那样可怕。那一次她一生的心血被塌方毁掉,她万念俱灰才抽起烟来的,这就比较情有可原了。"

"一生的心血?怎么回事?"露西问。

毕比先生坐在那儿,得意扬扬地往后一靠,艾伦小姐便开始叙述起来:

"那是一部长篇小说——据我所知,那恐怕不是一部很好的小说。真令人惋惜啊,有才能的人滥用了他们的才能,可我必须说人们几乎都是如此。不管怎样,她把快要完成的作品放在阿马尔菲镇卡普契尼饭店的耶稣受难小岩洞里,自己出去买一些墨水。她说:'可以卖给我一些墨水吗?'可是你晓得意大利人的德性,就在那时,耶稣受难小岩洞轰隆一声坍塌在海滩上,最可悲的是她怎么也想不起来自己写了些什么。这事以后,可怜的她生了一场大病,就忍不住迷上了抽烟。这是个大秘密呀,但我很乐意让你们知道她正着手在写另一部小说。那一天她告诉特蕾莎和普尔小姐,说她已经把所有本地特色都准备好了——这部长篇小说要写现代意大利;之前那一部是写历史上的——不过她得先有个构思才能动笔。她首先试着到佩鲁贾去找寻灵感,后来就到这里来了——这些事你们可不能四下散播。真高兴她渡过了这么大的难关!我忍不住想呀,每个人身上都有些值得欣赏的东西,即使那些东西你其实不能苟同。"

艾伦小姐便是如此,即便违背她内心真正的判断,也总表现得宽厚仁慈。一种微妙的悲悯熏染她那些支离破碎的言语,赋予它们一种意料之外的美感,就像秋天时落木萧萧的树林,偶尔会升腾起各种气息,让人怀想起春天。她觉得自己说的话几乎太过于体谅了,便赶紧为自己这包容的态度表示歉意。

"话虽如此,她还是有点太——我不想说她太不像个妇道人家,不过艾默森父子刚抵达这里时,她表现得最为古怪。"

艾伦小姐骤然提起这桩轶事,毕比先生不禁微笑。他知道只要有男士在场,她便不可能把事情和盘托出。

"我不晓得啊,汉尼彻奇小姐,你是否注意到普尔小姐,那位有着许多黄头发的女士,她喜欢喝柠檬水。那个老艾默森先生呀,他总是把事情说得很奇怪——"

她张开着嘴巴,却一声不响。毕比先生可是老于世故又足智多谋的,他走出去点了些茶水,她则匆忙地继续对露西细声交代:

"是胃。他警告普尔小姐,要她当心她的胃酸度——他是这么说的——而他可能出自善意。我必须说我一时忘我,大声笑了出来。这实在太突兀了。诚如特蕾莎所说,这并没有什么好笑的。然而重点是拉维希小姐被他提出的那个'S'[①]词深深吸引住了,她说她喜欢直截了当的言谈,也喜欢接触不同层次的思想。她以为他们是商务旅客——她用了'旅行推销员'[②]这个词——那一整个

[①] S 为 stomach 的第一个字母。
[②] 原文用 drummers,美式口语,指旅行推销员。

晚餐时间，她极力想证明英国，我们伟大而心爱的祖国啊，依靠的不是别的，而是商业。特蕾莎非常恼火，不等乳酪上桌便离席了，走的时候说'那边，拉维希小姐，是一个可以比我更能驳倒你的人'，说时指着丁尼生勋爵①那幅美丽的画像。拉维希小姐便发话了：'啧！早期维多利亚时代的人。'你想想这口吻！'啧！早期维多利亚时代的人。'我的姐姐已经走了，我觉得非说话不可。我说：'拉维希小姐，我正是个早期维多利亚时代的人。也就是说，至少，我不愿听到任何话指责我们敬爱的女王。'这话说得非常重。我提醒她女王当年是怎样在不情愿之下，毅然到爱尔兰去的。我必须得说，她当时惊得瞠目结舌，说不出话来。但是呀，很不巧的，艾默森先生听到了这番话，便用他那深沉的声音说：'差不多是这样，差不多是这样！就为她的爱尔兰之行，我尊敬这女人。'这女人！我说得太不成样子了。但你该看出来这时候我们被卷进怎样的一团纠葛里，全因为一开始时提到的那个'S'词。可是事情并没有就此结束。晚餐以后拉维希小姐居然过来对我说：'艾伦小姐，我要到吸烟室去找那两个爽快的男人谈话。你也来吧。'这不用说，我拒绝了这个不适宜的邀请，而她竟敢无礼之极地对我说，这会开阔我的思想，还告诉我她的四个兄弟，除了一个在军队里服役以外，其他的都在大学里工作，而他们都特别注重与商务旅客交谈。"

"让我来把故事说完吧。"毕比先生说，他回到房里来了。

---

① 阿佛烈·丁尼生（Alfred Tennyson，1809—1892），英国桂冠诗人，在世时就获得了极高的声誉。

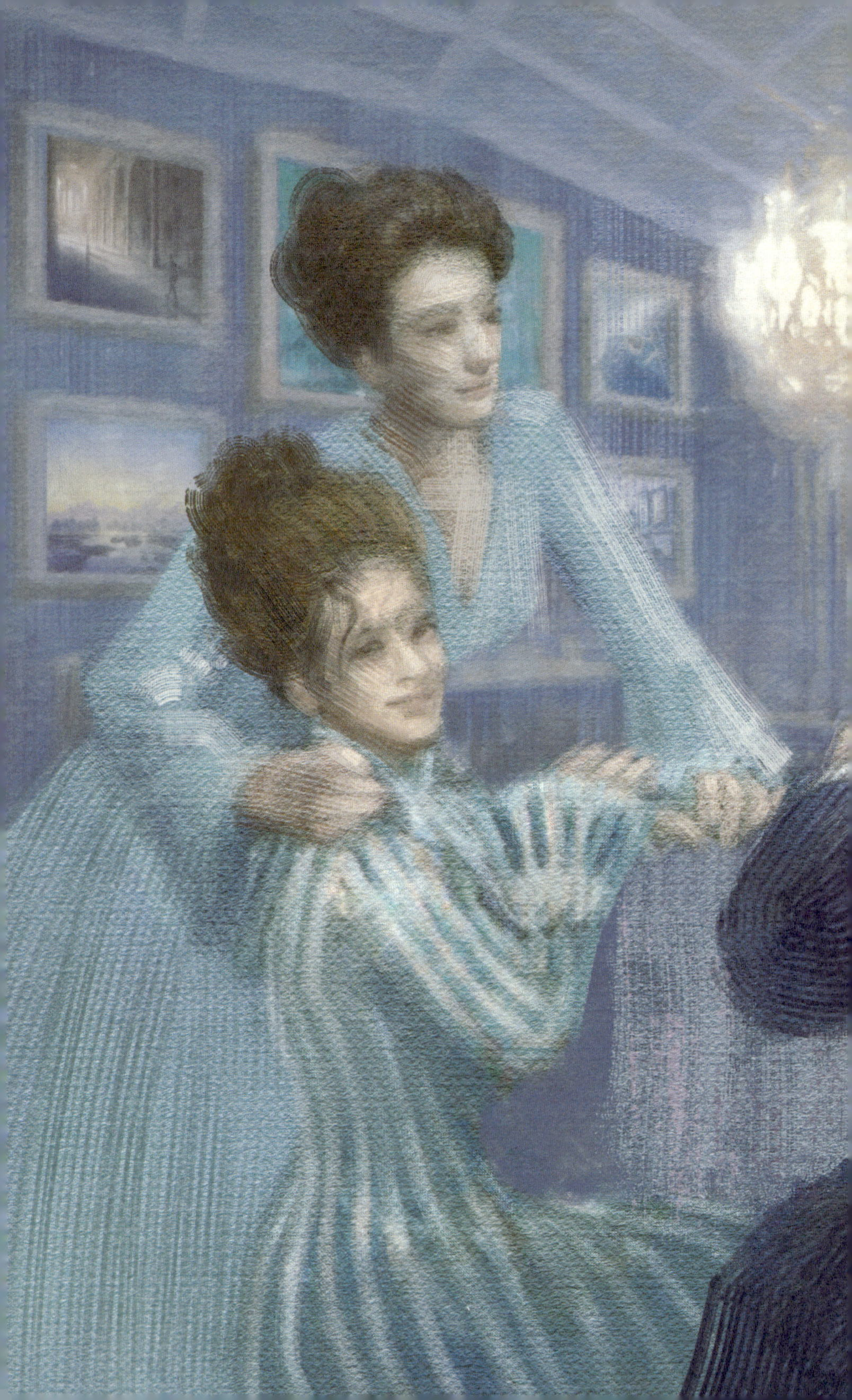

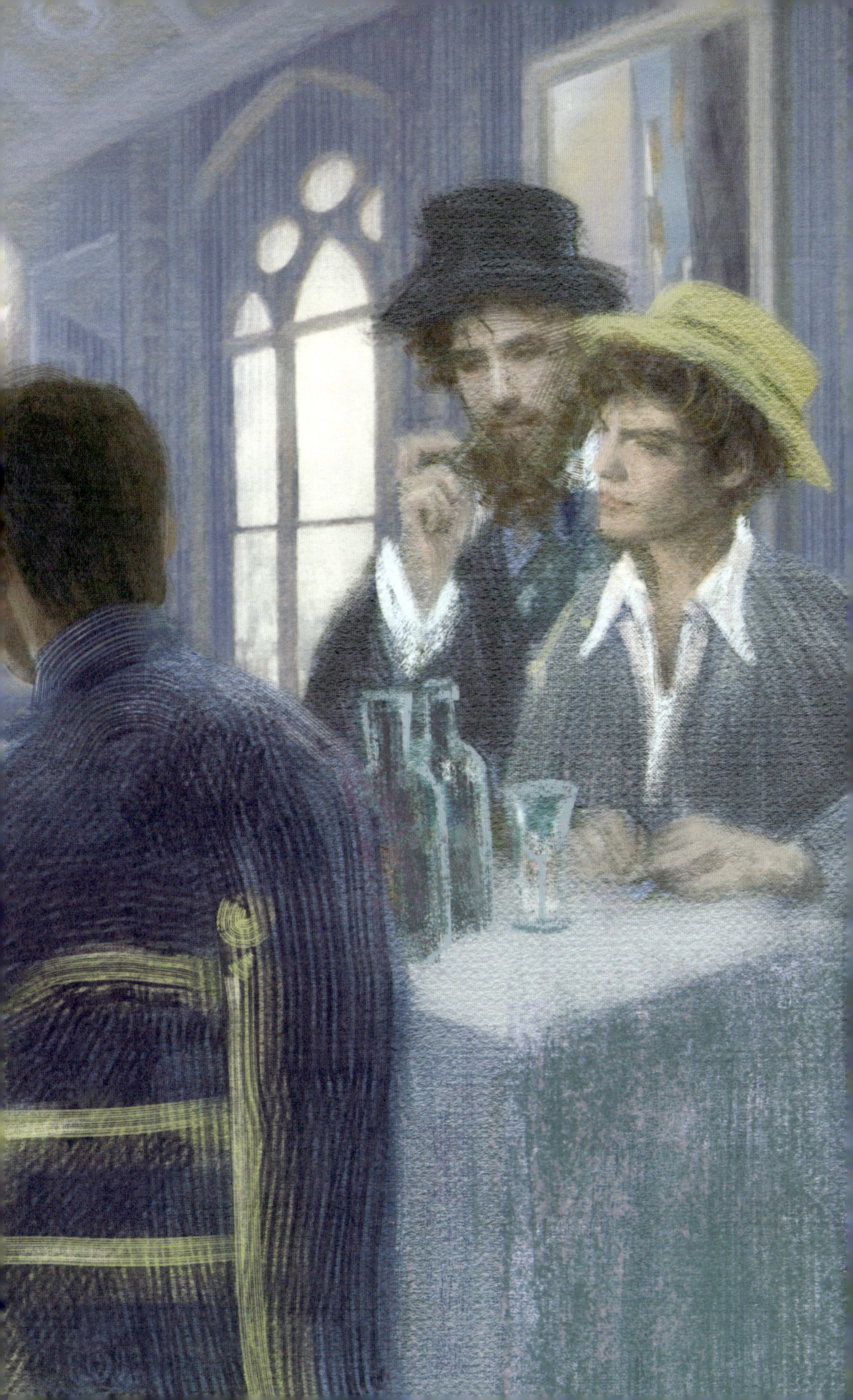

"拉维希小姐试着把普尔小姐、我本人以及房里的每一个人叫去,最后她说:'那我就一个人去好了。'她真去了。五分钟以后,她悄无声息地拿着一块绿绒板回来,一个人玩起纸牌游戏打发时间。"

"发生什么事了?"露西叫起来。

"没人知道。没有人会知道。拉维希小姐永远不敢讲出来,而艾默森先生认为这不值得一提。"

"毕比先生——老艾默森先生,他是个好人抑或不是?我真的很想知道。"

毕比先生大笑,建议她该自己解答这个问题。

"不——但这真的太难了。有时候他是那样的傻,而我并不在意。艾伦小姐,你是怎么想的呢?他这人好吗?"

这位矮小的老太太摇摇头,不甚赞同地叹了一口气。毕比先生被这谈话逗乐了,便出言相激:

"我以为在那次紫罗兰事件以后,艾伦小姐,你势必会把他归类为好人。"

"紫罗兰?噢,天呀!谁告诉你关于紫罗兰的事?事情是怎么传开的呢?膳宿公寓可真不是个闲聊的好地方。不,我忘不了在圣克罗彻教堂,他们在伊格先生讲解时的行为表现。噢,可怜的汉尼彻奇小姐!那真的太恶劣了。不,我已经改变想法。我不喜欢艾默森父子。他们不好。"

毕比先生冷淡地微笑。他曾出了点力将艾默森父子引荐到贝托里尼的社交圈子,这项努力以失败告终。他几乎是唯一还对他俩保持友善的人。拉维希小姐作为知识分子的代表,对他们公然敌视,而如今两位艾伦小姐,她们代表良好的出身和教养,也追随了她的脚步。至于巴特莱特小姐,虽苦于欠了父子俩的情,对他们却也不怎么客气。露西的情况不同。她曾含糊地把她在圣克罗彻的历险告诉了他,他因而了解到,这两个男性曾以出奇的方式,也可能是联起手来争取她,以他们特异的立场向她展示这个世界,使她对他们个人的悲欢产生兴趣。这实在很无礼。他不希望他们的斗争得到一个年轻女子的拥护:他宁可它失败。说到底,他对他们一点也不了解,而膳宿公寓里的喜、怒、哀、乐,无非过眼云烟,露西却终究会是他教区里的教友。

露西虽一半心思都用作观察天气,但最后还是说出来了,她认为艾默森父子是好人。倒不是说如今她在他们身上有所发现,他们连晚餐时的座位都被移走了。

"但是亲爱的,他们不总是拦着你,要你和他们一起出去吗?"那矮个女士好奇地探问。

"只有过一回。夏洛特不高兴,她说了一些话——相当委婉地,当然。"

"她做得对极了。他们不懂我们的规矩。他们必须找跟他们同一个阶层的人。"

毕比先生其实觉得他们已经往下面的阶层去了。他们已放弃尝试——如果那算是尝试的话——去征服社交圈子,如今那位做父亲的几乎和他的儿子一样沉默。他思忖着自己是否可在他们离开以前,为他们安排愉快的一天——也许是一次出游吧,让露西在监护人的充分照管之下,好好对待他们。毕比先生最为享受的乐趣之一,正是为人们提供快乐的记忆。

就在他们闲谈的时候,暮色悄然降临。空气变得纯净些了,树木和山峦的颜色变得干净了,阿诺河也不再是一片浑浊的泥泞,开始闪现波光粼粼。云间出现几道蓝绿色的斑纹,地面几处水洼泛着光,圣米尼亚托教堂正门的水珠滴答着,在落日下焕发出耀眼的光芒。

"现在出去太晚了,"艾伦小姐松了一口气说,"所有的画廊都关门了。"

"我还是想出去,"露西说,"我要乘环城电车到城里兜一圈——站在驾驶员旁边的平台上。"

她的两个同伴脸色变得严肃起来。毕比先生觉得巴特莱特小姐不在,他对她便有监护的责任,于是试探着说:

"但愿我能和你一起去,不巧的是,我有些信函要处理。倘若你一定要一个人出去,步行不是更好吗?"

"意大利人呀,亲爱的,你知道的。"艾伦小姐说。

"也许我会遇到一个能完全读懂我想法的人呢!"

可是他们看起来仍然不赞同,她便只好退让,对毕比先生说她只出去稍微散个步,而且只会到游客常去的那几条街。

"她根本不应该出门,"他们从窗口望着她离开时,毕比先生这么说,"她自己分明也知道的。我想这都怪她弹奏太多贝多芬了。"

4. 第四章

A Room With A View

毕比先生说得对。露西只有在弹了钢琴以后才最清楚自己的意愿。她并未真正领会这位牧师在语言上的机智，也不欣赏艾伦小姐那充满暗示意味的叽叽喳喳。会谈这事单调乏味，她想遇上一些重大的事情，而她相信只要站在刮着劲风的电车平台上，她就会遇上不凡的事。但她也许不会尝试这样做。这非淑女所为。为什么呢？为什么大多数不平凡的事都与淑女不相配？夏洛特曾对她解释过一回。并非因为女士比男士卑下，而是因为女士和男士不同。她们的使命是激励别人去获得成就，而不是自己去争取成功。凭着灵巧的手腕和无瑕的名声，一个女士可以间接地取得巨大的成就。可如果她自己加入战场去冲锋陷阵，就会被谴责，继而被鄙视，最终被大家弃之不顾。这一点，已经有人写了诗来阐明。

这中古时代的女子身上有许多不朽的东西。龙已不复存在，骑士亦然，可她依然盘桓在我们当中。她支配着早期维多利亚时代的许多城堡，也是那时代里许多歌曲中的女王。在各种重大事情的闲余，保护她是一件美事；在她为我们做了可口的晚餐时，向她致敬也是一件美事。不过真是遗憾哪！这生物在堕落。她心里也在涌现各种奇奇怪怪的欲望。她也恋慕狂风、壮丽的山河，以及无边无际的绿色海洋。她注意到当今世界这个王国，它是如此充满了财富、美与战争——一层发光发热的外壳围着中间的大火，熊熊火焰旋转上升，直奔逐渐隐退的天空。男人们声称受她的激励而去，在它的表面上生机勃勃地活动，与其他男人无比愉快地相聚，他们快乐，并非因为他们阳刚勇武，而是因为他们活着。在这场演出结束以前，她想放弃"永恒的女人"这令人望而生畏的称号，作为一个转瞬即逝的自我，也到那里去。

露西并不代表中古时代的女子，那毋宁是一个理想的形象，是别人要她在心情严肃时抬头仰望的一个人物。她也没有任何反抗的方式。生活中三五不时会有些约束特别地激怒她，而她不惜违抗，过后也许会懊悔不已。这个下午她感到异常的焦躁不安，很想做一些会让那些一心为她好的人所不赞许的事。既然乘电车不行，那她便到阿利纳利的商店[①]去。

她在那里买了一张波提切利的《维纳斯的诞生》的画作。维纳斯，甚为遗憾地破坏了这幅画，不然它实在十分动人，而巴特莱特小姐曾劝说她别买这画（艺术作品中的遗憾，当然指的是裸体）。她还买了乔尔乔内的《暴风雨》《小神像》、西斯汀教堂的几幅壁画，以及《擦光》。这让她感觉内心平静了些，便又买了安杰利科的《圣母加冕》、乔托的《圣约翰升天》，一些德拉·罗比亚的婴孩陶雕，以及几张圭多·雷尼的圣母像。她钟情于天主教的

---

① 世界上最古老的复制图片出版商之一，1852年创建于意大利佛罗伦萨。

艺术品位，而且对每一位名家都不加批判地全盘接受。

尽管她花了将近七里拉，自由的大门似乎尚未敞开。她意识到心里的不满，这还真新鲜，她竟然意识到自己的不满。她想："这世界肯定充满了各种美好的事物，就看我能不能遇上。"难怪汉尼彻奇太太对音乐不表赞同，声称音乐经常让她的女儿变得暴躁易怒、不切实际，还有点神经过敏。

"我什么也没碰上。"她走进领主广场时心里是这么想的。她冷淡地看着它那令人惊叹、于她却已相当熟悉的美妙景观。这座大广场正被阴影笼罩——阳光来得太迟，来不及驱走阴暗。暮光中，海神尼普顿已不再是个实体，半是神，半是鬼，他坐镇的喷泉梦幻般飞溅到徘徊于边缘的男人与萨堤尔[①]们的身上。那里的一道凉廊有三个入口，可达一处洞穴，里面安放了许多神像，阴森而不朽，眺望着人类的来来往往。这是个虚幻的时刻——在这样的时刻，一切不熟悉的事物都已成真。要是换作一个年岁大些的人，此时此地，大概会认为在他身上已经发生了足够的事，于愿足矣。露西想要的可不止这些。

她惆怅地把目光投向那座宫殿的塔楼，它从底下的黑暗中升起，如同一根粗糙的黄金柱子。它看起来不再是一座塔楼，也不再由土地支撑，而是某种可望而不可即的宝物在静寂的天空中颤动。它那明亮的光辉催眠似的使她着迷，而当她把目光移向地面并开始往回走时，这些光芒仍然在她眼前跳跃。

[①] 萨堤尔（satyrs），古希腊神话中半人半兽形象的男性精灵，多出没于林间野地，伴随在牧神潘或酒神迪奥尼索斯身边，性情粗俗好色。

接下来，真的发生了一件事。

在凉廊前面有两个意大利人为了一笔欠债在争执。"Cinque lire!（五里拉！）"他们大喊，"Cinque lire!（五里拉！）"他们打了起来，其中一人的胸膛被轻轻击中。他皱起眉头，弯腰朝向露西，还望了她一眼，像是有什么重要的话要对她说一样。他刚要张口说，一股鲜红的液体从他的唇间溢出，流过他没有刮胡子的下巴。

到此为止了。暮色中涌出一群人来，将她与这个离奇的男人挡开，再把他抬到喷泉那里。乔治·艾默森先生正巧与她隔着几步之遥，目光越过那个男人刚才的所在之处，望着她。这多么奇怪！目光跨越了什么。即便她瞥见他，他却已变得模糊了，那座宫殿本身也已经朦胧，在她的头顶摇晃，轻轻地，慢慢地，无声地倒向她，天空也随之一起落下。

她想："老天，我做了什么？"

"老天，我做了什么呀？"她喃喃地说，并且睁开她的眼睛。

乔治·艾默森依然注视着她，这一回目光再没有跨越任何东西了。她曾抱怨生活沉闷无趣，可看看现在！一个男人被捅了一刀，而另一个男人则把她抱在怀里。

他们正坐在乌菲兹美术馆拱廊的石阶上。一定是他把她抱过来的。在她说话的时候，他站起来，动手拂去他膝上的尘土。她又一次重复说：

"老天，我怎么啦？"

"你晕过去了。"

"我——我很抱歉。"

"你现在觉得怎样？"

"非常好——完全好了。"说着,她开始点头微笑。

"那我们回去吧。留在这里没什么意思。"

他伸出一只手想把她拉起来。她装作没看见。从喷泉那里传来的哭号——一直未曾停息——在空荡荡地响着。整个世界显得一片苍白,失却了它原有的意义。

"你实在太好了!我若是摔倒很可能会受伤的。不过我现在已经没事。我可以自己走了,谢谢你。"

他还伸着手,没有缩回去。

"啊,我的画!"她忽然惊叫起来。

"什么画?"

"我在阿利纳利的店里买了一些画。我一定是把它们落在广场那里了。"她小心翼翼地看着他,"你可以再多做一件好事,替我将它们捡回来吗?"

他便再去多做一件好事。见他转身,露西站起身来,像个疯子似的偷偷沿着拱廊向阿诺河的方向跑去。

"汉尼彻奇小姐!"

她停下脚步,一只手按在胸口上。

"你坐着别动,你不适合一个人回去。"

"我行的,非常感谢你。"

"不,你不行。你若真行就会光明正大地走了。"

"可是我宁愿——"

"那我就不去替你捡画了。"

"我宁愿自己一个人。"

他专横地说:"那男人死了——那个男人很可能已经死了,你

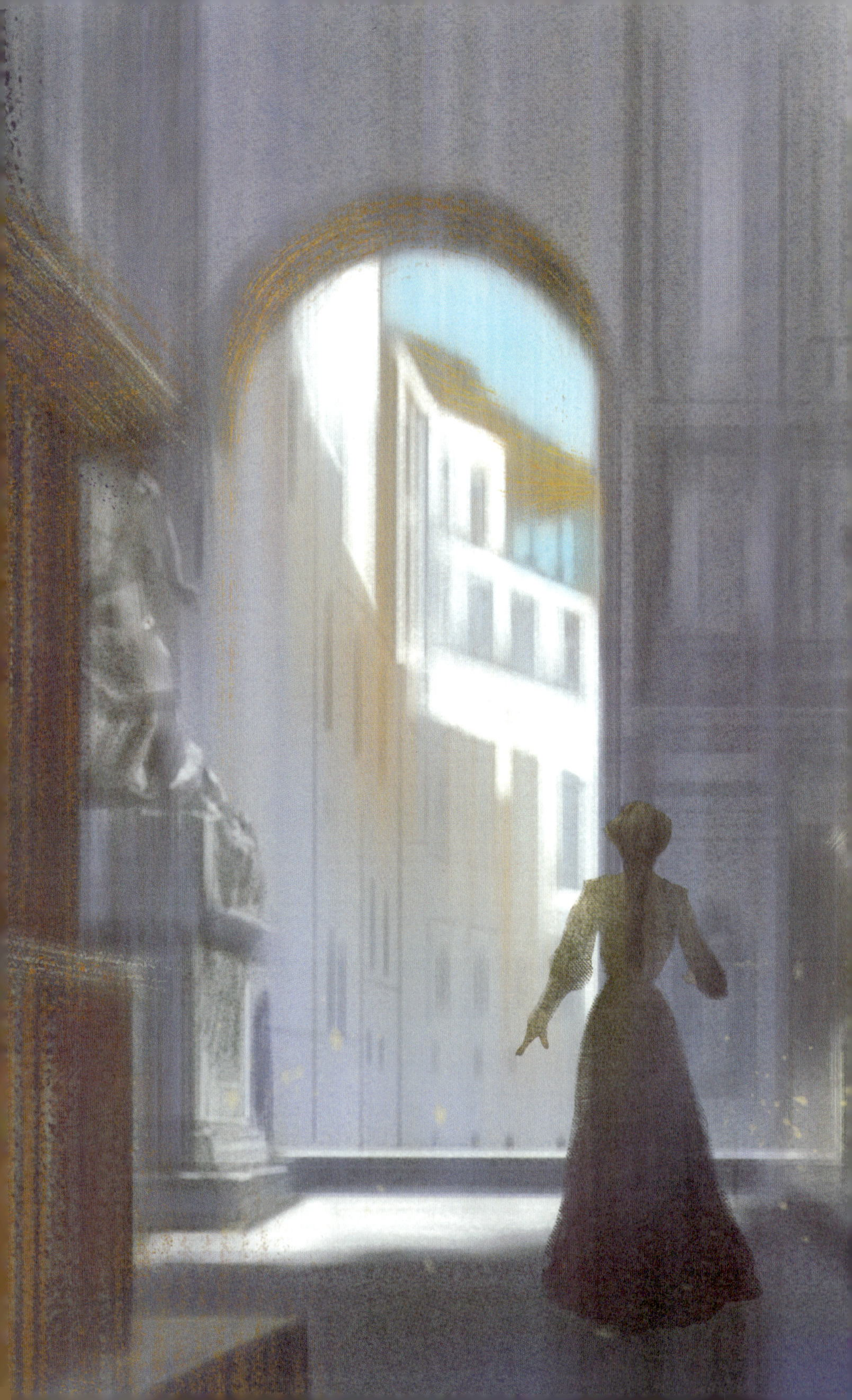

坐下,等休息够了再说。"她有点魂不守舍,便依从了他。"在我回来以前,不要走动。"

隔着一段距离,她看到一些戴着黑色兜帽的生灵,仿佛在梦境中出现一样。那宫殿的塔楼失去了落日余晖的映照,已经与大地融为一体。等艾默森先生从那阴影重重的广场回来时,她该怎样对他说话呢?

"老天,我怎么啦?"——她与那个垂死的男人,跨越了某种精神的疆界,都有着这同一个念头。

他回来了,她便说起这起谋杀事件。说来奇怪,这竟是个容易谈论的话题。她谈到意大利人的性格,她几乎喋喋不休地说着五分钟前让她当场晕倒的事故。她本来就身体强健,也就很快克服了对血的恐惧。她不需要他搀扶便站了起来,尽管体内如有翅膀在扑扑拍动,她仍然步履稳健地朝阿诺河走去。一个马车夫向他们招手,被他们拒绝了。

"你说那个杀人凶手居然还要亲吻他——意大利人真的太奇怪了!——还去向警察自首!毕比先生说意大利人无所不知,我倒认为他们孩子气得很。昨天我和表姐在碧提宫的时候——那是什么啊?"

他将某样东西扔到了河里。

"你把什么投进去了？"

"我不要的东西！"他气呼呼地说。

"艾默森先生！"

"怎么？"

"那些画呢？在哪儿？"

他不作声。

"我觉得扔掉的就是我的画。"

"我不知道该拿这些画怎么办！"他大声说，声音就像是个焦急的男孩。她第一次为他心里升起一股暖意。"它们都沾满了血。好吧！我很高兴把这个告诉你了，刚才我们交谈的时候，我满脑子都在想着该怎么处理这些画。"他指着河的下游，"它们都没了。"河水在桥下打着漩涡，"我真的对它们很在意，而且人有时候真的很傻，看来它们还是冲到海里比较好——我也说不清楚，也许我只是想说它们吓到我了。"说着，这男孩蜕变成一个男人，"有一件了不得的事情发生了，我必须面对它而不被冲昏头脑。我说的不全然是死了一个人的事。"

露西感觉到有什么在警告她，要她阻止他说下去。

"它发生了，"他重复，"而我一定要弄清楚那是怎么一回事。"

"艾默森先生——"

他向她转过身来，皱着眉头，像是在探索什么抽象的东西，被她打扰了。

"在我们进去之前，我要请求你一件事。"

他们已接近膳宿公寓了。她停下脚步，把双肘搁在堤岸的护墙上。他也这样做。有时候，如此完全一致的姿势有着奇妙的魔力，它是一种方式，向我们暗示永恒的战友情谊。她移动了一下双肘，然后说：

"我刚才的表现很可笑。"

他在想着自己的心事。

"我一辈子从未这么为自己感到羞愧过。我想不出来我怎么会这样。"

"我也几乎晕倒。"他说。但她感觉到自己的态度令他反感。

"那样啊，我实在万分抱歉。"

"算了，那没什么。"

"还有——这才是我真正要说的——你知道人们说起闲话来有多无聊——尤其是女士们，我恐怕——你明白我的意思吗？"

"抱歉，我不明白。"

"我的意思是，你可不可以不对任何人提起我的愚蠢行为？"

"你的行为？啊，我明白了，好的——好的。"

"太感谢你了。还有，你能不能——"

她没法进一步说明她的请求。河水在他们下面流得湍急，于深沉的夜幕中几乎变成了黑色。他把她的那些画都扔进河里了，也把缘由告诉了她。她忽然感觉到……要在这样一个男人身上寻求骑士精神根本是一种奢望。他不会散布流言来伤害她，他是值得信赖的，他聪明，甚至有一副好心肠，他也可能对她有很高的评价。然而他缺乏骑士风度，他的想法，一如他的行为，不会因为惊惧而变化。说出"还有，你能不能——"而指望他自行把这句话完成，像那幅美丽的图画里的骑士那样，将目光从她赤裸的身体上移开，完全是没用的。她曾被他抱在怀里，而他记得这事，就像他记得那些血，染在了她从阿利纳利的商店买来的画上。这不全然是死了一个人这么回事，活人的身上也发生了点什么：他们已面临这么一个境况，性格在这关口起着重大的影响，还有，童年——正要进入小路分岔的青春时代。

"那好吧，非常感谢你。"她又说了一遍，"这种意外的发生还真的就在眨眼之间，然后人们又得回到原来的生活中去了。"

"我不是那样。"

焦虑感促使她向他追问。

他的回答令人困惑不解:"我可能想活下去。"

"可是为什么呢,艾默森先生?你这话是什么意思?"

"我说,我要活下去。"

她把双肘搁在护墙上,双眼凝视着阿诺河,河的咆哮送入耳中,给她献上一些意想不到的旋律。

5. 一次愉快的外出
　　　　之种种可能

A
Room
With
A
View

露西家里有个说法："你永远不晓得夏洛特·巴特莱特下一步会做什么。"对于露西的历险，她表现得十分愉快和通情达理，认为露西给她的简述已相当充分，并适切地赞扬了艾默森先生的礼貌周到。她与拉维希小姐也有过一番惊险的遭遇。在回来的路上，她们在税务所被拦住了，那里的年轻官员们显得放肆无礼又无所事事，竟试图要在她们的网袋里搜出食物来①。这事本令人极为不悦，好在拉维希小姐不管应付什么人都游刃有余。

这不知是吉是凶，反正露西唯有独自面对她的问题了。她的朋友当中没有任何人看到她，无论是在广场上，抑或是后来在堤岸边。毕比先生还真的在晚餐的时候注意到她那一双惊慌的眼睛，便对自己又说了一遍"贝多芬弹得太多了"。但他仅仅以为她准备去冒险，却没想到她已经碰上过险事了。这种孤独感使得她十分焦虑，她习惯于让自己的想法得到别人的认可，或者，即使被他人驳斥也行。像这样不晓得自己

---

① 当时意大利多半城镇都设有关卡，对旅客所带的食物上税。

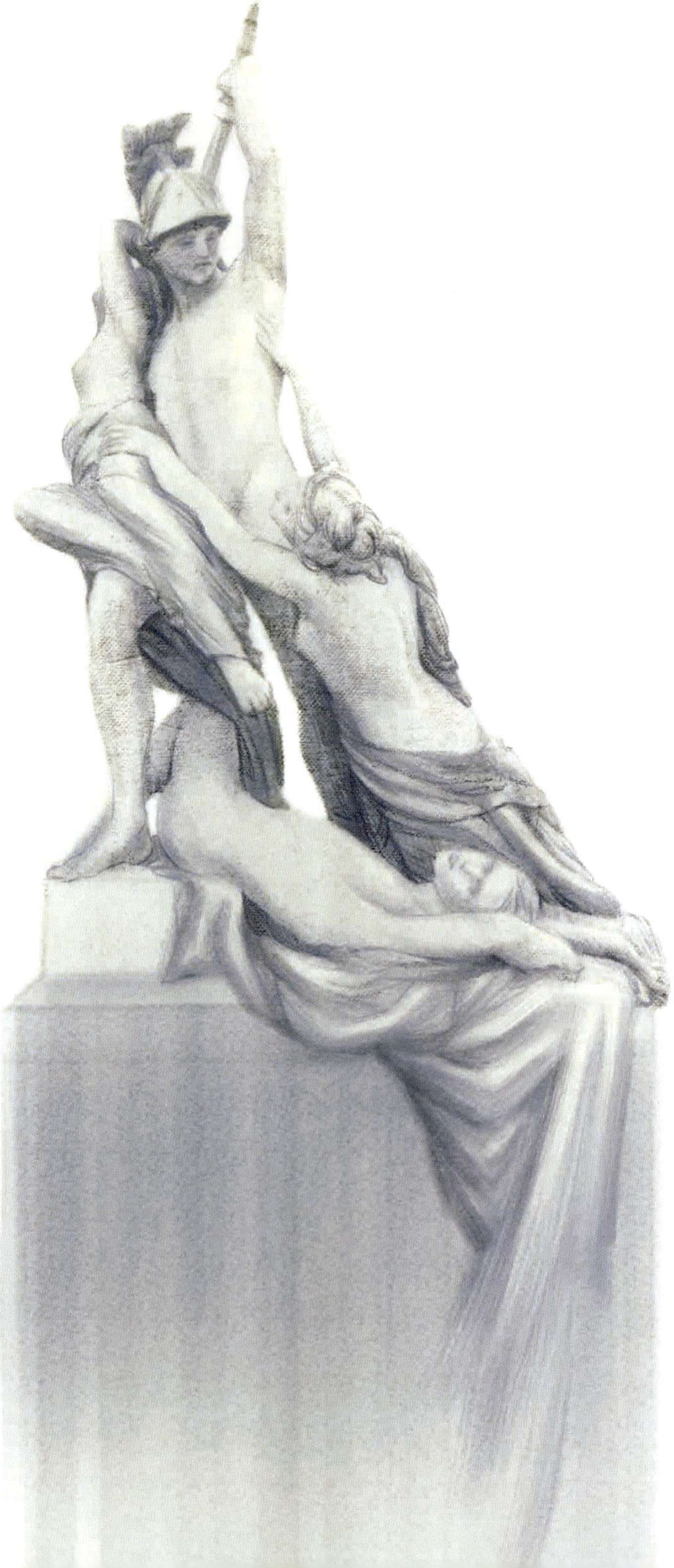

想得对抑或不对，实在太让人难受了。

第二天早上吃早餐时，她采取了果断的行动。她面前摆着两个方案，她必须择其一。毕比先生将会与艾默森父子以及几位美国女士步行到加卢塔。巴特莱特小姐和汉尼彻奇小姐可要同行？夏洛特为自己推辞了，她前一天下午才在雨中到过那里。但她认为那对露西不失为一个好主意，因为她讨厌购物、兑换钱币、取信件，以及其他令人厌烦的杂务——这一切，巴特莱特小姐都必须在今天上午完成，而她一个人就能轻松地把事情做完。

"不，夏洛特！"这女孩大声说，其中不无真情，"毕比先生确实是一番好意，但我当然要和你一起走。我更愿意这样。"

"很好啊，亲爱的！"巴特莱特小姐说，脸上因高兴而微微泛红，这倒使露西羞愧得涨红了脸。她对待夏洛特的态度，一如既往，是多么的恶劣啊！不过现在她要改变了。这一整个上午她都会真心地好好待她。

她把手伸到表姐的臂弯里，两人沿着阿诺河的堤岸走。那天早上的阿诺河，无论水势、声音或颜色都活像一头狮子。巴特莱特小姐坚持要靠在护墙上观看流水。接下来她说了一句她经常说的话，那就是："真希望弗瑞迪和你的母亲也能看到这景象！"

露西觉得有点待不下去。夏洛特可真讨厌，她选择的驻足之处正是她昨晚停留的地方。

"看，露西亚[①]！噢，你在留意着去加卢塔的那批人。我真怕你会为自己的选择而感到懊悔。"

[①] Lucia 为"露西"这名字的拉丁语原型。在这儿作为小名或昵称用。

露西可是认真做的抉择，因此她也真的不感到后悔。昨天是一笔糊涂账——怪异而奇特，并非一般人可轻易记在纸上的事情——但她有种感觉，与夏洛特一起买东西，要比和乔治·艾默森一起登上加卢塔的塔顶来得合宜。既然她解不开那缠作一团的纠结，就必须小心地不让自己再介入其中。因此对于巴特莱特小姐说的那些含沙射影的话，她能够真诚地表示抗议。

可是尽管她尽力避开了那一位主要演员，然而不幸的是，那个场景却还存在。夏洛特以命运般自鸣得意的步伐，领着她由河边走到领主广场。她以前真不会相信那些石头、一道凉廊、一口喷泉、一座宫殿的塔楼能具有这么多特殊的含义。有那么一瞬，她明白了阴魂的本性，它们都不轻易离去。

现在，已经有人站在谋杀事件的案发地点了，不过不是个阴魂，而是手里拿着一份晨报的拉维希小姐。她神采奕奕地向她们打招呼。前一日发生的那一场可怕的灾祸让她灵机一动，她认为大可构思成一本书。

"噢，祝贺你啊！"巴特莱特小姐说，"经过了你昨天的失望以后！这是多么幸运的事！"

"啊哈！汉尼彻奇小姐，你到这儿来是我走运了。现在，你得把你看到的一切，从头到尾的一一告诉我。"露西用她的小阳伞戳了戳地面。

"不过也许你不想说？"

"真抱歉——如果我不说你也能应付得来，我想我宁可不说。"

两位年纪较长的女士交换了个眼神，却并非表示不赞许。一个女孩对这种事耿耿于怀，是合宜不过的。

"我才该感到抱歉。"拉维希小姐说,"受雇文人都是些不知羞耻的东西。我相信人们心里没有什么秘密是我们不去窥探的。"

她兴致高昂地大步迈向喷泉再走回来,做了几次实地计算。她说她从八点钟就到广场来搜集资料了。其中大部分都不适用,但是啊,反正总得加以改写。那两个男人是为了一张五法郎的钞票而起争执的。这张五法郎钞票会被她以一个年轻女郎替代,这可以提升悲剧的格调,同时还可以提供极好的情节。

"女主角叫什么名字呢?"巴特莱特小姐问。

"利奥诺拉。"拉维希小姐说。她自己的名字叫埃莉诺①。

"我真希望她是个好人。"

这迫切的需要必定不会被作者忽略。

"那么情节又是怎样的呢?"

爱情,谋杀,诱拐,复仇,这就是情节。不过这些事情全都骤然发生在朝阳下,在喷泉的水珠飞溅到萨堤尔们的身上时。

"希望你们能原谅我说这一大堆乏味无聊的东西。"拉维希小姐终结她的话,"与真正具有同情心的人谈话真叫人依依不舍。当然,这不过是最简略的大纲。我还得加上大量的本土色彩,以及对佛罗伦萨和周边地区的描写;还有呢,我要安插一些幽默诙谐的角色。我可以提前跟你们预告:对于英国游客,我可不打算手下留情。"

"噢,你这缺德的女人。"巴特莱特小姐嚷起来,"我敢肯定你想到的是艾默森父子。"

------

① 利奥诺拉 Leonora 为埃莉诺 Eleanor 的变体。

拉维希小姐对她展示了一个为达目的不择手段①的邪笑。

"我承认在意大利,我的同情心没有用在我的同胞身上。吸引我的是那些被忽视的意大利人,我要倾尽全力描绘的也是他们的生活。我重复并且坚持,而且我一向坚定不移地认为,像昨天发生的那种悲剧,并不因为它发生在小人物身上而减少一点悲剧性。"

拉维希小姐的话说完以后,有一阵恰到好处的静默。两位表姐妹祝愿她的努力获得成功,再缓步离开,越过广场。

"她就是我心目中那种真正聪明的女人。"巴特莱特小姐这么说,"她最后的那番话说得特别对。那应该是一部感人至深的小说啊。"

露西表示同意。此时她最大的目标是不让自己被写进这部作品里。今天上午她的洞察力特别敏锐,而她相信拉维希小姐有意让她在小说中扮演一个涉世未深的天真少女。

"她是个解放了的人,我说的解放,是这个词所具有的最正面的意义。"巴特莱特小姐慢条斯理地继续说,"只有肤浅的人才会对她感到震惊。我们昨天有过一次长谈。她相信正义、真理和人文关怀。她还告诉我,她对妇女的命运十分看重——伊格先生!怎么会遇见你?太好了!真让人惊喜呀!"

"啊,对我可不算惊喜。"这位副牧师淡然地说,"我观察你和

---

① 原文为 Machiavellian,即"马基雅维利式的"。马基雅维利(Machiavelli, 1469—1527)为意大利政治家和历史学家,以主张为达目的可以不择手段而著称于世,"马基雅维利主义"也因之成为权术和谋略的代名词。

汉尼彻奇小姐已经好一阵子了。"

"我们刚才在和拉维希小姐谈天。"

他皱起了眉头。

"我看见了。所以你们确实是在谈天了?Andate via! Sono Occupabo!(走开!我没空!)"后面那句意大利话是对一个售卖全景照片的小贩说的,那人正带着礼貌的微笑趋近。"我正想冒昧地提出一个建议。不知你与汉尼彻奇小姐是否有兴趣在本周内某一天和我共乘出游——到山里走走?我们可能从菲耶索莱上山,回来时取道塞蒂尼亚诺。途中有个地方我们可以下车,在山坡上逛一个小时。从那里眺望佛罗伦萨的景色是最美的——比从菲耶索莱看到的老风景要漂亮多了。那是阿莱西奥·巴尔多维内蒂[①]喜欢引入他画里的景象。很显然,这人对风景有他自己毋庸置疑的鉴赏力。然而今时今日还有谁看他的画呢?唉,这个世界对于我们来说,实在太难以接受了。"

巴特莱特小姐不曾听说过阿莱西奥·巴尔多维内蒂,但她知道伊格先生不是个一般的副牧师,他是移居到佛罗伦萨并且把这里当成家园的那群人中的一个。他认识那些从来不随身带着旅游指南到处走的人,这些人学会了午餐后小睡,会乘坐马车到膳宿公寓的旅客从未听闻过的地方兜风,也通过私人关系参观一些不对旅客开放的画廊。他们过着精致的隐居生活,不是住在带家具的套房,便是住在菲耶索莱山坡上那些文艺复兴时期的别墅里。

[①] 意大利文艺复兴时期画家阿莱西奥·巴尔多维内蒂(Alessio Baldovinetti, 1427—1499),擅长风景画。

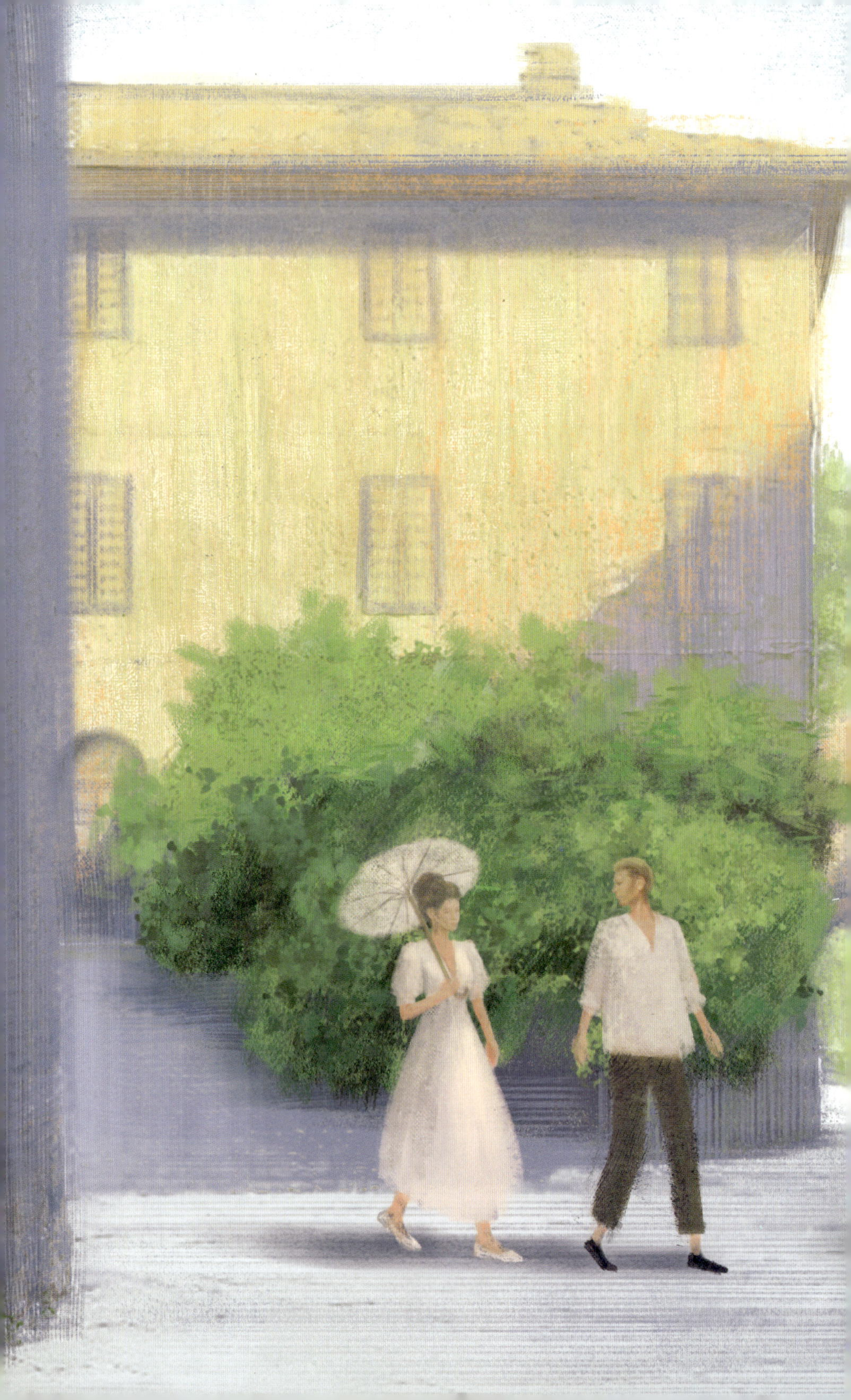

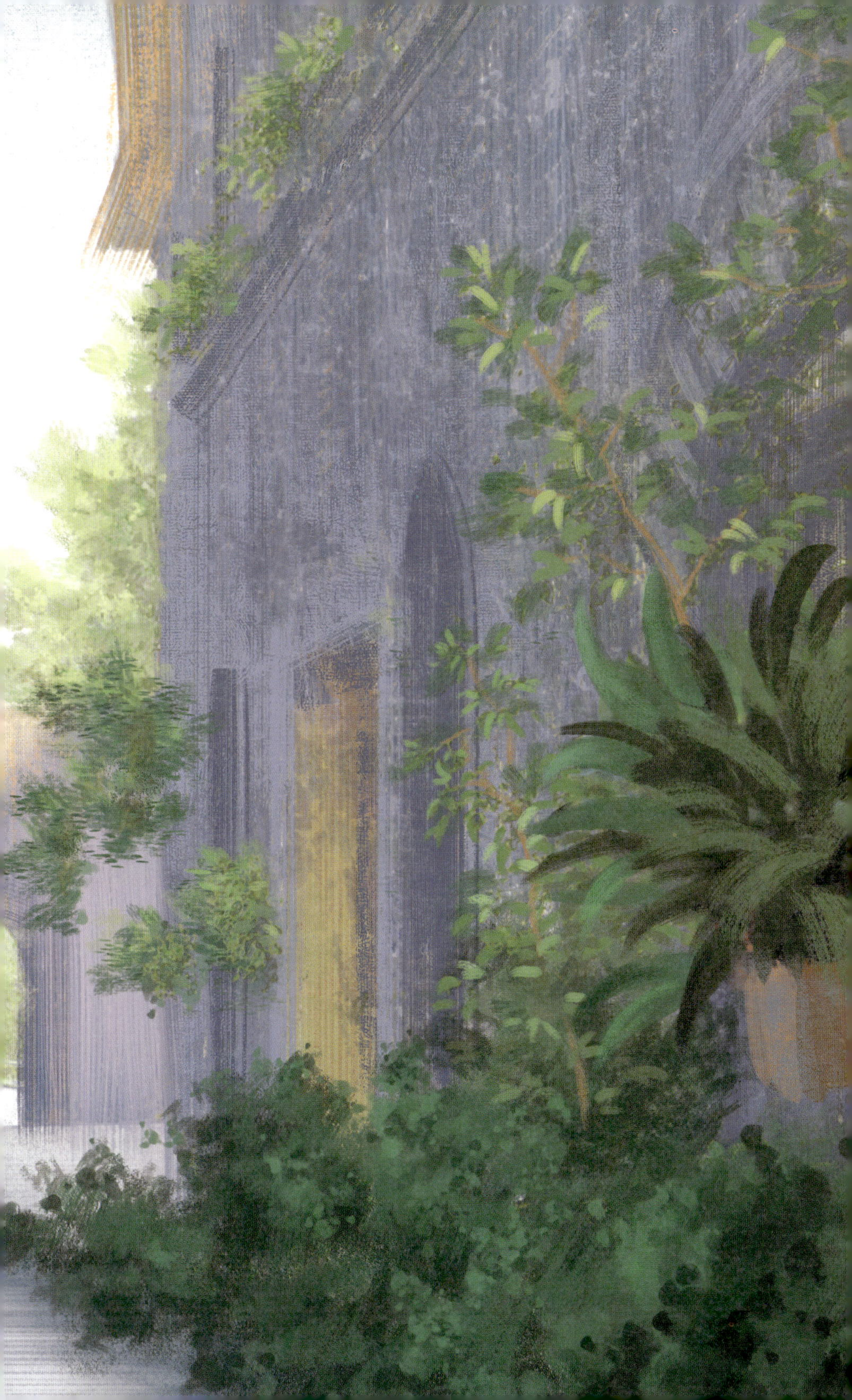

他们阅读，书写，做研究并相互交流心得，从而对佛罗伦萨有很深入的了解，或者更确切地说，是见解吧，这绝不是那些口袋里装着库克旅游券[1]的人能做到的。

因此，受到副牧师的邀请是一件值得骄傲的事。在他那分成两个部分的羊群之间，这位牧者往往是唯一的联结，而他并不讳言自己习惯在他那群迁徙的羔羊中挑选那些值得珍视的，带他们到常驻民的牧地上徜徉几个小时。他们在一幢文艺复兴时期的别墅里喝茶吗？这目前还未被提及。但如果真有那么一回事——露西必定会十分受用！

这若是在几天以前，露西必然深有同感。然而生活中的欢乐正自行重新组合。与伊格先生及巴特莱特小姐乘车到山中同游——即便有住宅中的茶会压轴——已不再是最大的赏心乐事了。对于夏洛特的欢天喜地，她只是微微地附和了一下。唯有在听说毕比先生也来参加时，她的感谢才变得比较真诚。

"那么我们就要来一个四人行[2]了。"那副牧师说，"在现今这样辛劳和动荡不安的日子里，每个人都极需要乡村以及它所传达的纯洁。Andate via! Andate presto, presto!（走开！快走开，快！）啊，这座城市！美则美矣，却终究是座城市啊。"

表姐妹俩表示同意。

"就在这个广场上——我是这么听说的——昨天发生了一桩最卑劣的惨剧。这可是但丁与萨佛纳罗拉的佛罗伦萨，对于热爱它

---

[1] 英国老牌旅游公司"汤玛士·库克与儿子"发出的旅游券。
[2] 原文为 partie carree，法语，指两男两女组成的四人档。

的人来说，这种亵渎的行为有种不祥的预兆——不祥又令人感到耻辱。"

"确实让人感到耻辱。"巴特莱特小姐说，"这件惨案发生时，汉尼彻奇小姐正好从那里经过。她甚至不忍说起这事了。"说着，她自豪地看了露西一眼。

"那时你怎么会到这里来呢？"副牧师用父亲那样的口吻发问。

听到这个问题，巴特莱特小姐最近所拥抱的自由主义精神逐渐消退。"请不要责怪她，伊格先生。是我的错：我没有陪在她身边。"

"所以当时你是一个人在这里了，汉尼彻奇小姐？"他的语气既体贴又不无责备之意，但同时也在表示听她讲述几个骇人的细节亦无不可。他那黧黑而英俊的脸庞悲哀地向她垂下，要聆听她的回答。

"可以说是一个人吧。"

"我们膳宿公寓的一位熟人好心地送她回来。"巴特莱特小姐这么说，机巧地隐去了这位护花使者的性别。

"这对于她肯定也是一个可怕的经历。我相信你们两人都没有——那惨案不会就发生在你们的身边吧？"

露西今天注意到诸多事情，其中一项不可谓不明显：流血事件发生后，体面人士就像食尸鬼一样，一点一点地啮咬不放。乔治·艾默森倒是让这话题显得不可思议的纯洁。

"他就死在喷泉旁边，我确信。"她这么回答。

"那你和你的朋友——"

"在凉廊那一头。"

"那你们应该躲过了不少血腥场面。当然,你们应该都没有看到低俗小报上的那些描述——这人可真是个过街老鼠,他明明清楚知道我是这里的定居者,却还死缠着不放,硬要我买他那些庸俗低级的风景画。"

这个兜售画册的小贩肯定与露西结盟了——在意大利和青年人结成的永恒的联盟里。他突然在巴特莱特小姐和伊格先生面前递出他的画册,用一长串明晃晃的教堂画、名画以及风景画把他们的手缚在一起。

"这太过分了!"副牧师大叫,怒气冲冲地朝安杰利科画的一个天使拍打下去。天使裂开了。卖画的小贩厉声惨叫。光这样看,这画册似乎比人们想象的要值钱多了。

"我愿意买下——"巴特莱特小姐开口要说。

"别理他!"伊格先生严厉地说,同时,他们加紧脚步要离开广场。

但是一个意大利人可绝对不能被忽视,更何况他还受了委屈呢。那小贩锲而不舍地追着伊格先生,简直不可思议,空气中萦绕着他的恐吓和哭诉。他向露西诉求,难道她不能为他说说情吗?他很穷啊,他要养家活口,连面包都得交税呢。他耐心等待,他叽里咕噜不知所云,终于获得了赔偿,然而他还不满意,直到这三人脑袋里各种愉快或不愉快的念头都被他驱除得一干二净,他才甘心离去。

购物是接下来的主题。在副牧师的引导之下,表姐妹俩买了许多难看的礼物和纪念品——造型花哨的小相框,像是用镀了金的糕点弄成的；朴素一些的小相框，用栎木雕的，架在小画架上；一本精制羔皮纸制作的吸墨水纸；用相同材料制成的但丁像；廉价的镶嵌别针，女佣们在下次圣诞节拿到时绝对分不清真假；带别针的徽章、各种瓶瓶罐罐、有纹章的小碟子、棕褐色的艺术照片；厄洛斯与普赛克的石膏像；用来配对的圣彼得像……所有的这一切，若是在伦敦购买，花的钱会少一些。

这个满载而归的上午，没有给露西留下什么愉快的印象。她有点被拉维希小姐和伊格先生吓坏了，她自己却不明白为什么。很奇怪的是，伴随他们带来的惊吓，她对这两个人的敬意也消退了。她不太相信拉维希小姐是个了不起的艺术家，也怀疑伊格先生是否真的像人们要她相信的那样，是一个充满灵性和富有文化修养的人。这两人被新的考验测试过了，都被发现有所缺失。至于夏洛特——夏洛特不折不扣，始终维持不变。要对她好也许是可能的；要爱她则绝无可能。

"一个劳工的儿子啊——我正巧知道这个事实。他年轻的时候是个什么技工之类的吧，后来他开始为社会主义报刊写稿。我是在布里克斯顿结识他的。"

他们在谈论艾默森父子。

"在如今这社会，人们飙升之快，着实叫人惊奇啊！"巴特莱特小姐叹了一口气，一边用手指抚弄一座比萨斜塔的模型。

"通常来说，"伊格先生回应，"对于他们的成功，人们只会感到同情。想要提高教育和社会地位——这些事情也不完全是可鄙的。在佛罗伦萨，也有些工人非常想看外面的世界，但都很少有人能看到。"

"他现在是个记者吗？"巴特莱特小姐问。

"他不是，他攀上了一门好亲事。"

他这一句话说得意味深长，并以一声叹息结束。

"噢，那他有个妻子。"

"死了，巴特莱特小姐，死了。我真想知道——是的，我真想知道他怎么能这样厚颜无耻，敢直视我的脸，还敢和我攀交情。很久以前，他住在我伦敦的教区。那天在圣克罗彻教堂，他和汉尼彻奇小姐在一起时，我刻意不理睬他。让他明白他就只配被冷落而已。"

"什么？"露西失声叫道，涨红了脸。

"暴露了！"伊格先生嘘声道。

他尝试改变话题，然而在赢得戏剧性的一分时，他始料不及地吸引了听众的注意力。巴特莱特小姐天生充满了好奇心。至于露西，尽管她希望自己永远不再见到艾默森父子，却也不至于为了只字片语就要去谴责他们。

"你要说的是，"她问，"他是个没有宗教信仰的人吧？这我们早已经晓得了。"

"露西，亲爱的——"巴特莱特小姐说，温和地指摘表妹将事情一语道破。

"你要是知道全部情况，我会大吃一惊呢。那个男孩——那时候他还是个天真无辜的孩子——我就不谈他了。上帝才知道他所受

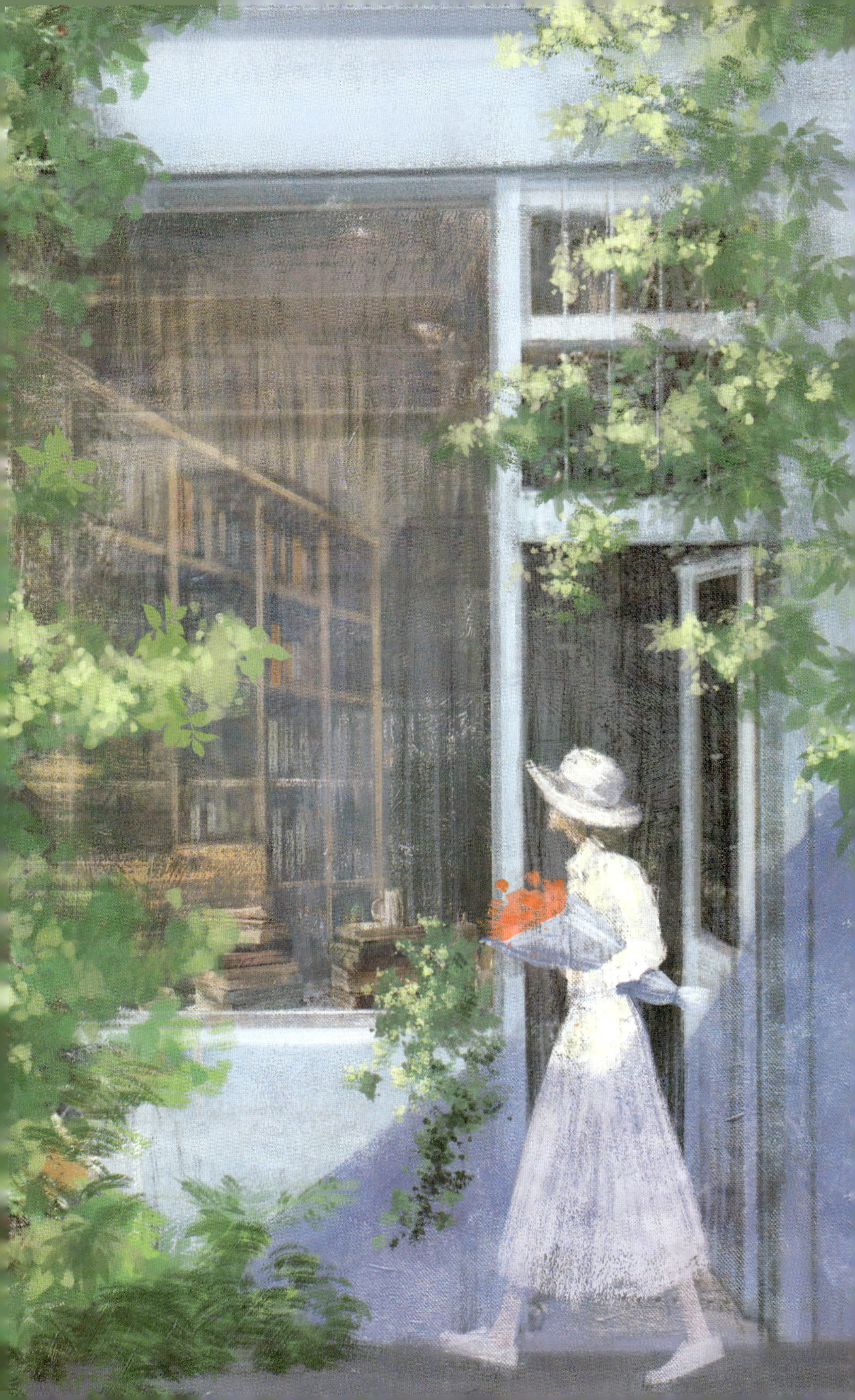

的教育以及他继承的品性会把他塑造成怎样的人。"

"也许，"巴特莱特小姐说，"这事我们还是不听为好。"

"坦白说，"伊格先生说，"确是如此。我不会再讲什么了。"那是第一次，露西的反叛想法经由语言冲口而出——她人生中的第一次。

"那您说的还真是够少的了。"

"那是因为我本来就没打算要多讲。"他冷冷地回应。

他对女孩怒目直视，而她也回赠以相等的愤懑。她从商店的柜台那里转身面向他，胸脯激动地起伏。他注意到她的额头以及她突然抿紧的双唇。这实在叫人无法忍受，她居然不相信他。

"是谋杀，如果你想知道的话，"他生气地大声说，"那个男人杀了他的妻子！"

"怎么杀的？"她回问。

"出于各种意图和目的，他杀害了她。那天在圣克罗彻教堂——他们父子俩说了什么中伤我的话吗？"

"一句也没有，伊格先生—— 一个字也没有。"

"噢，我还以为他们对你诽谤过我了。那么我想这仅仅是出于他们的个人魅力，使得你不惜为他们辩护吧。"

"我不是在为他们辩护，"露西说着，丢失了她的勇气，重新陷入那老一套的混乱思维中，"他们和我没有半点关系。"

"你怎么会以为她在为他们辩护呢？"巴特莱特小姐说，这个不愉快的场面令她十分狼狈。那里的店员很可能正在听他们的谈话。

"她会发现要为他们辩护有多难。因为在上帝的眼里，那个男人杀害了他自己的妻子。"

把上帝加进来令人惊骇莫名。但副牧师其实只是想要修饰他刚才那一个轻率的评论。接下来的一阵沉默本可使人印象深刻,却反而使得气氛十分尴尬。巴特莱特小姐匆匆地买下那一座斜塔,便率先走到外头的大街上去了。

"我必须走了。"他这样说时,闭上眼睛,掏出怀表。

巴特莱特小姐谢过他的殷勤陪伴,也饶富热情地谈起即将乘马车出游的事。

"乘马车?噢,那我们这次出游一定成行吗?"

这让露西回过神来,恢复了常态,而经过少许努力以后,伊格先生也恢复如初,又一派志得意满。

"什么游览啊,真讨厌!"他才刚离开,女孩便叫嚷起来。"这就是我们与毕比先生安排好的那次游览嘛,也没有什么可大惊小怪的。为什么他要用那么荒谬的态度来邀请我们呢?换我们邀请他也未尝不可。我们每个人都付自己的那份钱。"

巴特莱特小姐本想为艾默森父子说几句感叹的话,被露西这么一说,便陷入了意想不到的沉思中。

"如果是这样,亲爱的——倘若我们即将要与毕比先生、伊格先生一起去的游览,正是我们和毕比先生计划要去的那一场的话,那我可以预见事情势必要搞得一塌糊涂,难以收拾。"

"怎么说?"

"因为毕比先生也叫了埃莉诺·拉维希一起去。"

"那意味着还需要一辆马车。"

"比那个糟糕多了。伊格先生不喜欢埃莉诺,她自己也知道的。

必须把情况据实相告才行,于他而言,她这人太过反传统了。"

　　这时她们已经来到英国银行,在书报室里了。露西站在房间中央的桌子旁,对《笨拙》①和《写真》②两份周刊视而不见,反而正试着解答,或者无论如何,至少试着理清脑子里沸腾着的各种问题。那个清楚明白的世界已经分崩离析,从中冒出了佛罗伦萨这座魔性的城市,里头的人不论想的或做的事情都大大地超乎寻常。谋杀,指控别人谋杀,一个女士对一个男人死缠烂打,却对另一个男人粗暴无礼——这些都是在这城市大街上日日上演的戏码吗?佛罗伦萨那毫不掩饰的美丽,除了让人看在眼里的,还有别的什么吗?或许存在某种力量,能召唤美好的与邪恶的热情,并驱使它们迅速开花结果?

　　快乐的夏洛特,尽管她经常为许多不要紧的琐事困扰,却似乎对真正重要的事情浑不在意。她对"事情会发展到什么地步"的推测,往往精妙得令人佩服,可是目标近在眼前时,她却视若无睹。此刻她正蹲在角落里,试图从一只像马粮袋那样的布袋里取出一张流通证③,布袋贴身挂在她的脖子上,隐藏得十分严实。她听说,在意大利,这是唯一携带金钱的安全途径,只有走进英国银行内才好掏出来。她一面摸索一面嘟哝着说:"要么是毕比先生忘了告诉伊格先生,要么是伊格先生在告诉我们的时候没想起来,又或者是他们一致决定了干脆不邀请埃莉诺——这个他们不

---

①《笨拙》(Punch),英国讽刺漫画杂志,1842年开始发行。
②《写真》(The Graphic),英国漫画周刊,1869年开始发行。
③ 旅行支票的前身,由伦敦的银行签发的信用证。

太可能做到——然而不管怎样，我们必须做好准备。他们真正想邀请的人是你，我不过是要露个面而已。你应该与两位绅士一起走，我与埃莉诺跟在后头。我和她乘一辆一匹马拉的车子就行了。可是啊，这还是太艰难了！"

"确实很难。"女孩回答，口气庄重得像是充满了同情。

"你呢，有什么想法？"巴特莱特小姐问。她的一张脸因为刚使了劲而涨红着，手上正忙着把衣服扣好。

"我不知道自己有什么想法，也不知道自己想要什么。"

"噢，亲爱的，露西！我真希望佛罗伦萨没有令你厌倦。只要你开口，就一句话，你知道，明天我就带你到天涯海角。"

"谢谢你，夏洛特。"露西说，心里仔细考虑着这个建议。

办事处那里有给她的信件——一封来自她的弟弟，信里充斥着体育运动和生物学；一封来自她的母亲，信写得很有趣，只有她母亲的来信才会如此令人愉快。她在信里说到番红花，买的时候以为是黄色的，却开出了紫褐色的花来；也谈到新来的客厅女佣，她竟然用柠檬香精来浇灌蕨类植物；还谈到那两栋相连的半独立式小屋，它们不仅破坏了夏街的景观，也伤透了哈里·奥特威爵士的心。她回想起家中那自由自在的愉快生活，在那里她可以为所欲为，而且从未出过什么事。那条穿过松林的道路，那个干净的会客室，那片萨塞克斯郡威尔德地区的景色——这一切都明亮而清晰地悬挂在她眼前，却如同画廊里的画作，一个游子历经沧桑后归来观赏，徒觉伤感。

"有什么消息啊？"巴特莱特小姐问。

"维斯太太和她的儿子到罗马去了。"露西说的是她自己最不感兴趣的一条消息,"你认识维斯一家吗?"

"噢,认识的时间不长。这可亲的领主广场,我们怎么也不会对它感到厌倦的。"

"他们是很好的人,我说的是维斯一家。非常聪明——我所认为的那种真正的聪明。你不想到罗马去吗?"

"想得要死!"

领主广场太多石头了,难以光彩夺目。它没有草叶,没有花卉,没有壁画,没有光可鉴人的大理石墙或令人心旷神怡的一片片红砖。出于奇特的巧合——除非我们相信每个地方都有掌管它的守护神——那些使得广场看起来不至于那么严肃的雕像,让人联想到的并不是童年的天真,也不是青春那醇美醉人的迷惘,而是壮年时自觉的成就。珀耳修斯[1]与犹迪[2],海格力斯[3]与瑟斯内尔达[4],他们或许有所作为,或许曾受过磨难,而纵使他们都是神,却都是在历尽磨难以后,而不是在那以前成为不朽的。在这里,一个英雄可能遇见一个女神,或是一个女英雄有可能遇上一个男神,这样的故事并不仅仅发生在大自然的孤寂之中。

---

[1] 珀耳修斯:希腊神话中宙斯与达那厄的儿子,杀死了能以目光将人变成石头的蛇发女妖美杜莎。
[2] 犹迪:天主教和东正教《圣经·旧约》中的一位犹太寡妇,在亚述大军侵入巴勒斯坦时,她主动带领女奴出城,以美色诱惑亚述军主帅赫罗弗尼斯,夜里割下其头颅,吓退了侵略军。
[3] 海格力斯:希腊神话最伟大的半神英雄,又称大力神;一生充满传奇,最著名的是完成了他的十二项英雄伟绩。
[4] 瑟斯内尔达:领主广场朗齐凉廊下的其中一尊女性大理石雕像。罗马时代著名的日耳曼政治家阿米尼乌斯之妻,在罗马帝国入侵时,怀孕的她遭到俘虏。

"夏洛特！"女孩突然大叫起来，"我有个主意。明天我们就赶到罗马——直接到维斯家住的旅店，怎么样？因为我知道我要什么了。我对佛罗伦萨厌烦透了。不，你说了的，天涯海角都会带我去的！去吧！去吧！"

巴特莱特小姐也同样兴高采烈，回应说："天呀，你这个鬼灵精！拜托，你乘马车到山中一游的事怎么办？"

她们并肩走着，穿过了广场上荒寂的美景，为这不切实际的建议放声大笑。

6. 亚瑟·毕比牧师、卡勒·伊格副牧师、艾默森先生、乔治·艾默森先生、埃莉诺·拉维希小姐、夏洛特·巴特莱特小姐以及露西·汉尼彻奇小姐乘马车去观赏风景；意大利人赶的车。

那难忘的一日，赶车送他们到菲耶索莱的，是法厄同①，一个不知责任感为何物的风风火火的年轻人，不顾一切地把他主人的马儿赶到满是石头的山上。毕比先生一眼就看清了他的面目。无论是那些信仰的时代抑或是怀疑的时代，都不曾动摇这个人，他是法厄同，在托斯卡纳区赶马车。途中他请求让珀耳塞福涅②搭车，说那是他的妹妹——普西芬尼，身材高挑修长，面容苍白，带着春天一同回到她母亲的小屋，却依旧要用手遮着眼睛以阻挡那尚未适应的阳光。伊格先生反对把她带上，说这很可能还会得寸进尺，必须小心提防免得被占便宜。但是女士们为她说情，而在郑重说明这是一个很大的人情后，这位女神被允许上车，直奔男神的身旁。

法厄同马上把左边的缰绳从她的头上绕过去，如此就能

---

① 希腊神话中太阳神赫利俄斯的儿子。曾要求父亲让他驾驶太阳车一天，却因为慌乱失控而给世界带来祸害。
② 希腊神话中宙斯和农业之神得墨忒耳的女儿，后成为冥界的王后。春夏时她回到众神之中，秋冬时去往冥界。

让自己搂着她的腰赶车。她并不在乎。伊格先生背对马匹而坐,没看见这不雅之举,仍继续与露西谈天。车上另外两位乘客是老艾默森先生及拉维希小姐。这是因为发生了一件糟糕的事:毕比先生没有与伊格先生商量,便把出游的人数翻了一倍。尽管巴特莱特小姐与拉维希小姐一整个上午都在谋划着该怎样安排各人在马车上的座位,却在马车来到的紧要关头慌作一团,于是拉维希小姐与露西上了一辆马车,而巴特莱特小姐则与乔治·艾默森及毕比先生尾随在后。

所谓的四人行变成了这个阵容,这可难为了那位可怜的牧师。倘若他曾考虑过要在一座文艺复兴时期的别墅里举行茶会,眼下已绝无可能了。露西与巴特莱特小姐有一定的格调,而毕比先生,尽管不能信赖,但毕竟是个多才多艺的人。可是一个蹩脚的女作家和一个曾在上帝眼中杀了自己妻子的记者——他可不会把他们引进任何别墅。

露西高雅地穿着一袭白色衫裙,腰背挺直而心情紧张地坐在这些极易爆炸的材料中,对伊格先生小心应和,对拉维希小姐拘谨压抑,对老艾默森先生警戒提防,好在迄今为止,老先生一直都在睡觉,这得感谢一顿餍足的午餐以及春天那令人昏昏欲睡的气候。她把这次郊游看作命运的驱使。若非如此,她应该就可以成功避开乔治·艾默森了。他以公开的态度表明了他希望能继续与她亲近。她拒绝了,并非因为她不喜欢他,而是因为她搞不明白到底发生了什么事,却怀疑他是清楚知道的。这让她感到害怕。

因为真正的事件——无论那是什么——并不是发生在凉廊那

里,而是在河畔。因目睹死亡而表现得惊慌失措是情有可原的事。然而事后讨论它,再由讨论变为沉默,经由沉默变作同情,那就是个错误了,这错误非关受惊的情绪,而是整个本质的问题。他们一起凝视幽暗的河水,又颇有默契地无需相互看一眼或说一句话就一路走回膳宿公寓,这里头(她认为)确实有些可以指摘的东西。这种做恶的感觉起初十分轻微。她几乎就要加入那个到加卢塔的队伍了。可是每当她避开了乔治一次,就更迫切地觉得有必要再回避他。如今天意弄人,借着她的表姐与两位牧师折磨她,要等到她与他这趟山中同游以后,才允许她离开佛罗伦萨。

这个时候,伊格先生一直客气地与她谈话。他们之间的小龃龉已经过去了。

"所以啊,汉尼彻奇小姐,你这趟出来旅游是为了研究艺术吗?"

"噢,我啊,不——噢,不是!"

"也许是为了研究人性吧,"拉维希小姐插嘴,"就像我?"

"噢,不是。我在这里只是个游客。"

"啊,原来如此,"伊格先生说,"确实是那样吗?如果你不认为我无礼的话,我们这些居住在这里的人呀,有时候十分怜悯你们这些可怜的观光客——像个包裹似的被人从威尼斯运到佛罗伦萨,再从佛罗伦萨送到罗马,又像牲畜一样挤在膳宿公寓或旅馆里,对旅游指南以外的一切几乎一无所知,只焦虑着要把观光'完成'或是让行程'结束',然后再到别的地方去。结果呢,却把城镇、河流和宫殿全都团团转地搅和在一起。你知道《笨拙》周刊上那个美国女孩吗?她说:'哎,爸爸,我们在罗马看到了什么呀?'那位父亲回答说：'罗马啊，我想就是我们看到那只黄色狗狗的地方吧。'这就是你们所谓的旅游了。哈！哈！哈！"

"我非常同意，"拉维希小姐说，她已经好几次试着打断他那尖酸的打趣话了，"盎格鲁—撒克逊游客的狭隘和肤浅呀，彻头彻尾就是一种祸害。"

"正是那样。现在呢，汉尼彻奇小姐，佛罗伦萨的英国人聚居地已经相当有规模了，当然了，并不是人人情况都一样——譬如说，有些人是为了贸易而在这里的。可是大部分人是研究者。海伦·莱维斯托克夫人目前正忙于研究弗拉·安杰利科。我提到她的名字是因为我们正好经过她的别墅，就在左边。不，你得站起来才能看见——不，别站起来，你会摔倒的。她对那道浓密的树篱可是十分自豪的。至于里面呢，完全与世隔绝。你会以为回到了六百年以前。有一些评论家相信她家的花园就是《十日谈》①里面的那个场景，这为它平添了几分吸引力，不是吗？"

---

① 写实主义短篇小说集，由意大利文艺复兴时期作家乔万尼·薄伽丘所著。内容讲述七女三男到佛罗伦萨郊外山上的别墅躲避瘟疫，每人每天讲一个故事，最后合计讲了一百个故事。

"还真的是那样！"拉维希小姐嚷起来，"告诉我，他们把那个奇妙的第七天的场景设在哪里？"

可是伊格先生继续对汉尼彻奇小姐说，住在右边的是某某先生，是最好的那一类美国人，非常少见！——还有别的某某重要人物住在远处的山下。"你必定知道她在《中世纪野史》系列中所写的专论吧？他则正在写关于格弥斯托士·卜列东的文章。有时候我在他们那美丽的庭园里喝茶，隔着墙，听到满载着观光客的电车在新修的路面上呼啸而过。那些游客啊，一身热汗，满身尘土，还笨拙无知，一心想着要在一个小时内'完成'菲耶索莱，好让他们可以说自己已经到过那里了，而我想——我想啊——我想他们想都没想过近在咫尺的是什么景观。"

他在说这番话时，车夫座位上的两个人影正不怎么得体地你来我往，打情骂俏。露西不由得一阵嫉妒。就当他们都没想过要

规规矩矩吧,而他们真能够这样恣意而为终究是一件快乐的事。这次郊游很可能就只有他们两人真正乐在其中。马车一路剧烈颠簸,疾驶过菲耶索莱的广场,走上通往塞蒂尼亚诺的道路。

"Piano! Piano!(慢一点!慢一点!)"伊格先生说着,举起一只手在头上优雅地挥动。

"Va bene, signore, va bene, va bene.(没事的,先生,没事,不会有事。)"车夫轻快地回答,又挥动马鞭,策马往山上去。

这时候,伊格先生与拉维希小姐就阿莱西奥·巴尔多维内蒂这个话题开始起了争论。他是文艺复兴的一个起因吗?抑或他是文艺复兴的诸多表现之一?另一辆马车被抛在后头了。这辆马车不断加速向前驰骋,艾默森先生那沉睡中的庞大身躯,以机械般的节奏碰撞着牧师。

"Piano! Piano!(慢一点!慢一点!)"伊格先生喊着,以一副殉难者的神情望着露西。

马车突然一个倾侧,使得他愤怒地在座位上转过身来。法厄同已经有好一阵子竭力要亲吻珀耳塞福涅了,这时候刚好成功。

如此引出了一场小吵闹,按巴特莱特小姐后来的说法,那实在非常扫兴。马儿被停下来,搂作一团的恋人被勒令分开,男的会丢失他的赏钱,女的必须立即下车。

"她是我的妹妹。"他这么说,转过身来,一双可怜兮兮的眼睛望着他们。

伊格先生不嫌麻烦,对他说他是个骗子。

并非因为被指控的事项,而是那指控的态度,使得法厄同低下头来。在这时刻,因马车突然停顿而被惊醒的艾默森先生,挺身宣称这对恋人无论如何绝对不该被分开,还拍拍他们的背以表示许可。至于拉维希小姐,虽然不情愿与他结为一派,却觉得有义务支援不受世俗约束的波希米亚式作风。

"我当然非常愿意让他们都留下。"她大声说,"不过我敢说我不会得到多少支持。我这一生都在公然对抗传统习俗。这件事情啊,我把它叫作探险。"

"我们是不该屈服的。"伊格先生说,"我就知道他在耍花招。他这是把我们当成库克旅行社的一群观光客了。"

"当然不屈服!"拉维希小姐说,她的激情明显降低了。

另外一辆马车停在了后头,向来明白事理的毕比先生大声叫喊,说受到了这一番警告以后,这对恋人肯定会好好检点他们的行为了。

"由得他们吧,"艾默森先生出言请求,他在这位牧师面前不存丝毫敬畏,"难道快乐对我们来说有这么常见,以致碰巧车夫座位上正好有一些,我们就非得把它掐断不可?一对恋人替我们赶车呢——即便是国王也会嫉妒我们的,而如果我们拆散他们,这比我所知道的任何事情都更像是一种亵渎的行为。"

这时候,大伙儿听到巴特莱特小姐的声音,说人群已经开始围拢过来了。

与其说是坚定的意志使然,倒不如说是那如簧的巧舌使得伊格先生躁动难耐,决意要让大家听到他的意见。他又对那车夫发表演说。意大利文在意大利人的口中是一股声音深沉的流水,其中夹着出人意料的瀑布与巨石,使之不流于单调。可是在伊格先生口中,它却无非只像是带着酸味的喷泉,水声吱吱,音调越来越高，速度越来越快，加之越来越尖锐刺耳，直至咔嗒一声戛然而止。

"Signorina！（小姐！）"待这一番演示结束，车夫朝露西喊了一声。他怎么会向露西求助呢？

"Signorina！（小姐！）"珀耳塞福涅以动听的女低音应和。她用手指着另外一辆马车。那是为什么啊？

两个女孩相互注视了片刻以后，珀耳塞福涅从车夫座位爬下来。

"终于胜利了！"马车再次起动，伊格先生这么说时，重重地合掌一拍。

"这不是胜利，"艾默森先生说，"这是失败。你把两个快乐的人拆散了。"

伊格先生闭上眼睛。坐在艾默森先生身旁是他的义务，但他不会开口对他说话。老先生一觉睡醒后恢复了精神，热衷地抓着这件事情不放。他强求露西同意他的观点，他大声对他的儿子喊话，希望得到他的支持。

"我们企图买下不能被金钱收买的东西。他跟我们约定的交易是替我们赶车，而他正在做着这事情。我们对他的灵魂没有任何权利。"

拉维希小姐皱起眉头。一个人被你归类为典型的英国人，说出的话却跳出他的性格，这真让人难以接受。

"他赶车也没赶得多好，"她说，"他使我们受尽颠簸。"

"这我可不同意。这一路让人放松得就像在睡觉一样。啊哈！现在他在摇晃我们了。这会让你感到奇怪吗？他应该很想把我们都从车上甩出去，而他绝对有理由这样做。假如我是个迷信的人，我会对那个女孩也感到害怕。伤害年轻人是不对的。你有没有听过洛伦佐·德·美第奇[①]？"

拉维希小姐气得汗毛都竖起来了。

"我当然听说过。你说的是豪华者洛伦佐，还是被封为乌尔比诺公爵的洛伦佐，抑或是因为身材矮小而被人们别称为洛伦齐诺的那个洛伦佐？"

"老天才知道。老天倒是真可能知道我指的是诗人洛伦佐。他写过一句诗——昨天我才听说——它是这样的：不要去对抗春天。"

伊格先生不能放过这个展现博学的机会。

"Non fate guerra al Maggio." 他喃喃地说，"正确的翻译是'不要与五月作战'[②]。"

"重点是，我们已经与五月作战了。看吧！"他指向阿诺河河谷，穿过正在抽芽中的树木，可以看见河谷就在他们下方的远处。"五十英里的春色啊，我们老远上来就为了欣赏这个。你难道觉得大自然的春情与人的春情有什么差别吗？可是我们就这样，赞美前者而谴责后者不成体统，为同样的法则永恒地对两者运作而感到羞耻。"

没有人鼓励他继续往下说。伊格先生打了个手势指示马车停

[①] 洛伦佐·德·美第奇（Lorenzo de'Medici, 1449—1492），意大利政治家，也是文艺复兴时期佛罗伦萨共和国的实际统治者。
[②] 摘自诗歌 *Ben venga maggio*（五月受到欢迎），作者是意大利古典学者和佛罗伦萨文艺复兴时期诗人波利齐亚诺（Poliziano, 1454—1494），而非洛伦佐·德·美第奇。

下，便率领这一团人在山间漫步。那里有一块谷地，状如圆形竞技场，山谷中是层层的梯田与薄雾弥漫的橄榄树，这块谷地横亘在他们与菲耶索莱的高地之间，那山路则依然顺着山势蜿蜒，一路延伸到耸立在旷野中的一座山岬上。就是这座既荒芜又潮湿、上面覆盖着灌木丛及零星树木的山岬，在接近五百年前吸引了阿莱西奥·巴尔多维内蒂。这位勤奋却默默无闻的大师曾登上山岬，也许在寻找绘画的商机，也许是为了享受登山的乐趣。他站在那里，看见阿诺河河谷以及远处的佛罗伦萨，这些景色后来都出现在了他的作品里，只是未必如此精彩。可是他当时究竟是站在哪个位置呢？这就是伊格先生现在想解决的问题了。拉维希小姐天生会被各种难题吸引，便也同样兴致勃勃。

要在脑子里带上阿莱西奥·巴尔多维内蒂的画作，即便你没有忘记在出发前对这些画多看几眼，也仍然不是件容易的事。除此以外，河谷里的迷雾也增加了寻找的难度。

这群人从一个草丛蹦到另一个草丛，他们焦虑地想与大家待在一起的心情，与他们想各奔东西的渴望一样强烈。他们最终分成了几个小群体。露西紧紧跟随着巴特莱特小姐和拉维希小姐；艾默森父子退回去与车夫们费力地交谈；而两位神职人员则被认为不乏共同语言，便被大家撇下，待在了一起。

两位年长的女士很快甩掉伪装。她们开始小声交谈，说

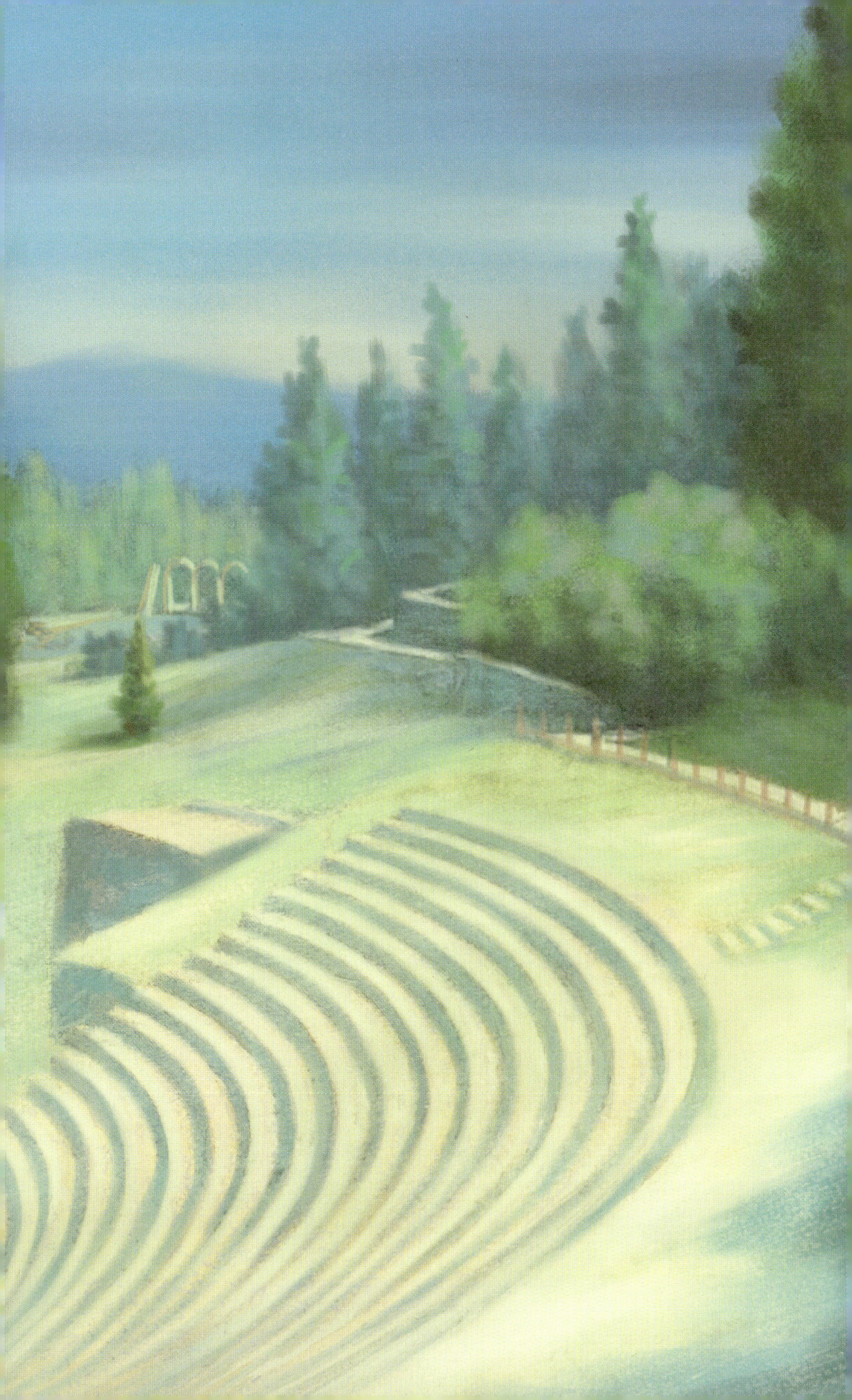

的话却清晰可闻，此时的露西对这种方式已经习以为常了。她们谈论的不是阿莱西奥·巴尔多维内蒂，而是这一路上的事。巴特莱特小姐问了乔治·艾默森先生从事什么职业，他回答"铁路"。她很后悔自己问了这个问题。她完全没预料到会是这么惊人的答案，否则她根本不会问他。毕比先生非常机巧地转换了话题，她希望这个年轻人没有因为她的提问而遭受太大的伤害。

"铁路！"拉维希小姐倒吸了一口气，"啊唷，我快不行了！当然是铁路嘛！"她抑制不住笑声，"他活脱脱就是一个搬运工人的模样——就在，在东南线上搬运行李。"

"埃莉诺，小声一些，"巴特莱特小姐猛拉住这位亢奋的同伴。"嘘！他们会听见的——艾默森父子——"

"我没办法。让我继续刻薄下去吧。一个搬运工——"

"埃莉诺！"

"我相信这不会有什么问题，"露西加入谈话，"艾默森父子不会听见的，就算听到了他们也不会在意。"

拉维希小姐听了这话，看似并不高兴。

"原来汉尼彻奇小姐在听我们说话啊！"她故意摆出一副恼怒的神情，"去！去！你这不像话的女孩！走开！"

"噢，露西，我认为你应该与伊格先生在一起才是。"

"我现在找不到他们了，我也不想去找。"

"伊格先生会发怒的。这是为你组织的活动。"

"拜托，我情愿和你们待在这里。"

"不，我同意你表姐的意见。"拉维希小姐说，"这像是一个学校的节庆活动，男孩和女孩被区隔开了。露西小姐，你一定得离开。我们两个希望谈一些不适合你听的重要话题。"

可这女孩执着得很。她在佛罗伦萨剩下的时间已经不多了，只有和那些她丝毫不感兴趣的人在一起，她才会感到自在。这样的人，拉维希小姐算一个，而在此时，夏洛特也算是一个了。她真希望自己刚才没有引起她们的注意，她们两人都为她说的话而感到生气，似乎下定决心要把她甩开。

"真够累人的。"巴特莱特小姐说，"噢，我真希望弗瑞迪和你的母亲都能在这里。"

对于巴特莱特小姐而言，她的无私已彻底使得热忱失去了作用。露西也没有在观赏景色。在安全抵达罗马以前，她对任何东西都无心欣赏。

"那么就坐下吧。"拉维希小姐说，"看看我多有先见之明。"

她满脸堆笑，拿出两块方形的防水布来，游客都用它来保护身躯，免受湿草地与寒冷的大理石台阶侵害。她坐在了其中一块布上，另一块该让谁来坐呢？

"露西，这根本不用疑虑，露西坐吧。我坐在地上就行了。真的，我的风湿病许多年没发作了。假如我感觉到它要发作，我站起来就是了。想想我要是让你穿着这身白裙坐在湿地上，你的母亲会有什么感受。"她在一处看起来特别潮湿的地上一屁股坐下来。"好了，这下我们大家都开开心心地坐好了。我的裙子虽然比较薄，但它是褐色的，不大容易看出来。坐下吧，亲爱的。你这人一点也不知道该自私一些，不懂得好好照顾自己。"她清了清喉咙。"可别慌张啊，这不是感冒。这只是微不足道的一点小咳嗽，它都已经跟着我三天了。这跟坐在这里没有半点关系。"

情况如此，只有一个方法可以处理了。五分钟以后，露西斗不过一块防水布，出发去找毕比先生和伊格先生了。

她主动与车夫们攀谈，他们正在车厢里摊开四肢，抽着雪茄给坐垫熏上一股香味。那个无赖，一个瘦骨嶙峋、皮肤被太阳烤得焦黑的年轻男子站起来招呼她，像个东道主般谦逊有礼，又像是个亲戚似的让人放心。

"Dove?（在哪里？）"露西紧张地想了一想，问他。

他的脸为之一亮。他当然知道在哪里。而且就在不远的地方。他手臂一挥，扫过了四分之三的地平线。他应该是真的以为自己确实知道在哪里。他把手指尖按在前额上，再向她伸过去，仿佛那些手指渗出了他抽取出来的可见的信息。

这看来还需要问得再仔细一点。"牧师"这个词意大利文怎么说呢？

"Dove buoni uomini?（好先生们在哪里？）"终于，她这么说。

好？这个形容词用在那些高贵的人物身上实在很勉强！他把他的雪茄给她看。

"Uno-piu-piccolo.（一个——比较——矮小的。）"她接着这

么说,意思是"这支雪茄是毕比先生,就是两位好先生中比较矮的那一个给你的吗"?

像往常一样,她猜对了。他把马拴在一棵树上,踢了马儿一脚让它安静,掸了掸车厢的灰尘,理了理他的头发,整一整他的帽子,撩拨一下他的小胡子,不消十五秒钟即准备好要给她带路。意大利人天生识得路。整个世界摊开在他们面前,并非像一张地图,而是像一副棋盘,他们永远能看见在那上面移动的棋子以及留出的空格。任何人都可以寻得到地方,可是找人的本领却是上帝的恩赐。

一路上,他只停下来一次,为的是给她采摘一些大朵的蓝色紫罗兰。她真心欢喜地感谢他。在这么一个普通人的陪伴之下,世界是美好而直接的。终于,她感受到了春天的影响力。他的手臂优雅地横扫过地平线,在那边,紫罗兰就像其他东西一样,漫山遍野。她会想要看看这些紫罗兰吗?

"Dove buoni uomini...(但是,好先生们……)"她说。

他鞠了一躬。那是肯定的。好先生们在先,紫罗兰随后。他们步履轻快,穿过越来越茂密的矮树丛。他们走近山岬边缘,不

知不觉地被那里的美景包围,然而灌木丛交织成一张棕色的网,把风景切割成无数的小块。他忙着抽雪茄,一边把伸过来的柔韧树枝一一拨开。她正为自己从枯燥沉闷中逃脱而欣喜。每走一小步,每一条嫩枝,对她都饶富意义。

"那是什么?"

他们身后远处的林子里传来人声。那是伊格先生的声音吗?他耸耸肩。一个意大利人的一无所知,有时候比他的无所不知更令人侧目。她没办法让他明白,他们也许已经错过两位牧师了。前面的美景终于汇聚成形,她可以清楚看见那河流,金色的原野,以及其他山峦。

"Eccolo!(他就在那里!)"他叫起来。

就在这时,露西脚下的土地忽然塌下,她不由得一声惊呼,从林子里摔了出去。光与美迅即涌上来围住她。她掉在了一个没有遮拦的小土丘上,从这一头到那一头都满满铺着紫罗兰。

"勇气!"她的同伴如今站在她上头,约莫六英尺[①]开外,在放声叫喊,"勇气和爱。"

她没有回应。在她脚下,陡峭的土地斜斜地倾入风景之中,大片的紫罗兰如小河、溪流和瀑布般奔流倾泻,以蓝色灌溉着山坡,它们绕着树干打漩涡,在洼地上聚积成潭,用蔚蓝色泡沫覆盖草地。但是再也不会有这么丰饶的紫罗兰了,这个土丘是一个泉源,美从这源头喷涌出来浇灌大地。

在这土丘的边沿,有一位"好先生"站在那里,像一个准备

---

① 英尺是英制长度单位,1英尺约合 0.30 米。

下水游泳的人。然而此"好先生"并非她所期待的那一位,而且他正独自一人。

听见她到来的声响,乔治转过身来。他细细地端详了她好一会儿,仿佛她是个从天上掉下来的人。在她的脸上,他看见喜悦的光辉,他看见花朵如蓝色的波浪一阵阵地拍打她的裙裾。他们头顶上的树丛合上了。他快步走上前去亲吻她。

她来不及开口说话,甚至她几乎来不及感受,就听到一个声音响起:"露西!露西!露西!"林间万物的静寂就此打破,巴特莱特小姐的褐色身影竖立在风景之前。

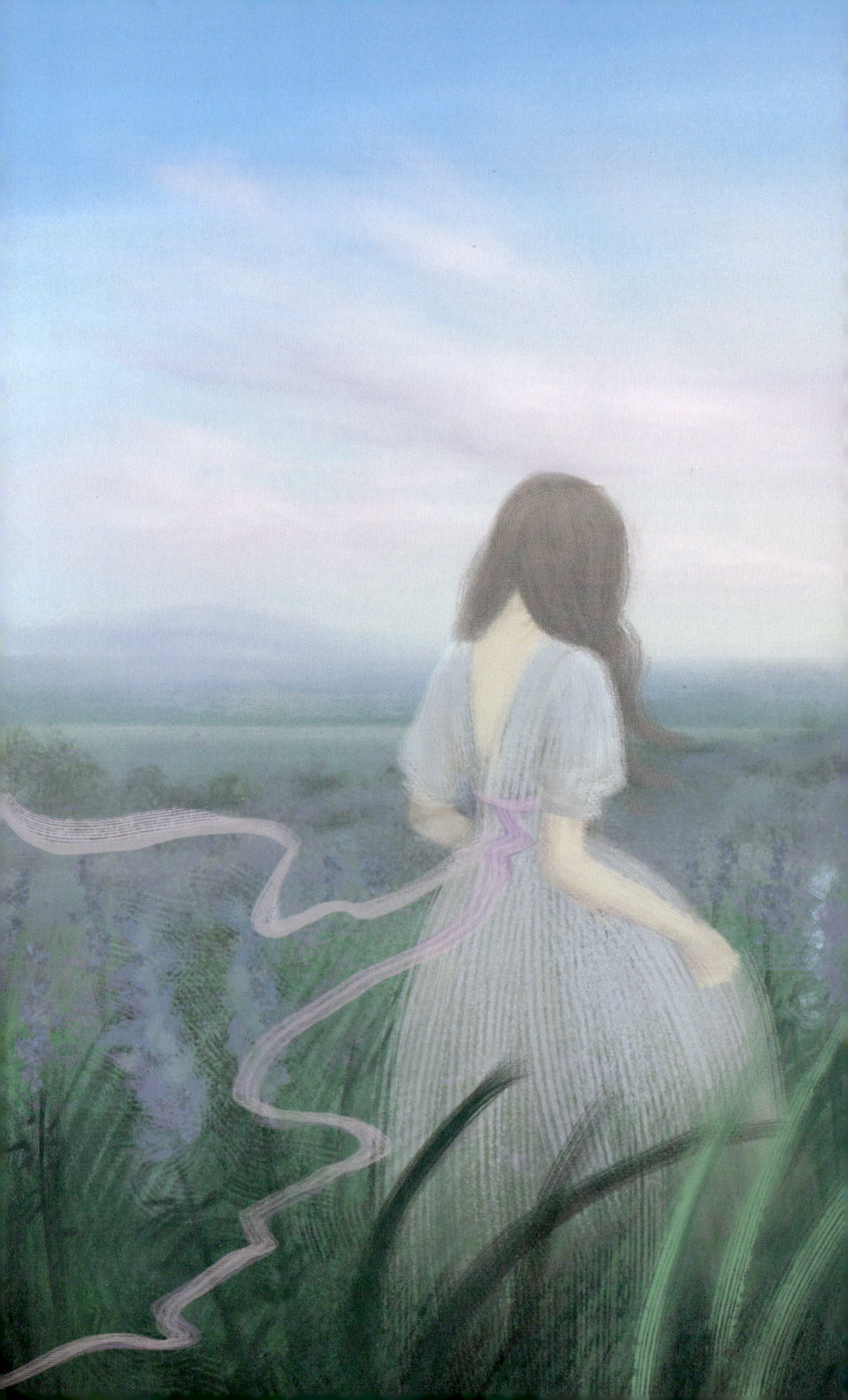

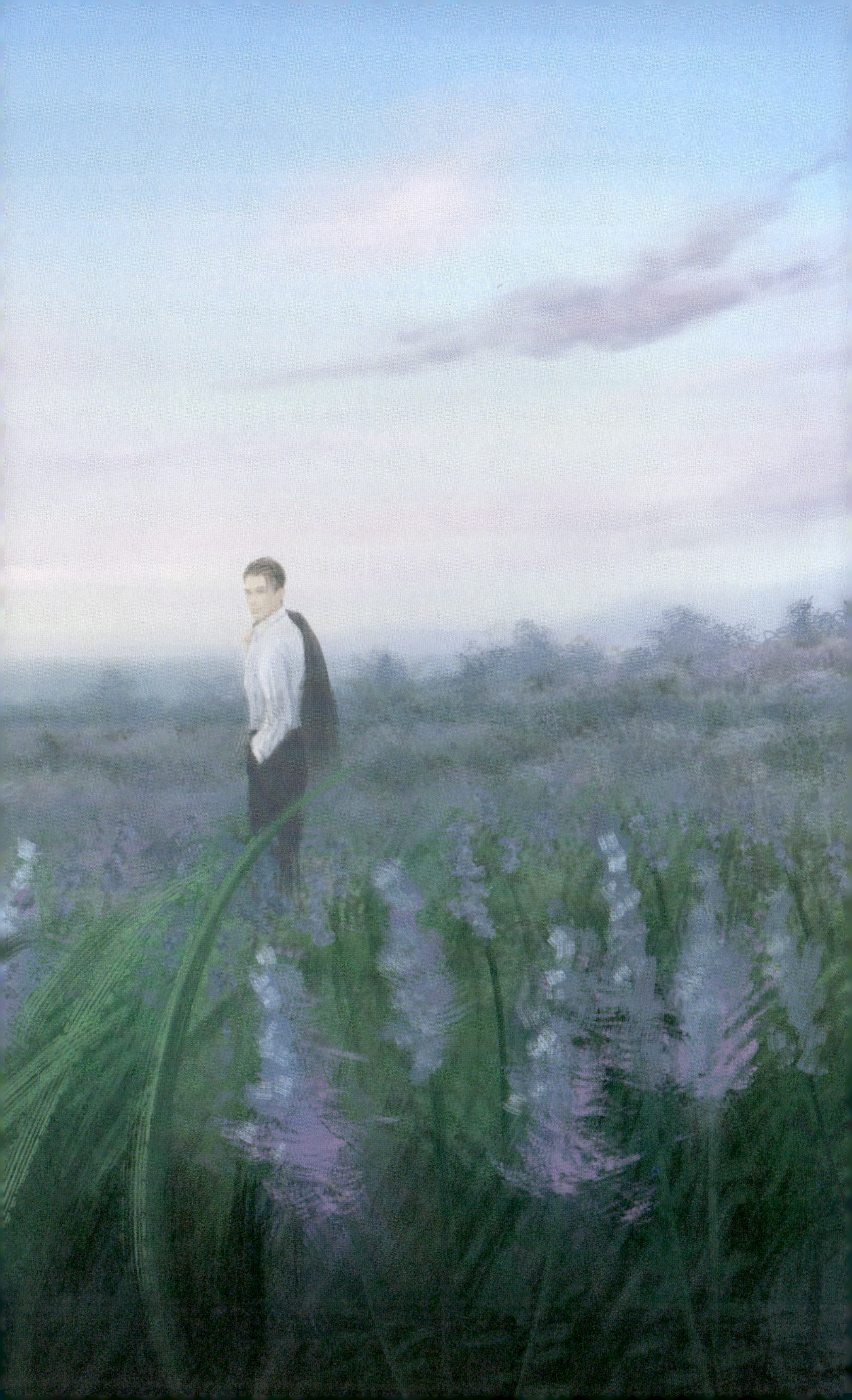

7. 众人归来

A
Room
With
A
View

一整个下午,上下山坡的时候都在进行着一场复杂的游戏。究竟那是什么游戏,而玩游戏的人谁和谁又是一方,露西用了好久去慢慢弄明白。伊格先生见到她们时,目光满是质疑。夏洛特以许多的寒暄将他击退。艾默森先生在找他的儿子,有人告诉了他该到哪里去寻。毕比先生扮演一个热心的中立者,受命去把各阵营的人马集合起来,准备回去。大家都有点失措和发慌。潘神混进了他们中间——不是已经被埋葬了两千年的潘大神,而是潘小神,他负责掌管社交上各种令人困窘的事故以及不成功的野餐。毕比先生与所有人失散了,只好独个儿吃掉了食物篮里的茶点。他带着那食物篮,本想着给大家一个惊喜。拉维希小姐与巴特莱特小姐失散了。露西找不着伊格先生。艾默森找不着乔治。巴特莱特小姐弄丢了一块防水布。法厄同则输了这场游戏。

最后一项是无可否认的事实。他哆嗦着爬上车夫的座位,衣领翻了起来,预言恶劣的天气转眼将至。"我们赶紧离开这里吧,"他对他们说,"那位年轻的先生会走路回去的。"

"走完全程?那他得走上好几个小时。"毕比先生说。

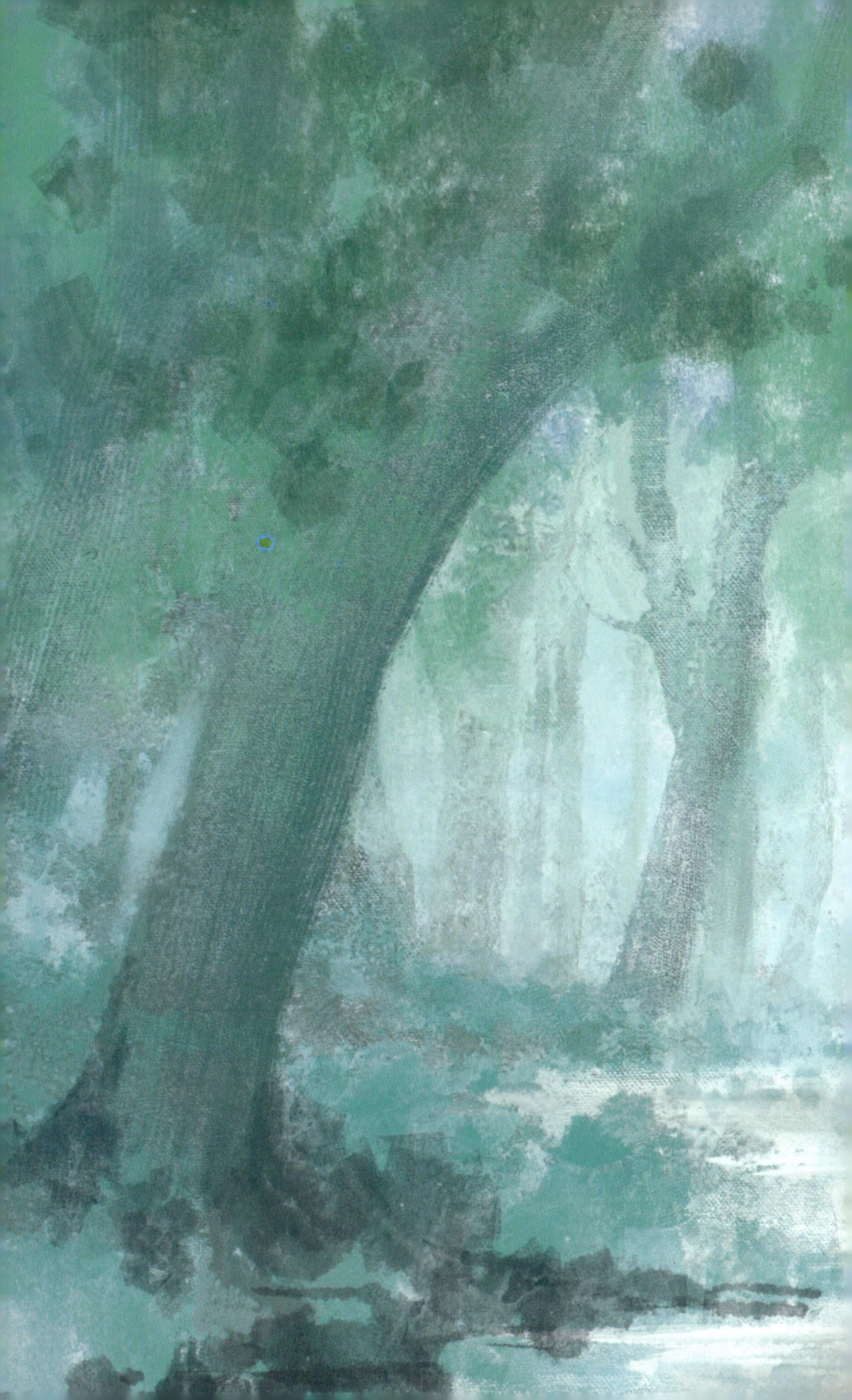

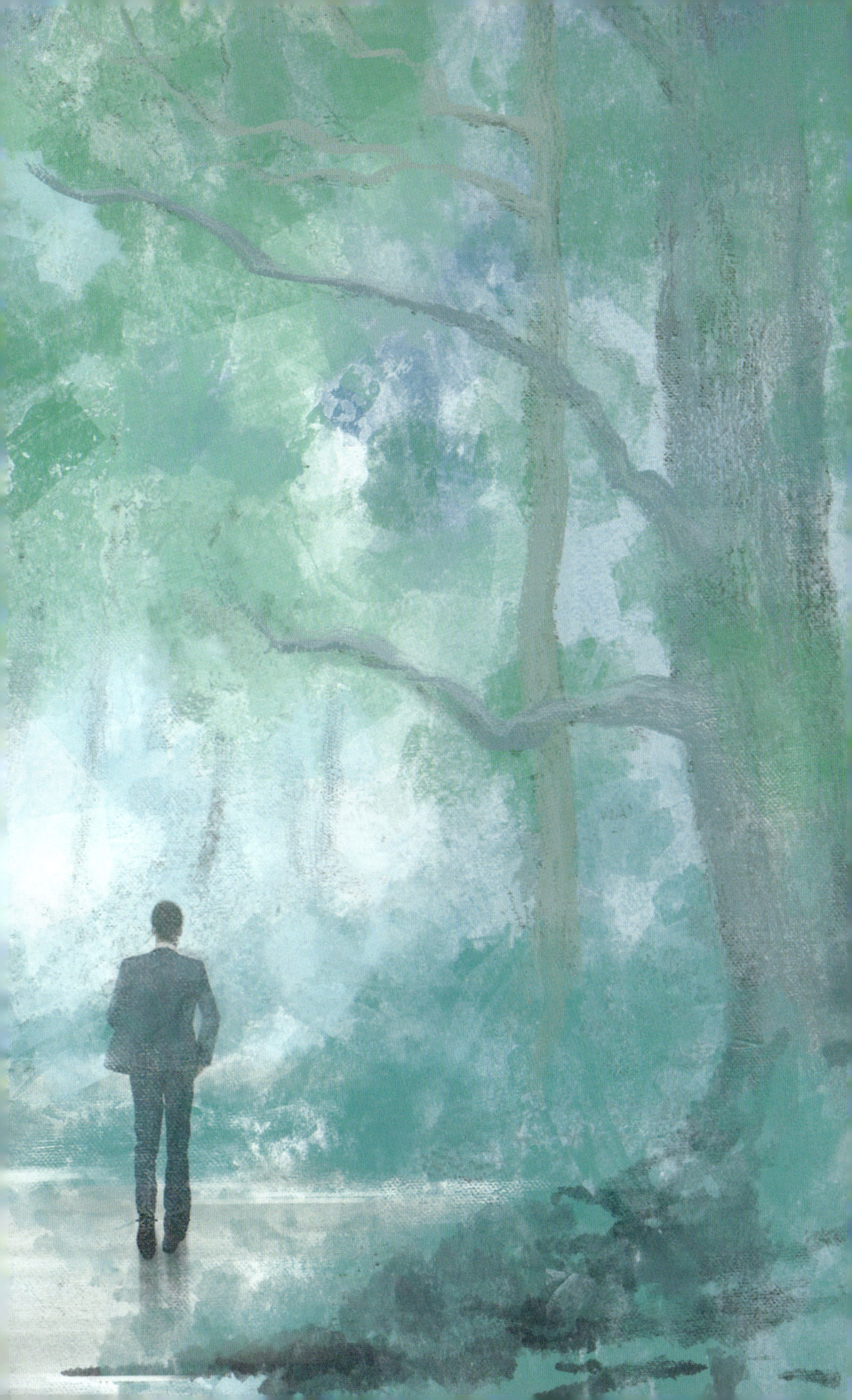

"显然是的。我跟他说了这样做很不明智。"他不愿直视任何人一眼。也许对他而言,落败是一件特别难堪的事。这游戏只有他一个人玩得熟练,用上了所有的天赋和才能,而其他人只用了一点点智力。只有他一个人推测出各种事情,也知道自己希望它们是怎么回事。他自己一个人解出了露西在五天前从一个垂死之人口中得到的信息。珀耳塞福涅,半生都在坟墓里度过——她也能传译这个信息。这些英国人做不到。他们很慢才掌握情况,或许往往太迟了。

一个马车夫的想法,不管有多公正,甚少会影响他的雇佣者的生活。在巴特莱特小姐的对手中,他是最强劲的一个,却也最不具危险性。一旦回到城里,他和他的洞察力以及他所掌握的情况,就不再对英国女士们造成困扰了。这事情当然令人很不愉快。她在灌木丛中看到了他的一头黑发,他很可能会在小酒馆里把这事情宣扬出去。然而无论如何,那些酒馆跟我们有什么相干呢?真正的威胁可是来自会客室。马车迎着落日直奔山下的时候,巴特莱特小姐想到的就是那些在会客室里的人。露西坐在她身旁,伊格先生坐在对面,企图要引起她的注意,他隐约感到有些可疑。他们谈论着阿莱西奥·巴尔多维内蒂。

雨水与黑暗一同降临。两位女士在一把不太济事的小阳伞下挤成一团。一道闪电掠过,拉维希小姐紧张极了,在前面的马车里尖叫起来。接下来另一道闪电划过时,露西也不禁尖叫。伊格先生职业性地对她说:

"勇敢一些,汉尼彻奇小姐,要有勇气和信念。如果我可以这样说的话,这样的惊恐几乎是对神的亵渎。难道我们真的认为这所有的乌云和巨大的雷电之所以应召出现，仅仅是为了要消灭你和我吗？"

"不——当然不——"

"即使从科学的角度来看，我们不被雷电击中的可能性实在太大了。那些钢做的餐刀是唯一可能引来电流的物件，它们都在另一辆马车里。再说，在任何情况之下，我们在车子里都比步行要安全太多了。勇敢些吧——要有勇气和信念。"

露西感觉到她表姐的手在毛毯下面体贴地按了她一下。有时候我们迫切地需要一个同情的手势，以致没去顾及它到底意味着什么，或者我们以后可能会为它付出多少代价。巴特莱特小姐这样适时地锻炼一下肌肉，可要比几个小时的说教或盘问取得更大的收获。

在即将进入佛罗伦萨的时候，两辆马车停下来，她又重复了一下这个动作。

"伊格先生！"毕比先生喊，"我们需要你的帮助，你可以替我们翻译吗？"

"乔治！"艾默森先生大叫，"问问你的车夫，乔治往哪条路上走的。这孩子可能会迷路。他可能会被杀死。"

"去吧，伊格先生，"巴特莱特小姐说，"别问我们的车夫了，我们的车夫什么忙也帮不上。去支援可怜的毕比先生……他快要急疯了。"

"他可能会被杀死！"老先生还在喊，"他可能会被杀死！"

"典型的表现，"副牧师在下车的时候说，"在现实面前，那种人总免不了会崩溃。"

"他知道什么？"一等到马车上只剩下她们两人，露西就低声问，"夏洛特，伊格先生知道多少呢？"

"什么也不知道，最亲爱的，他什么也不知道。不过——"她指指车夫——"他什么都知道。最亲爱的，我们是不是该有点表示？我来吗？"她取出钱包。"跟低下阶层的人纠缠上了实在太可怕。他一切都看到了。"她用旅游指南轻轻地敲了敲法厄同的背，对他说，"安静！"并给了他一法郎。

"好的，"他回答，收下了一法郎。他的这一天就这样，如同往常般结束了。可是露西，一个人世间的女子，对他感到颇为失望。

前面的路上发生了一起爆炸事故。风暴击中了电车轨道上的架空电缆，一个大支架倒了下来。若非他们停下车来，大家很可能会遇险。他们选择把这看作一个让他们幸免于难的奇迹，于是那在生命中时时刻刻都开花结果的爱与真诚，就像山洪一样，在喧腾中爆发了。他们走下马车，他们拥抱彼此。有些人的卑微和不配获得了宽恕，就与宽恕他们的人一样的欢喜。有那么一刻，他们把善良的巨大可能都付诸现实。

那些年长的人很快恢复了过来。在情绪万分激动的时候，他们知道如此有失男子气概或闺秀的风范。拉维希小姐计算过，即便他们刚才继续前行，也不会正好撞上这一起意外。伊格先生喃喃地做了个适切的祷告。然而那些车夫，在赶了许多英里又暗又脏的路以后，情不自禁地对树神与圣徒们大声吐露心声，露西也一样向她的表姐倾诉衷肠。

"夏洛特，亲爱的夏洛特，吻我。再吻我吧。只有你能理解我。你警告过我要当心的。而我——我以为我正不断成熟起来。"

"不要哭,最亲爱的。给你自己一点时间。"

"我一直很顽固和愚蠢——比你知道的更糟糕,糟多了。有一回是在河边——噢,但是他没有被杀死——他不会遇害的,对吗?"

这念头打扰了她的忏悔。事实上,他们走的这一路风暴才是最严重的。但她曾那么逼近险境,因此她以为每个人一定都面临着相同的危险。

"我相信不会的。任谁都会祈祷不要发生那样的事。"

"他真的是——我想他完全是出于惊讶,就像我以前那样。不过这次不能责怪我,我要你相信这一点。我不过是正好滑入那些紫罗兰中。不,我要说出全部真相。我也有一些该责备的地方。我有些蠢念头。那天空,你知道,它一片金黄,而大地满溢了蓝色,有那么一刹那,他看起来就像是一个书里的人物。"

"书里?"

"英雄——神祇——都是些女学生的胡思乱想。"

"然后呢?"

"可是,夏洛特,你知道了后来发生什么事。"

巴特莱特小姐缄默不语。确实再没有什么事情是她需要知道的。她凭着一定的理解,深情地把年轻的表妹拉到身边。整个归途中,露西的身体因连连叹息而不断颤抖,怎么也控制不住。

"我要老老实实地把事情说出来,"她耳语似的说,"可是要做到绝对诚实,实在太难了。"

"别烦恼了,最亲爱的。等你平静些再说吧。今晚睡觉前,我们在我的房间里好好商量。"

于是她们紧扣着手再次进入城中。女孩震惊地发现其他人的情绪已如潮水退去。风暴已然平息，艾默森先生对他的儿子不再那么担忧。毕比先生恢复了好心情，而伊格先生已经在故意怠慢拉维希小姐了。唯一让她感到有把握的是夏洛特——夏洛特，她那外表掩盖了太多的深刻见解和爱。

自我揭露是一种奢侈的享受，这使得她几乎快乐地度过了一个漫长的傍晚。她想的主要不是发生了什么事，而是她应该如何描述这事情。她的种种感受，一阵阵的勇气，那些她莫名其妙地感到欢喜的时刻，以及她难以理解的不满足，这些都应该仔细地一一摊开在她的表姐面前。凭着绝对的相互信赖，她们可以一起爬梳这一切并找出合理的解释。

"最终，"她这么想，"我将可以理解自己。我再不会为那些凭空冒出而又莫名其妙的事情庸人自扰了。"

艾伦小姐请她弹奏，她以强烈的措辞拒绝了。在她眼中，音乐似乎成了孩童的玩意。她紧挨她表姐坐着，而表姐正以值得赞美的耐心在聆听一个关于遗失行李的冗长故事。故事说完以后，她接过棒来，讲述她自己失落行李的一番经历。这么一拖延，露西差点要歇斯底里。她试图阻挠，或至少加速这故事的结束，却徒劳无功。一直到很晚了，巴特莱特小姐才找回她的行李，并以她一贯的口吻，温柔而自责地说：

"好吧，亲爱的，不管怎样，我已经准备好了要到梦乡一游。到我的房间来吧，我替你把头发好好梳理一下。"

房门被郑重其事地关上，再为女孩挪来一把藤椅。巴特莱特

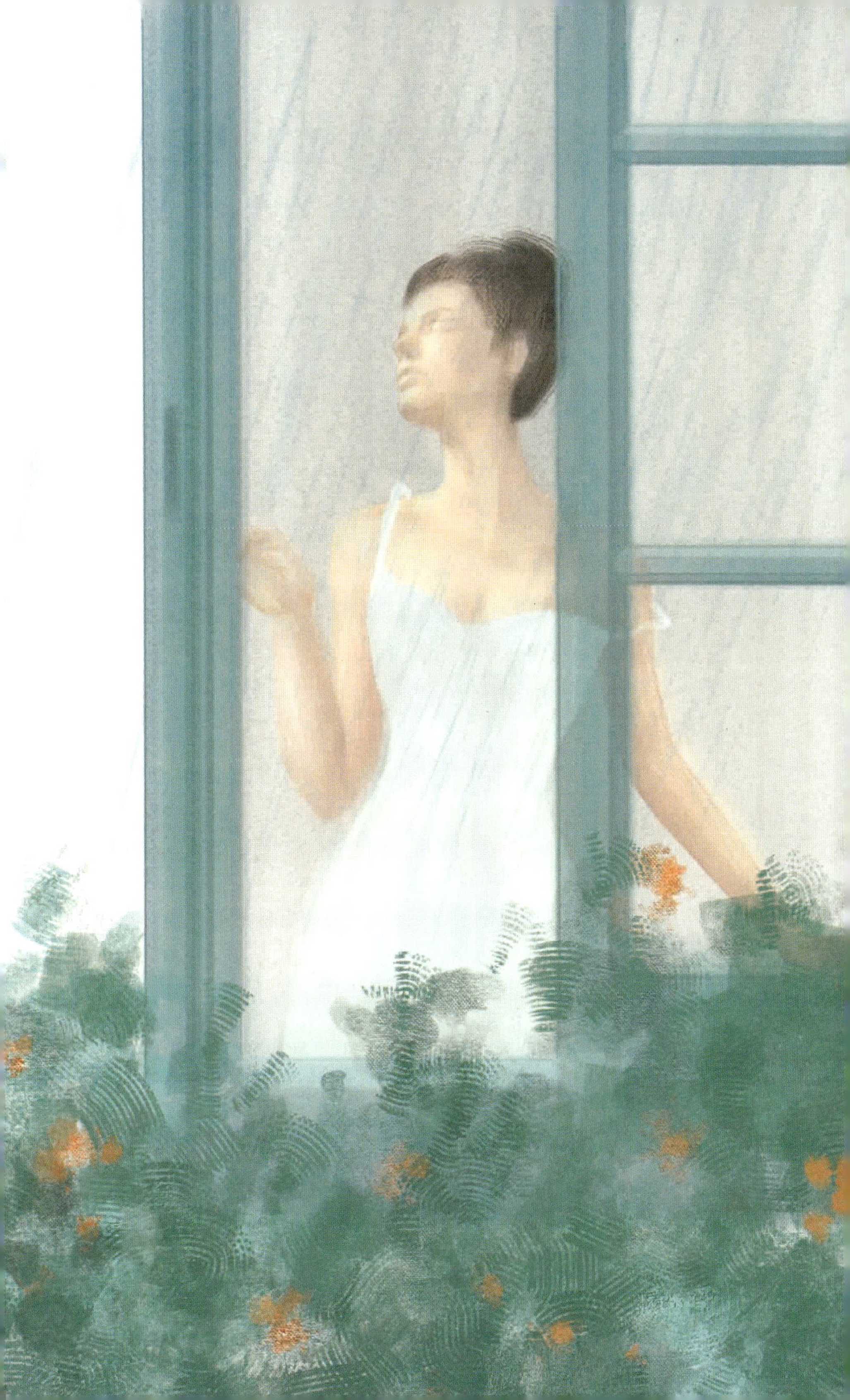

小姐说:"那么要怎么做呢?"

她对这个问题毫无准备。她根本没想过要为这事情采取任何行动。她原先指望的,不过是要详细地剖白她的心迹而已。

"要怎么做呢?最亲爱的,这个问题只有你自己能解决。"

雨水从黑色窗户上汩汩淌下,这个大房间既潮湿又阴冷,五斗柜上点燃着一根蜡烛,靠近巴特莱特小姐的小圆帽,烛光摇曳,把许多阴森恐怖和荒诞诡异的影子投在上了闩的房门上。一辆电车于黑暗中呼啸而过,露西感到无以名状的悲伤,尽管她已停止流泪好一会儿了。她举目望向天花板,上面的狮鹫兽与巴松管既模糊也没有色彩,都只是欢乐的阴魂和魅影。

"这雨已经下了快四个小时了。"她终于开口。

巴特莱特小姐不理会她这句话。

"你认为要怎样使他不说出去?"

"那个车夫?"

"不,我亲爱的女孩呀。我说的是乔治·艾默森先生。"

露西开始在房间里来回踱步。

"我不明白。"终于,她这么说。

她其实明白得很,只是她已不再期望做到绝对诚实了。

"你要怎样阻止他把事情讲出去?"

"我有种感觉,他不会讲的,他永远不会做那样的事。"

"我自己也想宽厚一点地评估他。然而不幸的是,我以前遇上过这类人了。他们很少会把自己的那些辉煌成就藏在心里。"

"那些辉煌成就?"露西叫喊起来,为这个词用了可怕的复数而紧皱眉头。

"我可怜的好女孩,难道你以为这是他的第一次吗?过来,听我说。我只是从他自己说过的话里得出这结论。你记不记得那天午餐时他与艾伦小姐争论,说喜欢一个人就等于多了个理由再去喜欢另一个人?"

"我记得。"露西说,她当时对这论点感到很满意。

"好了,我不是个假正经的人。我们实在没有必要把他说成一个败坏的青年,可是很明显,他毫无教养。如果你愿意这么想,我们可以把这归咎于他可悲的祖先和教育。但我们的问题仍然没有一点进展。你打算要怎样做呢?"

露西的脑中倏地闪过一个主意,她若能早些这么想到,并让它成为她自己真正的意愿,那么这个主意很可能已被证明是奏效的。

"我建议和他谈一谈。"她说。

巴特莱特小姐发出一声真正惊恐的叫声。

"你看,夏洛特,你的好意——我将永远铭记在心。不过,——正如你所说——这是我的事情。是我的,也是他的事情。"

"那你要去乞求,求他不要声张?"

"当然不是。那不会有什么困难的。不管你问他什么,他这个人只会回答是或者不,事情就那样完结了。过去我对他感到害怕。不过现在我一点也不怕了。"

"可是我们替你畏惧他呀,亲爱的。你这么年轻又缺乏经验,一直生活在好人当中,所以你不能明白男人可以有多坏——他们可以残酷无情地欺侮一个女人,从中得到乐趣,而女性不会团结起来保护一个女人。举个例子吧,今天下午,要是我没有及时赶到，事情会怎么样呢？"

"我想象不了。"露西严肃地说。

她的声音中有些什么使得巴特莱特小姐重复她的问题，并且使劲拖长了语调。

"要是我没有及时赶到，事情会怎么样？"

"我想象不了。"露西再说一遍。

"在他欺侮你的时候，你会怎样应对？"

"我那时来不及想。你来了。"

"是的，不过难道你现在不能跟我说，你当时会怎么做？"

"我会——"她没说下去，由得句子中断。她走到淌着雨水的窗前，竭力朝黑暗中看去。她想不出来她那时会怎么做。

"过来，不要站在窗前，亲爱的。"巴特莱特小姐说，"街上的人会看见你。"

露西听从了。她已落入表姐的掌控中。是她先开始妄自菲薄的，现在已无法改变这基调。她们两人都没有再去提她的建议：她将与乔治谈谈，不管这到底是个什么问题，她将和他一起解决。

巴特莱特小姐变得哀怨起来。

"哎，来一个真正的男子汉吧！你和我啊，我们不过是两个女人。毕比先生是指望不上了。倒是有伊格先生，可是你不信任他。噢，你的弟弟要是在这里该多好！他虽然年轻，可是她的姐姐被人欺侮，我知道这会激起他心里的那一头雄狮。感谢神，骑士精神未死，仍然有些男人能够尊敬女人。"

她一面说这些话，一面把手上戴着的好几枚戒指逐一摘下，再把它们并排放在针垫上。接着，她往手套里吹了一口气，说：

"要赶早上的火车，时间会很紧迫，但我们必须试试。"

"什么火车？"

"到罗马去的火车。"她挑剔地看着她的手套。

这通知轻轻松松地发布了，女孩也毫不费力地接受了它。

"去罗马的火车什么时候开？"

"八点。"

"贝托里尼夫人会着恼的。"

"这我们必须面对。"巴特莱特小姐说，一点也不想提到她已经通知过房东夫人了。

"她会要我们付齐一个星期的房租。"

"我料想她会那样。无论如何，我们在维斯一家住的旅店应该会舒服得多。那里的下午茶不是免费供应的吗？"

"是的，不过那里的酒水要多付钱。"说了这话以后，她安静地一动不动。在她的一双倦眼中，夏洛特仿若梦中的一袭鬼影，不断膨胀，不断颤动。

她们开始整理衣物，收拾行装，因为她们若要赶上开往罗马的那班火车，时间已所剩无几。在被告诫以后，露西开始来往于两个房间之间，虽隐约意识到一种微妙的不安，却更困扰于烛光下收拾行李的种种不便。夏洛特讲究实际但缺乏能力，她在一个空箱旁屈膝跪下，徒劳地要在箱子里铺上大小和厚度不一的书本。她叹了两三口气，那弯腰的姿势弄疼了她的背；还有，她这回用上了所有的交际手腕，使得她感觉自己正在老去。女孩走进房里时，听见她的叹息，不免又生起一股无来由的冲动，并为之揪心。她只觉得自己若能够施与他人，也从别人那里得到一些人间的爱，

139

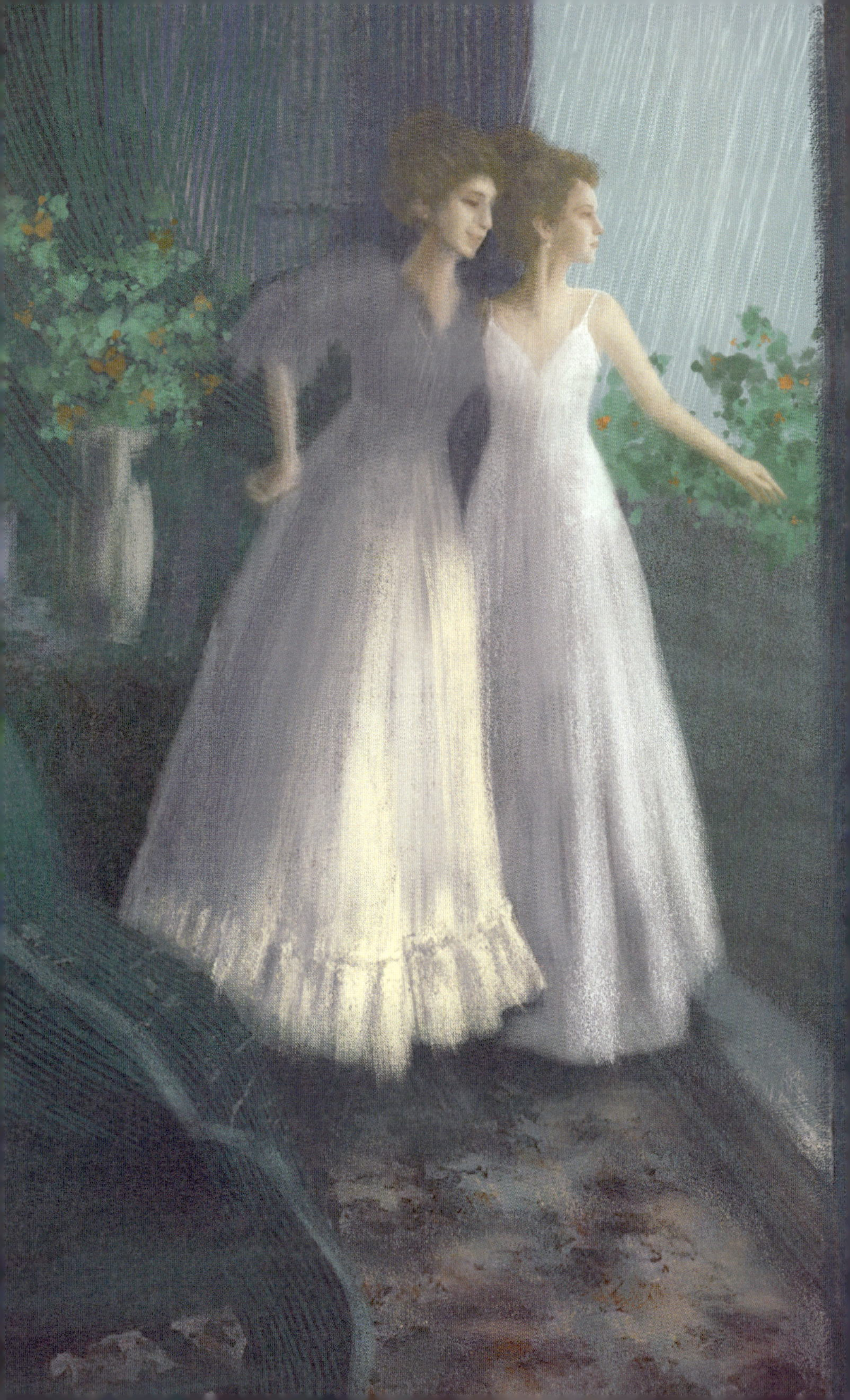

那么蜡烛就会烧得明亮一些，收拾行李会变得容易一些，这世界也会更快乐一些。这种冲动以前也曾涌现，却从未如此强烈。她在表姐身边跪下，将她抱入怀中。

巴特莱特小姐以柔情与温暖回应这拥抱。然而她不是个笨女人，她很清楚露西并不爱她，不过是需要她去承接她的爱。正因如此，在停顿了好一会儿以后，她以一种让人感到不祥的语气说：

"最亲爱的露西，你要怎样才会原谅我呢？"

露西马上警惕起来，她可是从过去的苦痛经历里学会了所谓原谅巴特莱特小姐意味着什么。她的情绪缓和下来，又稍微调整了她的拥抱，她说：

"亲爱的夏洛特，你这话是什么意思呢？说得像是我有什么地方可以原谅你似的！"

"你有的，很多呢，我也一样有许多地方需要原谅自己。我很清楚自己总是处处令你苦恼。"

"可是并非——"

巴特莱特小姐扮演起她最喜欢的一个角色，也即一个未老先衰的殉道者。

"啊，是的！我觉得我们一起的这趟旅行，一点不如我所期望的那样成功。我本来早该知道的。你要的是一个更年轻、更强健，也能更同情你的人。我这人太过无趣，又那么老派——只适合给你打点行李。"

"拜托——"

"我唯一的安慰是你找到了更合你口味的人，可以经常把我留在公寓里。对于一位女士的言行举止，我有自己粗浅的看法，可是除非必要，我希望自己没有把这些看法强加于你。不管怎么说，这两个房间还是由你自己做了主的。"

"你实在不该说这些。"露西柔声说。

她仍然怀着一丝希望，觉得自己和夏洛特可以全心全意地爱着对方。她们没有说话，安静地继续整理行装。

"我一直是个失败者。"巴特莱特小姐说时，正费劲地给箱子系上皮带，那是露西的箱子而不是她的。"我要使你快乐，却失败了；要尽到对你的母亲的责任，也失败了。她对我是那么慷慨。经过这场灾难以后，我再也没有脸去见她了。"

"可是母亲会明白。这次的麻烦事并不是你的错，而且它也不是一场灾难。"

"这是我的错，这也是一场灾难。她永远不会原谅我，而她是对的。就说个例子吧，我有什么权利和拉维希小姐交朋友呢？"

"你有所有的权利。"

"在我本该好好照顾你的时候？要说我一直令你苦恼，那就等同于我疏忽了你。等你告诉你的母亲，她会和我一样把事情看得清清楚楚。"

露西想要改善这形势，而出于这个懦弱的愿望，她说：

"为什么需要让母亲知道呢？"

"可是你什么事情都对她说的呀？"

"通常，我是这么做的。"

"我不敢破坏你对她的信任，这里头多少有点神圣。除非你自己觉得这是一件不能告诉她的事情吧。"

女孩可不愿意被贬低到这个地步。

"按理说我是会告诉她的。可是万一她会责怪你,那我答应你不告诉她就是了,我是非常愿意这么做的。不管是对她抑或是对其他人,我都不会说起这件事。"

随着她的许诺,这冗长拖沓的会谈突然结束了。巴特莱特小姐飞快地在她的两颊亲了一下,祝她晚安,再把她打发到她自己的房间。

有那么一会儿,原先的麻烦隐退到背景里去了。乔治看来自始至终表现得像个下流坏子,也许这会是人们最终对他的看法。目前她既不宣告他无罪,也不谴责他,她不做审判。在她要对他下判断时,表姐的声音横空介入,从那时起,支配着局面的一直是巴特莱特小姐。巴特莱特小姐啊,即便此时也还可以听到她对着隔墙的一道裂缝叹气。巴特莱特小姐可真的既不柔顺,又不卑下,也不反复无常。她默默耕耘,像一个伟大的艺术家。在一段时期——的确,在好多年里——她一直无足轻重,可是最终却给女孩呈上了一幅完整的图画,画里描绘的是一个惨淡无聊也没有爱的世界,年轻人在那里扑向灭亡,直至他们学乖——一个羞怯而充满戒备和屏障的世界,若我们根据那些最常使用戒备与屏障的人做出判断,这两种事情也许能使人避免邪恶,却似乎不会带来善良。

露西正遭受着世间至今为止所发现的最难忍的冤屈:她的诚挚,还有她对同情与爱的渴望,都让圆滑的交际手腕利用了。这样的冤屈可不容易被忘却。从此以后,她再也不会在毫无防范之下,未经深思熟虑就对别人袒露心迹,免得碰一鼻子灰。这样的委屈,说不定会对灵魂产生灾难性的影响。

公寓的门铃响了起来，她走向百叶窗。还没走到窗前她便心生犹豫，转过身将蜡烛吹熄。就因为这样，虽然她看见下面有一个人站在雨中，而他，尽管也抬起头来往上看，却没有看见她。

要走到他的房间，他必须从她的房门外经过。她还没换下衣服呢。她突然心生一念，想到自己也许可以溜到过道里，对他说，明日他起床时，她将已离开，而他们这段奇特的交往也就到此为止。

她到底敢不敢这样做，始终没有得到证实。在这关键时刻，巴特莱特小姐打开了她自己的房门，只听得她的声音说：

"对不起，艾默森先生，我想在会客室里和你说几句话。"

一会儿以后，他们的脚步声回来了，巴特莱特小姐说："晚安，艾默森先生。"

他那沉重而疲乏的呼吸是唯一的回答。这位少女监护人完成了她的任务。

露西大声喊出来："这不是真的。这不可能全是真的。我不要稀里糊涂的。我要快点长大。"

巴特莱特小姐在墙上轻轻地叩了一下。

"赶快睡吧，亲爱的。你需要尽量争取休息。"

第二天早晨，她们动身去了罗马。

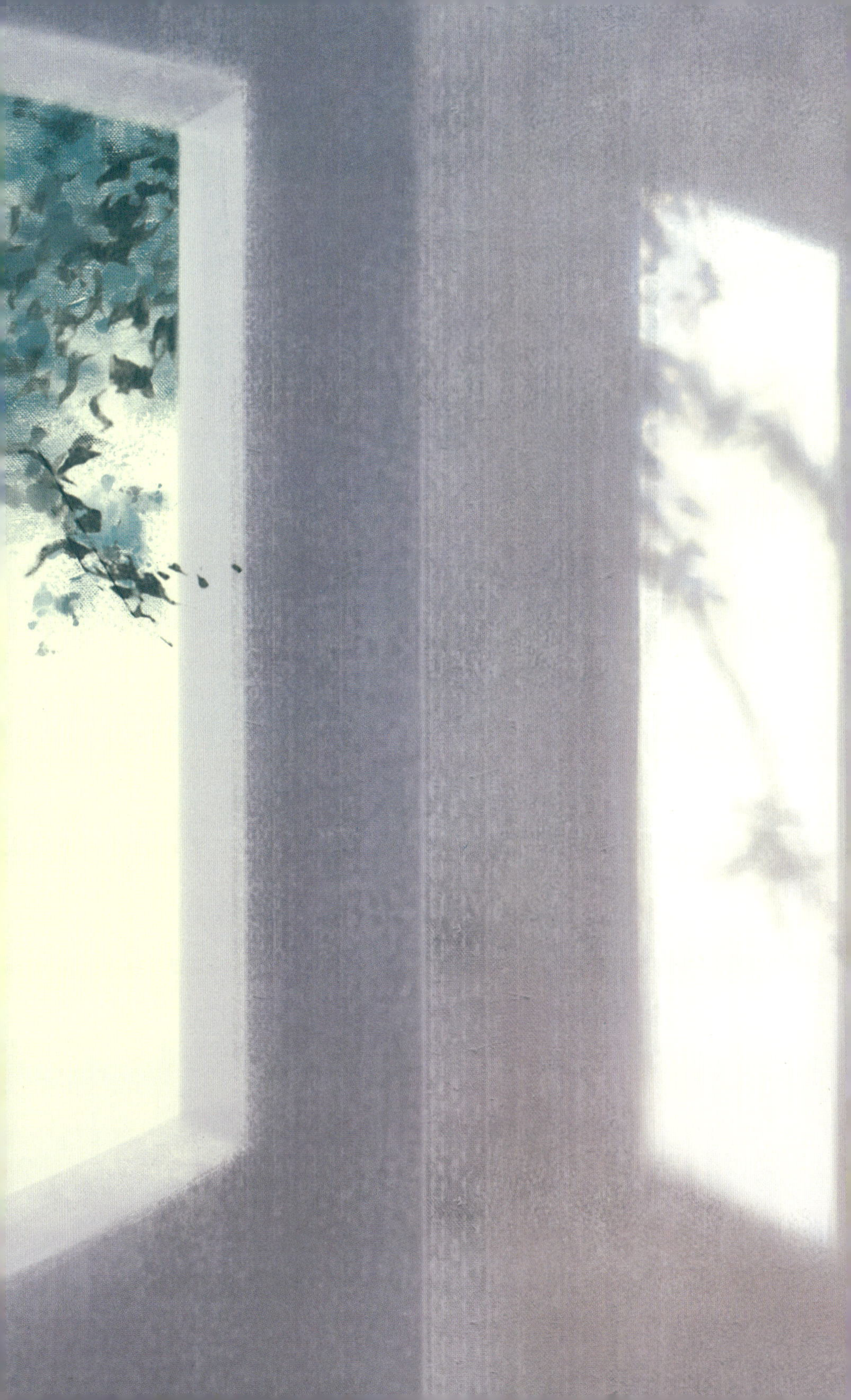

第二部

8. 中古时代的遗风

A
Room
With
A
View

临风隅会客室的窗帘被拉上了，因为地毯是新的，应当好好保护，以免被八月的骄阳照射。那是十分厚重的窗帘，快要垂到地上了，经过它的过滤，光变得柔和而色彩多样。一个诗人——没有诗人在场——极可能会引用这句子："生命犹如色彩缤纷的玻璃穹顶"[①]，也可能拿窗帘比作水闸，被放下来抵挡那难以承受的空中浪潮。帘外是倾泻而下的光的海洋；帘内，光的辉煌虽肉眼可见，但已经过调和，让人能够适应。

两个令人愉快的人坐在房里。一位——十九岁的男孩——正在研究着一部小开本的解剖学手册，偶尔瞟一眼放在钢琴上的一块骨头。他不时从椅子上蹦起，喘一口气，闷哼一声，因为这天气实在太热，印刷字体太小，而人体的骨骼构造又复杂得可怕。另一位是他正在写信的母亲，不断地将她所写的念给他听。她还不时从椅子上站起来，拉开窗帘，让一溪流的光落到地毯上，她说，他们还在那里呢。

[①] 引自雪莱哀悼济慈的长诗《阿多奈伊斯》。

"哪里没有他们呀?"男孩这么说,他是弗瑞迪,露西的弟弟,"跟你说,我都已经腻味透了。①"

"那样啊,看在老天的分上,离开我的会客室吧?"汉尼彻奇太太叫嚷着说,她刻意按字面上的意思看待那些话,希望这能治治她的孩子喜欢用俚语的毛病。弗瑞迪一动不动,也没有回答。

"我看事情已经到了非解决不可的时候了。"她评述,倘若不需要过分恳求,她还真想听听她的儿子对事态的意见。

"应该是时候了吧。"

"我很高兴谢西尔这回再一次向她开口。"

"这是他第三次出击了吧,是不是?"

"弗瑞迪,我确实觉得你这样讲话很刻薄。"

"我不是有意刻薄的。"接着他说,"不过我真的认为露西本该在意大利就把事情说明白。我不晓得女孩是怎样处理事情的,可她之前一定没有好好说'不',不然现在她就不需要再说一遍了。这整件事——我不知道怎么说——反正我感到很不舒服。"

"你真的那么觉得吗,亲爱的?太有趣了!"

"我觉得——算了,还是不说吧。"

他继续看他的书。

---

① 原文 I'm getting fairly sick,意指"腻味透了",而 sick 原作"生病、恶心、呕吐"解,因此这句话在当时算是比较粗俗的俚语。

"那就听听我给维斯太太写了什么吧。我说:'亲爱的维斯太太——'"

"哎,母亲,你跟我说过了。信写得非常好。"

"我说:'亲爱的维斯太太,谢西尔刚刚来征求我的同意,而倘若露西愿意,我将会十分高兴。但是——'"她停止念下去。"我觉得好笑得很,谢西尔居然来征求我的同意。他向来追求破除传统不落俗套,轮不到父母来管,诸如此类的。到了重要时刻,他没有我就寸步难行了。"

"没有我也不行。"

"你?"

弗瑞迪点点头。

"你这是什么意思?"

"他也来征求过我的同意啊。"

她惊叫起来:"他这人太奇怪了!"

"怎么说？"这位儿子兼继承人问，"为什么不该征求我的同意？"

"对于露西啊，女孩啊，或别的任何事情，你懂什么呢？那你究竟说了什么？"

"我对谢西尔说：'你娶她也好，离开她也行，都跟我无关！'"

"这回答可真帮上大忙啊！"可是她自己的回答呢，尽管措辞比较合宜，效果却还是一样的。

"这儿有个麻烦。"弗瑞迪欲言又止。

接着他捧起书本，实在不好意思说出来到底那麻烦是什么。汉尼彻奇太太回到窗边去了。

"弗瑞迪你得过来。他们还在那里！"

"我觉得你不应该那样偷窥。"

"那样偷窥！难道我不可以从自家窗口望出去？"

然而她还是回到了写字台，在经过儿子身边时留意了一下，"还在第322页？"弗瑞迪哼了哼鼻子，翻过去两页。有一会儿他们都沉默无语。窗帘外不远处，那柔声细语的长谈一直没有停止。

"麻烦在于，我对谢西尔说错了话，弄得尴尬极了。"他紧张地咽下一口唾沫，"他不满意我的'同意'，我可是真表示过同意的——也就是说，我说'我不在乎啊'——好了，他不满意这样的回答，他要知道我是不是欢喜若狂。他差不多是这样说的：他若娶了露西，总的来说，那对露西和对临风隅不都是一件了不起的好事吗？他一定要我回答——他说这能使他的求婚更有力。"

"我希望你给了他一个谨慎的回答，亲爱的。"

"我回答'不'。"男孩咬牙切齿地说，"就那样，怒从心上起！我没办法——非得这么说不可。我不得不说'不'呀。他根本不该来问我。"

"你这孩子真荒唐！"他的母亲嚷道，"你以为自己很神圣很诚实，其实那只是令人厌恶的自负罢了。难道你以为像谢西尔这样的人，会把你说的任何一句话都当回事吗？我但愿他赏给你两个耳光。你怎么敢说'不'？"

"噢，安静些吧，母亲！在我没法说'是'的时候，我只能说'不'了。那时我放声笑，装得好像我说那些话并不是认真的，而且谢西尔也笑起来，然后走开了，这也许不会出什么事。可是我觉得自己说错了话。嗯，还是保持安静吧，让男人做点自己的事情。"

"不。"汉尼彻奇太太说，那神态就像是她已仔细斟酌过这话题了，"我不会保持安静。你知道他们两人在罗马发生的一切，你知道他到这里来为的是什么，可是你竟故意侮辱他，试图把他从我家里赶走。"

"绝对没有这个意思！"他申辩，"我只是表露了我不喜欢他。我并不憎恶他，可是我不喜欢他。我在意的是他会告诉露西。"

他忧郁地向窗帘瞥了一眼。

"这个嘛，我喜欢他呢。"汉尼彻奇太太说，"我认识他的母亲。他很好，聪明，富有，他出身背景优越——噢，你不必踢那台钢琴！他出身背景优越——如果你喜欢，我可以再说一遍：他出身背景优越。"她停下来，像在默念她的颂词，不过她的脸上仍然挂着一副不满意的神情。她补上一句："还有，他举止优雅。"

"我喜欢他，却只到刚才为止。我想这是因为他人在这里，破坏了露西回到家里过的第一个星期。还有就是毕比先生在不知情的情况下，说的一些话。"

"毕比先生？"他的母亲说，试图掩盖她的好奇心。"我不明白这和毕比先生有什么关系。"

"你知道毕比先生那有趣的说话方式，尽管你从来不太能理解他话里的意思。他说：'维斯先生是个理想的单身汉。'我机敏得很，问他这话是什么意思。他说：'噢，他就和我一样——比较抽离。'我怎么追问他也不肯说下去，不过这让我开始思考。自从谢西尔开始追求露西，他一直不怎么令人愉快，至少——我也解释不了。"

"你永远也解释不了，亲爱的。但我能解释。你在嫉妒谢西尔，因为他可能使得露西不再为你编织真丝领带。"

这个解释似乎颇有些道理，弗瑞迪试着接受它。然而在他的脑海深处却依稀感到怀疑。谢西尔过于赞美擅长体育运动的人。会是这个缘故吗？谢西尔要人必须以他的方式讲话，这让人厌倦。是这个缘故吗？还有，谢西尔这家伙绝对不肯戴别人戴过的帽子。没察觉到这些想法其实相当深刻，弗瑞迪忙着反思自己。他一定是在嫉妒，否则他不会因为这些愚蠢的原因而不喜欢一个人。

"这样可以吗？"他的母亲大声说，"'亲爱的维斯太太——谢西尔刚刚来征求我的同意，而倘若露西愿意，我将会十分高兴。'然后我在顶上写着：'我也这样对露西说了。'我得把信重抄一遍——'我也这样对露西说了。不过露西似乎十分犹豫，而今时今日，年轻人都必须为自己做主。'我这样写是因为我不要让维斯太太以为我们是过时的人。她可是热衷于参加各种讲座，改进自

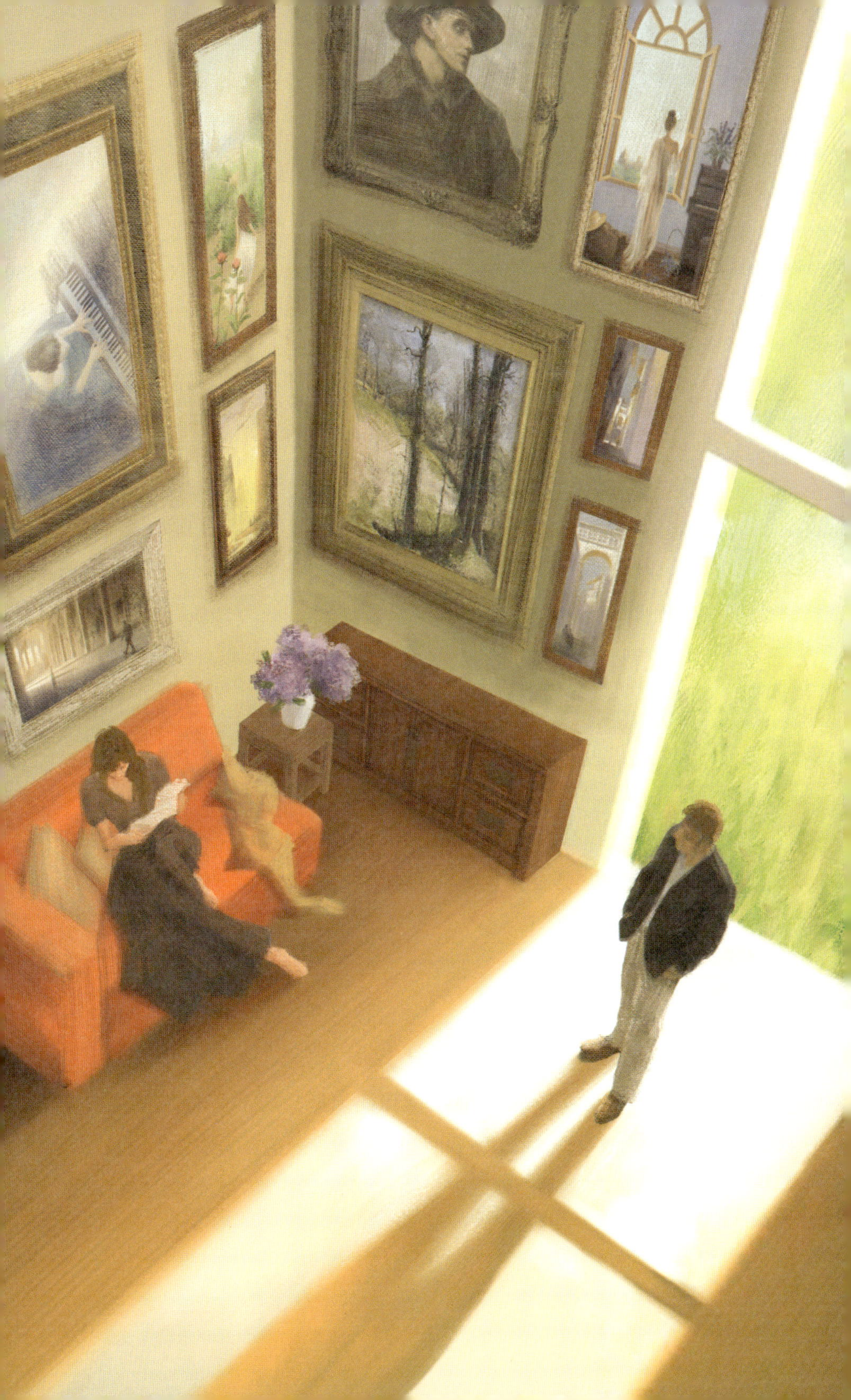

己的想法。不过一直以来,她家床底下的灰尘堆积得像一层厚厚的绒毛,电灯开关上都是女佣们肮脏的指印。她把那套公寓打理得不堪入目——"

"假设露西嫁给谢西尔,她会住在公寓里呢,还是在乡下?"

"别拿这些傻问题打断我。我念到哪里了?啊是——'年轻人都必须为自己做主。我知道露西喜欢你的儿子,因为她什么事情都跟我说,他第一次向她求婚时,她就从罗马写信告诉我了。'不行,我要把这最后一句划掉——这像是高人一等似的。我就停在'因为她什么事情都跟我说'这里吧。要不,我把这句也划掉?"

"一并划掉吧。"弗瑞迪说。

汉尼彻奇太太把这一句保留了下来。

"那么整封信就成了这样:'亲爱的维斯太太——谢西尔刚刚来征求我的同意,而倘若露西愿意,我将会十分高兴,我也这样对露西说了。不过露西似乎十分犹豫,而今时今日,年轻人都必须为自己做主。我知道露西喜欢你的儿子,因为她什么事情都跟我说。可是我并不知道——'"

"看外面!"弗瑞迪嚷道。

窗帘朝两边分开了。

谢西尔的动作一上来就带着几分恼怒。他忍受不了汉尼彻奇一家为了保护家具而坐在黑暗中的这种习惯。出于本能,他猛地一扯窗帘,使它们顺着杆子向两边荡去。光进入房里。一座阳台随之映入眼帘,这种阳台常见于郊区的别墅,两旁种着树木,上面有一把朴素的小椅子,还有两个花坛。远处的风景赋予了它别具一格的风貌,因为临风隅就建在俯瞰着萨塞克斯郡威尔德地区的山坡上。露西坐在那把小椅子上,看上去像是坐在了一张绿色魔毯的边缘,在这颤抖的世界上空盘旋。

谢西尔进入房里。

在故事中出现得这么晚,谢西尔此人必须马上予以描述。他浑身中古时代的遗风。就像一座哥特式雕像。长得很高,很优雅,两肩像是凭着一股意志力挺得方方正正,头部翘起,稍微高于一般的视线水平,与那些守卫法国大教堂入口的严苛的圣徒十分相似。尽管受过良好的教育,天赋不少,体格也健全,可他仍然受制于某个魔鬼,这魔鬼,现代社会将之称为自我意识,而在中古时代,人们比较昏聩,则将它当作禁欲主义来敬拜。一尊哥特式雕像意味着独身生活,如同一尊希腊雕像意味着多子多孙,也许这就是毕比先生要表达的意思。至于弗瑞迪,虽然他不理会历史和艺术,可他无法想象谢西尔戴别人的帽子,也许指的是同一个意思。

汉尼彻奇太太把她的信留在写字台上,向这位年轻的相识走过去。

"噢,谢西尔!"她喊起来——"噢,谢西尔,快告诉我!"

"I promessi sposi.(婚约已定。)[①]"他用意大利语说。

他们焦急地凝视着他。

"她已经接受我了。"他说,这事情用英语说出来让他红了脸,看起来也比较像个凡人了。

"我太高兴了,"汉尼彻奇太太说,与此同时,弗瑞迪则伸出

[①] 谢西尔在这里借用了意大利作家亚历山大·曼佐尼(Alessandro Manzoni,1787—1873)颇负盛名的历史小说书名。

一只被化学药品弄得发黄的手来。他们真希望自己也懂得意大利语，因为英国人表示赞同和诧异的用语多与小场合联系在一起，以致我们害怕在大场面使用它们。我们不得不求助于朦胧的诗意，不然就只能到《圣经》里去寻求慰藉了。

"欢迎你成为我们家的一员！"汉尼彻奇太太说时，对着家具把手一挥，"这实在是最欢乐的一天！我有信心你会使我们亲爱的露西幸福。"

"我也希望那样。"这位年轻男士回答，把目光移向天花板。

"我们做母亲的——"汉尼彻奇太太赔着笑，却意识到自己矫揉造作、婆婆妈妈、夸夸其谈——全是她最讨厌的。为什么她不能像弗瑞迪那样，僵直地站在房间中央，看起来一脸恼怒，却几乎称得上俊美。

"我说呀，露西！"谢西尔叫道，因为谈话似乎无以为继了。

露西从椅子上站起来。她穿过草坪，朝屋里的他们微笑，就像是她要唤他们出来打网球似的。然后她看见了她弟弟的脸。她双唇微启，给了他一个拥抱。他说："嘿，冷静一点！"

"不给我一个吻吗？"她的母亲问。

露西也吻了她。

"你要不要带他们到花园去，把一切都告诉汉尼彻奇太太呢？"谢西尔建议，"我就留在这里，写信告诉我的母亲。"

"我们跟露西走？"弗瑞迪这么说，像是在接受命令。

"是的，你们跟露西走。"

他们穿进阳光里。谢西尔看着他们越过阳台，沿着台阶往下走，直至从视野里消失。他们还会继续往下走——他知道他们的习惯——越过灌木丛,再穿过草地网球场及大丽花的花坛,直至到达菜园。在那里,面对土豆与豌豆,他们将讨论这件大事。

他放情微笑,点燃了一根香烟,脑子里将引向这样一个快乐结局的种种事情重温了一遍。

他认识露西已经好几年了,却一直把她当作一个恰巧爱好音乐的普通女孩。他依然记得在罗马的那天下午他有多沮丧,她与她那可怕的表姐仿佛从天而降似的忽然砸中了他,坚决要求他把她们带到圣彼得教堂。那天她看起来就是个典型的游客——尖锐,粗糙,还因为旅途劳累而十分憔悴。然而意大利在她身上制造了某种奇迹。它给了她光,以及——他认为这更珍贵——它给了她暗影。没过多久,他察觉出来她有种奇妙的沉静。她就像是一个列奥纳多·达·芬奇画中的女人,我们爱的主要不是她本人,而是她不愿告知我们的那些事。那些事情必定不属于今生,没有一个列奥纳多画中的女人会拥有像"故事"这般庸俗的东西。她确实非常奇妙地日臻成熟,日渐完美。

就这样,他从屈尊俯就的礼待,慢慢转变为即使不至于热爱,至少也是一种深切的心神不安。在罗马期间,他已向她暗示他们也许适合彼此。令他甚为感动的是,她听了这暗示,并没有拂袖而去,断绝与他的交往。她的拒绝既明确又温和。那以后——诚如那一句可怕的名言所说——她待他完全一如既往。三个月后,在意大利边疆,那被鲜花覆盖的阿尔卑斯山里,他用毫无掩饰的、传统的语言再向她求婚。她比以往更让他联想到列奥纳多的画,她那被太阳晒伤了的面容被奇异的巨石投下阴影。在他说那些话的时候,她转过身来,站在他与阳光之间,背后是一望无际的荒

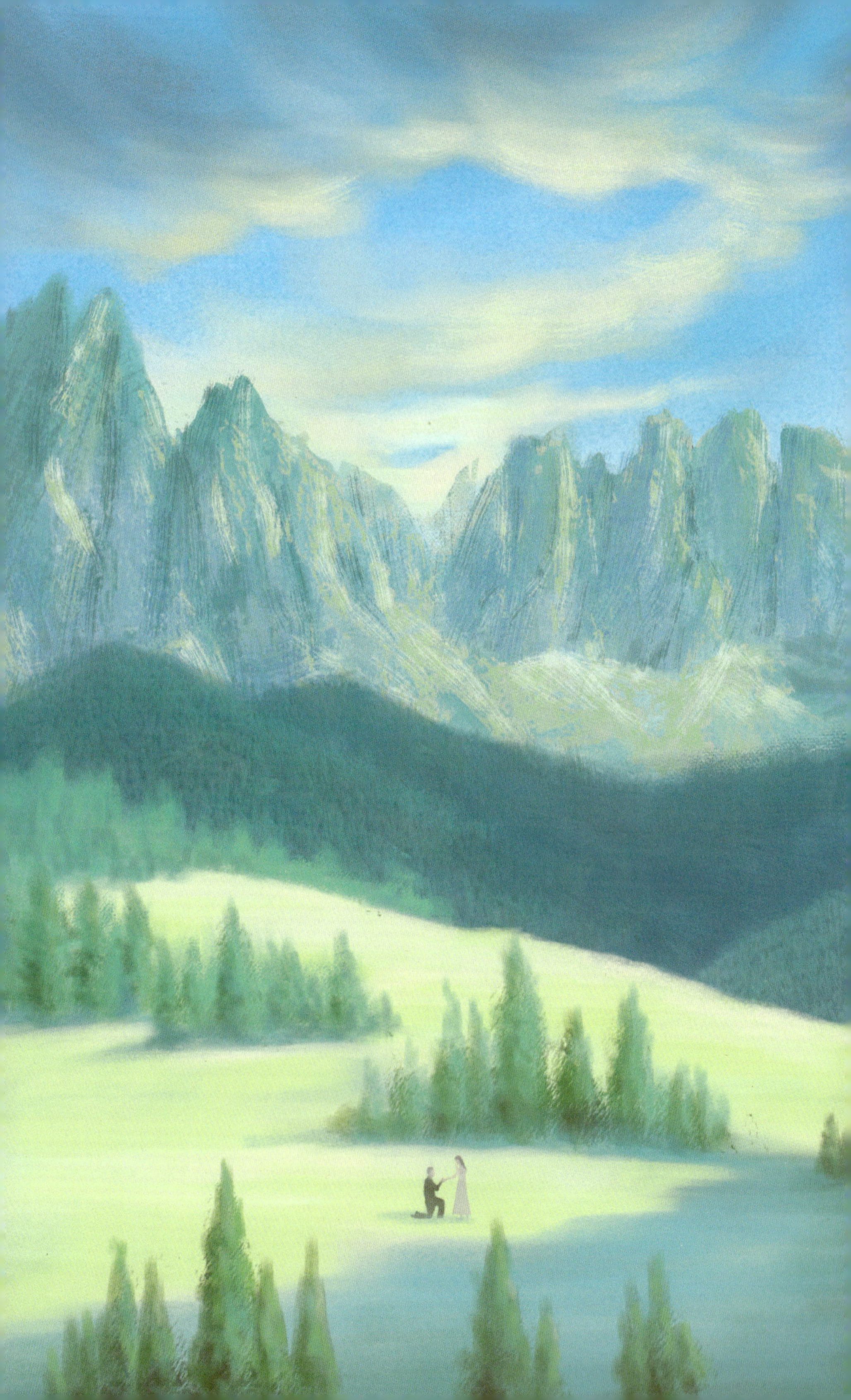

原^①。他陪她走路回去,一点不感到羞愧,完全不觉得自己是一个遭拒的求婚者。真正至关重要的东西毫不动摇。

现在他又一次向她求婚,而她像过去那样既明确又温和,接受了他,没有忸怩作态地为她的推迟给出理由,只是简单地说她爱他,将会尽最大的努力使他幸福。他的母亲必然也会很高兴,她曾建议过他走这一步,他必须在信里给她写一份长长的报告。

他看了看自己的手,检查一下它有没有沾染上弗瑞迪掌中的化学药品,然后他走到写字台。在那里,他看见"亲爱的维斯太太",后面接着许多擦除的痕迹。他向后退避,没有往下看,而在稍微犹豫后,他找了另一处坐下,在他的膝上用铅笔写了一纸短笺。

接着,他再点燃另一根香烟,却觉得它不如第一根那样美妙,然后他思索,怎样才能让临风隅的会客室更具特色。它拥有那样的景观,本该成为一个出色的房间,可是托特罕宫路的痕迹凌驾其上,他几乎可以想象出舒尔布雷德公司和梅普尔公司^②的货车到达门口,放下这把椅子、那些涂了漆的书柜及那张写字台。这写字台让他不期然想起汉尼彻奇太太写的信。他不想看那封信——他从来不被这种事情诱惑,不过他还是为它感到担心。她要与他的母亲谈论他,说来这是他自己的失误。为了赢得露西,他需要她的支持去做出第三次尝试,他要感觉到其他人,不管他们是谁,都赞同他,所以他才去征求他们的同意。汉尼彻奇太太很客气,可是在一些要点上却不怎么敏锐,至于弗瑞迪——"他不过只是

---

① 列奥纳多·达·芬奇的人像画多以岩石与平原为背景。
② 伦敦的两家家具陈设大公司,都在托特罕宫路上。

个孩子，"他思忖，"我代表着他所鄙夷的一切。他为什么要我做他的姐夫呢？"

汉尼彻奇是一个可敬的家庭，然而他开始意识到露西是一块不同的料子。但也许——他没有把这话说得很绝对——他应当尽早把她带到更加意气相投的圈子里。

"毕比先生！"随着女佣这么说，夏街的新教区长被带进来了。由于露西在她从佛罗伦萨寄回来的信中对他推崇备至，因而他才刚上任就马上与大家建立了友好的关系。

谢西尔带着一定的批判态度迎接他。

"我是为喝茶而来的，维斯先生。你看我会喝得上这茶吗？"

"我必须说，当然。在这里谁都不愁吃喝——不要坐那一把椅子，小汉尼彻奇先生留了一块骨头在上面。"

"嚯！"

"我知道，"谢西尔说，"我知道。我想不明白汉尼彻奇太太怎么会允许这种事情发生。"

谢西尔那是将骨头与梅普尔的家具分开来考量了。他没有意识到，把这两者联结起来，它们就会照耀这房间，让它充满他所渴望的那种生活气息。

"我来是要喝茶和说点闲言闲语的。你说这不是新闻吗？"

"新闻？我不明白你说什么。"谢西尔说，"新闻？"

毕比先生说的新闻完全是另一回事，他颠三倒四地瞎聊开来。

"我到这里来的时候碰见哈里·奥特威爵士——我有十足的理由相信自己拿到的是第一手消息。他从弗拉克先生那里买下了希西和阿尔伯特！"

"真的吗？"谢西尔说，努力要让自己恢复镇定。他这是犯了多荒诞可笑的错误啊！作为一个牧师和一位绅士，怎么可能用这般轻率无礼的态度谈及他的订婚？不过他仍然僵在那儿，尽管他嘴里问希西和阿尔伯特是何人也，心里却仍然认为毕比先生实在是个浑蛋。

"问这个问题可是太不应该了啊！在临风隅住了一个星期，居然还没见过希西和阿尔伯特，那是教堂对面的两幢半独立式小房子啊！我得叫汉尼彻奇太太追着你不放才是。"

"我对本地的情况可是惊人地无知。"这位年轻男士慢悠悠地说，"我甚至记不得教区委员会与地方政府委员会之间有什么区别。也许是没有区别的，也可能我说的名称不对。我到乡间来只是为了看看朋友和欣赏风景罢了。我这个人实在太懈怠了。唯有在意大利和伦敦这两个地方，我才不至于觉得自己在得过且过。"

没想到提起希西和阿尔伯特会这么碰一鼻子灰，毕比先生决定改变话题。

"让我想想，维斯先生——我记不起来——你从事什么职业？"

"我没有职业。"谢西尔说，"这又一次说明了我的颓废。我的态度——实在没有什么可以为它辩护的——就是只要我不给别人带来麻烦，我就有权按我自己喜欢的去做。我知道我应当从别人身上挣钱，或者让自己投入那些我丝毫不感兴趣的事物上去，然而不知怎么的，我就是一直没办法开始。"

"你真幸运。"毕比先生说，"能拥有闲暇啊，这可是非常难得的。"

他这语调就像个地方教区人说话的口吻，可是他想不出来要怎样回答才能显得自然一些。他,正如所有拥有固定职业的人一样,都认定别人也应该有职业的呀。

"我很高兴你能赞同。我可不敢面对那些身心健康的人——譬如说,弗瑞迪·汉尼彻奇。"

"噢,弗瑞迪是个好样的,不是吗?"

"好得令人钦佩。就是他这种人让英国成为今日的英国。"

谢西尔对自己感到惊讶。为什么偏偏在今天,而不是别的日子,他会这样无可救药地故意与人作对呢?为了纠正过来,他热情洋溢地问候毕比先生的母亲,那是一位他并不特别关心的老太太。接着他恭维这位牧师,赞扬他的自由思想,还有他对哲学及科学所持的开明态度。

"其他人在哪里呢?"终于,毕比先生说,"我还一心想着在做晚礼拜前先喝上杯茶呢。"

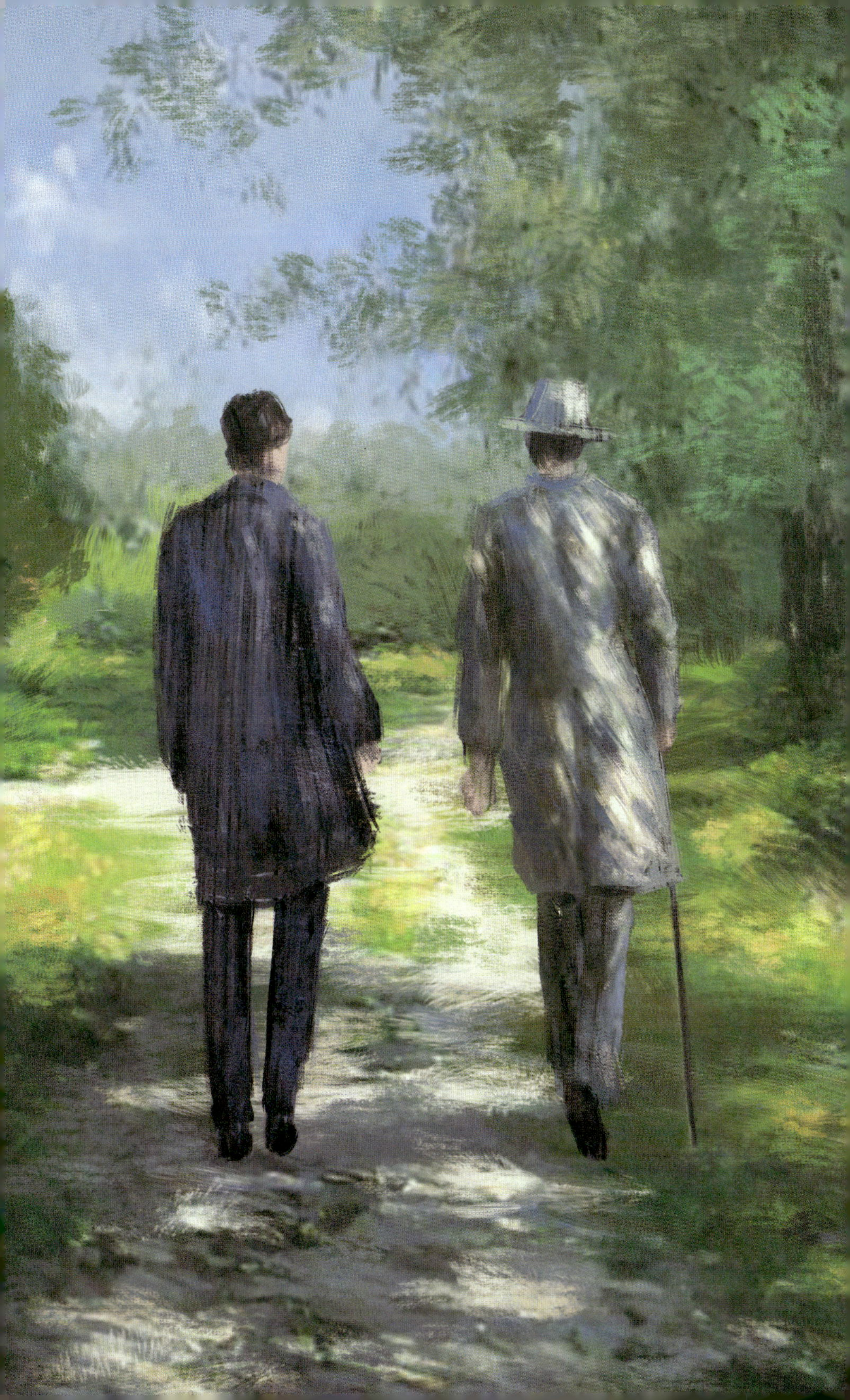

"我猜安妮根本没有告诉他们你在这里。在这屋里，客人来到的第一天便会就用人的情况被谆谆告诫。安妮的毛病是她明明听清楚了你说的话，却要请你再说一遍，还会踢椅子的脚。玛丽的毛病是——我忘记了玛丽的毛病是什么，不过那都是十分严重的。我们到花园里看看好吗？"

"我知道玛丽的毛病，她把簸箕留在楼梯上。"

"尤菲米娅的毛病呢，就是她不愿意，反正就是不愿意把牛油切成小块小块的。"

他们两人都笑起来，气氛开始变得融洽。

"弗瑞迪的毛病——"谢西尔继续说。

"啊，他的毛病太多了。除了他的母亲，没有人能记得住弗瑞迪的毛病。试着说一说汉尼彻奇小姐的毛病吧，那并不是多不胜数的。"

"她没有。"这年轻男士说，诚恳得近乎严肃。

"我相当同意。目前她没有。"

"目前？"

"我不是在冷嘲热讽。我在想的是，对于汉尼彻奇小姐，我有一套自己偏爱的理论。她钢琴弹得好到惊人，生活却过得静悄悄的，你认为合理吗？我总觉得有一天她在这两方面都会十分出色。她心里的防水舱会被冲破，音乐与生活会彼此交融。那时候我们会看见她好得轰轰烈烈，或者坏得轰轰烈烈——也许太过壮烈了，再难说清好坏。"

谢西尔觉得他的这位同伴十分有趣。

"你认为她目前的人生过得并不精彩？"

"这个嘛，我必须说我只在唐桥井见过她，她在那里并不令人惊奇，后来就是在佛罗伦萨了。自从我到夏街，她一直都不在这里。你见过她了，在罗马和阿尔卑斯山区，不是吗？啊，我忘了，当然，你早就认识她了。不，她在佛罗伦萨也不怎么样，但我一直期望着她会变得很出色。"

"在什么方面？"

他们渐渐谈得投机，在阳台上来来回回地走。

"我可以毫无困难地告诉你，她要弹的下一支曲调是什么。其实我仅仅是感觉到她已经找到翅膀了，也想要使用它们。我可以让你看看我的意大利日记中有一幅美丽的图画：汉尼彻奇小姐作为一只风筝，巴特莱特小姐握着线。下一幅画：线断了。"

这幅素描在他的日记里，却是他过后用艺术的眼光观察事物时才画上去的。而在当时，他自己也曾偷偷地拉扯过那一根线。

"可是那根线从未断过？"

"不。我也许不曾看见汉尼彻奇小姐高飞，不过我肯定听到了巴特莱特小姐倒下的声音。"

"它现在已经断了。"这年轻男士用低沉的、颤抖的声音说。

他立刻意识到，在所有狂妄自大、荒谬可笑、令人鄙夷的宣布订婚的方式中，他的方式至为糟糕。他诅咒自己对隐喻的热爱——他这是在暗示自己是一颗星星，而露西正腾空高飞，竭力要得到他？

"断了？你这是什么意思？"

"我的意思是，"谢西尔生硬地说，"她要嫁给我了。"

这位牧师感觉到某种难以释怀的失望，他无法不让它从他的

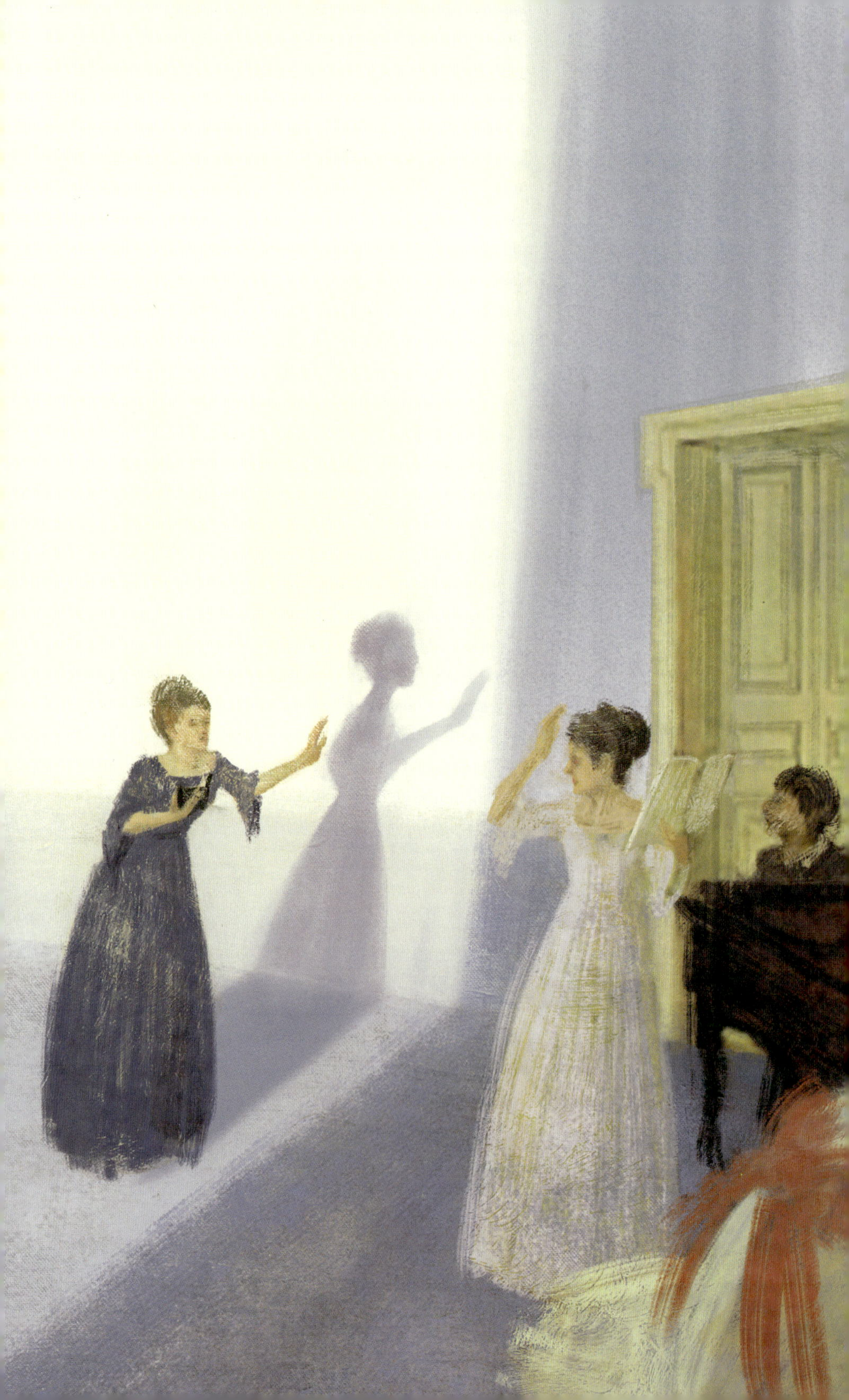

声音里流露出来。

"对不起。我必须向你道歉。我不知道你和她是这么亲密的关系,不然我绝不会把话说得这样轻率和肤浅。维斯先生,你早该制止我。"他看到露西本人了,就在花园那里,是的,他感到失望。

谢西尔要的自然是祝贺而不是道歉,他不由得扯下嘴角。难道对于他的行动,这世界给予的就是这个回应吗?当然,世界作为一个整体,他是不放在眼里的。但凡有思想的人都应当如此。这几乎是判断一个人是否具有教养的一项测试。可是对于他所遭遇的这些,世界那一连串微小的颗粒,他却十分敏感。

偶尔,他可以变得相当粗鲁。

"很抱歉让你大吃一惊了。"他干巴巴地说,"我恐怕露西的选择不会得到你的认可。"

"不是那样的。不过你应该制止我。就时间来说,我对汉尼彻奇小姐知道的不多。也许我本不应该随意地与别人谈论她,当然更不应该和你谈。"

"你是意识到自己说了些不慎重的话吗?"

毕比先生恢复了镇定。真的,维斯先生有本事置人于极度不耐烦的境地。毕比先生被迫行使他的职业所赋予的特权。

"不,我并没有说什么不慎重的话。在佛罗伦萨,我预见她那安静而平淡无奇的童年势必要结束了,而它已经结束。我隐约察觉到她可能会迈出重要的一步。她已经跨出这一步了。她已经学会——请允许我随心所欲地说,因为我就是随心所欲地开始的——她学会了去爱是怎么一回事。有些人会告诉你,那是我们这尘世生活所能提供的最伟大的课程。"说到这里,也差不多是时候该向走过来的三人挥帽致意了。他没有省略这个动作。"她是通过你才学会的。"他的声音若还带着神职人员的腔调，这时候也是真诚的，"那就由你来关心，让她所学会的对她有神益吧。"

"Grazie tante!（非常感谢！）"谢西尔说，他可向来不喜欢教区牧师。

"你听说了吗？"汉尼彻奇太太艰难地走上花园的斜坡时，大声嚷道，"噢，毕比先生，你已经听到消息了吗？"

弗瑞迪这时已经心情大好，用口哨吹奏着《婚礼进行曲》。对于木已成舟的事实，年轻人很少加以批判。

"我当然听到了！"他喊道。他看着露西。在她面前，他不能再扮演那个教区牧师了——无论如何，不能不带着歉意来演了。"汉尼彻奇太太，我要做我总是应该做的事，然而大多数情况下我往往太过羞怯。我要祈求各种各样的祝福赐予他们，庄重的轻快的福，重大的微小的福。我要他们这一生，作为丈夫妻子，作为父亲母亲，都极尽美好和极其幸福。现在呢，我要讨我的茶了。"

"你这要求可真是及时。"这位女士回嘴，"在临风隅你居然敢一本正经？"

他接过了她这语调。于是再也没有什么重大的善行义举，没有人再尝试用诗句或《圣经》典故来抬举这场面。他们当中再没有人胆敢、也无人能够使自己继续严肃下去。

婚约这事强大有力，或迟或早，总会让所有谈论它的人都陷于这种既欢喜又敬畏的状态。离开了它，独自一个人在房间里时，毕比先生，甚至弗瑞迪，很可能又会变得爱挑毛病。可是在它面前，而各人也面对着彼此的时候，他们是真心实意地笑闹吵嚷的。

它有一种奇异的力量，不仅使人嘴上服从，也不得不打心眼里折服。如果要找出一种足以与之匹敌的强大力量来加以类比的话，那就是一座承载着异族信仰的庙宇对我们产生的力量。站在它外头，我们嘲笑它或反对它，或者顶多觉得感伤。可是在它里头，纵使被供奉着的不是我们的神祇和圣徒，一旦有真正的信徒在场，我们也会成为真正的信徒。

于是这个下午在历经种种探索和疑虑后，他们打起精神，专心享受一个愉快无比的茶会。若说他们是虚伪的人，他们自己并不知道，而环境提供了各种机会，让他们设置和实现他们的虚伪。安妮把盘子当作结婚礼品那样逐一放下，大大地鼓舞了他们。她用脚踢会客室的门之前，对大家笑了笑，他们无法不立刻回以微笑。毕比先生叽叽喳喳。弗瑞迪说话妙趣横生，把谢西尔称为"败军之将"[①]——这一家尊称未婚夫婿的俏皮双关语。汉尼彻奇太太为人逗趣，体态丰腴，大有希望成为一个好岳母。至于露西和谢西尔，那庙宇正是为他们建造的，他们也参与了这个欢乐的仪式，却像最热切的朝拜者所应当的那样，等待着一座更神圣的喜乐殿堂昭然打开。

[①] 原文 fiasco，特指大为出丑的失败，与 fiance（未婚夫）拼法和发音近似。

9. 露西作为艺术品

A
Room
With
A
View

订婚消息宣布了几天以后,汉尼彻奇太太让露西和她的"败军之将"去参加邻近的一个小型园游会,因为理所当然地,她要让大家看看她的女儿即将嫁给一位一表人才的男士。

谢西尔何止一表人才,简直就是卓尔不群,他身材修长,与露西并肩同行,当露西与他说话时,他转过那张清俊的面容回应着露西的话,这一切看起来实在是赏心悦目。人们向汉尼彻奇太太祝贺,在我看来,实在是一个社交上的失误,不过这令她十分高兴,并且可谓不加选择地把谢西尔介绍给几位沉闷乏味的富孀。

喝茶时间发生了一件倒霉的事:一杯打翻的咖啡泼到了露西的提花绸裙上,尽管露西装作满不在乎,她的母亲可丝毫不掩饰,连忙把她拉进屋内,让一个和善的女佣处理这连衣裙。她们走开好一会儿,把谢西尔留给了那些富孀。待她们回来,发现他已经不如先前那样愉快了。

"你经常参加这种活动吗?"他们乘车回家的途中,他这样问。

"噢,三五不时吧。"露西说,她可是挺自在的。

"这是典型的乡区社交活动吗?"

"我想是的。母亲,是不是呢?"

"社交活动可多呢。"汉尼彻奇太太说,她正在努力回想一件衣裙的下摆样式。

看她的心思在别处,谢西尔弯腰过来对露西说:

"这活动对我来说实在太骇人了,简直像一场灾难,很可怕。"

"真抱歉,把你困在那里了。"

"不是这一点,而是那些祝贺。那是把订婚当作公共财产——就像一块荒地似的,每个局外人都可以在那里大放厥词,吐露自己那庸俗的感想,这真令人恶心。那些老女人都在傻笑!"

"我看人人都得过这一关吧。下次她们就不会这样注意我们了。"

"可是我要说的是她们的整个态度都错了。订婚——首先这是一个可怕的词——是一件私事,它就应该被当作私事来对待。"

然而,那些傻笑的老女人纵使就个人而言是错了,可是就种族的观点来看,她们再错也还是正确的。世世代代相传的精神透过她们的微笑,为谢西尔与露西的婚约欣喜鼓舞,因为它允诺了地球上的生命得以延续。对于谢西尔和露西,它应许的却是大不相同的东西——个人的爱情。故而有了谢西尔之怒,也因此露西认为谢西尔的恼怒是合情合理的。

"真讨厌啊!"她说,"你不能脱身去打网球吗?"

"我不打网球——至少,不在公众场合打。这样邻里间就不会传说我是个运动健将。就像他们传说我是 Inglese Italianto(意大利化的英国人)那样。"

"Inglese Italianto?(意大利化的英国人?)"

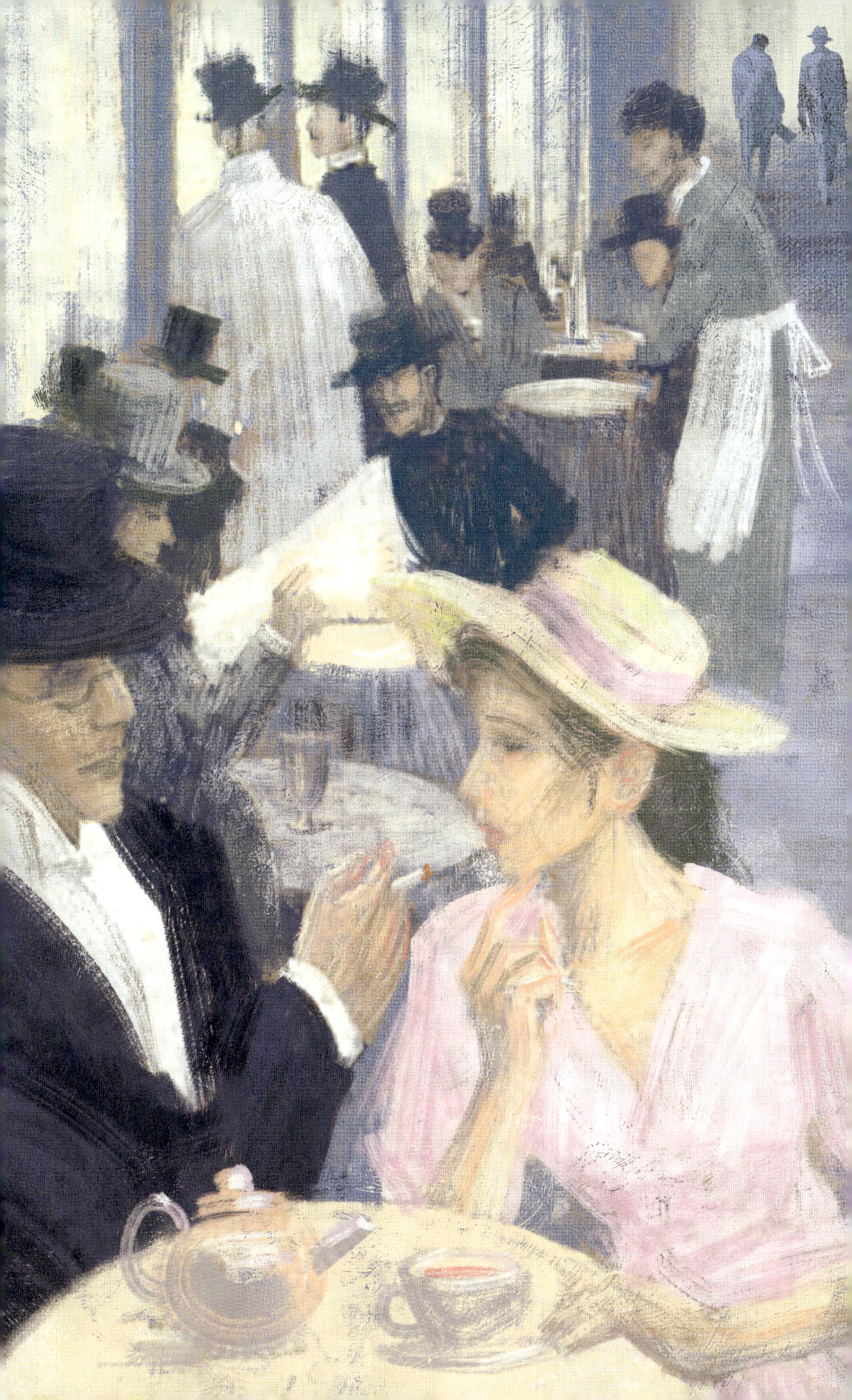

"E un diavolo incanato!（他是魔鬼的化身！）你知道这句谚语吗？"①

她不知道。这句谚语也不见得适用于一位和母亲在罗马安静地度过了一个冬天的青年男子。不过谢西尔自从订婚以来，喜欢表现出一副见多识广的调皮模样，实际上他丝毫不具备那种气质。

"好吧。"他说，"她们要是不赞许我，我也没有办法。在我与她们之间有着某些无法移除的屏障，而我必须接受。"

"我想我们大家都有自己的局限吧。"露西明智地说。

"不过有时候这些局限是强加给我们的。"谢西尔说，从她的话里，他发现她没有真正地理解他的立场。

"怎么说？"

"我们筑起栅栏将自己围起来，与别人围起栅栏将我们挡在外头，两者是有差别的吧，不是吗？"

她想了一会儿，同意这确实是有差别的。

"差别？"汉尼彻奇太太突然警觉起来，大声说，"我看不出来有什么差别。栅栏就是栅栏，尤其是它们就在同一个地方。"

"我们在说的是动机。"谢西尔说，谈话被打断，使得他十分不快。

"我亲爱的谢西尔，看这里，"她摊平双膝，把她的名片盒放到膝上，"这张是我。那张是临风隅。剩下的那些就是其他人。动机都很好，但栅栏就在这里。"

---

① 上下句相连是一句意大利谚语，形容一个人虽然仍保留着人的外形，实际上已经变成了恶魔。

"我们在讲的不是真的栅栏啊！"露西说，并笑了起来。

"天，我明白了，亲爱的——是诗啊！"

她神色泰然地往后靠。谢西尔搞不明白露西何以觉得好笑。

"让我来告诉你谁没有筑起你所谓的'栅栏'吧，"她说，"那就是毕比先生了。"

"一个没有栅栏的教区牧师意味着一个毫无防卫能力的教区牧师。"

对于别人说的话，露西虽然不太能跟得上，但还是能相当快地察觉出来其中的意思。她没听清楚谢西尔说的警句，却领会了促使这句话说出口的情绪。

"你不喜欢毕比先生吗？"她若有所思地问。

"我从来没有那么说过！"他大声说，"我认为他远在一般人之上。我只是否认——"他迅即话锋一转，又回到栅栏的话题上，还说得非常精彩。

"现在说一个我实在讨厌的神职人员。"因为想说一些投合的话，她这么说，"一个的确筑起了栅栏，筑的还是最差劲的栅栏的神职人员，那就是伊格先生，在佛罗伦萨的那位英国副牧师。他真的很虚伪——不仅仅是态度不恰当。他是个势利小人，还十分自以为是，而他也确实说过这种很不厚道的话。"

"什么样的话？"

"贝托里尼公寓有位老先生，他说这人杀害了自己的妻子。"

"也许他真的做了这样的事。"

"不！"

"为什么是'不'？"

177

"他是那样好的一位老先生,我可以肯定。"

看见她展现出女性不合逻辑的一面,谢西尔不禁哑然失笑。

"好吧,我确曾试着仔细分析这事情。伊格先生永远不把话说到重点上。他宁可让它含糊些——说那位老先生'实际上'谋害了他的妻子——在上帝的眼里谋害了她。"

"小声些,亲爱的!"汉尼彻奇太太心不在焉地说。

"可是一个人被说成是我们的楷模,他却到处散播谣言诋毁别人,这不是叫人很难以忍受吗?我相信,主要是因为他的缘故,那位老先生才会遭人排斥的。人们借口说他这人很粗俗,可是他绝对不是那种人。"

"可怜的老先生!他叫什么名字?"

"哈里斯。"露西随口说。

"但愿没有哈里斯太太其人吧。"她的母亲说。

谢西尔聪明地点了点头。

"伊格先生不是那种很有文化修养的教区牧师吗?"他问。

"我不知道。我讨厌他。我听过他讲解乔托。我讨厌他。没有什么可以遮掩一个人卑劣的本性。我讨厌他。"

"哎呀,我的天哪,孩子!"汉尼彻奇太太说,"你要把我的头给吵炸了!有什么好嚷嚷的?我不许你和谢西尔再讨厌神职人员了。"

他不禁微笑。露西忽然义愤填膺地对伊格先生大肆发作,确实让人感觉有点不协调。这就像一个人看到列奥纳多的作品出现

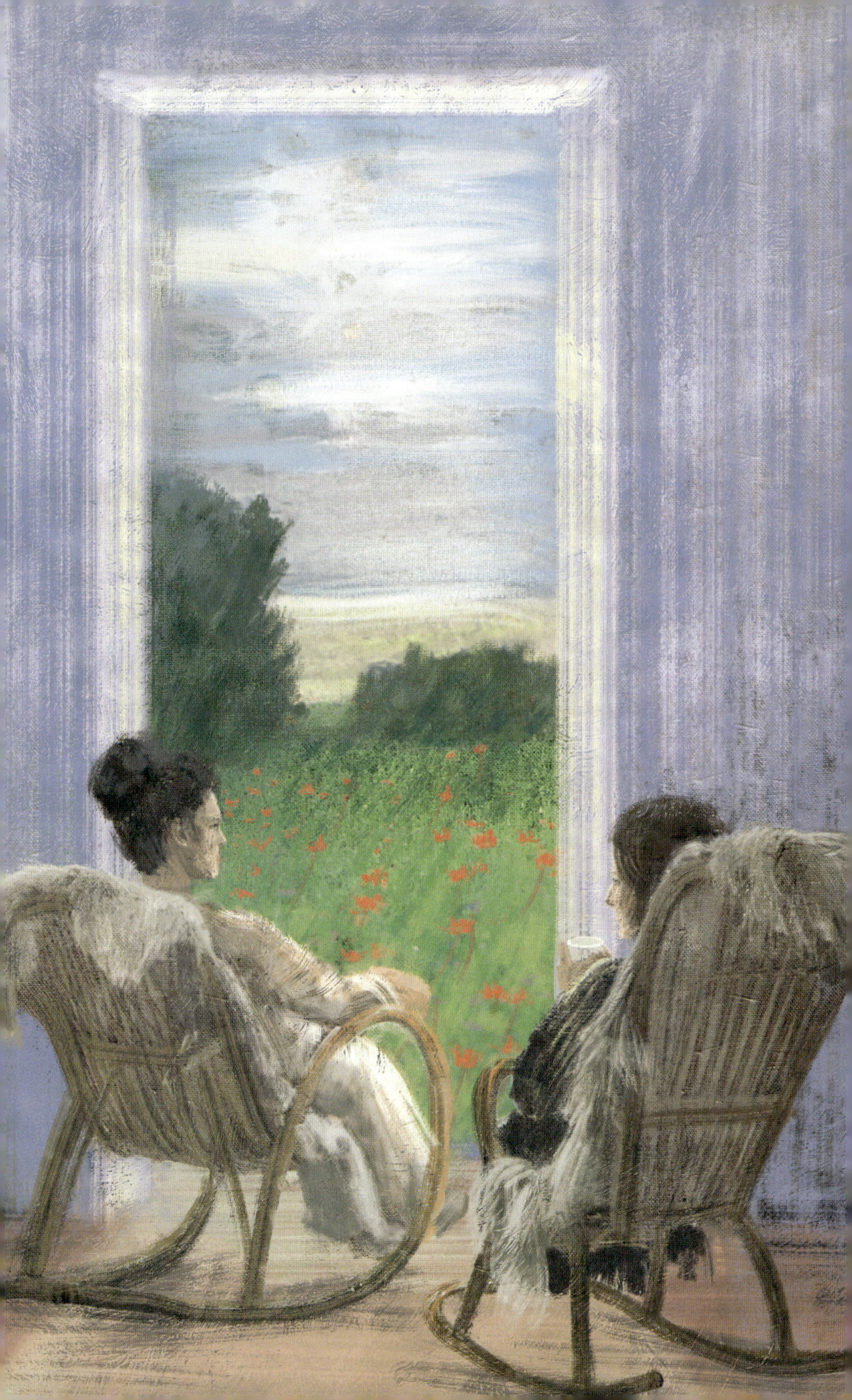

在西斯汀小堂的天花板上。① 他极想提示她，她的天职不在这里，一个女人的威力和魅力在于其神秘难解，而不在于激昂的怒吼。不过怒吼可能代表了活力，它损毁这美丽的女人，却证明她是鲜活的。这样过了一会儿，他凝视着她那涨红的面孔与激动的手势，目光透着几分称许。他忍耐着，不让自己去压制青春的泉源。

大自然——他觉得这话题最简单不过——正围绕着他们。他赞美松林，欧洲蕨郁郁葱葱，灌木丛看起来像负了伤一样，缀着斑斑点点的红叶，收费公路上的美景十分实用。他对户外的世界一知半解，偶尔会把事实搞错。当他说到落叶松四季常青时，汉尼彻奇太太的嘴巴抽搐了一下。

"我认为自己是个幸运的人。"他这样总结，"当我在伦敦的时候，我觉得自己离不开那里了。可是我到了乡间，对乡间又有同样的感受。说到底，我还真相信鸟儿呀、树木呀、天空呀，是生活中最美好的东西了，而生活在其间的一定是最好的人。说真的，他们当中十有八九好像什么也没有留意到。乡村的绅士和乡间劳作的人，他们都以各自的方式成了彼此最令人沮丧的伙伴。不过对于大自然的变化，他们或许有一种心照不宣的同感，那是我们这些城里人无法感受到的。你有没有这种感觉呢，汉尼彻奇太太？"

汉尼彻奇太太吃了一惊，微微一笑。她没有认真在听。谢西尔坐在四轮折篷马车的前座，被挤得七荤八素，见状更觉得烦躁，便决意不再说任何有趣的事了。

---

① 罗马梵蒂冈西斯汀小堂的天顶画为米开朗琪罗的作品。

露西也没有在听。她的眉头打着结,看上去仍然怒气冲冲——他下了结论:这就是道德操练过多的结果。看到她对八月树林的美景视而不见,实在让人感到悲哀。

"'下来吧,女孩啊,从那边山上的高处。'[①]"他引用了一句诗,又用自己的膝盖碰了碰她的膝盖。

她再次涨红着脸,说:"什么高处?"

"'下来吧,女孩啊,从那边山上的高处,生活在高处何乐之有(牧羊人唱道)。在高处和群山的光彩中?'我们还是听取汉尼彻奇太太的劝告,不要再讨厌神职人员了。这里是什么地方?"

"当然是夏街了。"露西说,振奋过来。

树林豁然开朗,给一片三角形的斜坡草地留出空间。草地两侧排列着漂亮的小房子,地势较高的第三侧被一座用石头建造的教堂占去,它简洁而高贵,有一座迷人的铺着木瓦的尖塔。毕比先生住的房子靠近教堂。它的高度几乎不超过那些小房子。附近还有几幢豪宅,但都被树木掩藏了起来。这风景叫人想起瑞士的阿尔卑斯山,而不是一个悠闲世界的圣地和它的中心,美中不足的是有两幢难看的小别墅——正是这两幢小别墅不让谢西尔的订婚专美,在谢西尔赢得露西的那个下午,哈里·奥特威爵士获得了这两幢房子。

两幢小别墅中,有一幢名为"希西",另一幢叫作"阿尔伯特"。这两个称号不仅以带阴影的哥特体衬托着出现在花园大门上,还以大写字母沿着入口处拱门的半圆形曲线,第二次出现在

---

① 引自英国桂冠诗人丁尼生(Alfred Tennyson,1809—1892)的长诗《公主》。

门廊上。"阿尔伯特"有人居住。它那饱受摧残的花园被天竺葵与半边莲以及光灿灿的贝壳照亮。

房子的小窗口都以素净的诺丁汉蕾丝窗帘遮蔽。"希西"准备出租。属于多尔金公司的三块布告板懒洋洋地靠在栅栏上,宣告着这不足为奇的事实。它的那些小径已长满杂草,手帕大小的一方草坪被蒲公英染成了黄色。

"这地方被毁了!"两位女士不加思索地说,"夏街永远不会像以前那样了。"

就在马车行过的时候,"希西"的门打开了,一位绅士从屋里走出来。

"停车！"汉尼彻奇太太叫喊，用她的小阳伞碰了碰车夫。"哈里爵士来了。这下我们有救了。哈里爵士，马上把这些都拆了吧！"

哈里·奥特威爵士——一个不需要被描述的人——走到马车旁说："汉尼彻奇太太，我是想要那样做的。但我不能，我实在不能把弗拉克小姐赶出去。"

"我又说对了,不是吗?她早该在签合约之前就离开了。她现在还是像她侄子在的时候一样,在这里白住吗?"

"可是我能怎么做呢?"他压低了声音,"一位老太太,粗鄙得不行,还几乎卧床不起。"

"把她赶走。"谢西尔勇敢地说。

哈里爵士长叹一声,哀伤地望着两幢小别墅。他早就得到警告,完全知道了弗拉克先生打的主意,原本可以在房子动工以前就把这块地买下来的,然而那时他无动于衷,又拖拖拉拉。他对夏街有许多年的感情,以致他无法想象它受到糟蹋。要等到弗拉克太太安放了奠基石,红色与奶油色的砖块开始像幽灵般升起,他才有所警觉。他动身拜访弗拉克先生,本地的一名建筑商——一个最讲道理又备受尊敬的人——他认同用瓦片盖的屋顶比较具有艺术风格,却指出石板比瓦片便宜。然而,对于那些像水蛭一样紧附在弓形窗的窗框上的科林斯式圆柱,他斗胆提出不同的意见,说,就他本人而言,他想在屋子门面上加一些装饰,好让它多一点变化和趣味。哈里爵士则暗示说,柱子嘛,倘若有可能,除了装饰性以外,也应该有结构上的作用。

弗拉克先生的回答是,所有的柱子都已经定制,还补充说,"所有柱子的柱顶造型都不一样——一个有龙游于枝叶间,另一个接近爱奥尼亚风格,再有一个标有弗拉克的姓名首字母——每一根柱子各不相同。"他可是读过罗斯金的书呢。他随心所欲地建造他的两幢别墅,直至他把一位雷打不动的姑母安置在其中一幢房子里以后,哈里爵士才把它们买下来。

这样一笔毫无效益又无利可图的交易,使得这位爵士把身子靠在汉尼彻奇太太的马车上时,心里充满悲哀。他对乡村未能恪尽已职,而乡村也在嘲笑他。他花了钱,而夏街业已前所未有地被糟蹋得不成样子。如今他唯一能够做的是为"希西"找一个理想的租客——一个真正令人满意的租客。

"房租可是便宜得荒谬啊,"他告诉他们,"而我大概是一个好说话的房东。可是房子的大小很让人尴尬。对农民阶层来说它太大了,对于跟我们多少有一点相似的人来说,它又太小了。"

谢西尔一直犹豫着,不知道该鄙视那两幢小别墅呢,还是该为哈里爵士鄙视小别墅而鄙视此人。后面的那种冲动似乎会更合理一些。

"你应该马上找一位租客。"他不怀好意地说,"对一个银行小职员来说,这房子可真是个完美的天堂。"

"正是如此!"哈里爵士激昂地说,"我怕的正是这个,维斯先生。它会吸引那些不适合的人。火车服务已大有改进——按我的想法,这是致命的改进。再说,在时下这个自行车的时代,离火车站五英里算得了什么?"

"那得是一个很卖力的小职员啊。"露西说。

谢西尔对于用中古时代的恶作剧方式来作弄人,可是不遗余力的,他回答说下中产阶级人士的体格比过去好太多了,而且还在不断提升中。她看出来他在嘲笑他们这位毫无恶意的邻居,便挺身而出制止他。

"哈里爵士!"她嚷起来,"我有个主意。你觉得不婚的老小姐可以吗?"

"我亲爱的露西,那可好极了。你认识那样的老小姐吗?"

"是的，我和她们在海外结识的。"

"是名门淑女吗？"他试探性地问。

"是的，的确是，而且目前没有居所。我上个星期收到她们的信——特蕾莎小姐和凯瑟琳·艾伦小姐。我真的不是在开玩笑。她们算是十分合适的人选。毕比先生也认识她们。我可以请她们给你写信吗？"

"当然可以！"他大声说，"现在我们的难题已经解决了。这真是令人高兴啊！额外的便利——请告诉她们，她们将会有额外的便利，因为我不会收代理费。啊，那些代理人哪！他们给我找的都是些什么匪夷所思的人啊！有一位妇女，当我给她写——你知道的，一封得体的信——请她给我说明她的社会地位，她居然回答我说她会预付房租。说得像是谁会在意这个似的！而由我交涉的几封介绍信都让人十分不满——若不是骗子，就是些不体面的人。啊，还有，那个诡计！上星期我看到太多阴暗面了。就算是看上去最有前途的人也在耍诡计！我亲爱的露西，诡计啊！"

她点点头。

"我的劝告是，"汉尼彻奇太太插进来说，"完全不要理会露西和她那两位已经衰败的名门闺秀。我很清楚那种人。不要让我结识那些曾经有过风光日子，而今会带上各种传家宝，把屋子弄得一股霉味的人。这很可悲，我宁愿把房子租给一个社会地位在上升的人，而不是已经在走下坡的人。"

"我想我明白你的意思。"哈里爵士说，"不过正如你所说，这事很可悲。"

"两位艾伦小姐不是那样的！"露西嚷道。

"是的，她们是那样的人。"谢西尔说，"我没有见过她们，但是我要说她们万分不适合加入这个社区。"

"别听他的，哈里爵士——他这人好讨厌。"

"我才是让人讨厌的人。"他回答，"我不该把自己的烦恼带给年轻人。但我真的非常担忧，而奥特威夫人只会说我再谨慎也不为过，这话固然没错，只是这帮不上什么忙。"

"那么我可以给我的两位艾伦小姐写信了吗？"

"请写吧！"

话虽如此，当汉尼彻奇太太大声说下面这番话时，他的目光变得踌躇起来。

"当心啊！她们一定养了金丝雀。哈里爵士，对金丝雀可得当心，它们从笼子的枝条间把鸟食吐出来，老鼠接着就来了。总之，你对女人就得当心。只把房子租给男人吧。"

"不会是真的吧——"他殷勤有礼地低声嘟哝，尽管他觉得她的话里颇有些智慧。

"男人不会在喝茶时搬弄是非。如果他们喝醉了，那他们就到此为止——舒舒服服地躺下来，睡个好觉就是了。倘若他们是粗俗的人，那也只是他们自己的问题。粗俗是不会传播的。为我们找个男人来住吧——当然，他必须整洁干净。"

哈里爵士脸红了。不管是他抑或是谢西尔，听到对男性这样公然称赞，都感到不自在。即便将邀遘男子排除掉，也并未使他们显得有多卓越。他对汉尼彻奇太太提议，她若有时间，不妨下车亲自到"希西"去视察一番。她很高兴。老天存心要她贫穷，注定要住如此这般的房屋。家居布置，特别是小型的家居布置，

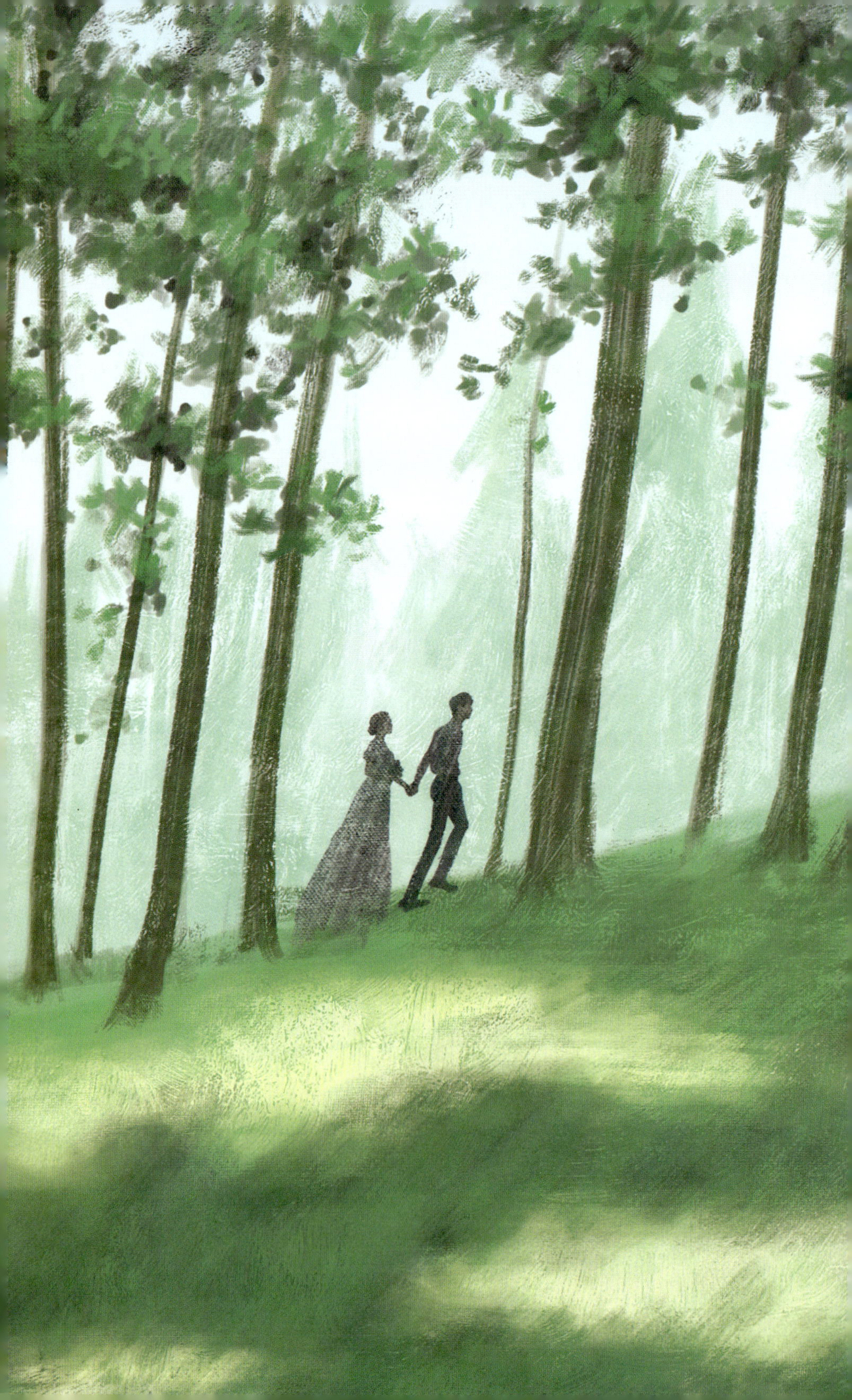

向来对她具有吸引力。

露西跟着她的母亲走,谢西尔把她拉回来。

"汉尼彻奇太太,"他说,"我们两个走路回家,把你留下,怎么样?"

"当然可以!"她亲切地如是回答。

哈里爵士似乎同样因为能摆脱他们而高兴不已。他知趣地对他们微笑,说:"啊哈!年轻人,年轻人!"接着便忙不迭去打开房子的门锁。

"俗不可耐的暴发户,简直无可救药!"几乎没等他们走远,谢西尔便嚷起来。

"噢,谢西尔!"

"我没办法,实在忍受不了。不讨厌这个人才叫有问题。"

"他不是很聪明,但实在是个好人。"

"不,露西,他代表着乡村生活中一切不好的东西。要是在伦敦,他就会安分了。他会是一个白痴俱乐部的成员,而他的妻子会办些白痴晚宴。然而在这里,就凭他装出来的绅士派头,还有他那自命恩人的态度,以及他那套冒牌美学,俨然成了一个小小的上帝,而每个人——就连你的母亲——都吃他这一套。"

"你说的都很对,"露西说,纵使她有点泄气,"我想知道这——这真有那么重要吗?"

"这可是极其重要的。哈里爵士体现的就是刚才那园游会的本质。啊,天哪,我实在太生气了!我多么希望他给那幢别墅找到一个粗俗的租客—— 一个真正庸俗不堪的女人,庸俗得让他不得不察觉。还上流社会人士呢!真恶心!就凭他的秃头和那快要看不见了的下巴！算了，不谈他了。"

这对露西可是正中下怀。要是谢西尔不喜欢哈里·奥特威爵士和毕比先生，那些对她而言真正重要的人又凭什么能逃过这厄运呢？就拿弗瑞迪为例吧。弗瑞迪既不聪明，也不精细，长得也不漂亮，那有什么可以阻止谢西尔随时说出"不讨厌弗瑞迪才叫有问题"呢？而她又该怎样回答呢？除了弗瑞迪，她没有再往下想，然而这已经足以让她焦虑了。她唯一能让自己安心的是，谢西尔认识弗瑞迪已经有一段时间了，他们也一直相处得很愉快，也许最近这几天除外，而那可能只是一个意外。

"我们要走哪条路呢？"她问他。

大自然——她觉得这话题最简单不过——正围绕着他们。夏街就在树林深处，她在公路分岔出一条小径的地方停下脚步。

"有两条路可以走吗？"

"也许走大路更明智些，因为我们都打扮得漂漂亮亮的。"

"我倒更想穿过树林。"谢西尔这么说，声音里隐隐透着恼怒，她已察觉这一整个下午他都带着这种情绪了。"为什么呢，露西，你总是说要走大路？你难道不知道，自从我们订婚以来，你一次也没有与我在田野或树林里待过？"

"我没有吗？那就走树林吧。"露西说，对他的怪异表现感到吃惊，却相信他过后一定会做出解释。不解释清楚而让她胡乱猜测他的意思，那可不是他的习惯。

她领先走入沙沙作响的松林中，果不其然，他们走了不过十来码，他就开始解释了。

"我有个想法——我敢说是错误的——和我一起在房间里的时

候,你会感到比较自在。"

"房间?"她回应,脑筋完全转不过来。

"是的,或者,顶多是在花园里吧,又或者是在大路上。从来不是在像这样真正的乡间。"

"噢,谢西尔,你到底是什么意思啊?我从来没有那样的感觉。你说得我好像是个女诗人之类的什么人了。"

"你怎么不是呢?我把你同一个风景联系起来——某种类型的风景。那你为什么不可以把我和一个房间联系起来?"

她思索了一会儿,然后笑着说:

"你知道吗?你说对了,我真的是那样的。说到底,我必定是个女诗人了。我想到你时,往往好像都是在一个房间里。真有趣!"

令她惊讶的是,他似乎感到气恼。

"是会客室吧,请问?没有风景?"

"是的,没有风景,我喜欢啊。为什么不可以呢?"

"我可宁愿,"他带着责备的口吻说,"你把我和户外联系在一起。"

她又说一遍:"天呀,谢西尔,你到底是什么意思呢?"

眼见暂无解释,她便把这个对女孩而言着实太难的话题甩掉,领着他继续往树林深处走去,时不时在一些特别美丽或特别熟悉的草木前停下来。自从她能单独散步以来,就已熟知夏街到临风隅之间的这片树林了。她曾假装在林子里把弗瑞迪弄丢,那时弗瑞迪还是个脸蛋紫红色的小宝宝。而她虽然已去过意大利了,这片树林对她仍然魅力不减。

不一会儿,他们来到松林间的一小片空地——又有一座小小的翠绿山丘,这回是一座孤峰,将一个很浅的池塘抱在怀中。

她叫起来:"圣湖!"

"为什么你这样叫它?"

"我不记得为什么了。我想它来自某一本书吧。它现在只是一个水坑,但你看到流经它的那条小溪了吗?大雨过后,大量的水涌进来,一时流不出去,这水池就会变得相当大,也很漂亮。那时候,弗瑞迪曾在这里游泳。他非常喜爱这个池塘。"

"那么你呢?"

他的意思是,"你也喜欢这池塘吗",可是她却像在做梦似的恍惚地回答:"我也曾经在这里游泳啊,直到我被逮到了。那可是一场轩然大波。"

换了在别的时候,他很可能会感到震惊,毕竟他内心深处就是一个迂腐和拘谨的人。可现在呢?他对令人神清气爽的事物一时狂热,到了崇拜的地步,便为她这份令人欣羡的纯真感到欢喜。他望着站在池塘边沿的她。

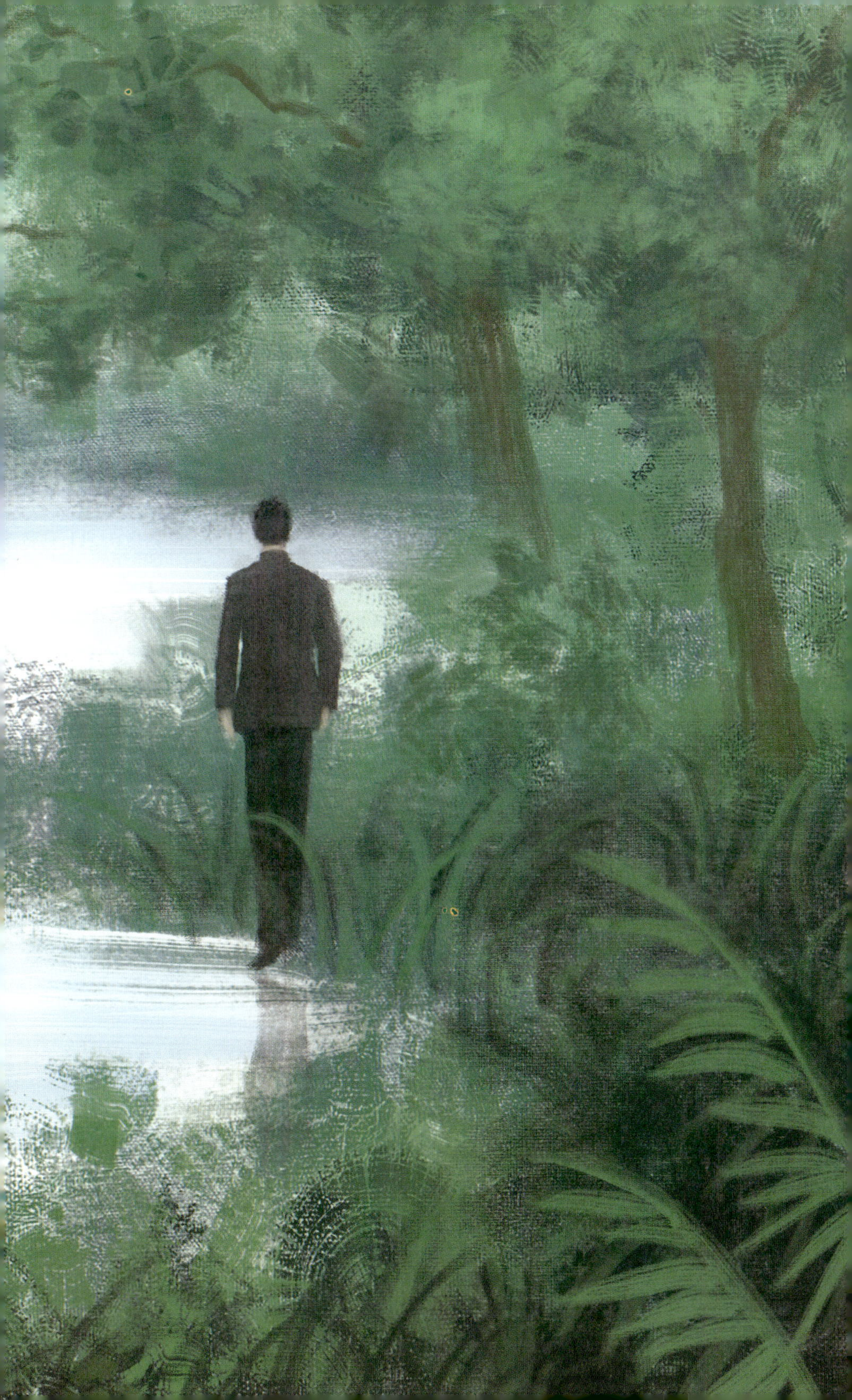

就如她所说的,她打扮得漂漂亮亮,叫他联想起某些明艳照人的花卉,虽没有自己的叶子,却忽然从一片苍翠中绽放出来。

"是谁逮到你了?"

"夏洛特。"她小声说,"她那时住在我们家里。夏洛特——夏洛特。"

"可怜的女孩!"

她庄重地一笑。他有一个想法,迄今为止一直畏缩着不敢实现,眼前看来似乎切实可行了。

"露西!"

"是,我看我们是时候该走了。"她如是回答。

"露西,我对你有一个请求,那是我以前从没有提出过的。"

听到他的声音中这般认真恳切的调子,她坦然而和蔼地走向他。

"是什么呢,谢西尔?"

"一直以来,我都没有——甚至那天在草坪上你答应嫁给我的时候,我也没有——"

他变得局促不安,不住环顾四周,看看是否有人在观望他们。他的勇气消失了。

"那是?"

"直到现在,我都没有吻过你。"

她的脸变得通红,仿佛他把这事说得唐突之至。

"是——没有,你——"她期期艾艾地说。

"那么我问你——现在我可以吗?"

"你当然可以,谢西尔。你之前就可以这么做了。你知道,我总不能主动扑向你。"

在这至高无上的时刻,除了荒谬可笑以外,他再也感觉不到别的什么。她的回答不尽令人满意。他干练务实地掀起她的面纱。他向她迎上去,心里却希望能后退。当他碰上她时,他的金边夹鼻眼镜移了位,被压平在两张脸之间。

就这样,只是一个拥抱。他认为,事实摆在眼前,这是一次失败的行动。真正炽热的爱情应该相信自己是不可阻挡的。他该把礼仪、体恤,还有其他一切活该被诅咒的绅士风度都抛在脑后。最重要的是,明明有权行使,本不该去请求批准。为什么他不能像一个普通工人或是一个苦力——不不不,是像柜台后面站着的年轻服务员那样行动呢?他在脑子里重新设计刚才那一幕。露西站在池塘边上如花绽放,他冲向前去拥她入怀,她先是斥责,然后就由得他了,并且因为他的男子气概而从此对他倾慕不已。因为他总是相信,女人会因为男人的男子气概而钦佩他们。

这唯一的一次亲热过后,他们沉默无语地离开那池塘。他期待着她开口说话,好让他看见她内心最深处的想法。她终于开口了,语气里含着适当的庄重。

"他的姓氏是艾默森,不是哈里斯。"

"什么姓氏?"

"那老先生的姓氏。"

"哪个老先生?"

"我对你说过的那位老先生。就是伊格先生对他十分刻薄的那一位。"

他怎么可能知道,这是他们之间有过的最亲密的一次谈话了。

10. 谢西尔作为幽默家

A
Room
With
A
View

谢西尔打算用来解救露西的那个社交圈子，也许并没有什么了不起，不过，比起她的祖先赋予她生活权利的那个圈子，还是辉煌多了。她的父亲，当地一个事业兴旺的律师，在这区域的开发时期，建造了临风隅作为一项投机活动，最终却爱上自己的作品，自己住到那里去了。他婚后不久，这社区的氛围开始出现变化。在南面那陡峭的坡顶，有人建起了房屋，在后面的松林里，在北边丘陵地的白垩石上，也不断有房屋出现。这些房屋大多比临风隅大，里头住的也多半不是本地人，而都来自伦敦。他们误以为汉尼彻奇一家是本地残存的贵族。他对此惶恐不安，可是他的妻子不卑不亢地坦然处之。"我想象不出人们在干什么，"她会说，"不过这对我们家孩子可是天大的好运。"她到处去拜访，人们也都热情回应，等到他们发现她并不完全跟他们出自同一背景时，他们已经喜欢上她，这看来也就无关紧要了。当汉尼彻奇先生去世时，他心满意足——没有几个诚实的律师会鄙视这份满足感——他们一家已经在可能获得的最佳社交圈子里扎下了根。

这就是可能得到的最好的圈子了。当然很多移居到这里的人都很乏味，露西从意大利回来后，对此有越发深刻的体会。迄今为止，她全盘接受了他们的理想与准则，完全不疑有他——他们富裕而友好，他们的宗教观念不具爆炸性，他们厌恶纸袋、橘子皮和破瓶子。作为一个不折不扣的激进分子，她学会了语带嫌恶地谈论城市郊区居民的生活。就她所能构想到的，生活嘛，就是一圈子富有和亲切的人，大家有着相同的兴趣和相同的仇敌。在这个圈子里，人们思考、结婚，然后死亡。圈子外面有的是贫困和庸俗，时时刻刻在尝试入侵，一如伦敦的大雾从北面的山岭涌入隘口，试图要渗入松林。然而到了意大利，那里的人只要愿意，就能像在阳光下一样，谁都可以让自己得到平等的温暖，她的这种生活概念便骤然消失。她的各种感官扩大了，觉得没有什么人她是不可能喜欢上的，也觉得社会上的各种屏障，毫无疑问是排除不了的，但它们不一定竖得特别高。你翻越它们，就像你纵身跳入亚平宁山脉一个农民的橄榄园，而他见到你十分高兴。她带着新的眼光回来了。

　　谢西尔也一样带着新的眼光归来。但意大利激发谢西尔的，并不是宽容，而是恼怒。眼见本地的社交圈子太狭隘，与其说一句"这是很大一回事吗"，他心生厌恶，企图以一个他称之为广阔的圈子取而代之。他没有认知到，那千百种细微的礼貌和友好与日俱增，最终产生了一股温情，使得露西将她周围的环境神圣化，纵使她眼里看到它的种种缺陷，心里却不肯完全鄙视它。他也没有看清更重要的一点——如果说她有那么好，好得不适于那个社交圈子，那她已好得所有的社交圈子都不适合她了，而是到达了只有个人交流才能使她满足的阶段。她是一个叛逆者，但不是他所能理解的那一种——是不渴望更大的居所，但求与所爱的男人平起平坐的一个叛逆者。因为意大利许给她的乃是世间最珍贵之物——她自己的心灵。

露西与明妮·毕比在玩"蹦蹦小狗"，那是教区长的侄女，才十三岁。"蹦蹦小狗"是一种古老而至为高尚的击球游戏，主要是将网球击到高空，让它们掉落到网的另一边，再高高弹起，胡蹦乱跳。有一些球打中了汉尼彻奇太太，其他的不知落到哪里了。这句话很混乱，但它很好地演示了此刻露西脑子里的状态，因为她同时还忙着与毕比先生交谈。

"天呀，这真是一件麻烦事——起先是他，然后是她们——没有人知道他们想要什么，而这些人全都那么令人厌烦。"

"可是她们真的要来了。"毕比先生说，"几天前我写信给特蕾莎小姐——她想知道肉贩多久会来一趟，我回答说每个月一次，这一定很合她的心意。她们要来了。今天早上我收到了她们的信。"

"我一定会很讨厌这两位艾伦小姐的！"汉尼彻奇太太嚷道，"就因为她们是那种又老又糊涂的人，整天说'多可爱呀'！我讨厌她们挂在嘴边的'假使'啊和'不过'啊，还有'还有'啊。可怜的露西——也是她活该——都累得不成样子了。"

毕比先生注视着那个"累得不成样子的人"在网球场上跳来晃去，大喊大叫。谢西尔不在——他要是在场，大家可就不玩"蹦蹦小狗"了。

"好吧，如果她们要来——不，明妮，不要'土星'。""土星"

是一只网球,它的外皮已有部分脱线崩裂。在转动时,球体会被一道圆环包围。"如果她们要来,哈里爵士会让她们在二十九号前搬进去,还会删掉那个粉刷天花板的条款,因为这令她们紧张不安嘛,再加进合理损耗的条款。——那一下不算,我说了不要'土星'。"

"玩'蹦蹦小狗','土星'没有问题呀。"弗瑞迪大声叫喊着加入她们,"明妮,别听她的。"

"'土星'弹不起来。"

"'土星'弹得还可以。"

"不,它不弹。"

"得了,它弹得比'俊白魔'[①]好。"

"小声一些,亲爱的。"汉尼彻奇太太说。

"可是你看露西——嘴里抱怨着'土星',手里却一直握住'俊白魔',随时准备出击。对极了,明妮,朝她进攻——拿球拍打她的小腿——打她的小腿!"

露西跌倒在地上,那"俊白魔"从她的手里滚了出去。

毕比先生将球捡起来,说:"抱歉,这个球的名字叫维托里娅·科隆博纳[②]。"不过他的纠正不受注意,无人理睬。

要把小女孩激得暴跳如雷,弗瑞迪可是大有本事的,不过片刻而已,他将明妮从一个循规蹈矩的孩子变成了一片狂风呼啸的

---

① 原文 Beautiful White Devil,为英国剧作家韦伯斯特的悲剧《白魔》中的女主人公之名。
② 即"俊白魔"本人,也指罗马教皇西克斯图斯五世的外甥女。

旷野。谢西尔在屋里听到他们的声音,虽然他有许多有趣的消息,却唯恐被球打中,所以没有出来把消息告诉大家。他并不是个胆小鬼,也能像任何男人一样忍受必要的痛楚。但他痛恨年轻人的暴力行为。这可真是明智啊!不出所料,这一切果真以哭声告终。

"真希望两位艾伦小姐能看到这场面。"毕比先生发表这意见时,露西正在照顾受伤的明妮,她自己却被弟弟一把抱起,双脚离地。

"谁是两位艾伦小姐啊?"弗瑞迪气喘吁吁地说。

"她们租下了希西别墅。"

"不是这个姓氏——"

就这时候他脚下一滑,姐弟俩全都欢欣不过地跌倒在草地上。短暂的中场休息时间于焉开始。

"什么不是这个姓氏?"露西问,她弟弟的头枕在她的膝上。

"租下哈里爵士的房子的人,不姓艾伦。"

"胡说,弗瑞迪!你对这事一无所知。"

"你自己才是在胡说!我刚刚才见到过他。他对我说:'嗯哼!汉尼彻奇。'"——弗瑞迪是个不怎么高明的模仿者——"'嗯哼!嗯哼!我终于找到了真正称-心-满-意的租客。'我说,'好耶,老兄!'还拍拍他的后背。"

"一点没错。是两位艾伦小姐吧?"

"似乎不是,倒更像是安德森。"

"噢,老天哪,可别再来一笔糊涂账了!"汉尼彻奇太太嚷起来,"你没发现吗,露西,我又没说错吧?我说过别干涉希西别墅的事。我总是不会说错的。我总是这样料事如神,这让我自己都

201

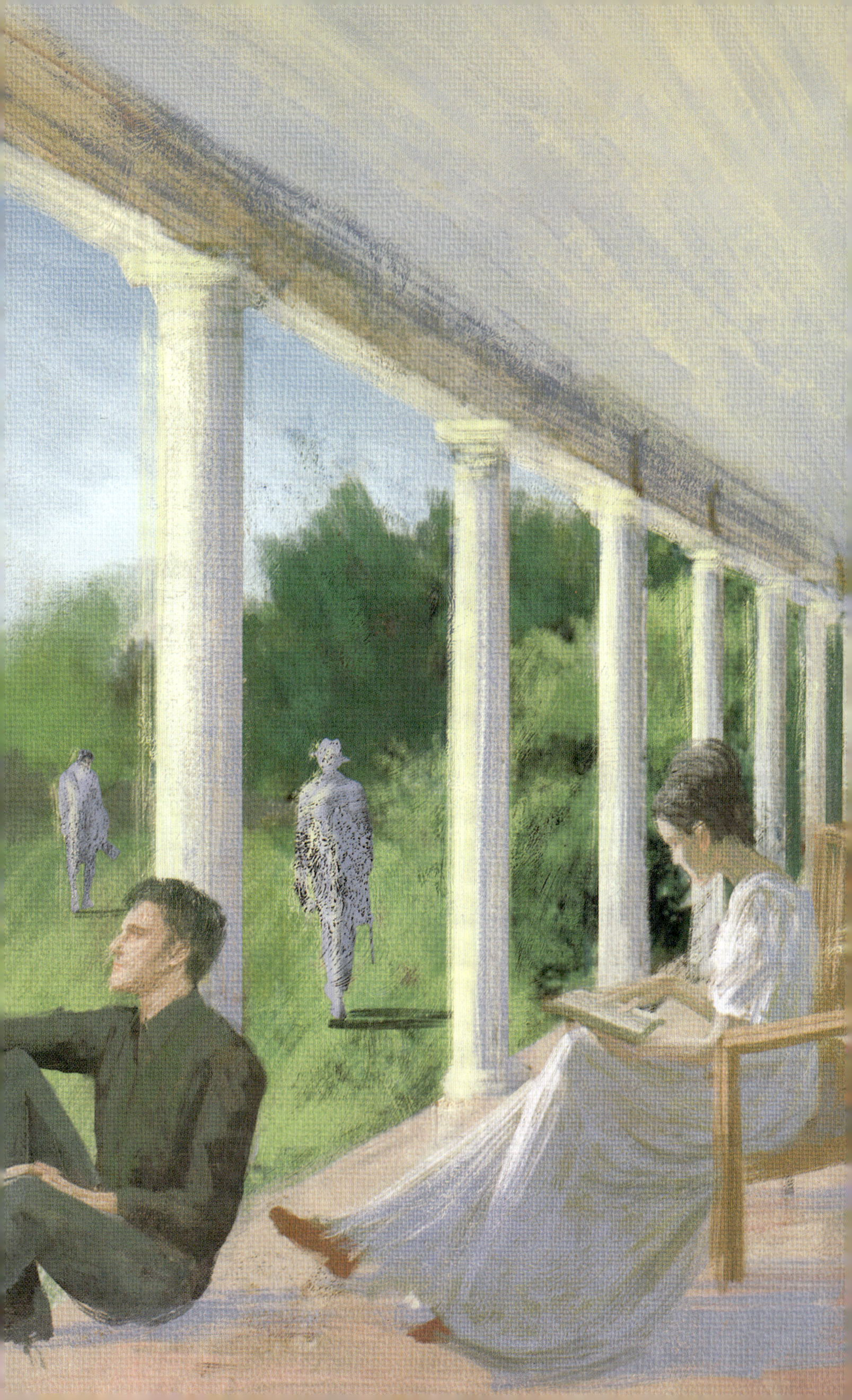

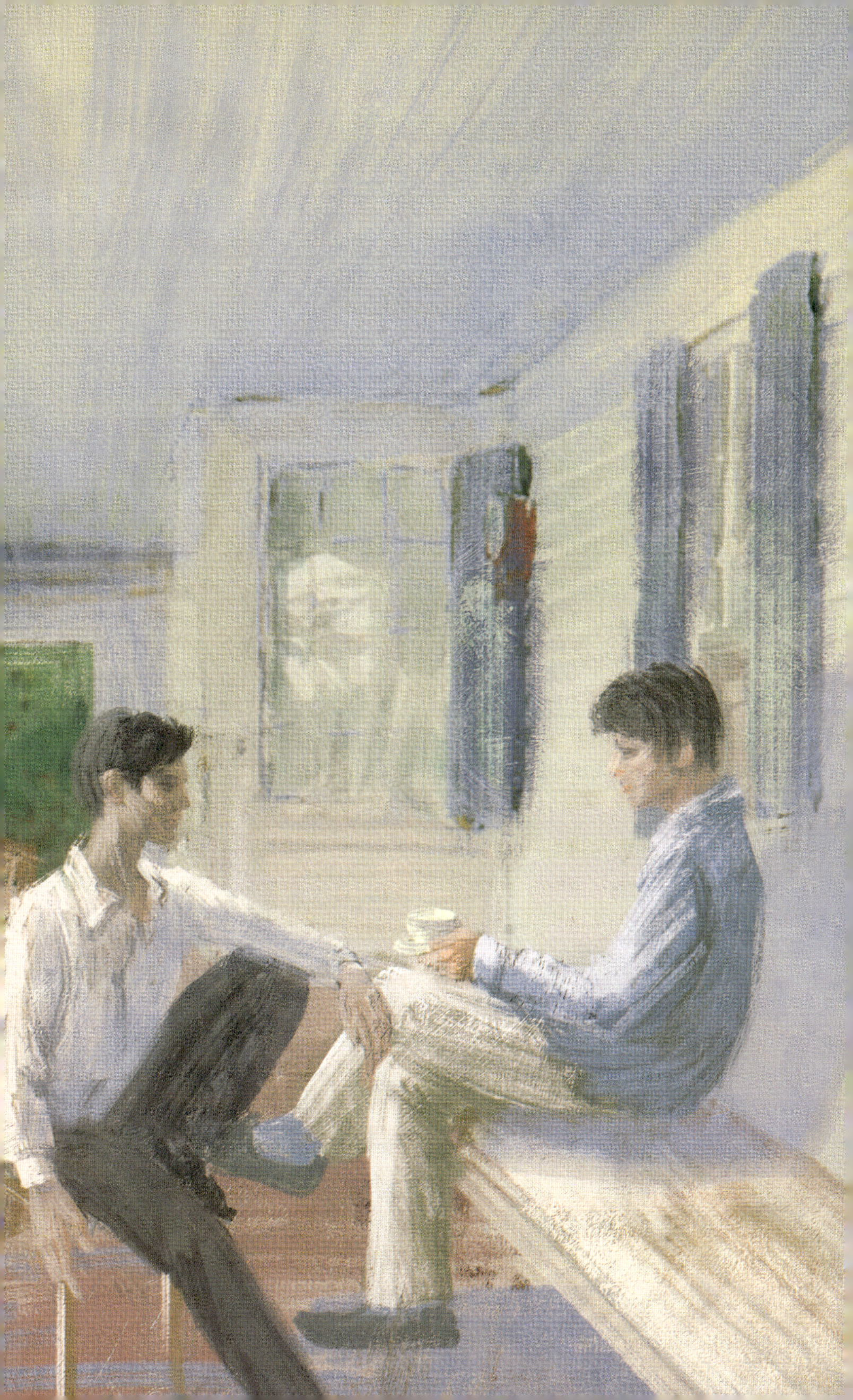

感到不安了。"

"那不过是弗瑞迪的另一笔糊涂账罢了。弗瑞迪佯称租下那房子的另有其人,他却连人家的姓氏都不知道。"

"不,我是知道的。我想起来了,是艾默森。"

"什么?"

"艾默森。随便你要拿什么打赌,我都奉陪。"

"哈里爵士这人可真容易随风倒。"露西悄悄说,"真希望我从来没为这事情操过心。"

接着她仰卧在地上,直视万里无云的天空。毕比先生对她的评价一天比一天高,便对他的侄女耳语说,要是碰上一点儿不顺心的事,这才是正确的态度。

与此同时,新租客的姓氏也转移了汉尼彻奇太太的注意力,让她不再为自己的特殊才能而苦苦思索。

"弗瑞迪,是艾默森吗?你知道这艾默森是什么样的人家吗?"

"我还不知道是不是真有什么艾默森。"弗瑞迪回答说,他这人是个民主派。就像他的姐姐及大多数年轻人一样,他自然而然被平等观念所吸引,而世上有着不同的艾默森,这无可否认的事实让他说不出的生气。

"我相信他们是那种正当人家。好吧,露西。"——女孩已经重新坐了起来——"我看到你一副嗤之以鼻的样子,应该在想着你母亲是个势利小人。不过这世上就有正当人家和不正当的人家,假装没有这种区别就是矫揉造作。"

"艾默森是个很普通的姓氏。"露西说。

她看向一旁不肯转过来。坐在岬角上,放眼望去,她能看见苍松覆盖的山岬，层层叠叠地往下倾入威尔德地区。从花园愈往下走，这侧面的风景就愈加锦绣壮丽。

"弗瑞迪，我不过是想说，我相信他们与那位姓艾默森的哲学家①，就是那个最叫人受不了的人，一定没有亲戚关系。这让你满意了吧，请问？"

"啊，满意了。"他咕哝着说，"你也一样会感到满意的，因为他们是谢西尔的朋友呢。所以啊，"——这反话说得意味深长——"你和其他乡绅家庭大可安心无忧地去串门了。"

"谢西尔？"露西嚷起来。

"别那么大惊小怪的，亲爱的，"他的母亲平和地说，"露西，别这样尖叫。你最近在养成这种新的坏习惯了。"

"不过，难道谢西尔已经——"

"是谢西尔的朋友。"他重说一遍，"所以就很称-心-满-意啰。嗯哼！汉尼彻奇，我才给他们发了电报呢。"

她从草地上站起来。

这下露西可难堪了。毕比先生非常同情她。当她相信是哈里·奥特威爵士在两位艾伦小姐的事情上怠慢了她时，她还能像个好女孩一样大方地承受下来。可听说事情还可能和她的恋人从中作梗有关时，她就难免要"尖叫"了。维斯先生就爱戏弄人——比戏弄人还要过分，恶意令别人窘迫能给他带来乐趣。这位牧师很清楚这一点，便比平日更慈祥地望着汉尼彻奇小姐。

"可是谢西尔的朋友，艾默森——不可能就是他们——要知

---

① 估计是指美国思想家兼文学家爱默生。

道——"当她大声这么说时,毕比先生并不觉得这惊叫有多奇怪,倒是从中看到了一个转换话题的机会,好给她时间恢复镇定。他就这么岔开话题:

"你指的是在佛罗伦萨的那两位艾默森先生吗?不,我认为不会是他们。他们和维斯先生的朋友之间可能差了一大截呢。噢,汉尼彻奇太太,那是两个怪人!最奇怪不过的人!我们这边倒是挺喜欢他们的,不是吗?"他向露西求助,"有一个跟紫罗兰有关的大场面。他们采了许多紫罗兰,把两位艾伦小姐房间里所有的花瓶都插满了,我说的正是现在来不了希西别墅的两位艾伦小姐。那两位可怜的小老太太!震惊极了,却又高兴极了。这是凯瑟琳小姐最爱讲述的好故事之一。'我亲爱的姐姐最喜欢花了',她是这样开的头。她们发现整个房间一大片蓝色——花瓶里,罐子里,到处都是——而故事是这样结束的:'那样的不合绅士所为,可竟又那样的美好。'这真叫人为难。是的,我一直把佛罗伦萨的两位艾默森先生与紫罗兰联想到一起。"

"败军之将这回把你打败了。"弗瑞迪说,没看见他姐姐的脸已经涨得通红。她没法让自己镇静下来。毕比先生看在眼里,便继续努力转换话题。

"这两位独特的艾默森先生是一对父子——儿子嘛,如果算不上是个好青年,也是个漂亮的小子。我认为他并不笨,只是很不成熟——悲观主义和其他别的什么。让我们特别欢乐的是那位父亲——很感情用事的一个可爱的人,而人们居然宣称他谋杀了他的妻子。"

要是在正常状态中,毕比先生绝不会复述别人说的这种闲话,然而他正努力要让遇上了小麻烦的露西得到庇护。他把脑海里涌现的所有废话，都一股脑儿说了一遍。

"谋杀他的妻子？"汉尼彻奇太太说，"露西，不要丢下我们——继续玩'蹦蹦小狗'吧。说真的，贝托里尼公寓一定是个离奇至极的地方。这是我听到过的在那里的第二个杀人凶手了。夏洛特究竟要干什么，非得住到那里去啊？顺带说一句，我们真的一定要找一段时间请夏洛特到这里来。"

毕比先生想不起来哪还有第二个杀人凶手。他对女主人暗示说她搞错了。面对这么一个唱反调的暗示，她倒是更热衷了。她十分肯定听过了另外一位游客有着一个相同的故事。只是那人的名字她记不起来了。那名字是什么？老天，到底叫什么名字呢？她抱紧双膝思索这名字。是萨克雷作品中的某个名字。她敲敲她那中年发福了的前额。

露西问她的弟弟，谢西尔是不是在屋里。

"噢，别走！"他喊起来，还试着抓住她的脚踝。

"我一定要走。"她严肃地说，"别犯傻了。你玩起来总是会过火。"

就在她离开他们的时候，她的母亲忽然一声高喊："哈里斯！"使得宁静的空气为之战栗，也让她赫然记起自己撒了个谎，一直没有纠正过来。这样一个毫无意义的谎言，却也使得她神经紧张，竟把谢西尔的朋友与一对不伦不类的游客联想在一块。从以前到现在，她都是习惯讲真话的人。她体会到今后一定要机警一些，还要——绝对诚实？好吧，无论情况如何，她一定不可以说谎就是了。她急匆匆地走到花园上方，依然因为羞愧而涨红着脸。她深信，谢西尔只消说一句话就可以令她舒缓下来。

"谢西尔！"

"哈啰！"他喊道，一面将身子探出吸烟室的窗口。他看起来兴致很高。"我刚才正希望着你来。我听到你们在喧嚣吵闹，不过这儿有更有趣的事。我啊，就连我也替喜剧的缪斯打了一场漂亮的胜仗。乔治·梅瑞狄斯①是对的——喜剧的缘由和真理的缘由其实是相同的。而我，就连我啊，也替苦难重重的希西别墅找到了租客。别生气！别生气！你听我说完以后就会原谅我了。"

他一脸欣喜时，看起来非常有魅力，一下子便让她那些荒谬可笑的不祥预感烟消云散。

"我都听说了。"她说，"弗瑞迪都告诉我们了。你这淘气的谢西尔！我猜我一定得原谅你了。就想想我费了多少工夫，竟都是枉然！两位艾伦小姐确实是有点讨厌，我宁可要你那些有趣的朋友。可是你真不应该这样戏弄人。"

"我的朋友？"他笑起来，"不，露西，真正的笑话还在后头！你来这儿。"可是她仍然在原处站着。"你晓得我在哪里遇到这些令人满意的租客吗？在国家美术馆里，就在上星期我去看我母亲的时候。"

"在那种地方遇到熟人，真怪！"她不安地说，"我不太明白。"

"是在翁布里亚②室里。完全萍水相逢的陌生人。他们正在欣

---

① 乔治·梅瑞狄斯（George Meredith，1828—1909），英国维多利亚时代诗人、小说家。他对喜剧创作的论文是喜剧理论上的重要文献。
② 意大利的一个大区，位于意大利中心。

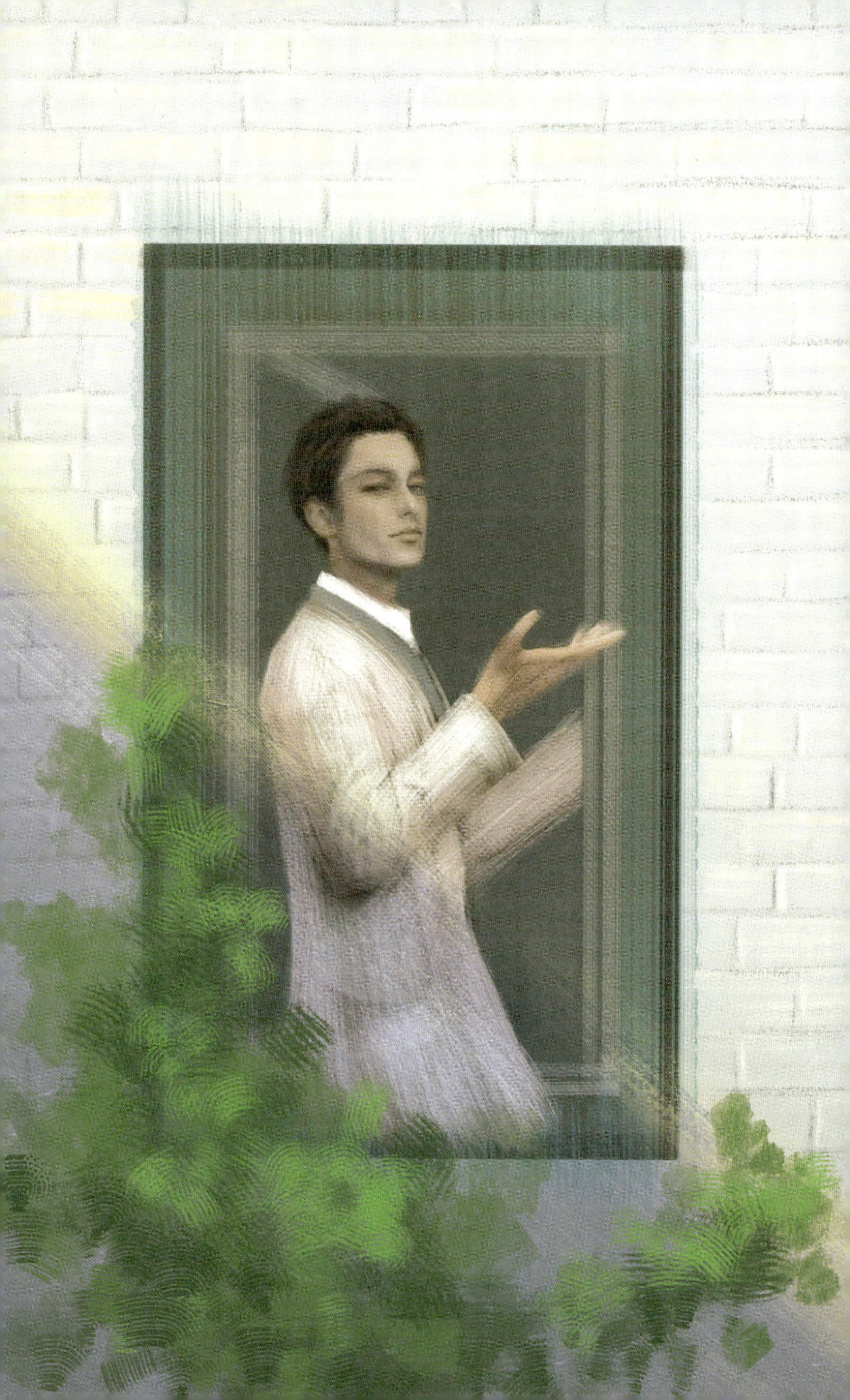

赏卢卡·西诺莱利的作品——当然是看得挺糊里糊涂的。不管怎样，我们交谈了起来，他们让我很振奋。他们到过意大利呢。"

"可是，谢西尔——"

他喜不自胜地继续往下说：

"在交谈的过程中，他们说起要找一幢乡间小屋——给那位父亲住的，儿子则在周末时从城里过来。我就想：'这可是让哈里爵士出丑的大好机会！'于是我记下了他们的地址和在伦敦的一个保证人，发现他们实际上不是什么无赖——这可好玩得很——我就写信给他，弄清楚——"

"谢西尔！不，这不公平。我可能以前就遇见过他们——"

他截住了她的话。

"完全公平。对势利小人的任何惩罚都是公平的。那一个老人会给邻里带来天大的好处。哈里爵士那一套'衰败的名门闺秀'的论调太让人恶心了。我早想着什么时候要给他一点教训。不，露西，不同阶级的人是该混在一起的，再过不久，你就会同意我这观点。不同群体应该相互通婚——还有各种各样形形色色的事。我相信民主——"

"不，你才不呢。"她厉声说，"你根本不懂这个词是什么意思。"

他盯着她看，再次感觉到她不像列奥纳多画笔下的人物了。"不，你不相信民主！"她的脸毫无艺术性可言——那毋宁是一张泼辣的悍妇嘴脸。

"这是不公平的，谢西尔。我错了——大错特错。你哪来的权利将我为两位艾伦小姐做的事情一笔抹掉，把我弄得可笑极了。你把这叫作让哈里爵士出丑，可你有没有意识到这一切后果都由我来承担？我认为你这样做对我十分不忠。"

她撇下他走了。

"发脾气啊！"他心里想，扬起了眉毛。

不，这比发脾气更恶劣——这是势利眼。只要以为取代两位艾伦小姐的是他那些潇洒时髦的朋友，露西对这事就毫不在乎。于是他察觉这两位新租客可能颇有些教育上的作用和价值，他会宽容对待那位父亲，同时设法引导那位沉默寡言的儿子，让他畅所欲言。为了喜剧女神的利益，也为了真理，他会把他们带到临风隅。

11. 谢在维斯太太那
    应有尽有的公寓里

A Room With A View

喜剧的缪斯虽然有能力照顾自己的利益,却也没有小觑维斯先生的帮助。他要把艾默森父子带到临风隅的想法,让她觉得棒极了,她便让交涉顺利进行,没有半点阻碍。哈里·奥特威爵士签下协议书,与艾默森先生会了面,对方不出所料地大感失望。两位艾伦小姐也不意外地感到生气,她们给露西写了一封措辞严肃的信,认为这次租赁失败她难辞其咎。毕比先生计划给新来者制造一些愉快的时光,他对汉尼彻奇太太说,待他们来到,弗瑞迪就该马上登门造访。缪斯女神还真的装备充足,她允许"哈里斯先生"这个从来不怎么健全的罪犯垂下头来,让他被遗忘,也让他死掉。

露西——从明亮的天堂降落到人间,由于有山,那上面满是阴影——露西先是掉进绝望之境,但经过一番思索以后,又觉得这事情无关紧要,心情因而稳定下来。如今她已订婚,艾默森父子必不至于欺负她,因而应该欢迎他们在这一带住下来。谢西尔要把谁带来也都是可以的。因此也当欢迎谢西尔将艾默森父子带到这地区。可是,正如我说,这经过了一番思索,而且——女孩们很不合逻辑——这事件仍然比它本该有的面目显得更重大也更可怕。她很庆幸约好了去探望维斯太太的日子已经到来。新租户搬到希西别墅的时候，她正安安稳稳地在伦敦的公寓里。

"谢西尔——谢西尔我的心肝。"到达伦敦的傍晚，她钻入他的怀中，轻声呼唤。

谢西尔的热情也形诸辞色。他发现露西心中已点燃了那不可或缺的火焰。她终于有了一个女人该有的表现，渴求他的关注，并且因为他是个男子汉而仰慕他。

"所以你是真的爱我了，小东西？"他低声说。

"噢，谢西尔，我爱你，我爱你！没有了你我不知道该怎么办。"

几天过去了。她收到巴特莱特小姐的一封信。这两位表姐妹之间已有了嫌隙，关系十分冷淡，自从八月分开以后，她们一直没有联系。这冷淡的关系始于夏洛特称之为"逃往罗马"的那一日，到了罗马以后，它更惊人地进一步恶化了。因为这一位同伴，若放在中古时代，不过仅仅是志趣不相投而已，可到了古希腊和古罗马的文化世界，她就变得令人恼火了。夏洛特在古罗马广场那里再次展现了她的无私，即便换了个性情比露西好的人，恐怕也难以承受这种考验，而到了卡拉卡拉浴场，表姐妹俩甚至怀疑是否还能继续她们的旅程。露西说她会和维斯一家待在一起——维斯太太与她的母亲相识，所以这么计划并无不妥，巴特莱特小姐则回答说，她已习惯了突然被人抛弃。这些事情最终没有发生，但那冷淡的关系一直持续，对露西来说，当她拆开信读了下面的内容以后，这份冷淡更是有增无减。信是从临风隅转过来的。

唐桥井

九月

最亲爱的露西亚：

我终于有你的消息了！拉维希小姐骑自行车到过你们那一带，但她不知道去拜访你是否会受到欢迎。她的车胎在夏街附近被戳破了，补胎时她在那座美丽的教堂院子里愁眉苦脸地坐着，竟吃惊地看到对面的一扇门打开了，走出来那个艾默森家的年轻男人。他说他的父亲刚租下那幢房子。他说他不知道你就住在那一带（？）。他始终没有提出宴请埃莉诺喝一杯茶。亲爱的露西，我非常担心，我劝你把他过去的所作所为统统告诉你的母亲、弗瑞迪和维斯先生，他们会禁止他上门，或是其他诸如此类的。那件事实在是大不幸，我敢说你已经告诉他们了。维斯先生这人十分敏感。我还记得在罗马时我是怎样使得他光火。我对这一切感到非常难过。除非提醒过你了，否则我是不会心安的。

相信我，

你焦急而忠实的表姐

夏洛特

露西十分着恼，回复如下：

比彻姆大楼，伦敦西南区

亲爱的夏洛特：

十分感谢你的提醒。当艾默森先生在山上一时忘我的时候，你要我答应不把这事情告诉母亲，因为你说她会责怪你没有一直待在我身边。我遵守了这个诺言，也就不可能现在才告诉她了。我对她和谢西尔都说过了，我曾在佛罗伦萨遇到过艾默森父子，而他们都是好人——我确实这样认为——至于他没有请拉维希小姐喝茶，很可能是他自己也没有茶可喝。她本该到教区长那里试试才是。我不能在这阶段忽然小题大做起来。你一定看得出来，这样做实在太荒唐了。假如艾默森父子听说我曾抱怨过他们，他们会以为自己很重要，事实恰恰不是那样的。我喜欢那位老父亲，也期待再见到他。至于那位儿子，我们再见面时，我会为他而不是为我自己感到难过。谢西尔是认识他们的，他一向很好，前几天还谈到过你。我们打算在一月结婚。

拉维希小姐不可能告诉你很多关于我的情况，因为我根本不在临风隅，而是在这里。以后请不要在信封外头写上"亲启"的字眼，没有人会私自拆开我的信件。

你亲爱的
L. M. 汉尼彻奇

保密有这样一个弊病：我们丧失了对事情的分寸感，我们无法辨别我们的秘密是否重要。露西与她的表姐暗藏于心的，是一件若让谢西尔发现了，就会毁去他的人生的大事情吗？抑或是一件他将付诸一笑的小事？巴特莱特小姐间接表明是前者。也许她是对的。现在这已成了一件大事。要是让露西自己来处理，她早已率直地告知她的母亲和恋人，那么它至今只会是小事一桩。"是艾默森，不是哈里斯"，讲出这句话才不过是几个星期以前的事。甚至现在，当他们笑谈到曾在学校里使谢西尔为之倾倒的某位漂亮小姐时，她还试着把事情告诉谢西尔。可是她的身体却表现得十分可笑，她只好停下来。

在人们离去后空荡荡的大都市里，她与她的秘密多逗留了十天，去参观一些后来变得非常熟悉的场景。谢西尔认为，让她了解社交圈的结构，对她并没有坏处，尽管社交圈内的人都离开都市，去打高尔夫球或到旷野狩猎去了。天气很凉，这对她也没有坏处。即便在这样的季节，维斯太太还是有能耐筹措一个晚宴，请来的宾客涵盖所有名人的孙儿辈。那天的食物乏善可陈，不过，人们的谈话有一种不乏机智的疲惫感，让露西印象深刻。看起来人们对一切都感到厌倦。他们满怀热情地开腔说话，又不失优雅地突然无以为继，然后在一片和善的笑声中重新振作起来。在这种气氛衬托下，贝托里尼公寓和临风隅似乎显得那么粗糙，露西也就意识到，她的伦敦生涯将拽着她一点点疏远她过去所爱的一切。

那些名人的子孙请她弹钢琴。

她弹了舒曼的作品。"现在弹弹贝多芬的作品吧。"当那如怨如诉的优美乐声消逝后,谢西尔叫起来。她摇摇头,再次弹起了舒曼。乐曲的旋律扬起,平淡中具有魔力。它戛然而止,它在断处重续,并非直接地从摇篮一次行进到坟墓。那种不完整所产生的悲哀——往往是人生的悲哀,而绝不该是艺术的悲哀——于乐曲迸裂出来的短句中微微战栗,使得听众的神经也为之悸动。她在贝托里尼公寓那罩着套子的小钢琴上弹奏时可不是这样的,而当她从意大利归来,毕比先生暗暗在心里做出的评价也不是"舒曼弹太多了"。

宾客们散去以后,露西也已经上床就寝,维斯太太在会客室里踱来踱去,与她的儿子谈论她的这个小型宴会。维斯太太是个亲切的妇人,然而她的个性,就如同许多其他人的个性一样,已湮没在伦敦社会里了,因为要在许多人中间生活,必须要有个坚强的头脑。她的命运之球太大,将她压倒了。她见过太多的季节,太多的城市,还有太多的男人,这超出了她能承受的极限,即便对待谢西尔,她也很机械化,表现得就像他并不是一个儿子,而是一群像子女那样的人。

"让露西成为我们家的一员。"她说,每说完一句话都机敏地放眼四周,而在说下一句话之前,又总是紧紧地扯开双唇,"露西正变得美妙极了——美妙极了。"

"她的演奏总是很美妙。"

"是的,但她正在一点点洗掉汉尼彻奇家的味道,汉尼彻奇一家非常优秀，不过你懂我的意思。她没有老是在引述仆人讲过的话，或者向人打听布丁是怎么做的。"

"这该归功于意大利。"

"也许吧。"她喃喃地说，脑子里想起的是那个对她而言代表着意大利的博物馆。"这是有可能的。谢西尔，你明年一月一定要和她结婚。她已经是我们中的一员了。"

"可是她的演奏！"他大声说，"她那个性子！她就那样坚持弹舒曼，而我，像个呆子一样要听贝多芬。舒曼很适合今晚。今晚就该是舒曼的。你知道吗，母亲？我应该让我们的孩子接受像露西那样的教育。让他们在淳朴的乡下人当中长大，使他们清新爽快，再送他们到意大利，让他们纤巧敏锐，然后——只有到了那个时候——才让他们到伦敦来。我不相信这些伦敦的教育方式——"他想起来自己接受的就是这样的教育方式，便住口不说，最后才下结论，"不管怎样，这不适合女人。"

"让她成为我们家的一员。"维斯太太又重复一遍，便准备上床休息。

就在她快要睡着的时候，一声叫喊——因噩梦而起的叫喊——从露西房里传来。露西若有需要，原可摇铃呼叫女佣，可是维斯太太认为，她亲自过去会更亲善。她发现那女孩坐直了身子，一只手捂着脸颊。

"很对不起，维斯太太——都是因为这些梦。"

"是噩梦吗？"

"就只是梦。"

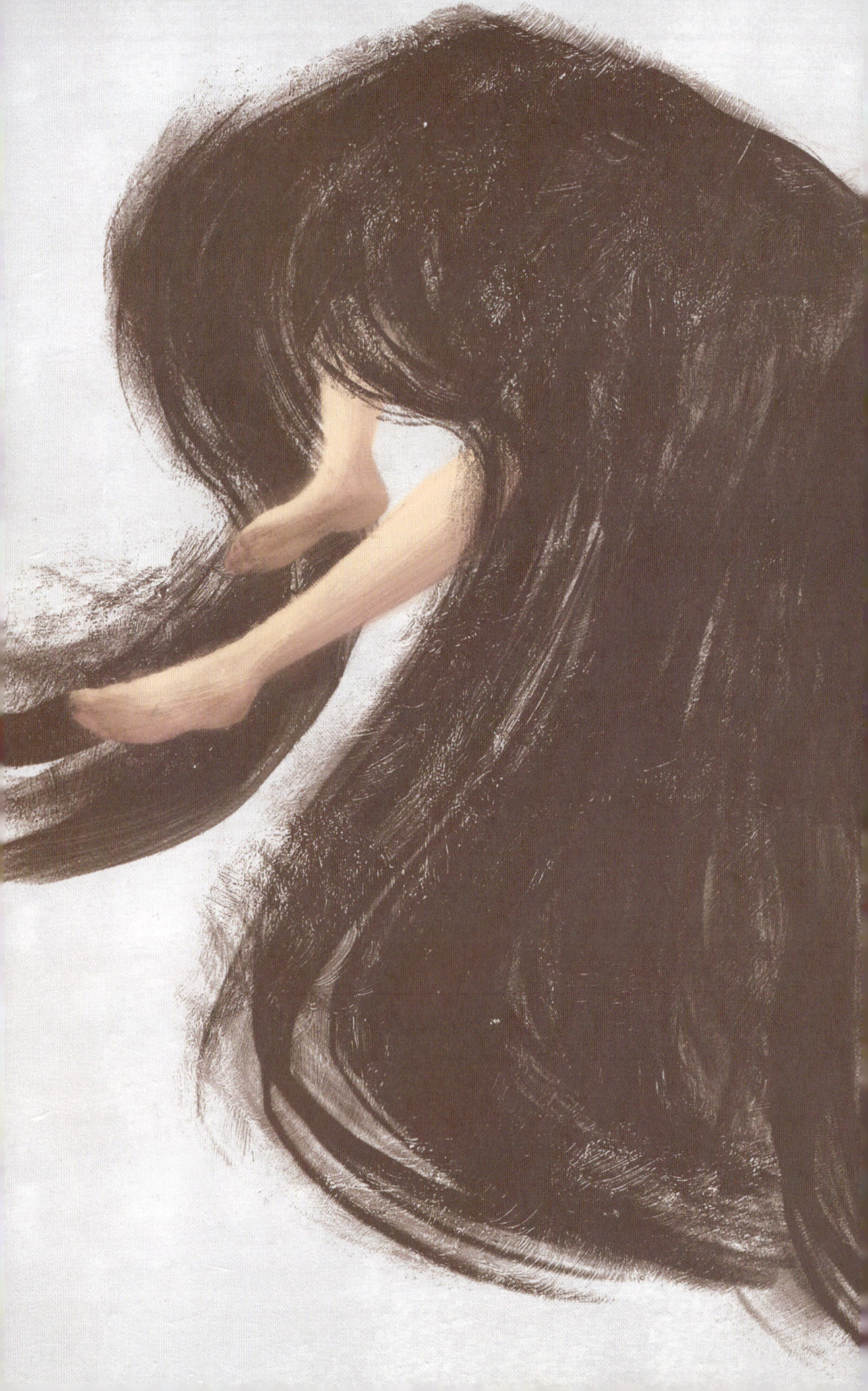

这位年长的女士微笑着吻了吻她,非常清晰地对她说:"你真该听听我们刚才怎样谈论你,亲爱的。他比以往更爱慕你了。你就梦梦这个。"

露西回她一吻,仍然用手捂着一边脸颊。维斯太太退回床上去。谢西尔没有被那一声叫喊惊醒,此刻正在打鼾。黑暗笼罩着整座公寓。

12. 第十二章

A
Room
With
A
View

这是个星期六的下午，大雨过后，天地间五光十色，一片璀璨，尽管这已是秋季了，但青春的气息萦回不去。一切优雅之物都取得了胜利。汽车驶过夏街，只扬起少许尘土，留下的汽油恶臭迅即随风散去，被湿漉漉的桦树或松树以清香取代。毕比先生安逸地享受着生活的闲趣，正靠在教区长住宅的院门上。弗瑞迪在他身旁依样靠着，抽着一只吊坠烟斗。

"我们到对面去叨扰一下那些新住户。"

"嗯。"

"你应该会觉得他们很有趣。"

还从来没有人让弗瑞迪觉得很有趣，便找借口推脱说新住客们也许有点忙碌之类的，毕竟他们才刚搬进来。

"我的建议就是去叨扰他们啊。"毕比先生说，"他们值得我们去打扰。"他拔去院门的插栓，踱步越过那块三角形的草地，向希西别墅走去。"哈啰！"他朝开着的门里高喊，从那里看到了屋里邋遢凌乱的惨状。

一个沉重的声音回答他："哈啰！"

"我带了一个人来看你们。"

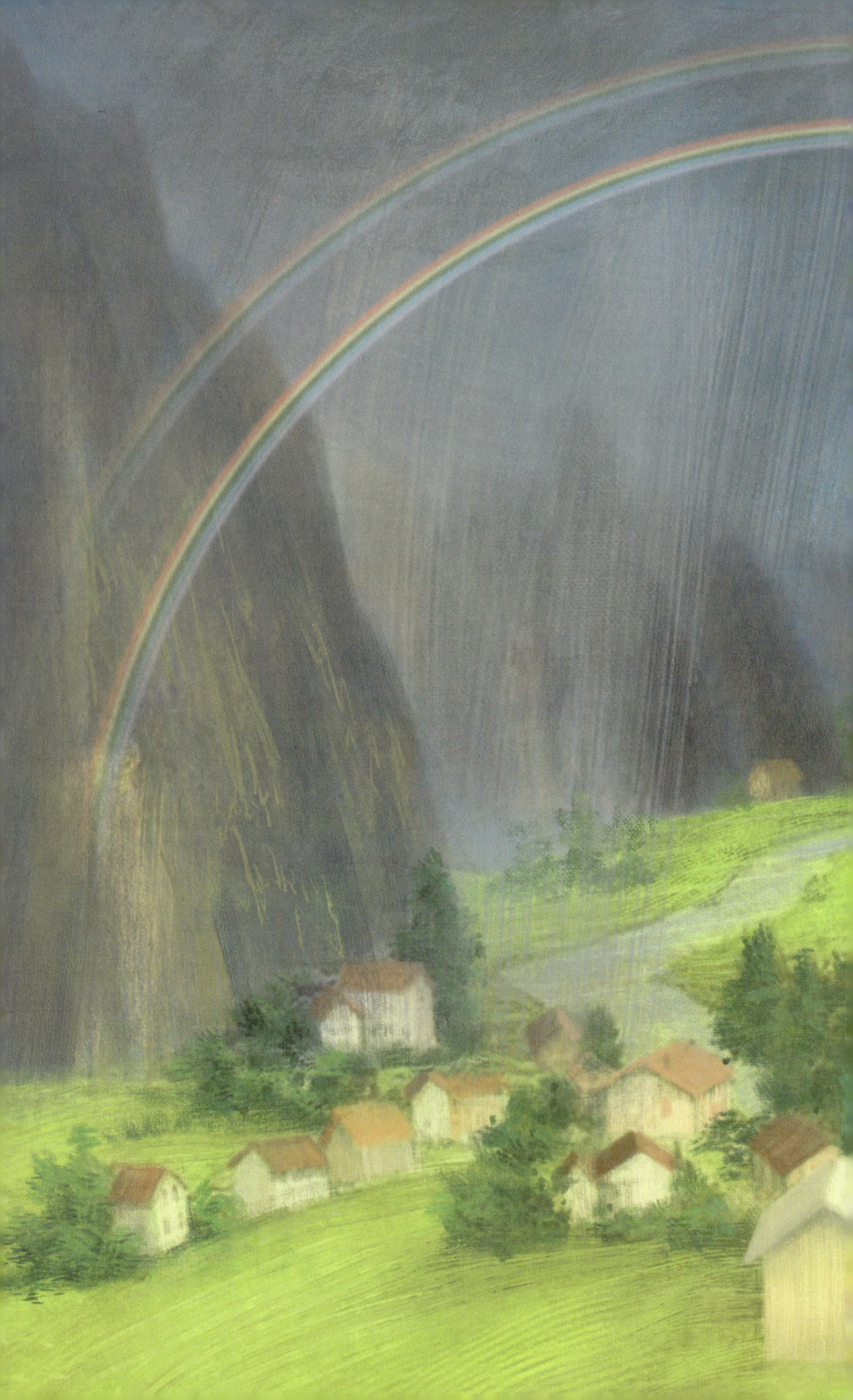

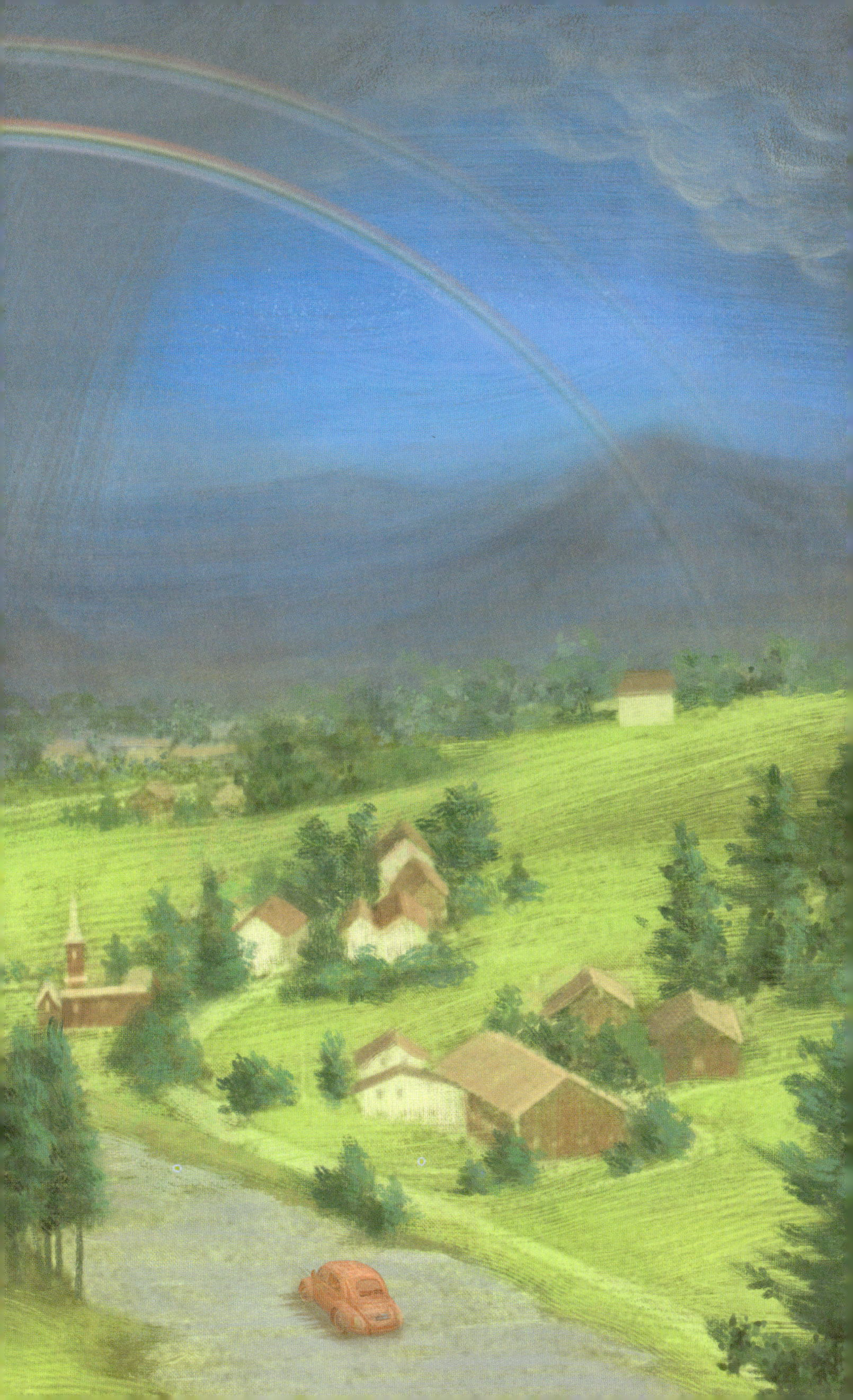

"我很快下来。"

门厅那里的通道被一口大衣柜挡着,搬运工没办法将它搬上楼去。毕比先生艰难地从边上绕过它。客厅里堆满了书籍。

"这些人很爱看书吗?"弗瑞迪小声说,"他们是那种人吗?"

"我想他们懂得该怎样读书——这可是难得的素养。且看看他们有些什么书?拜伦。果不其然。《什罗普郡少年》没听说过。《众生之路》没听说过。吉本。呼喂!亲爱的乔治能读德文。嗯嗯——叔本华、尼采,还有其他之类的。好吧,汉尼彻奇,我看你们这一代都精通自己的本行。"

"毕比先生,你看这个。"弗瑞迪用充满敬畏的声音说。

那一口大衣柜的一个挑檐上,有人用不熟练的手法漆上这题词:"所有规定你穿上新衣服的企业皆不可信。"[1]

"我知道。这不是很有趣吗?我喜欢这个呢。我肯定是那位老人家干的好事。"

"他这人真古怪啊!"

"你真这么想吗?"

可弗瑞迪毕竟是他母亲的儿子,总觉得没有人应该损坏家具。

"这些画!"这位牧师边说边在房间里继续走动,"乔托——这是他们在佛罗伦萨买的,我敢保证。"

"跟露西买的一样。"

"噢,那顺带问一问,汉尼彻奇小姐喜欢伦敦吗?"

---

[1] 引自美国作家亨利·戴维·梭罗(Henry David Thoreau, 1817—1862)的代表作《瓦尔登湖》第一章"经济篇",与原文略有出入。

"她昨天回来了。"

"我想她过得很愉快吧?"

"是的,非常愉快。"弗瑞迪说,随手拿起一本书,"她和谢西尔现在可是如胶似漆,前所未见。"

"那真让人欢喜。"

"我希望我没当过这么个大傻瓜,毕比先生。"

毕比先生对这句话不予回应。

"露西以前几乎和现在的我一样傻,不过我母亲说,从现在起会大大地不同了。她会读各种书呢。"

"你也会那样的。"

"就只是医学书籍而已。不是那些读了以后你可以谈论的书。谢西尔正在教露西意大利文,他还说她的钢琴弹得美妙极了。这里面有许多东西我们从未发觉。谢西尔说——"

"那些人究竟在楼上干什么呢?艾默森——我想我们还是下次再来好了。"

乔治冲下楼来,二话不说便把他们推进房间里。

"让我来介绍汉尼彻奇先生,一位邻居。"

这时候,年少轻狂的弗瑞迪突然语出惊人,说了句大大出人意表的话。也许是出于羞怯,也许只是为了表现友好,也可能是他认为乔治的脸应该洗一洗。不管怎样,他竟然这样向他打招呼:"你好啊!来,去游泳。"

"哦,好的。"乔治木然地说。

毕比先生被逗乐了。

"你好啊!你好啊!来,去游泳!"他扑哧一笑,"这是我听到过的交谈中最精彩的开场白。不过这恐怕只有在男人之间才行得通了。你能想象一位女士由另一位女士介绍给第三位女士,用'你好啊!来游泳'作为社交礼仪的开场白吗?而你们却要对我说两性是平等的。"

"我告诉你,男女将会是平等的。"说这话的是艾默森先生,他正缓缓走下楼梯,"下午好,毕比先生。我跟你说,男人和女人将会成为战友,乔治也是这么想的。"

"我们是要把女士提升到我们的水平吗?"这位牧师问。

"伊甸园啊,"艾默森先生一面还在走下楼,一面紧接着说,"你把它看作过去,其实它还没来临呢。只有当我们都不再鄙视自己的身体了,我们才会进入伊甸园。"

毕比先生可不承认自己把伊甸园置于任何时代。

"在这个——而不是在其他事情上——我们男人是走在前头了。我们不像女人那样对自己的身体感到厌恶。但男女一天没有成为战友,我们就不能进入伊甸园。"

"我说啊,到底还去不去游泳呢?"弗瑞迪低声说,这么大规模的哲学性谈话扑面而来,可把他吓坏了。

"我一度相信回归大自然。可是我们从未与自然共处,又怎么能回归她呢?所以今天,我相信我们必须发现自然。多次把她征服,然后我们将能返璞归真。那是造物主留给我们的遗产。"

"让我来介绍汉尼彻奇先生,你应该还记得在佛罗伦萨见过他的姐姐。"

"你好吗?非常高兴见到你,而且很高兴你要带乔治去游泳。非常高兴听说你姐姐要结婚了。婚姻是一种责任。我相信她会很幸福，因为我们也认识维斯先生。他非常和善。他在国家美术馆偶然遇上我们，便为这幢可爱的房子做出了一切安排。但我希望我没有惹哈里·奥特威爵士生气。我没见过几个自由党的地主，所以曾迫不及待地要把他对狩猎法的态度与保守党人比较一下。啊，这风！你们是该去游泳的。汉尼彻奇，你们这乡下是个怡人的好地方啊！"

"一点也不好！"弗瑞迪咕哝着说，"我必须——那就是说，我得——按我母亲说的，希望日后能有幸来拜访你们。"

"你说拜访吗，小伙子？是谁教会我们这一套会客室的社交废话？还是留着去拜访你的祖母时再用吧！听听这松林里的风声啊！你们这乡下真是个好地方。"

毕比先生上前来解围了。

"艾默森先生，他会来拜访，我也要来拜访。十天内，你或你的儿子也要来回访我们的。我相信你一定已经意识到这十天的间距了。昨天我帮你修理楼梯是不算在内的。今天下午他们去游泳也不算在内。"

"好的，去游泳吧，乔治。你为什么还在磨磨蹭蹭说些有的没的？游泳以后把他们带回来喝茶。还要带回来一些牛奶、蛋糕和蜂蜜。这么改变一下对你有益处。乔治这一阵在办公室非常卖力工作。我真不相信他的身体会好。"

乔治垂下头，一脸黯然，满身灰尘，散发着一个刚处理过家具的人身上独有的怪味。

"你真的想去游泳吗？"弗瑞迪问他，"你大概不知道，那仅仅是个小池塘罢了。我敢说你一定习惯了一些更好的东西。"

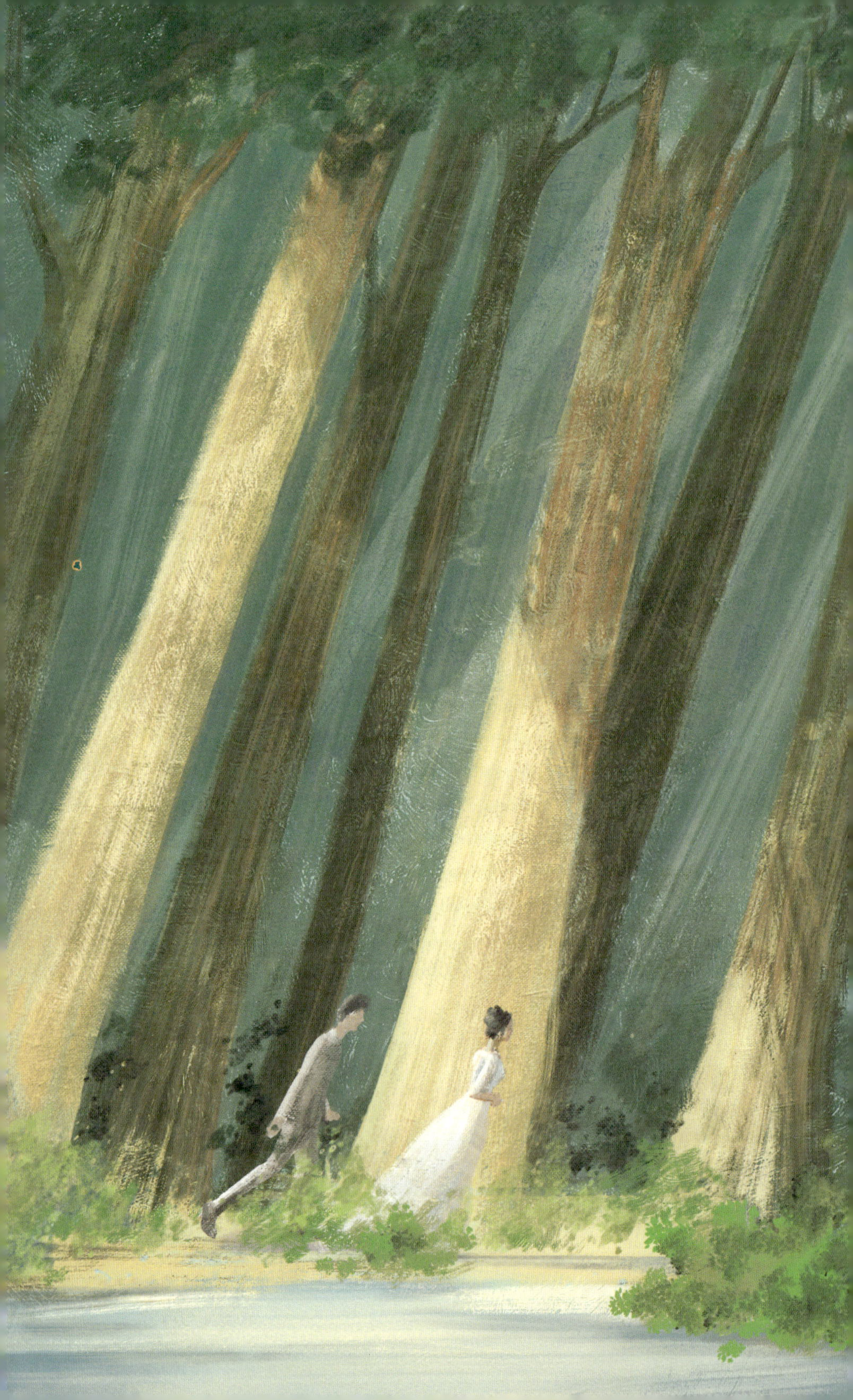

"真的,我想去——我已经说过'好的'了。"

毕比先生觉得自己务必得帮一帮他的这位年轻朋友,便率先领着他们走出房子,一直走进松林里。屋外的世界可真怡人啊!有那么一会儿,老艾默森先生的声音从后面赶上来,向他们传达祝愿和哲理。那声音停息后,他们只听到畅快的风拂动蕨丛和树木。毕比先生虽然能够保持沉默,却忍受不了别人的静寂,眼看这趟出行不怎么成功,而他的两位同伴都默不作声,他不得不唠唠叨叨地说起话来。他谈到佛罗伦萨。乔治一脸严肃地凝神聆听,为了表示赞同或不赞同,他做出轻微而坚定却又令人费解的手势,如同他们头顶上空那些树梢的摆动。

"你们会遇见维斯先生,那真是天大的巧合!你当时有没有预料到,在这里可以见到住在贝托里尼公寓的所有旅客?"

"我没有。拉维希小姐后来对我说了。"

"我年轻时一直想要写一部《巧合史》。"

没有什么热烈的回响。

"不过呢,就事实而言,巧合的事远不如我们想象的那么多。举个例子,你如今会在这里,若你仔细想想,那并不纯粹出于巧合。"

真叫他宽慰,乔治开始说话了。

"那就是巧合。我仔细想过了。这是命运。一切都是命运。我们被命运扔在一起,又被命运拆散——扔在一起,拆散。风从四面八方吹来——我们安定不了——"

"你根本没有仔细想,"这位牧师严厉地说,"艾默森,我来给你一个有用的提示:别把任何事情归诸命运。不要说,'我没有这么做过',因为十有八九你是这么做过的。现在我来问你,你第一次遇见汉尼彻奇小姐和我是在什么地方呢？"

"意大利。"

"那么将要和汉尼彻奇小姐结婚的维斯先生，你是在什么地方遇到他的？"

"国家美术馆。"

"就在观赏着意大利艺术的时候。不正是那样吗？而你还要说什么巧合和命运。你自然而然地去寻访意大利的东西，我们和我们的朋友们也一样。这就把范围缩得极小极窄，以致我们又再碰头了。"

"驱使我到这里来的，是命运。"乔治仍然坚持，"不过倘若这可以减轻你的不愉快，你也不妨把它叫意大利。"

眼看这话题的讨论如此严肃，毕比先生避之唯恐不及。不过他向来对年轻人无尽宽容，亦不想冷落乔治。

"所以啊，为了这个和其他别的原因，我的《巧合史》还是要写的。"

一片静默。

为了给这谈话一个完满的收尾，他补充了一句："你们搬来了，我们大家都很高兴。"

一片静默。

"我们到了！"弗瑞迪喊道。

"噢，好！"毕比先生大声说，一面伸手在额上抹了一把。

"那里面就是池塘了。我希望它可以再大一点。"弗瑞迪抱歉地说。

他们爬下一道滑溜溜的铺满松针的斜坡。池塘就在那里，镶嵌在一座小小的绿色山坡中——不过就只是个池塘，但大得足以容纳人类的躯体，又清澈得可以映现天空。由于这一阵子下的雨，积水漫过周围的草地，看上去就像是一道美丽的翡翠小径，引诱人涉足，走向中央的池子。

"作为池塘，它无疑是成功的。"毕比先生说，"实在不需要为这池塘感到抱歉。"

乔治找了一块干地坐下来，闷声不响地动手解开皮靴上的鞋带。

"那一簇簇的柳兰实在光彩四溢啊，不是吗？我最爱正在结子的柳兰了。这一种芳香袭人的植物叫什么名字？"

没有人知道，也似乎无人在意。

"这些植物长得真是泾渭分明——这一小块海绵一样的地带长的是水生植物，它两旁生长的植物或坚韧或脆弱——石楠、羊齿、越橘、松树。太迷人了，太迷人了。"

"毕比先生，你不游泳吗？"弗瑞迪一面脱衣服，一面喊他。

毕比先生并不认为自己会下水。

"水太美妙了！"弗瑞迪大叫一声，腾跃入水。

"水不就是水嘛。"乔治喃喃自语。他先把头发弄湿——明确表明兴致缺缺——再跟随弗瑞迪涉入这神圣之境，一副无动于衷的模样，仿佛他是一尊雕像，而池塘是一桶肥皂泡沫。他来，只因为舒展肌肉是必要的，保持清洁也是必要的。毕比先生看着他们，也看着柳兰的种子在他们的头上翩然飞舞。

"游呀游，游呀游，游呀游，"弗瑞迪扑腾着往左右两边各划了两下，便陷进芦苇或烂泥里了。

"值得下水吗？"另一人问，他立于被水淹没的池塘边缘，犹如米开朗琪罗式的人物。

他没来得及好好权衡这个问题,脚下的土堤忽然塌了,他跌进池塘里。

"嘿——噗——我吞下了一只蝌蚪。毕比先生,水真美妙,水太好了。"

"水是不错。"乔治说,他从落水的地方现身,水花哗啦啦地飞溅在阳光下。

"这水妙极了,毕比先生,来吧。"

"游呀游,咳咳。"

毕比先生觉得浑身燥热,而且但凡有可能,他对事情总会默许。他环顾四周,不见一个教区居民,唯见四面八方的松树拔地而起,在蓝天底下打着手势相互致意。这多么美好啊!那个汽车与乡区主管牧师所在的世界无尽地退远。触目只见水、天、常绿的树木,还有风——这些东西,尚且不受四季干涉,想必也绝非凡人所能侵扰的吧?

"或许我也该洗洗。"很快的,他的衣物成了草地上的第三个小堆,他也对水的美妙深表赞叹。

这水并没有什么特别,水量也不多,而且,正如弗瑞迪所说,这让人觉得像在一盘沙拉里游泳。三位男士仿效《诸神的黄昏》[①]里的三个仙女,在水只浸到胸膛的池塘里旋转。然而,也许是因为雨水所赋予的清新感,也许是太阳正散发出最炽热的高温,也

[①] 德国作曲家理查德·瓦格纳(Richard Wagner, 1813—1883)所作歌剧《尼伯龙根的指环》第四部。三仙女为莱茵河水仙。

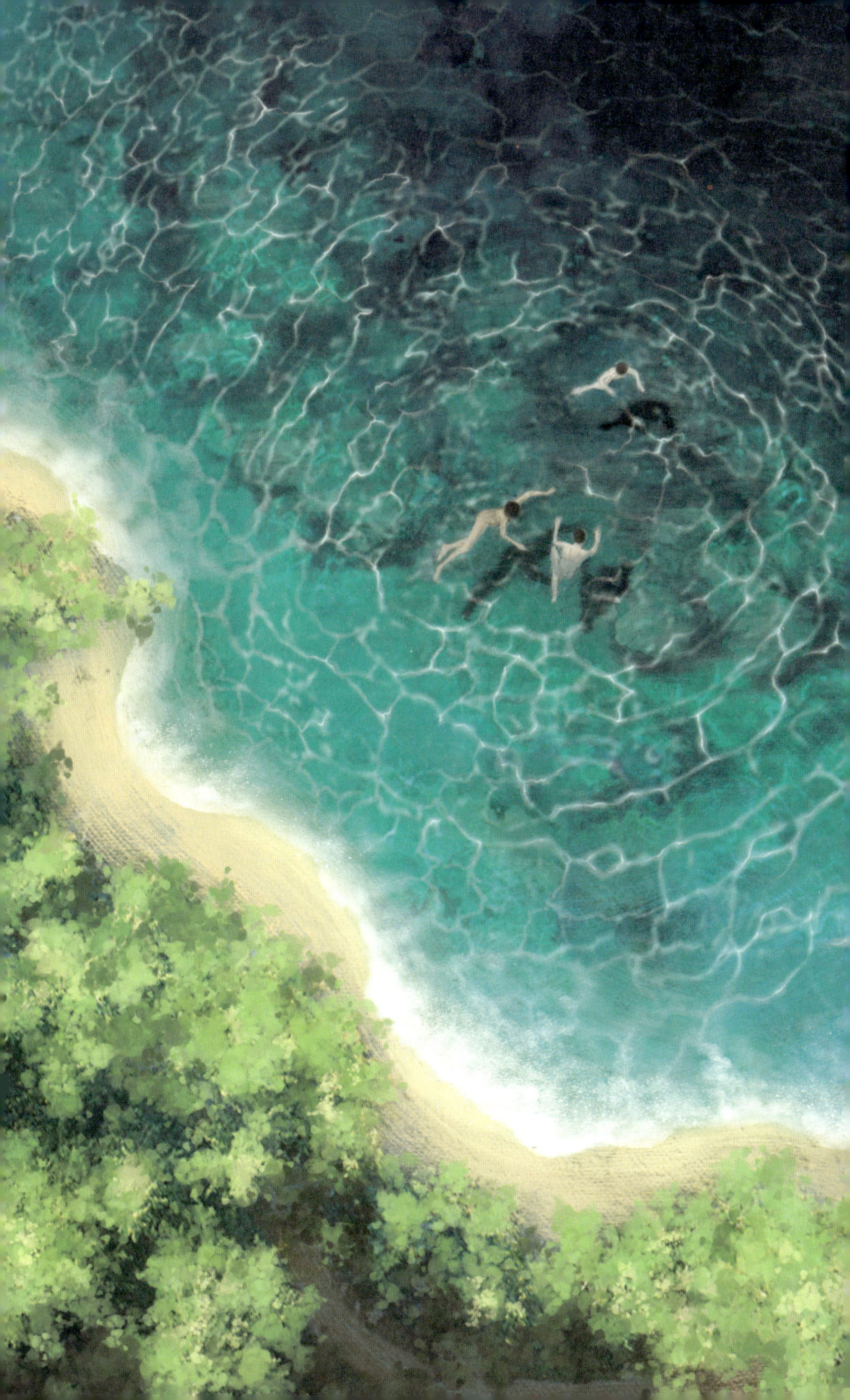

可能是因为他们当中两位男士正值青春年华，第三位则有着一颗年轻的心——反正是出于某些原因，改变悄然降临，他们把意大利、植物学与命运抛诸脑后。他们开始玩闹戏耍。毕比先生与弗瑞迪相互朝对方泼水。为表敬意，他们也把水泼向乔治。他一声不响，他们害怕这已冒犯了他。可接下来，所有的青春活力兀地爆发。他笑着扑向他们，朝他们泼水，闪身躲避他们，用脚踢他们，用泥巴投掷他们，直把他们从池塘赶了出去。

"好吧，跟你们绕着池塘赛跑。"弗瑞迪叫喊，他们便在阳光下赛跑，乔治抄了一条近路，把两条小腿弄脏了，不得已回到水里再洗一遍。这时，毕比先生也跑了起来——真是难忘的一幕。

他们奔跑是为了让身体干起来，泡在水里图的是凉快，他们纵入柳兰和蕨丛里装作印第安人玩闹，再跳入水中把身子洗干净。这段时间，三小堆衣服慎重地躺在草地上，对世界宣称：

"不，我们才是真正重要的。没了我们，没有事业得以起步。对于我们，所有肉身最终会来相求。"

"射门！射门！"弗瑞迪高喊，一把抓起乔治的那堆衣服，放在一根假想中的球门柱旁边。

"足球规则。"乔治回了一句，一脚把弗瑞迪的那堆衣服踢得七零八落。

"进了！"

"进了！"

"传过来！"

"当心我的表啊！"毕比先生叫喊起来。

衣服四下乱飞。

"当心我的帽子！不，已经够了，弗瑞迪。现在把衣服穿上。不，听我的！"

但是两个年轻人已经玩疯了。他们闪身进入树林，弗瑞迪把一件牧师穿的背心挟在腋下，乔治滴着水的头发上则戴了一顶低冠宽边帽。

"够了！"毕比先生大声叫嚷，想起来他毕竟就在自己的教区里。这时候他的声音骤变，就像是那里的每一棵松树都是一位乡区主管牧师。"嘿！冷静一点！你们两个，我看见有人来了！"

声声叫喊，声浪一圈圈地在光影斑驳的土地上向四野扩散。

"嘿！嘿！来的是女士们！"

乔治与弗瑞迪都不是真正文雅的彬彬君子，可他们到底没听见毕比先生最后的警告，不然他们就能避开汉尼彻奇太太、谢西尔和露西了，他们三位正走过来，要去探望巴特沃思老太太。弗瑞迪把背心丢在他们脚前，猛地冲进蕨丛中。乔治冲着他们大喝一声，转身沿通往池塘的小径飞跑，头上仍然戴着毕比先生的帽子。

"我的老天哪！"汉尼彻奇太太大叫，"那些倒霉鬼到底是谁啊？噢，亲爱的，快别看！居然还有可怜的毕比先生呢！这究竟是怎么回事啊？"

"赶紧往这边走。"谢西尔发出指令，他向来觉得自己必须领导女人，尽管他不晓得要把她们带往哪里，也必须保护她们，尽管他并不知道要使她们免遭什么伤害。现在他领着她们朝蕨丛走去，弗瑞迪正蹲着藏身在那里。

"噢，可怜的毕比先生！掉落在小路上的那件背心是他的吧？

237

谢西尔，毕比先生的背心——"

"这不需要我们操心。"谢西尔说时瞥了一眼露西，她全给阳伞遮住了，而且显然正在"操心"。

"我猜想毕比先生跳回池塘里去了。"

"请走这边，汉尼彻奇太太，这边。"

她们跟着他走上斜坡，一直试图装出一副既紧张又漫不经心的样子。女士们在这种时刻就适合如此。

"算了，我忍不住了。"前方不远处有个声音说，接着弗瑞迪那张长着雀斑的脸和两只雪白的肩膀从蕨丛中冒了出来。"我总不能由得人踩上来，是吧？"

"我的天哪，亲爱的，原来是你！怎么会有这么糟糕的安排！为什么不在家里舒舒服服地洗澡？家里热水冷水都有啊。"

"听我说，母亲，男人嘛总得洗洗，洗湿了就得弄干，如果再有一个家伙——"

"亲爱的，毫无疑问，你像往常一样总是对的，不过你现在没资格争论。来，露西。"她们转过身去，"噢，你看——快别看！噢，可怜的毕比先生！又一次倒霉透了——"

因为这时候毕比先生正爬出池塘，水面上漂浮着好些贴身衣物；而乔治，那个厌世的乔治，正扬声向弗瑞迪叫喊，说他刚钓起了一条鱼。

"我呢，我吞进了一个，"蕨丛中的男孩回答，"我吞下了一个蝌蚪。它在我肚子里扭来扭去。我要死了——艾默森，你这混蛋，你穿了我的裤子。"

"轻声点，亲爱的，"汉尼彻奇太太说，她发现已绝无可能再保持震惊了,"你们首先得确保把身体完完全全弄干。各种各样的伤风感冒都是因为没有彻底擦干身体而来的。"

"母亲,走吧。"露西说,"看在老天的分上,快走吧!"

"哈啰!"乔治一声大喊,于是女士们再次停下脚步。

他当自己已经穿好衣服了。赤着脚,袒露胸膛,以阴影密布的树林为背景,把他衬托得神采奕奕,风度翩翩。他喊道:

"你好,汉尼彻奇小姐!你好!"

"鞠躬,露西,你最好鞠躬。他究竟是谁啊?我也得鞠个躬才是。"

汉尼彻奇小姐鞠了个躬。

那天黄昏以及那一整个夜晚,大水流去。第二天,池塘已退回它原来的大小,不复壮美。那是一次对热血、对无拘束的心志的召唤;是一次转瞬即逝而其影响却没有随之消散的祝祷;是一个圣行;是一道魔法;是昙花一现的、递给青春的一个圣杯。

13. 巴特莱特小姐的锅炉
多么令人厌烦

A
Room
With
A
View

这样的鞠躬，这样的会面，露西不知早排演过多少次了！不过我们当然有权假设，她排演时总是在室内的，身上还带着某些装饰品。谁会料到在这么一个文明被彻底击溃的场景里，一堆外衣、硬领和靴子东歪西倒，仿佛一支负伤的军队倒卧在艳阳照射的大地上，她与乔治竟会在其间见面？她曾经想象过一位年轻的艾默森先生，他可能是害羞的，或是病态的，或是冷漠的，又或是暗地里放肆无礼的。她对这种种可能都做好了心理准备，可是她从未想象过一个这样的艾默森，会欢天喜地、用晨星般的呼喊向她问好。

她人在室内，与巴特沃思老太太一起用茶，想到未来之不可测，所有的预见都不可能有丝毫准确性，因此也就不可能对人生进行预演了。布景的一点差错，观众席上的一张脸，或是一个观众突然冲上台，就足以使我们精心设计好的手势变得毫无意义，甚至变得多此一举。"我会鞠躬，"那时她这么想，"我不会和他握手。那才是正当的做法。"她鞠了躬——却是给谁鞠躬呢？给诸神吧，给众英雄，给女学生们的胡思乱想！她越过了阻碍着世界的那些垃圾，鞠这一躬。

她由着思想在脑中奔腾，身体机能却丝毫没有闲着，在为谢西尔使出浑身解数。这又是一次可怕的订婚后的拜访。巴特沃思太太想见他，而他不想被见着。他不想听她谈绣球花，不想知道为什么它们长在海边颜色就会不一样。他也不想加入慈善组织协会①。每当他被惹恼，便总是煞费苦心地尽情发挥，在可以用"是"或"不是"来回答问题的时候，他总给出冗长而油腔滑调的答复。露西安抚他，用一种能保证他们婚后生活和谐的方式，笨拙地修补他的谈话。世上无完人，在婚前发现对方的缺点终究是比较明智的。这一点，巴特莱特小姐虽然没有明说，却以行动教导了这女孩，使她认识到我们的生活中没有任何物事是叫人称心如意的。尽管露西不喜欢这位教师，却认为这教导意义深远，也将它应用到她的恋人身上。

"露西，"回到家里，她的母亲说，"谢西尔有什么不对劲吗？"

这问题听着是个不祥的预兆。直至目前为止，汉尼彻奇太太一直表现得十分宽厚和自制。

"不，我不觉得有什么，母亲。谢西尔没事。"

"也许他太累了。"

---

① Charity Organization Society 是一家慈善组织，1869 年成立于英格兰，旨在调节《贫民救济法》的执行，协调各慈善团体之间的关系。

露西做出让步：也许谢西尔是有点累了。

"因为啊，倘若不是这样——"她把固定软帽的别针一根一根地抽出来，也一点一点地显出她的不满——"因为倘若不是这样，我就无法解释他的行为了。"

"我还真觉得巴特沃思太太挺讨人厌的，要是你指的是这个。"

"那是谢西尔叫你这样想的。你小时候可是很喜欢她的，而且你得伤寒的时候，她对你好得没法形容。不——不管在哪里，情形都是一样的。"

"让我来替你把软帽放好，行吗？"

"他完全可以礼貌地应答她，就半个小时总可以吧？"

"谢西尔对人的要求有非常高的标准。"露西嗫嚅地说，她知道前面还有麻烦在等着，"那是他的理想的一部分——就是他的理想让他有时候看来——"

"哈，胡说八道！要是崇高的理想让一个年轻人粗暴无礼，那他愈早把它们扔掉愈好。"汉尼彻奇太太一面说，一面把软帽递给露西。

"哎呀，母亲！你自己也会对巴特沃思太太大动肝火，我看见过！"

"不是以那种方式。有时候我真恨不得拧断她的脖子。但不是用那种方式。不。谢西尔到哪里都是这个样子。"

"我忘了提起这个——我之前没有告诉你。我在伦敦的时候收到过夏洛特的一封信。"

这么试图转换话题的做法实在幼稚得很，汉尼彻奇太太对此十分恼恨。

"自从谢西尔打伦敦回来，好像没有什么事情可以让他满意。我什么时候开口说话，他就什么时候皱起眉头——我都看在眼里呢，露西，你否认也没有用。毫无疑问，我这个人既不懂艺术又不懂文学，也没有学问，还对音乐一窍不通，但是对会客室的家具，我是没有办法了。那是你父亲买下的，我们就得将就着用，请谢西尔好好记住这一点。"

"我——我明白你的意思，谢西尔当然不应该那样。不过他不是故意要失礼的——有一次他说过——使他心烦的是物件——丑陋的东西很容易使他不舒服——他不是对人不礼貌。"

"那么弗瑞迪唱歌的时候呢，是物件还是人？"

"你不能期望一个真正懂得音乐的人，会像我们那样喜爱听滑稽小曲。"

"那他怎么不离开那房间呢？为什么要坐在那里，扭来扭去，冷嘲热讽，让每个人都感到扫兴？"

"我们不该对人不公平。"露西支支吾吾地说。有些什么东西削弱了她，使得她无能为力。那些为谢西尔所做的事，在伦敦的时候她掌握得十分完美，来到这里却无法奏效了。两种文明发生了冲突——谢西尔已暗示过这很可能发生——她感到眼花缭乱和无所适从，似乎那在所有文明背后的万丈光芒弄花了她的眼睛，让她失去辨别力。所谓品位高低，不过只是时髦用语，一如形形色色不同式样的衣服。而音乐穿过松林，自会分解消散，成为一声耳语，那时候，一首歌与一支滑稽小曲也就再难以区分了。

汉尼彻奇太太在为晚餐换掉她的连衣裙时，露西仍然感到十分尴尬。尽管她不时说上一两句话，却都于事无补。事实摆在眼前，无法掩饰，谢西尔存心要摆出目空一切的姿态，而他成功了。至于露西——她不知何故——只希望麻烦不是在这个时候到来。

"去换衣服吧，亲爱的。你要迟了。"

"好的，母亲——"

"不要嘴上说'好的'，却在那里一动不动。走吧！"

她服从了，却在楼梯平台的窗前闷闷不乐地流连不去。窗朝北，因而景色十分有限，也看不见天空。现在，松树就像在冬天时那样，逼近她眼前。楼梯平台的窗口让人联想到忧郁。其实没有什么明确的问题威胁着她,可是她却对自己叹了一口气:"天哪,我该怎么办,我该怎么办呢?"在她看来,除了她自己,其他所有人的态度都很恶劣,而且她不该提起巴特莱特小姐的信。她必须更加小心才是:她的母亲喜欢盘根究底,很可能会追问信上写了些什么。天哪,她该怎么办?——这时候,弗瑞迪蹦蹦跳跳地走上楼来,加入了那一支态度恶劣者的队伍。

"我说啊,那真是些顶呱呱的人。"

"我亲爱的宝贝,你有多无聊啊!你没有必要带他们到圣湖去洗澡,那里太过公开了。你自己倒是无所谓,可对其他人就尴尬极了。以后务必要小心一些。你忘了这地方已经发展成半郊区了。"

"我说,下个星期的明天有什么活动吗?"

"就我所知道的,没有。"

"那我要请艾默森父子星期天来打网球。"

"噢,要是我就不会那么做,弗瑞迪,现在这里乱七八糟的,我不会那么做。"

"网球场有什么问题吗?他们不会在乎地上隆起一两块来的,而且我已经订购了新球。"

"我的意思是最好不要那样做。我真的这样认为。"

他一把抓住她两肘,滑稽地带着她在过道上来来回回地跳舞。她假装不在乎,但心里气得真想放声尖叫。谢西尔去盥洗室时,匆匆看了他们一眼,玛丽拎着一大堆热水罐,被他们挡了道。这时候,汉尼彻奇太太打开房门说:"露西,你们可真够吵闹!我有话要对你说。你刚才说收到了夏洛特的信,是吗?"弗瑞迪一溜烟地跑了。

"是的。我实在不能停留了。我也得换衣服去。"

"夏洛特怎样了?"

"很好。"

"露西!"

这倒霉的女孩掉头回来。

"你有个坏习惯,不等人家的话说完就急匆匆离开。夏洛特提起她的锅炉了吗?"

"她的什么?"

"难道你不记得她的锅炉十月要检修,洗澡用的贮水箱也要清洗,还有各种各样非常麻烦的待办事项?"

"我没法记住夏洛特的所有烦忧。"露西苦涩地说,"现在你对谢西尔不满意了,那我自己的烦忧也不会少。"

汉尼彻奇太太原可发火,可她没有。她说:"过来,老姑娘——谢谢你替我把帽子收起来了——吻我一下吧。"就这样,尽管世上没有什么是完美的,但是在这一刻,露西觉得她的母亲、临风隅以及在落日斜照下的威尔德地区都完美无瑕。

于是生活中的摩擦就这样消除了。在临风隅经常如此。当那一台社交机器卡住了无法运转,这个家庭总有某个成员在最后关头为它加上一滴油。谢西尔十分不屑他们的这种方式——也许他是对的。不管怎么样,这些都不是他本人的做法。

晚餐七点半开始。弗瑞迪急促不清地做了感恩祷告,大家随即把笨重的椅子挪近餐桌,马上开动。幸运的是男士们都饿了,直至布丁被端上来,都没有发生什么不合宜的事。这时候,弗瑞迪开口说:

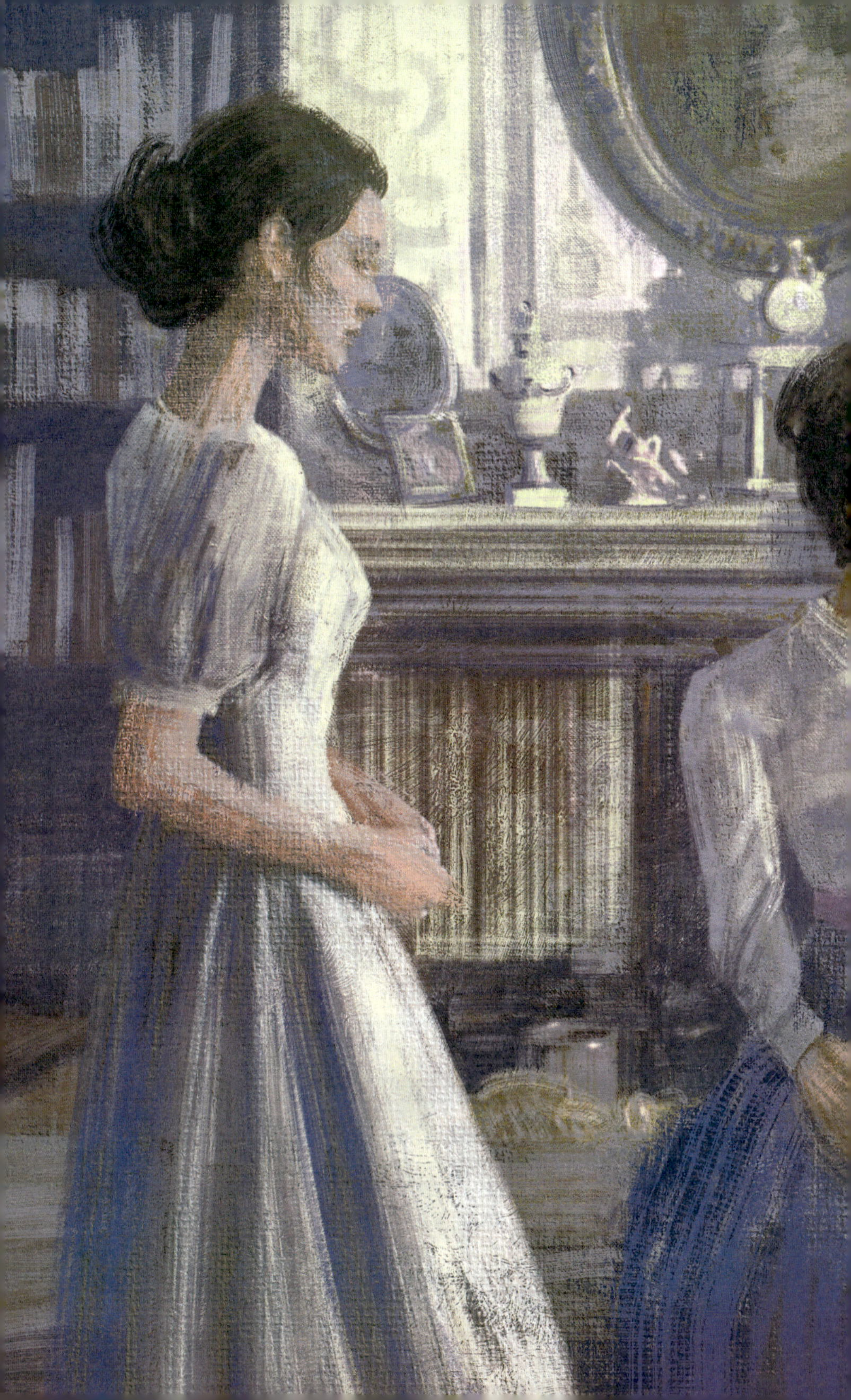

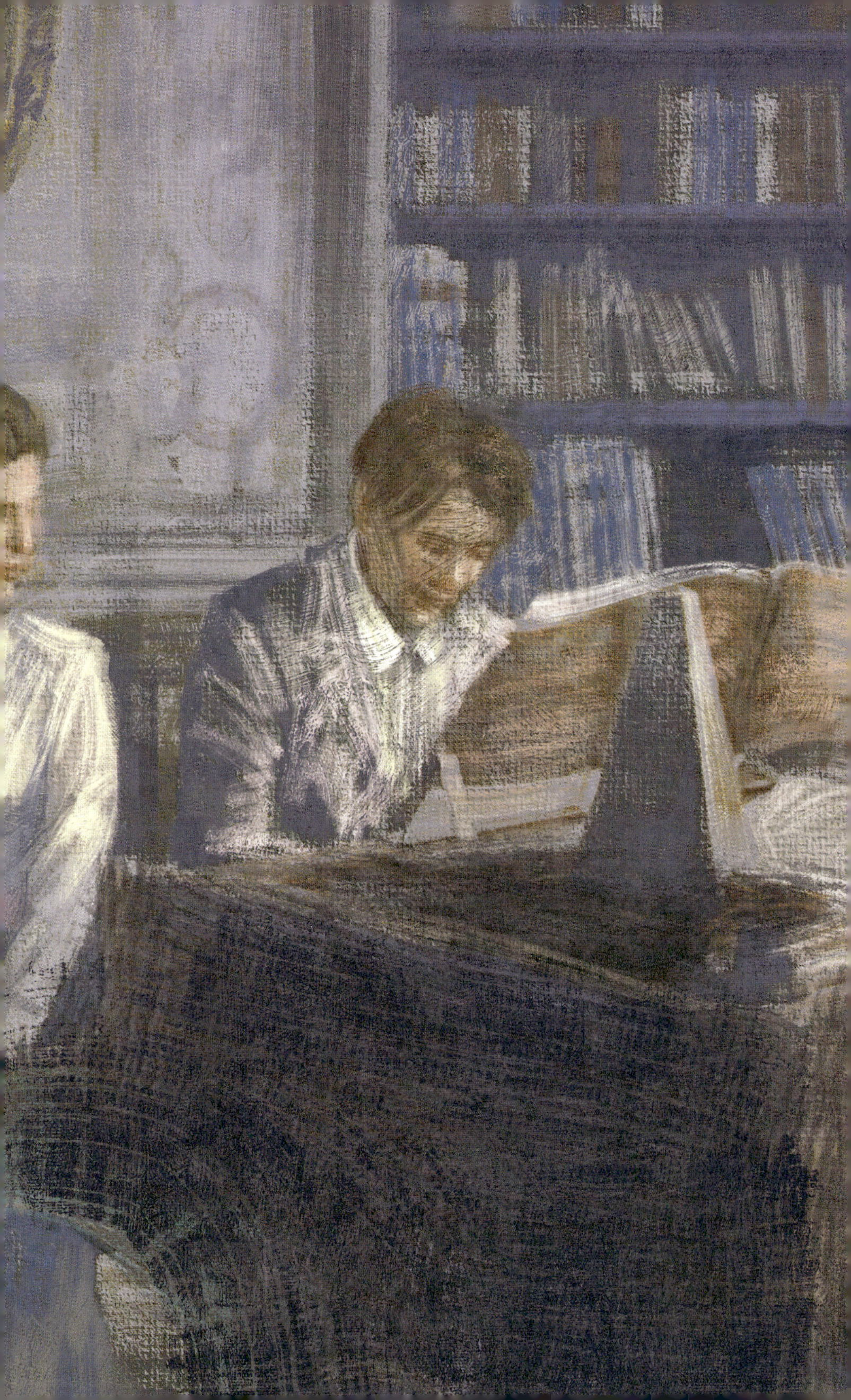

"露西，艾默森是个怎样的人？"

"我在佛罗伦萨看到他的。"露西说，希望这样也能算作回答了。

"他是机灵聪明的那一类，抑或是个一本正经的家伙？"

"问谢西尔好了，是谢西尔把他带来的。"

"他是聪明的那一类，就像我本人。"谢西尔说。

弗瑞迪满腹狐疑地打量着他。

"在贝托里尼公寓那里，你认识他们到什么程度？"汉尼彻奇太太问。

"噢，只是泛泛之交。我是说，夏洛特对他们的了解甚至比我还少。"

"噢，这提醒我了——你不曾告诉我夏洛特在信里说了些什么。"

"东一点西一点的。"露西说，心里怀疑她能不能不说一句谎言就把这顿饭吃完。"除了其他事情，还有一件是她的一个很吓人的朋友骑自行车经过夏街，想着是不是要上门看望我们，结果谢天谢地，她没有来。"

"露西，我真的认为你这样说话很刻薄。"

"她是个小说家。"露西别有用心地说。这句话可巧妙得很，因为再没有别的事情比女人着手搞文学更让汉尼彻奇太太激愤了。她会放下所有话题，集中火力猛烈抨击那些（置家务与孩子于不顾）写书出版、搞得臭名昭著的女人。她的看法是"如果必须写书，就让男人来写"。她就这看法大肆发挥，而谢西尔不住打哈欠，弗瑞迪则用李子核玩起一种计数游戏，小声哼着"今年，明年，要么现在，要么永不"，露西则机巧地给她母亲火上浇油。不过没多久以后，这大火平息了下来，那些阴魂不散的往事开始于黑暗中聚集。那样的阴魂实在太多了。最初的一个——那触碰她脸颊的双唇——肯定早已被消除；对她来说，一个男人一度在山上吻了她一下，这可以不算一回事。可是它却招致一整个阴魂家族的产生——哈里斯先生、巴特莱特小姐的信、毕比先生对紫罗兰的回忆——它们当中若非这个，便是那个，势必当着谢西尔的面纠缠她。现在，回来的是巴特莱特小姐，惊人地鲜明逼真，如在眼前。

"露西，我一直在想夏洛特的那封信。她怎么样了？"

"我把信撕掉了。"

"她没有说起自己怎么样吗？她信上的口气如何？高兴吗？"

"噢，是的，我想是的——不——应该不太高兴，我想。"

"那么必然的，一定是因为那锅炉。我自己很明白水的问题多么折磨人。我宁可其他任何事情出状况——甚至肉不幸烧坏了也行。"

谢西尔用一只手捂住两眼。

"我也宁可那样。"弗瑞迪如此声明，以表示支持他的母亲——支持她话里的态度，而不是它的实质内容。

"这下我也在想，"她很紧张地补充说，"我们下个星期肯定可以挤出地方来给夏洛特小住，待水管工在唐桥井完工之前，让她愉快地度个假。我已经好久没见到可怜的夏洛特了。"

这可叫露西的神经承受不住了。而她的母亲刚才在楼上待她那么好，使得她不能强烈地抗议。

"母亲，不行！"她恳求，"这行不通。我们不能在那么多事情上再加进一个夏洛特。按目前的情况，我们已经挤得半死了。

弗瑞迪有个朋友星期二要来,这儿有谢西尔,还有,因为怕白喉传染,你答应了让明妮·毕比来住。这根本是行不通的事。"

"胡说!这行得通。"

"除非让明妮睡在浴室里。没有别的办法了。"

"明妮可以和你睡在一起。"

"我不要。"

"你要是这么自私的话,那弗洛伊德先生必须和弗瑞迪合住一个房间了。"

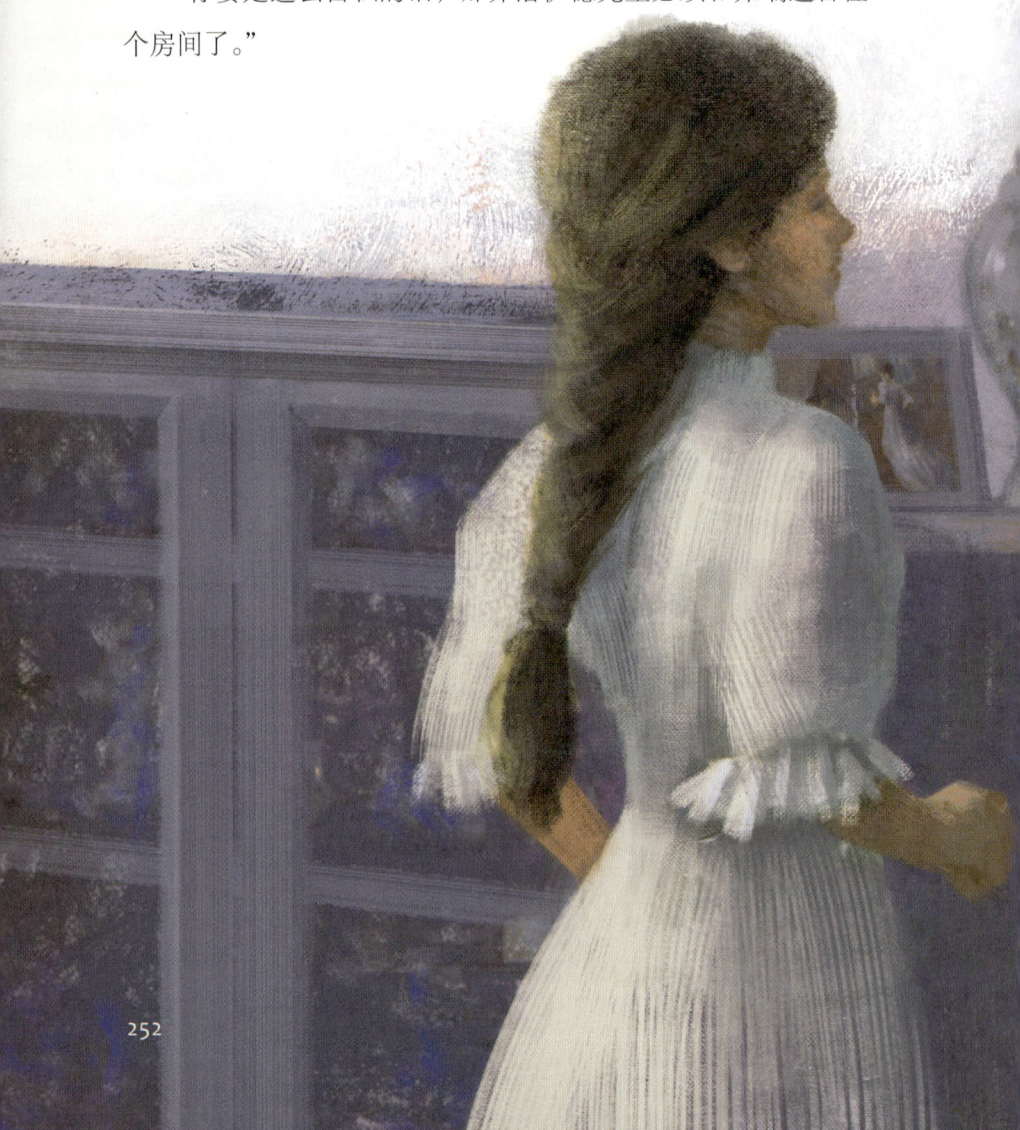

"巴特莱特小姐,巴特莱特小姐,巴特莱特小姐。"谢西尔连声抱怨,又一次用手捂住眼睛。

"这不可能。"露西再说一遍,"我不是要刻意制造麻烦,可是

这样往屋子里塞满人，对女佣们确实是不公平的。"

唉！

"事实的真相是，亲爱的，你不喜欢夏洛特。"

"是的，我不喜欢她。谢西尔也一样不喜欢她。她惹得我们心烦。你近来没有见到过她，不知道尽管她人很好，却可以多么令人讨厌。所以啊，母亲，请不要在这最后的一个夏天让我们苦恼了，就惯我们一次，不要请她过来。"

"听吧，听吧！"谢西尔说。

汉尼彻奇太太表现得比平时严肃，也让自己比平时流露出更多的情感，回答说："你们两个这样实在不厚道。你们有彼此做伴，有这些林子可以散步，到处都是美好的东西；可怜夏洛特，有的只是被切断了的供水及几个水管工。你们都年轻，亲爱的，不管年轻人有多么聪明，也不管他们读过多少书，他们永远想象不到变老是什么滋味。"

谢西尔把他的面包弄碎了。

"我得说啊，那一年我骑自行车过去探望时，夏洛特表姐待我好极了。"弗瑞迪插进来说，"她一再感谢我去看她，让我都觉得自己是个大傻瓜了，她还瞎忙一气，为了给我煮一个恰到好处的鸡蛋当茶点而忙得团团转。"

"我知道呢，亲爱的。她待每个人都很好，可是当我们想要给她一点回报时，露西却刁难起来。"

但露西硬起了心肠。对巴特莱特小姐仁慈可不会有什么好报。她自己就试过太多次，还都是不久以前的事。良善待人也许能让人在天堂积储财富，却不会使地上的巴特莱特小姐或其他人富裕起来。她不得已地说:"我实在没有办法,母亲。我不喜欢夏洛特。我承认我这样很要不得。"

"看你的样子,你跟她说话也差不多就这样了。"

"这个嘛,她要那么糊里糊涂地离开佛罗伦萨。她慌张得——"

那些萦绕不去的阴魂又回来了,它们布满了意大利,它们甚至在侵占她童年时就已经熟悉的那些地方。圣湖将永远不会与过去一样了,还有呢,下个星期日,甚至连临风隅也会发生变化。她将怎样对抗阴魂呢?有那么一刻,眼前这看得见的世界逐渐淡去,似乎只有回忆与感情才是真实的。

"依我看,巴特莱特小姐能把鸡蛋煮得那么好,那她非得过来不可了。"谢西尔说。多亏晚餐的烹调令人欣赏,他的心情还是挺不错的。

"我不是说那鸡蛋煮得很好,"弗瑞迪出言纠正,"因为她忘了时间,没及时关火取出来,而且事实上我并不喜欢吃鸡蛋。我只是想说她看起来多么仁慈而令人愉快。"

谢西尔又皱起眉头。啊,汉尼彻奇这一家人!鸡蛋、锅炉、绣球花、女佣——就是这些东西组成他们的生活。"我和露西可以离开座位吗?"他问,几乎毫不掩饰他的傲慢,"我们就不吃甜点了。"

14. 露西勇于面对外在形势

A

Room

With

A

View

理所当然地，巴特莱特小姐接受了邀请。还有，同样理所当然地，她觉得自己肯定会成为大家的累赘，便恳求给她一个较低级的备用房间——譬如说看不见风景的，或随便什么都行。她也说，向露西问好。还有啊，同样理所当然地，乔治·艾默森下个星期天可以过来打网球。

　　露西勇敢地面对这形势，尽管就和我们大多数人一样，她面对的只是那围绕着她的外在形势。她从未凝视自己的内在。倘若偶尔有些古怪的形象从脑海深处浮现，她将之归因于神经紧张。谢西尔把艾默森父子带到夏街，这使得她的神经受不了。夏洛特则会将过去的蠢事抛光擦亮，让它们历历在目，这也很可能会让她的神经承受不住。一到夜里，她就紧张不安。当她与乔治谈话——他们几乎立刻就在教区长家里又见上面了——他说话的声音深深打动了她，她希望能留在那里，靠近他。要是她真的想要留在他身边，那是多么可怕呀！理所当然的，有这想法全是因为神经紧张之故，它就是喜欢在我们身上玩这种有悖常理的把戏。她过去曾有一次被"一些凭空而生，而她不明其含义的物事"所困扰。如今在一个下雨的午后，谢西尔向她讲解了心理学，于是在那未知世界中的一切青春的烦恼，尽可不予理会。

这情况明摆在眼前，读者大可得出结论："她爱上了小艾默森。"可是读者若与露西易地而处，便不会觉得事情有这般显而易见。生活这回事，它易于记述，在实践中却令人困惑无所适从，所以我们欢迎"神经紧张"或其他能掩藏我们个人欲望的行话与术语。她爱谢西尔；乔治使她紧张；读者可愿意向她解释，这两个句子其实应该倒转过来？

然而那外在的形势——她将勇敢地面对。

在教区长家里的会晤进行得相当顺利。站在毕比先生与谢西尔之间，她几次适度地提及意大利，乔治都做了回应。她迫切地要表现得自己并不感到羞怯，也很高兴他似乎没有显出羞怯的样子。

"是个好小伙，"毕比先生事后说，"假以时日，他会将自己粗糙不成熟的部分慢慢甩掉。相比起来，我倒是不太信任那些八面玲珑、面面俱到的年轻人。"

露西说："他看来精神好些了，他笑得比以前多。"

"是的。"这位牧师回答，"他在慢慢苏醒。"

事情就这样过去了。可是随着一个星期悠悠流逝，她不断放松戒备，最后留在她心里的是一个健硕俊美的形象。至于巴特莱特小姐，尽管事先对路向做了最明晰的指示，她依然有本事将事情搞砸，误了自己的抵达。她本应该在多尔金的东南铁路车站下车，汉尼彻奇太太将乘车到那里迎候。不料她却去到伦敦和布莱顿铁路的车站，不得不雇一辆马车过来。家里除了弗瑞迪和他的那位朋友，再没有其他人，他们俩只好放下网球，招待了她足足一个小时。谢西尔和露西四点钟回到家里，这些人再加上小明妮·毕比，组成一支多少有点沉郁的六重奏，在草坡上茶聚。

"我永远不会原谅自己。"巴特莱特小姐不断地从座位上站起来，大家也就得齐心协力地恳求她坐下来继续用茶，"我把一切都打乱了。我还闯进年轻人中间！不过我坚持要付来这里的马车钱。不管怎样，你们就允许我吧。"

"我们家还从没让访客做这么可怕的事。"露西说。她的弟弟也很不耐烦地嚷叫起来："我已经讲了半个小时，露西，就是要说服夏洛特表姐相信这一点。"在他的记忆中，那只水煮鸡蛋已经变得虚无缥缈了。

"我不觉得自己是个普通的访客。"巴特莱特小姐这么说，眼睛瞟向她那只磨损了的手套。

"如果你真的要一意孤行，好吧。五先令，我还给了车夫一个波比。"①

巴特莱特小姐往钱包里看了一眼，只有沙弗林和便士。有人能给她找零钱吗？弗瑞迪有基德，他的朋友有四枚半克朗的硬币。巴特莱特小姐收下他们的钱后说："可是这个沙弗林我该给谁呢？"

"先别管这事吧，等母亲回来再说。"露西建议。

"不，亲爱的。眼下没有我这个妨碍，你母亲可能到别的地方去了。我们每个人都有自己的一点小怪癖，我的怪癖就是要立即把账结清。"

就在这时，弗瑞迪的朋友，弗洛伊德先生说了他唯一值得被引述的一句话：他提出与弗瑞迪掷钱币猜正反，以决定巴特莱特小姐那一基德的归属。这看来不失为一种解决办法，就连一直在以浮夸的姿态对着景色喝茶的谢西尔，也感受到机会之神那无穷的吸引力，转过身来。

不过，这个方法也还是不行。

"对不起——对不起——我知道我这人无可救药，扫兴极了，不过这样做会使得我很卑劣。这等于我实际上在剥夺输家。"

"弗瑞迪欠我十五先令，"谢西尔插话，"所以你若把那一镑给我，正好可以解决问题。"

"十五先令，"巴特莱特小姐半信半疑地说，"维斯先生，那是

---

① 20世纪70年代以前，英国币制主要采用十二进制，1英镑合20先令，1先令合12便士，半克朗合2先令6便士。"波比"（bob）是1先令硬币的俗称，"沙弗林"（sovereign）是面值1英镑的金币，"基德"（quid）则是1英镑的俗称。

怎么回事?"

"因为啊,你还不明白?弗瑞迪付了你的车钱。你把那一镑给我,我们就能避免这场该受谴责的赌博了。"

巴特莱特小姐向来不精于数字,脑筋顿时转不过来,便在其他年轻人忍俊不禁的咯咯笑声中,交出了那枚金镑。那一刻谢西尔很高兴。他可是在与同辈人一起瞎扯胡闹。然后他瞥了一眼露西,看见她脸上隐约有所忧虑,损害了她的笑容。明年一月吧,他将把他的列奥纳多,从这种沉闷得令人发昏的闲聊中拯救出来。

"但是我不明白啊!"明妮·毕比高声说,她可是仔细观看了这场不公正的交易,"我不明白为什么维斯先生该得到这一英镑。"

"那是因为十五先令和五先令。"他们一本正经地说,"你看,十五先令加五先令正好是一镑。"

"但是我不明白——"

他们试图把蛋糕塞进她的嘴巴。

"不,谢谢。我吃饱了。我不明白为什么——弗瑞迪,别拿手指戳我。汉尼彻奇小姐,你弟弟戳疼我了。哎哟!那么弗洛伊德先生的十先令怎么办?哎哟!不,我不明白,也将永远搞不清楚为什么那位——叫什么名字来着的小姐,不该支付给车夫的一先令。"

"我把车夫给忘掉了。"巴特莱特小姐红着脸说,"谢谢你提醒我,亲爱的。是一先令吧?有谁可以给这枚半克朗找钱吗?"

"我去拿。"年轻的女主人决断地站起来。

"谢西尔,把那金镑给我。不,把那一枚金镑交给我。我让尤菲米娅去把它兑开,我们再来从头算起。"

"露西——露西——我这人多麻烦啊!"巴特莱特小姐一面抗议,一面跟着她走过草地。露西装出欢闹的样子,步履轻快地走在前头。待她们走到了别人听不见的地方,巴特莱特小姐停止呼天抢地,倒是有点生气勃勃地说:"关于他的事,你对他说了吗?"

"没有,我还没有说。"露西才刚回答,便为自己这样快领会她表姐话里的意思,恼恨得想把舌头咬下来。"让我想想——一个金镑值多少个银币。"

她躲到厨房里去了。巴特莱特小姐这么突然地话锋一转,实在叫人感到害怕。有时候她说的每一句话或是导致她说这些话的原因,似乎都是早有预谋的,仿佛所有的这些车钱和零钱的苦恼,都是一种策略,要把人吓得魂飞魄散。

"没有,我没有告诉谢西尔或任何人。"她从厨房回来时说,"我答应过你不与别人说的。这是你的钱——除了两枚半克朗,其他的都是先令。你数一数吧,你现在可以好好地结清你的欠账了。"

巴特莱特小姐在会客室里,正凝视着《圣约翰升天》的那幅图,它已经镶在画框里了。

"多可怕呀！"她喃喃地说，"要是维斯先生从别人那里听到这件事，那会更加不堪设想。"

"噢，不会的，夏洛特。"女孩说，她进入这战场，"乔治·艾默森那里不会有问题，哪还来什么别人呢？"

巴特莱特小姐想了想，"譬如说，那个车夫。我看到他透过灌木丛看你们，还记得他嘴里叼着一支紫罗兰。"

露西微微感到不寒而栗，"我们若一时不慎，就会被这件蠢事弄得精神紧绷。一个佛罗伦萨的车夫怎么可能找上谢西尔呢？"

"我们必须考虑各种可能性。"

"噢，这不会出什么问题。"

"还有呢，也许老艾默森先生知道这事情。事实上，他肯定知道了。"

"我不在乎他知不知道。我很感谢你写来的信，不过我想即便消息真的传开，我相信谢西尔会一笑置之。"

"会反唇相讥？"

"不，会一笑置之。"不过她心里明白她是不能信任他的，因为他就希望她从未被别人碰过。

"那很好，亲爱的，你最清楚了。或许今天的男士们不同于我年轻时候的男士了。女士也肯定是不一样了。"

"哎呀，夏洛特！"她开玩笑地打了她一下，"你这个好心肠又特别多挂虑的人。你到底要我怎么做呢？最初你说，'不要讲出去'；后来你却说，'讲吧'。到底是讲还是不讲呢？快说！"

巴特莱特小姐叹了一口气。"我说不过你，最亲爱的。想到我在佛罗伦萨怎样插手干预你的事，我就要面红耳赤了，而你却完全有能力照顾好自己，在各方面也都比我聪明多了。你将永远不会原谅我。"

"那么我们出去好吗？我们再不出去，他们就把所有的瓷器都打碎了。"

她这么说，是因为此刻空气中响彻了明妮的尖叫声，有人用茶匙在刮她的头皮。

"等等，亲爱的——我们也许没有机会这样交谈了。你见到了那个年轻人吗？"

"是的，见到了。"

"那是怎么回事？"

"我们在教区长家里碰了面。"

"他是什么态度？"

"没有什么态度。像其他人一样，他谈到了意大利。真的没有什么问题。说穿了，耍无赖对他有什么好处呢？我真的希望你能像我一样看这事情。他不会惹麻烦的，夏洛特。"

"江山易改，本性难移。一次无赖，终身无赖。这是我的一点愚见。"

露西踌躇了一下。"有一天，谢西尔说——我认为这很深刻——他说无赖分成两种——一种是有意识的，另一种是下意识的。"她又停顿了一下，要确认自己妥当地表达出谢西尔话中的深刻含义。通过窗口望出去，她看到谢西尔本人，正在翻开一本小说。这是从史密斯图书馆借来的新书。她的母亲想必已经从车站回到家里了。

"一次无赖,终身无赖。"巴特莱特小姐絮絮叨叨地说。

"我说的下意识指的是艾默森一时情绪失控了。我掉落在那一大片紫罗兰里,而他既天真又吃惊。我认为我们不该对他大肆指责。当一个人背后带着许多美丽的物事,忽然出现在你眼前,那影响可大了。这真的有影响,它有巨大的影响,以致他一时失去自制力:他对我并非爱慕,或任何诸如此类的感觉,一点也没有。弗瑞迪挺喜欢他的,还请他星期天到这里来,所以你大可自己做出判断。他进步了不少,不再是一副看起来随时会号啕大哭的样子。他在一家大铁路公司的总经理办公室当事务员——不是搬运工!每个周末赶来陪伴他的父亲。那个爸爸原本从事新闻工作,不过得了风湿病,退休在家。好吧!现在到花园去。"她挽住这位客人的手臂。"我们不要再谈这无聊的意大利事件了。你这次到访临风隅,我们要你舒舒服服地好好休息,没有一点忧虑。"

露西认为自己这番话讲得相当好。读者很可能察觉这些话里头很不幸地有个漏洞,不怎么站得住脚。人们很难说得准巴特莱特小姐是否也看出了这漏洞,因为要渗透长者们的内心,万无可能。她也许还要继续谈下去,却被走进屋里来的女主人打断了。一番解释在所难免,而趁着她们言语往来,露西悄悄脱身,在她脑海里扑腾扑腾跳动的那些形象,又更鲜活生动了些。

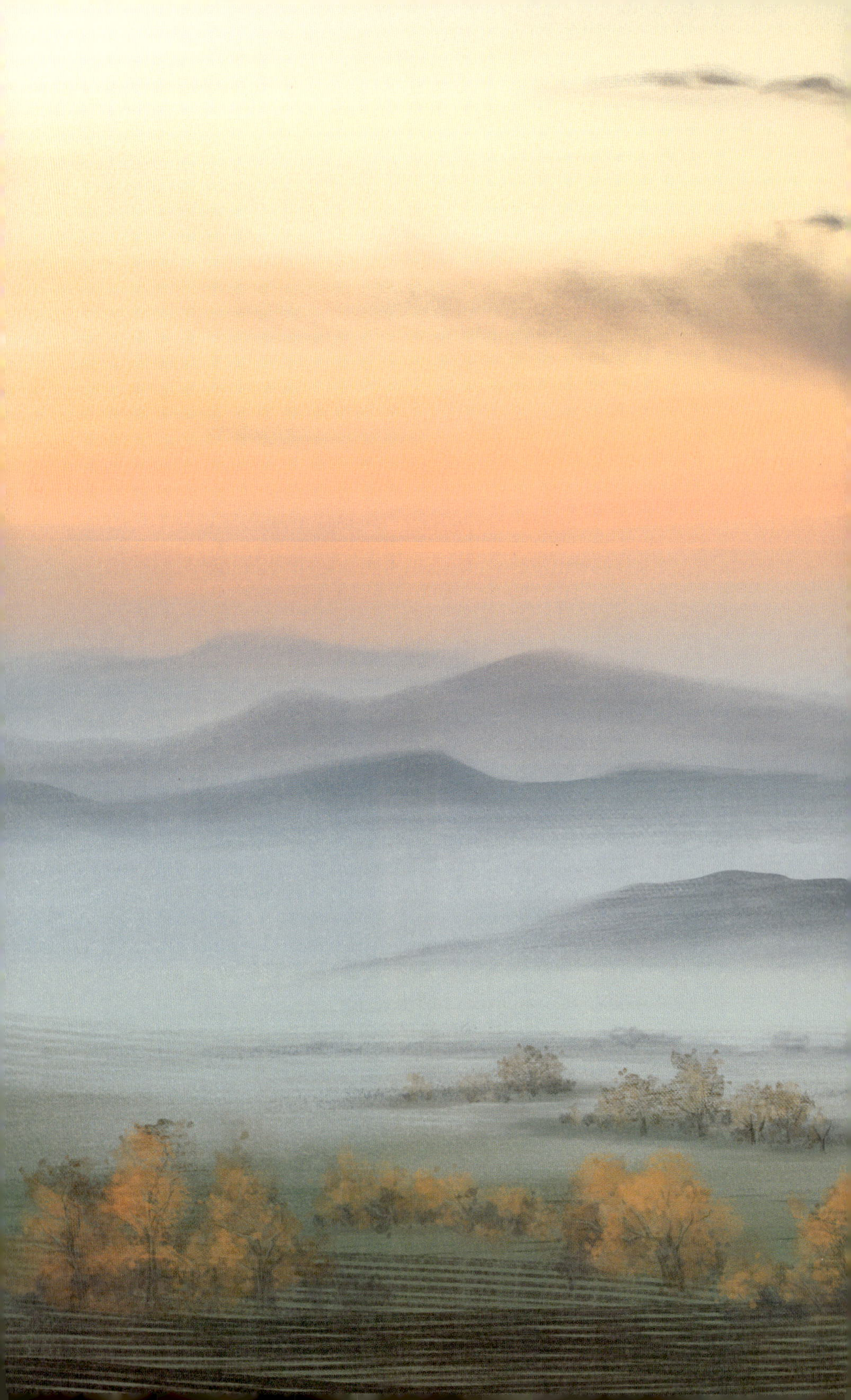

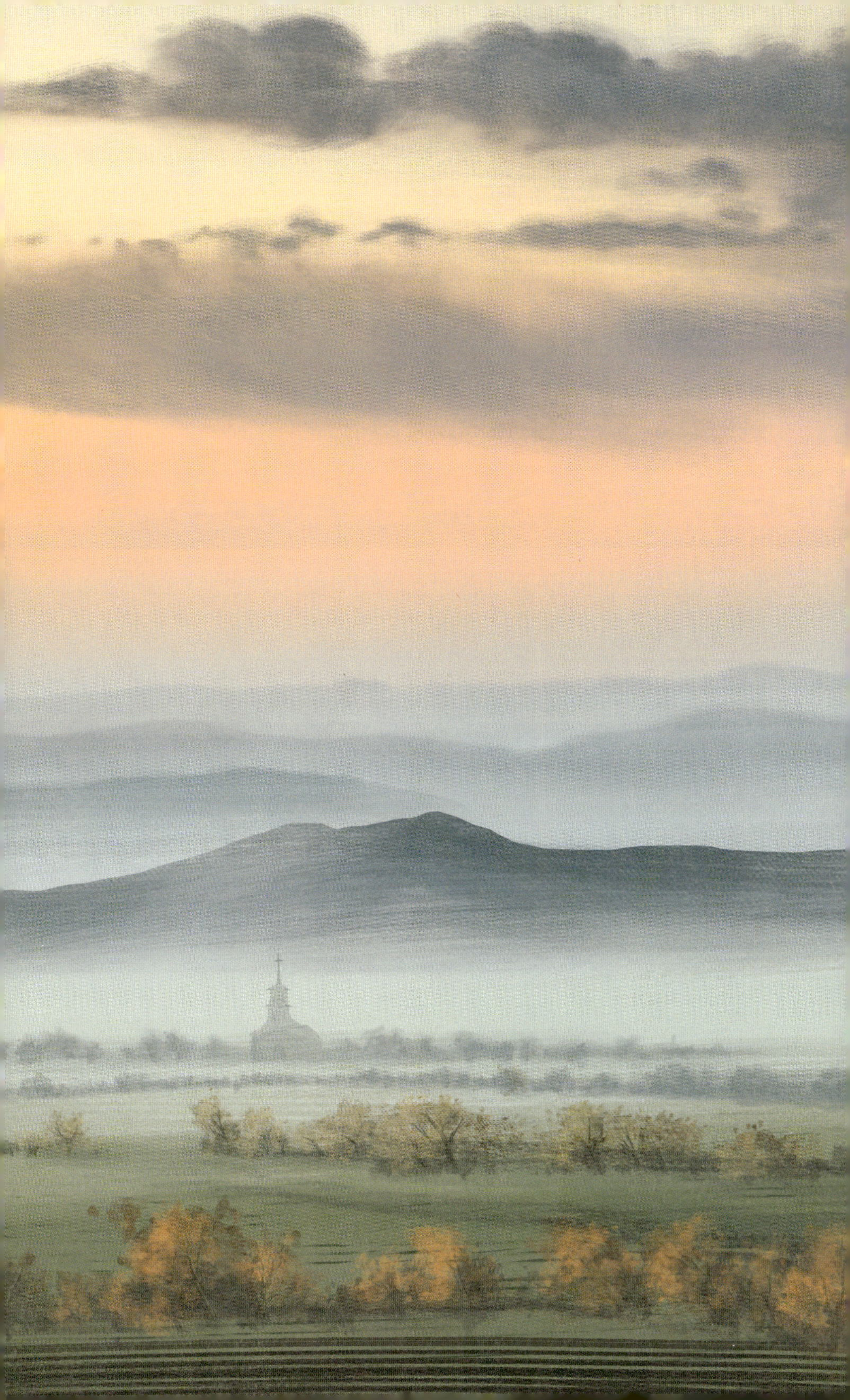

15. 内部灾难

A
Room
With
A
View

巴特莱特小姐抵达后的那个星期天，就像那一年的大多数日子一样，是风和日丽的一天。在威尔德地区，秋天悄然逼近，打破了夏天单调的绿色，以盛放的灰色薄雾装点着公园，给山毛榉以赤褐，给栎树以金黄。在高地上，如军队般挺拔林立的黑松静观这一切变化，它们本身却不为所动。一片万里无云的晴空横跨两个地区，而其中一处响起了教堂叮叮当当的钟声。

　　临风隅的花园里空无一人，只有一本红色封面的书躺在沙砾小径上晒太阳。屋子里传来断断续续的声响，原来是女性们在准备上教堂做礼拜。"男士们说他们不去。"——"好的，我不怪他们。"——"明妮问她也得去吗？"——"对她说，别胡闹。"——"安妮！玛丽！帮我把背后的搭扣钩好！"——"最亲爱的露西亚，可以麻烦你给我一只别针吗？"这是巴特莱特小姐，她早已公告，自己是无论如何都要上教堂的人。

　　太阳在它的航程中不断升高，给它领航的不是法厄同，而是能干称职、坚定不移、神圣高绝的阿波罗[1]。女士们每每走向卧室的窗前，它的光芒便落在她们身上。夏街的毕比先生正面带微笑读着凯瑟琳·艾伦小姐写来的信，阳光朝他落下。乔治·艾默森在清理他父亲的皮靴，阳光也往他身上照射。最后，为完成一连串值得纪念的事情，阳光也洒落在先前提到过的那本红色封面的书上。女士们在移动，毕比先生在移动，乔治也在移动，移动则可能产生阴影。可是这本书躺在那里一动不动，由得阳光摩挲它一整个上午，它将封面微微翘起，像在对这爱抚表示答谢。

这会儿，露西从会客室的落地窗里走出来。那一身樱桃红的新衣裙并不适合她，以致她看上去艳俗而苍白。她的脖子正中别了一只石榴红的胸针，手指上戴了一个镶了一组红宝石的戒指——一个订婚戒指。她垂下眼睛凝望威尔德地区。她微微皱着

---

[1] 希腊神话中的光明之神、文艺之神，同时也是罗马神话中的太阳神。他从不说谎，光明磊落，在其身上找不到黑暗，也被称作真理之神。

眉——并非生气,而是一个勇敢的孩子竭力忍着不哭的模样。天空高远,大地辽阔,没有人在注视她,她大可不受训斥地继续蹙眉,同时用目光测量阿波罗与西边山峦之间犹存的空间。

"露西!露西!那是什么书?是谁从书架上拿了书,把它扔在那里,任由它损坏?"

"这是图书馆的书,谢西尔在读。"

"可是还是得把它捡起来,不要无所事事地站在那里,像一只红鹤。"

露西把书捡起来,懒洋洋地朝书名看了一眼:《在凉廊下》。她自己已经不再读小说了,而是把所有的闲暇都投入于阅读严肃文学,希望能赶上谢西尔。她知道得太少了,这真叫人难堪,即便是她自以为知道的东西,譬如意大利画家吧,她也发现自己已经记不住了。就在今天早晨,她把弗朗切斯科·弗朗切亚[①]与皮耶罗·德拉·弗朗切斯卡[②]搞混了，谢西尔就说："什么！你不会已经把你的意大利给忘了吧？"这使得她在迎向面前那可亲的美景与可爱的花园时，目光里增添了焦虑，而在这一切之上，还有着难以想象会在别处出现的，那亲爱的太阳。

"露西——你有没有一枚六便士的硬币可以给明妮，还有一枚一先令给你自己？"

她赶紧走进屋里去找她的母亲，每到星期天，她的母亲总要上蹿下跳地忙作一团。

"这是一次特别捐献——我忘了是为什么。我求求你们不要用半便士的小钱，把盘子弄得叮当作响，怪粗俗的。看，明妮有了一枚闪闪发亮的六便士。这孩子到哪里去了？明妮！那本书给弄得全翘角变形了。（天哪，你看上去毫无血色！）把它放到地图册下面压住吧。明妮！"

"哎，汉尼彻奇太太——"从高处传来了声音。

"明妮，别迟到。马儿来了。"——她总是说马儿，从不说马车。"夏洛特呢？赶紧去催促她。她怎么花这么长时间？她也没有什么事情要做。除了衬衫，她从来不带别的什么。可怜的夏洛

[①] 弗朗切斯科·弗朗切亚（Francesco Francia，1447—1517），意大利画家、金匠，同时也是城市造币厂的厂长。创作的作品包括《耶稣受难》《圣母与圣徒》和《圣塞西莉入葬》。
[②] 皮耶罗·德拉·弗朗切斯卡（Piero della Francesca，1415—1492），意大利文艺复兴早期画家兼理论家。生前享有盛誉，写了大量关于数学和透视法的文章，精准的线性透视法是其作品的主要特色。

特——我还真的很厌恶衬衫呢！明妮！"

信奉异教是会传染的——比白喉或虔诚的宗教信仰更具传染性——于是教区长的侄女连声抗议她被带到教堂去。一如往常，她不明白这是为什么。为什么她不该和那些年轻男士一起坐在太阳下呢？那些年轻男士如今出现了，一点不留情地对她出言讥诮。汉尼彻奇太太为正统信仰展开辩护，而在这一片混乱之中，巴特莱特小姐穿着最时髦的衣裳，缓步从楼梯上走下来。

"亲爱的玛丽安，非常对不起，可是我没有零钱——只有沙弗林和半克朗的硬币。有没有人能给我——"

"有，容易得很。上车吧。老天，你打扮得多漂亮呀！这身连衣裙真好看！你让我们全部人都自惭形秽了。"

"我要是现在不穿上我最好的这些破旧衣裳，那该什么时候穿呢？"巴特莱特小姐语带责备地说。她登上四轮折篷马车，背对着马儿坐下。一番必要的鼓噪以后，她们上路了。

"再见！要乖喔！"谢西尔大声叫道。

露西咬了咬嘴唇，因为这语调有股嘲讽的味道。关于"上教堂以及其他此类的事"，他们有过一番不尽令人满意的交谈。他说人们应该自我检讨和改造自己，可是她不想检讨和改造自我——她不晓得有这回事。谢西尔尊重真诚的正统信仰，然而他一直认为真诚是精神危机的产物，他无法想象那是与生俱来的基本权利，还会如花卉一样欣欣向荣朝天生长。尽管他身上每一个毛孔都散发着宽容的气度，他就这话题所说的一切却刺痛了她。不知为什么，艾默森父子却大不相同。

她做完礼拜后，看见了艾默森父子。那路上许多马车排成了一行，而汉尼彻奇家的车子正巧停在希西别墅对面。为了节省时间，她们从绿草地上走过去乘车，撞上在花园里吸烟的父子俩。

"给我介绍一下。"她的母亲说，"除非那位年轻人觉得他已经算是认识我了。"

也许他真是这么觉得的。但是露西略过圣湖的那番相遇，正式为他们做了介绍。老艾默森先生对她十分热情，说很高兴她即将结婚。她说是啊，她也很高兴。趁着巴特莱特小姐和明妮正与毕比先生磨磨蹭蹭地流连在后头，她把谈话转到一个不那么令人不安的话题上，问他可喜欢他的新房子。

"非常喜欢。"他回答，可他的声音里略微有点怒气，她可从未见他被触怒过。他接着说："不过呢，我们发现了原来两位艾伦小姐打算要来住，结果让我们赶走了。女人很在乎这种事。我对这事感到很烦恼。"

"我相信这里面有些误会。"汉尼彻奇太太不安地说。

"我们的房东被告知，我们应该是另一种人。"乔治说，他看来有意继续探讨这话题，"他以为我们该是风雅之士。他失望了。"

"我想知道我们是不是该写信给两位艾伦小姐，主动把房子让出来。你觉得呢？"他求助于露西。

"噢，既然你们都来了，既来之，则安之。"露西轻快地说。她必须避免怪罪谢西尔。虽然没有人提及谢西尔的名字，但若不是因为他，便不会有这场小风波了。

"乔治也是这样说的。他说只好让两位艾伦小姐碰一碰壁了。可是这好像不太善良。"

"这世上只有一定数量的善良。"乔治说时，眼睛看着往来车辆的镶板上熠熠生辉的阳光。

"就是嘛！"汉尼彻奇太太嚷道，"这正是我想说的。何必为两位艾伦小姐这般绞尽脑汁又费尽口舌呢？"

"善良有限，正如光亦有限。"他用带有沉思的语调继续说下去，"无论我们往哪里站，总会在物件上投下阴影，为了保全物件而东移西走毫无用处，因为阴影必会亦步亦趋。选择一块你不会造成损害的地方——是的，选择一块你不会对别人造成太多损害的地方，尽你所能站在那里，直面阳光。"

"噢，艾默森先生，看得出来你很聪明！"

"呃——？"

"我看你是个聪明的人。我希望你对可怜的弗瑞迪没有那样表现过。"

乔治的眼睛笑了起来，露西猜想他与她的母亲能够相处得很好。

"不，我没有。"他说，"倒是他对我是那样表现的。这是他的处世哲学。只是他一开始便以此展开生活，我却先用了个大问号。"

"你，这是什么意思？算了，别管你什么意思。不要解释了。他期待着今天下午与你见面。你打网球吗？你介不介意礼拜日打网球——？"

"乔治不会介意在礼拜日打网球！乔治啊，他毕业之后就学会去区分礼拜日和——"

"那很好，乔治不介意礼拜日打网球，我也同样不介意。那就说定了。艾默森先生，要是你能和儿子一起光临寒舍，我们将感到荣幸之至。"

他谢过她,可是这听起来得走很长的路,而在这些日子里,他只能稍微挪步闲逛。

她转过头对乔治说:"看看,就这样他还想着要把他的房子让给两位艾伦小姐。"

"我知道。"乔治一面说,一面伸出一只手来绕住他父亲的脖子。毕比先生和露西一向知道他内心里有这份善良体贴,此时它忽然冒出,便如阳光触及一片广袤无垠的风景——是朝阳的抚摸吧?她想起来,无论他多么乖僻任性,却从不曾出言对抗情爱。

巴特莱特小姐逐步趋近。

"你认识我们的表亲巴特莱特小姐吧,"汉尼彻奇太太高兴地说,"你在佛罗伦萨见到过她与我的女儿一起。"

"确实是的!"老人说时,一副要走到花园外头去与这女士会面的样子。巴特莱特小姐连忙跨上四轮折篷马车。于是在马车的防卫之下,她礼节性地鞠了一躬。这又回到了贝托里尼公寓,回到了那个放置了一瓶瓶水和葡萄酒的餐桌。那是很久以前,为一个看得见风景的房间而展开的一场老战役。

乔治没有回敬这鞠躬。就和一般的男孩一样,他满脸通红,羞愧难当,他知道这位少女监护人可没忘记以前发生的事。他说:"我——我要是抽得出空来就会去打网球。"随即走进屋里。也许不管他怎么做露西都会欢喜的,然而他那副尴尬别扭的样子却直击她的心头。说到底,男人毕竟不是神,而是人,和女孩子一样,也会笨手笨脚。即便是男人,也可能为无法解释的情欲所苦,需要帮助。对于一个受过她那样的教养,又有着她那样的人

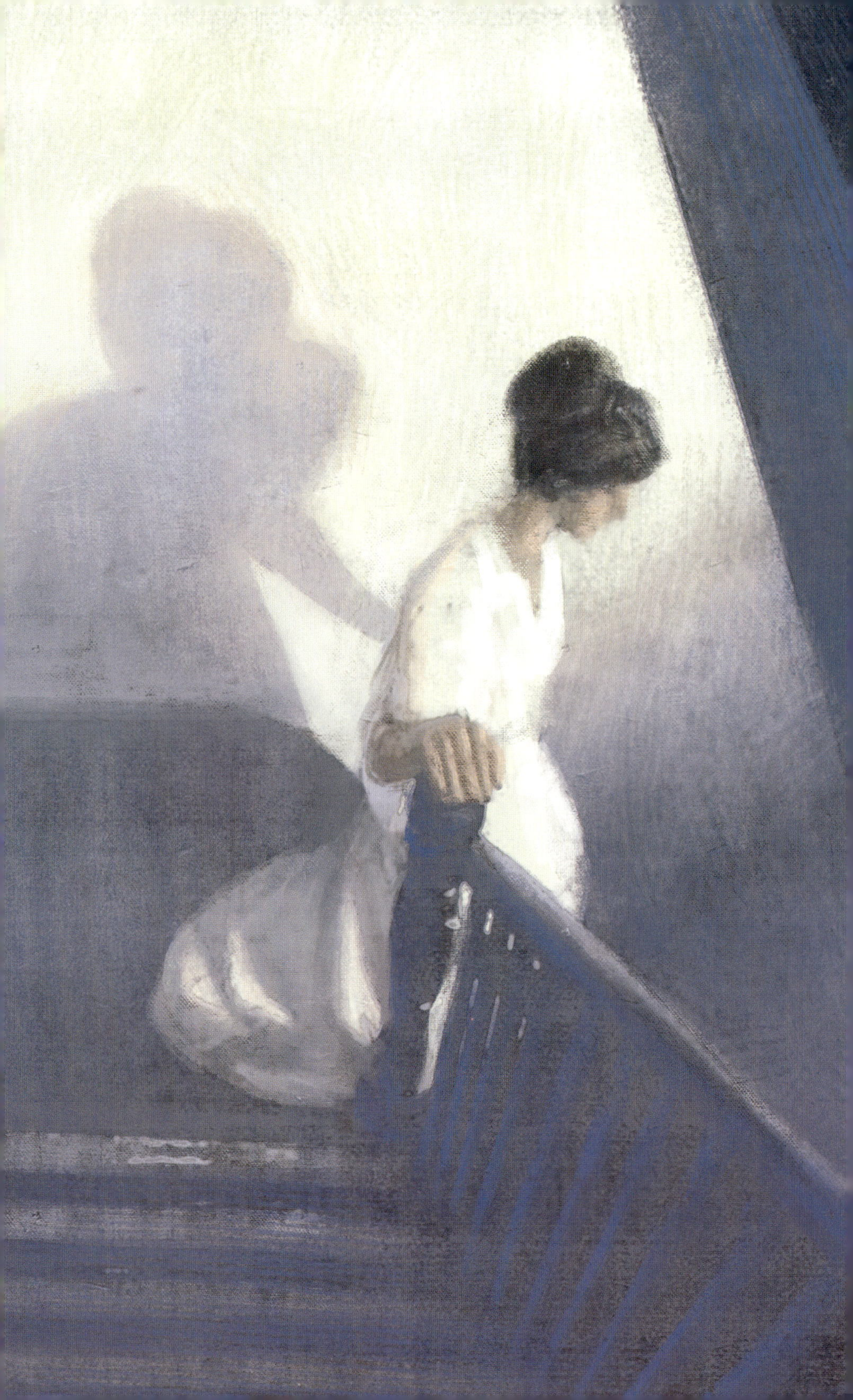

生目标的人而言，男人的柔弱怯懦是一种让人感到陌生的事。不过在佛罗伦萨的时候，当乔治将她的画扔进阿诺河里时，她对此已有所觉。

"乔治，不要走。"他的父亲大声喊，他以为自己的儿子与别人说话，会令他们十分愉快。"乔治今天的精神可好呢，我相信他下午肯定会上门去的。"

露西瞥见了她表姐的眼色，那不动声色的诉求当中有着些什么，让她豁了出去，不顾一切。"是的，"她提高声音，"我真希望他会过来。"接着她走到马车那里，喃喃地自言自语："老人家不知道那件事。我早知道不会有问题。"汉尼彻奇太太跟着她上车，她们就乘车走了。

艾默森先生并不知晓那次在佛罗伦萨的越轨事件，这让露西感到满意。但她实在也不至于兴致如此高昂，仿佛天堂的壁垒已然在望。她确实感到满意，但与她心中为此涌现的欢喜无疑有点不成正比。这一路回家，哒哒的马蹄声在对她唱着一支曲调："他没有对人说，他没有对人说。"她的大脑再把旋律扩张开来："他没有对他的父亲说——他什么都对父亲说的。这不是他的什么辉煌成就。我离开以后，他没有笑话我。"她伸手捂着自己的脸颊。"他不爱我。不。他若爱我，那该多可怕！不过他没有对人说。他不会对人说的。"

她真想放声大喊："没有问题了。这永远是我们两人之间的秘密。谢西尔将永远不会知道。"她甚至庆幸巴特莱特小姐当初让她答应保守秘密，就在佛罗伦萨最后的那个黑暗的傍晚，她们在他的房间里，跪在地上收拾行李。这秘密，不论大小，它总算被保全了。

这世上只有三个英国人知道这件事情。她就这样来理解自己的喜悦。因为感到十分安全,她向谢西尔打招呼时,特别的神采飞扬。在他扶她下车时,她说:

"艾默森父子俩真的很可亲,乔治·艾默森有了极大的进步。"

"我的两个 protégés(门徒)?他们怎么样了?"谢西尔问,他对他们并不真的感兴趣,而且也早已忘记了自己当初要把他们带到临风隅来,好达到某种教育目的的决心。

"protégés(门徒)!"她略为激动地惊叫。谢西尔唯一能够想到的就是这种封建的人际关系:保护者与受保护的人。对于露西这女孩心中所渴慕的战友之谊,他毫无领会。

"你不妨亲自看看你的 protégés(门徒)怎么样了。乔治·艾默森今天下午会过来。和他这个人讲话非常有意思。只是你不要——"她几乎要说"你不要去保护他"。可这时候响起了午膳的铃声,而且一如往常,谢西尔并没有认真在听她说的话。要知道,她的强项在于迷人的风韵,而不在于能言善辩。

这是一顿愉快的午餐。通常,露西在用餐时总是很压抑。餐桌上总有人需要被安抚——若不是谢西尔,便会是巴特莱特小姐,再不然就是凡人的肉眼所看不见的一个神明——一个神对她的灵魂低语:"眼下的欢乐不会持久。明年一月你就得到伦敦去应酬那些名人的孙儿孙女了。"可是今天吧,她感觉自己获得某种保证,心里有底。她的母亲总会坐在那边,她的弟弟坐这边。即便是太阳吧,纵使从早晨到现在略微有些移动,却永远不会被藏在西边的山峦后头。午餐过后,他们要她弹琴。那一年她看过格鲁克的

《阿尔米德》，便凭记忆弹奏了魔法花园[①]那一场的音乐——在永恒的曙光照耀下，雷诺一步一步走上前来的那一段音乐。这一段音乐既不盛起，也不衰落，宛如仙境中的无潮之海，只有涟漪生生不息。这样的音乐并不适合钢琴演奏，因此听众开始焦躁不安，谢西尔也同样感到不满，大声叫喊说："现在给我们演奏另一个花园——在《帕西法尔》里的那一个！"

她合上琴盖。

"这可不太尽责。"她母亲的声音说。

为怕冒犯了谢西尔，她迅速转过身来。乔治就在那里了。他没有打断她的演奏，悄无声息地潜进屋里。

"噢，我真没想到！"她大声说，满脸通红。她没有对乔治招呼半句，便又重新打开了钢琴。谢西尔该听到《帕西法尔》以及任何他想听到的其他乐曲。

"我们的演奏者改变主意了。"巴特莱特小姐这么说，也许在暗指她会为艾默森先生弹奏曲子。露西方寸大乱，既不知该怎么办才好，也不知道她自己想做什么。她弹了几小节"百花仙女"唱的那支歌曲，弹得一塌糊涂，只好停下来。

"我觉得还是打网球比较好。"弗瑞迪说，他对这东拼西凑的娱乐节目感到厌恶。

"好，我也这么觉得。"再一次，她合上了那一台倒霉的钢琴。"我觉得你们该来个男子双打。"

[①] 歌剧中的这一场，男主角雷诺（基督教骑士）对异教徒女王阿尔米德由恨转爱，闯进她所在的魔园。这里呼应小说中乔治的闯入。

"好啊。"

"别算我的一份,谢谢,"谢西尔说,"我可不想毁掉你们的组合。"他可没想过在三缺一的情况下,即使球艺不好,一个人也能行行好把人数凑齐。

"啊,来吧,谢西尔。我打得很烂,弗洛伊德打得糟糕透顶,而且我敢说艾默森也一样。"

乔治纠正他:"我打得并不差。"

这么说话让人嗤之以鼻。"如此说来,我肯定不凑上一脚了。"谢西尔说,而巴特莱特小姐自以为在故意挤兑乔治,补了一句:"我同意呢,维斯先生,你还是不打为妙。不打最好。"

谢西尔不敢落脚,明妮大无畏地闯进,宣布说她愿意加入。"反正每个球我都接不住的,可那有什么大不了的?"然而礼拜日可是安息日,在它的干预之下,这个好心的建议被狠狠地摧毁了。

"那么只能由露西上场了,"汉尼彻奇太太说,"你们得向露西求助。除此以外,没有别的办法。露西,去把你的连衣裙换下来。"

露西对待她的安息日,向来像两栖动物似的。上午她真心实意地守安息日,下午不守了却也不感到为难。她换下连衣裙时,心里想着谢西尔不知是不是正在讥笑她。是的,在与他结婚之前,她真的必须彻底地自我检讨,把一切改正过来。

弗洛伊德先生与她搭档。她喜爱音乐,但网球似乎比音乐好多了。穿着舒适的衣裳在球场上奔跑,比起在钢琴前正襟危坐,感觉腋下被裹得一片紧绷要好多了。再一次,音乐于她又成了儿童的玩意。乔治发球,出乎她意料之外的,竟显得迫切地希望赢

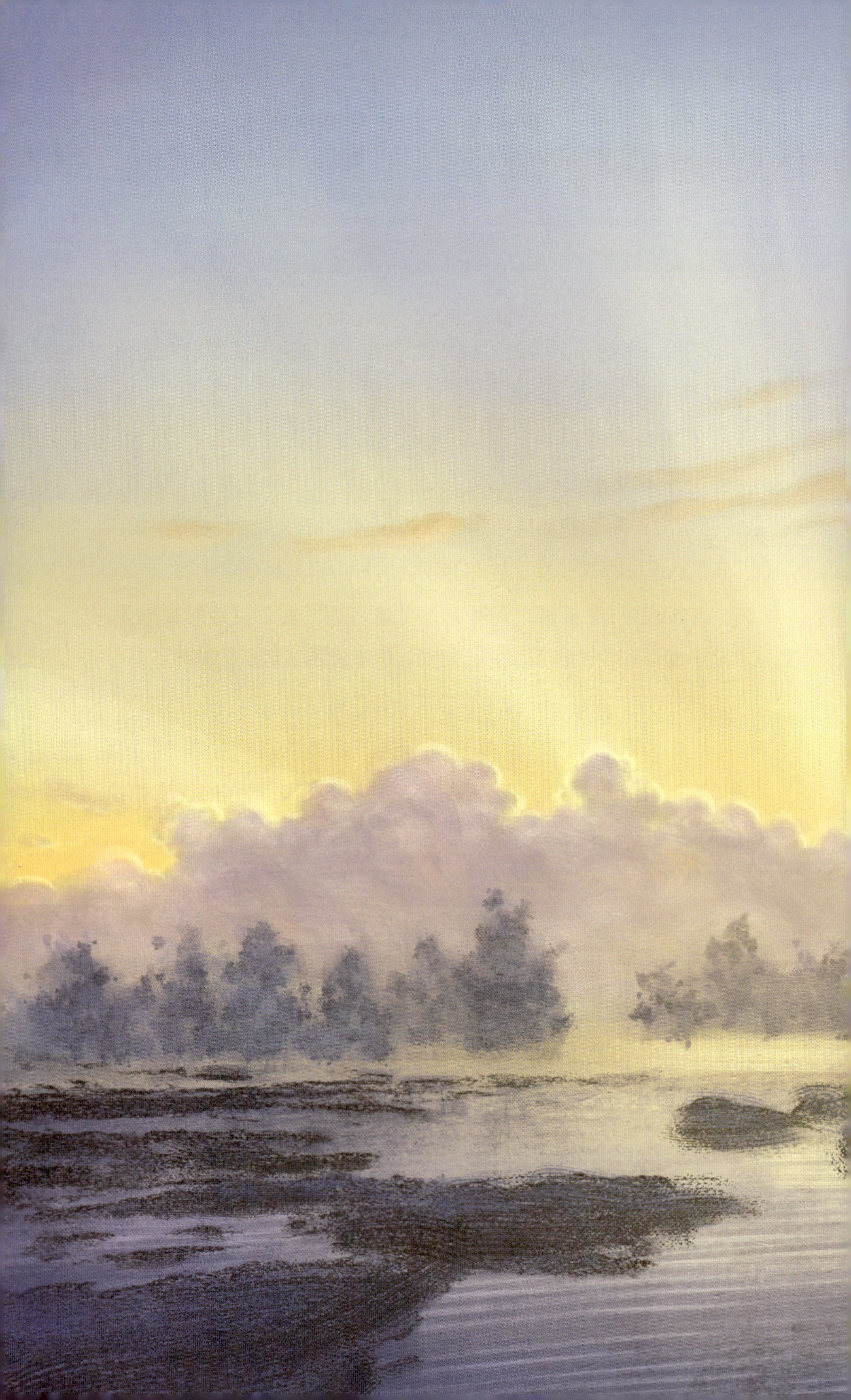

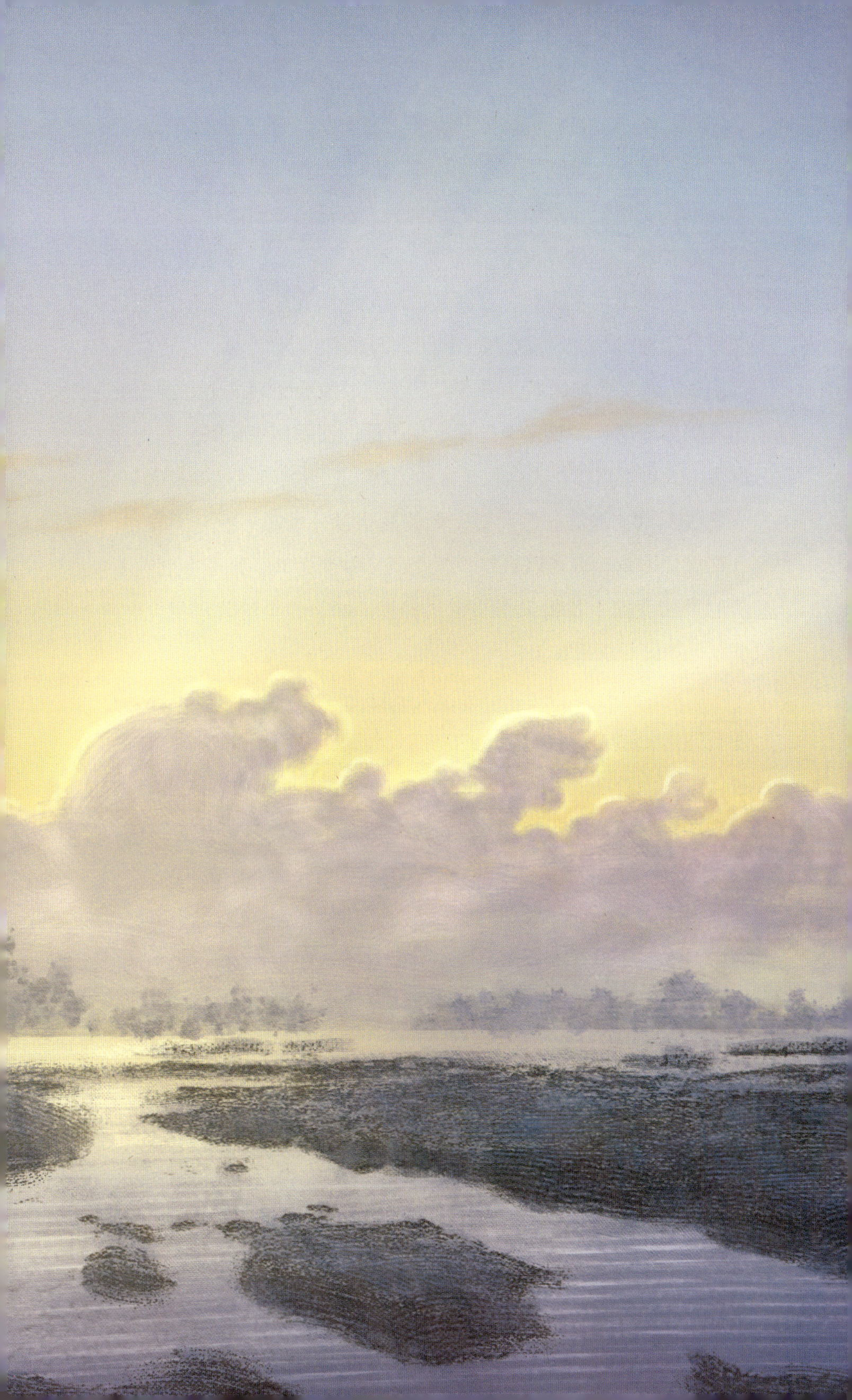

球。她还记得他曾在圣克罗彻的墓碑间怎样徘徊叹息,为着世事难以适应。也记得那个无名的意大利人丧命后,他怎样靠在阿诺河畔的护墙上,对她说:"告诉你,我要活下去。"现在他要活下去,要在网球场上赢球,要尽其所能站在阳光里——太阳已开始倾斜,在她的眼中闪闪发亮。他还真的赢了。

啊,威尔德地区看上去多美!在它的流光溢彩之上,群山突出,犹如菲耶索莱耸立于托斯卡纳平原,而那南唐斯啊,只要你愿意,大可把它当作卡拉拉地区的山峦。对于她所见过的意大利,兴许她正日益淡忘,然而对于她的英格兰,她却不断有所发现。人们只要愿意,大可以在这风景上玩一种新游戏,试着在它数不清的重峦叠嶂中找出某个小镇或村庄,好与佛罗伦萨匹配。啊,威尔德地区看起来真美!

可是,这时候谢西尔在要求她的注意。他碰巧心情不佳,明摆着特别爱挑剔,对于别人的兴高采烈毫无共鸣。在整个打球的过程中,他简直令人烦不胜烦,只因为他在看的那本小说实在太糟糕了,以致他不得不大声念给大家听。他在网球场周边踱步,大声叫嚷:"我说啊,露西,听听这个。三个分裂不定式①。"

"可怕!"露西嘴上这么说,手里就漏接了一个球。球赛结束以后,他还在念个不停——书里有个谋杀场面,真的,大家非听不可。弗瑞迪和弗洛伊德先生不得不到月桂树丛那边去寻找一个失落的球,但其余两人默许他继续念下去。

---

① 是指英文表达中在 to 和动词原形之间插入另一个词。这种用法过去常被认为是文字不通顺。

"这场景设在佛罗伦萨。"

"真有趣啊,谢西尔!往下念吧。来,艾默森先生,你打球费了好大的劲,快坐下。"按她自己的说法,她已经"原谅"乔治了,便打算一定要对他和颜悦色。

他一跃过网,在她脚边坐下,问她:"你——你是累了吗?"

"我当然不累!"

"你在意输球吗?"

她本想说"不",却忽然意识到自己其实是在意的,因而便回答:"是的,我在意。"接着又欢快地说:"不过呢,我可没觉得你是个多了不起的高手。太阳在你背后,却直直地照进我的眼里。"

"我没说过我是个高手。"

"你明明这么说过!"

"你没有认真听。"

"你说过——算了,在这屋子里可不能追求精确。我们都夸张惯了,谁要是不这样,我们还会对这些人十分生气。"

"这场景设在佛罗伦萨。"谢西尔重说一遍,声调转高。

露西回过神来。

"'日落时分。里奥诺拉正疾步——'"

露西打断了他。"里奥诺拉?那是女主角吗?这书是谁写的?"

"约瑟夫·艾默里·普兰克。'日落时分。里奥诺拉正疾步穿过广场,向众圣祈求她千万不要太晚到达。日落时分——意大利的日落。在奥卡尼亚凉廊下——也就是如今被我们偶尔称作朗齐凉廊——'"

露西突然大笑。"真的是'约瑟夫·艾默里·普兰克'!那是拉维希小姐呀！是拉维希小姐写的小说，她用别人的名字出版的。"

"拉维希小姐是谁呢？"

"噢，一个可怕的人——艾默森先生，你记得拉维希小姐吗？"

由于这个下午实在令人兴奋，她不由得拍了拍手。

乔治抬起头来。"我当然记得。我到夏街那一日就看见她了。也是她告诉我你住在这里。"

"这没有让你高兴吗？"她指的是"看到了拉维希小姐"，他却不予回答，而是低下头去盯着草地，她这才惊觉这个问句也可以另有所指。她凝视他的头部，那脑袋几乎静靠着她的膝盖了，她觉得他的一对耳朵正一点点地发红。"难怪这部小说这么糟糕，"她接着说，"我一向不喜欢拉维希小姐。不过我想谁要是与她见过面了，还是应该读一读的。"

"所有的现代文学都很差劲。"谢西尔说，他对露西的漫不经心感到恼怒，便把一腔怒火发泄在文学作品上，"今时今日，人人写作都只是为了钱。"

"噢，谢西尔——！"

"事实就是如此。我不再拿约瑟夫·艾默里·普兰克来让你们受罪了。"

这个下午，谢西尔简直像只叽叽喳喳的麻雀。他声音中的情绪起伏十分显著，然而对她却不起作用。她可是一直栖居在旋律与乐章里的人，她的神经拒绝对他发出的当啷声响做出回应。她由着他着恼，又再凝视那长着一头黑发的脑袋。她并未要拂弄它，然而心里感觉到自己很想伸手摸一摸它，这种感觉十分怪异。

"你觉得我家风景怎么样，艾默森先生？"

"我向来看不出风景的差异。"

"你这是什么意思?"

"因为它们全都是一样的。因为风景里头真正要紧的无非只是距离和空气。"

"哼!"谢西尔不太确定这算不算语出惊人,便就这么哼了一声。

"我的父亲"——他仰起头看她(他的脸有点涨红)——"说只有一种风景是完美的——正是我们头顶上的那一片天空,而地上所有的风景无非都是复制它的劣品。"

"我猜想你的父亲一向在读着但丁吧。"谢西尔一面说,一面用手指摸弄那本小说,只有谈论它,他才能主导这场谈话。

"有一天,他对我们说,所谓风景实际上是一个个群体——成群的树木、房屋和山丘——它们势必彼此相似,一如人群——并且出于同样的原因,它们对我们的影响力有时候很不可思议。"

露西微微张开了嘴巴。

"因为组成人群的,并非只有人而已。它还得加上某些东西——没人知道是怎么回事——就像那些山峦还附加了什么东西一样。"

他用手中的球拍指向南唐斯那边的丘陵。

"这想法多美妙啊!"她轻声说,"要是能亲耳听你父亲说一说,我一定会很高兴。真遗憾他的身体不太好。"

"是的,他身体不好。"

"关于风景,这本书里有一段很荒唐的描述。"谢西尔说,"还说人分成了两种类型——看了风景会遗忘的,以及会把风景记住的人,即使在小房间里也一样。"

"艾默森先生,你有兄弟姐妹吗?"

"一个也没有。怎么了?"

"刚才你说到'我们'。"

"我的母亲,我指的是她。"

谢西尔"嘭"的一声将小说合上。

"噢,谢西尔——你吓了我一跳!"

"我不再拿约瑟夫·艾默里·普兰克来让你们受罪了。"

"我只能记得那天我们一家三口到乡下去,一直游览到海恩赫德①。这是我记得最清楚的一件事。"

谢西尔站起来,这人没教养——他打了网球后没有穿上外衣——他这人不合宜。要不是露西拦住他,他已经走开了。

"谢西尔,把那一段风景的描述念出来。"

"有艾默森先生在这里给我们消遣,我就不念了。"

"不——念下去吧。我觉得再没有什么比听到那些好笑的事被大声念出来更有趣了。假如艾默森先生认为我们轻佻无聊,他大可离开。"

这句话让谢西尔感到十分微妙,也让他心中暗喜。这是把他们的这位访客放到了道学先生的位置上。他的怒火多少平息了些,便再度坐下来。

"艾默森先生,去找那些网球吧。"她把书打开来。一定得让谢西尔念他要念的段落,也非得让他做他要做的其他事情不可。

---

① 海恩赫德(Hindhead),英国萨里郡的一处乡村,位于海拔185至253米的高地,为该郡位置最高的村庄。

但她其实心不在焉，一心想着乔治的母亲——根据伊格先生说的——在上帝的眼里遭到杀害——而根据她的儿子所说——她一直游览到海恩赫德。

"真要我走吗？"乔治问。

"不，当然不是真的。"她回答。

"第二章，"谢西尔打着哈欠说，"替我翻到第二章，如果不打扰你的话。"

翻到第二章了，她看了一眼开头的几个句子。

她以为自己疯了。

"拿来——把书给我。"

她听到自己的声音在说："这不值得一读——这简直无聊得让人看不下去——我从没见过这么拙劣的东西——根本不应该把它印出来。"

他从她手中把书拿过去。

"'里奥诺拉，'"他念道，"'忧郁地独自坐着。在她面前，富饶的托斯卡纳平原绵延横亘，明媚的村庄星罗棋布。这正是个春色无边的季节。'"

拉维希小姐知道了，不知何故，并且将这段往事以拖泥带水的文字写出来发表，让谢西尔大声念出来，让乔治亲耳听到。

"'四周弥漫着一片金色迷雾，'"他念道，"'远景中矗立着佛罗伦萨的塔楼，而她所坐的堤岸上，满山遍野的紫罗兰铺成了一张地毯。荒山寂寂，四野无人，安东尼奥不声不响地从她背后走来——'"

唯恐谢西尔看到她的脸，她向乔治转过头去，看到了他的脸。

谢西尔念道："'他没有像正式情人那样，从唇间吐露出绵绵情话。他本是个没有口才的人，却也并未因为缺乏口才而吃亏。他简单直接，用他男子汉的手臂一把将她搂在怀中。'"

"这不是我要读的那一段，"他对他们说，"有另一段更有趣得多，就在后面。"说着，他翻动书页。

"我们是不是该进去喝茶了？"露西这么说时，声音仍然保持镇定。

她领头往花园上方走，谢西尔紧随着她，乔治落在后头。她以为已经绕过了一场灾难。可是当他们走进灌木丛时，灾难降临了。那本书，仿佛它还嫌自己的恶作剧祸害不够，居然被遗留在网球场上，而谢西尔一定要回头去拿。至于乔治，这么一个爱情热烈的人，偏要与她狭路相逢，在小径上撞在了一起。

"不要——"她喘着气说，于是，第二次，她被他吻了。

仿佛再也做不了什么了，他悄然退下。谢西尔回来与她会合，他们两人来到了草坪上方。

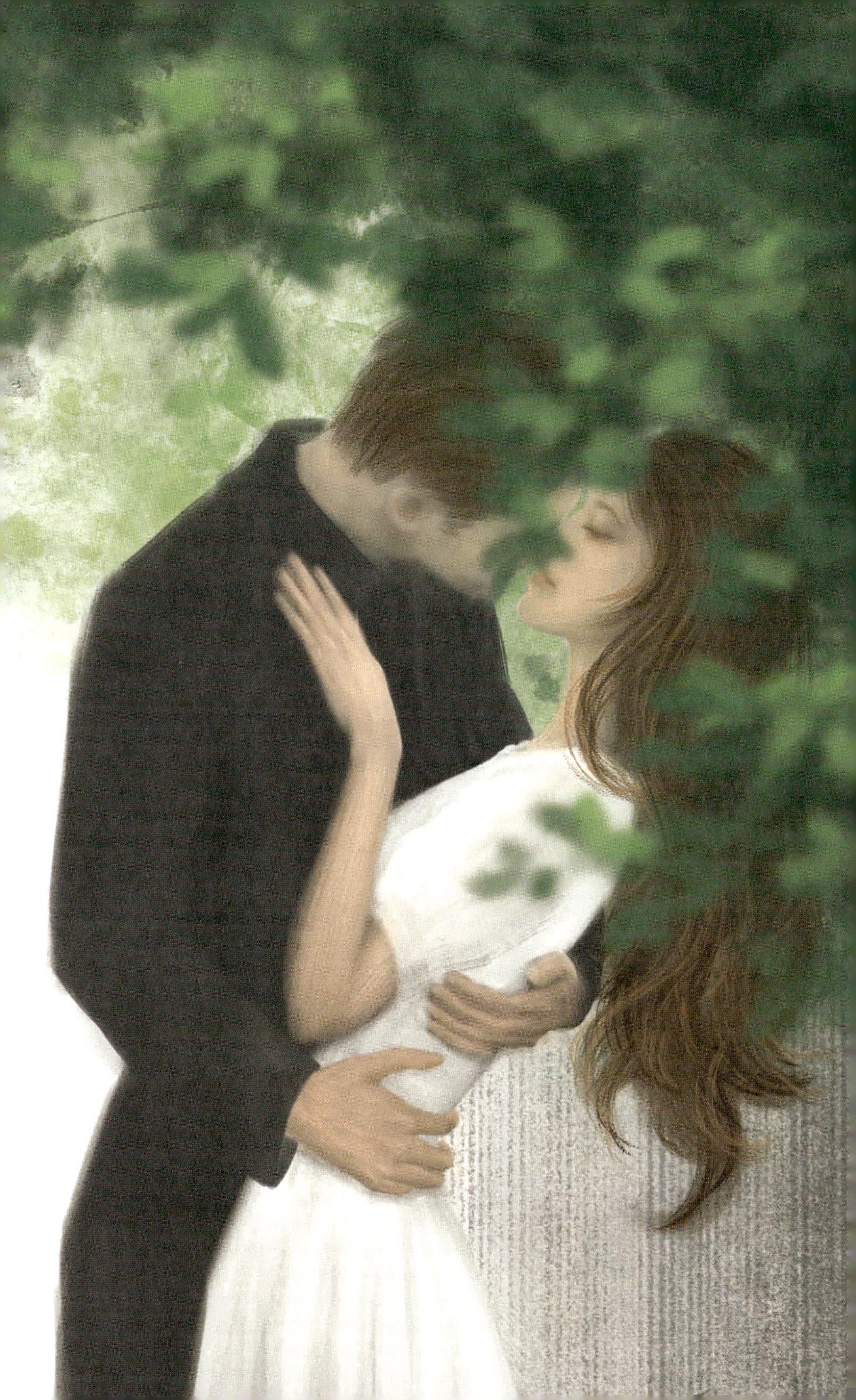

16. 对乔治说谎

A Room With A View

然而自从春天以来，露西日臻成熟。也就是说，她现在比较善于压制那些不为世俗与社会所容的感情了。纵然面对更严峻的危险，她却没有被内心深处的啜泣所撼动。她对谢西尔说："我不进去喝茶了——告诉母亲——我必须写几封信。"便上楼到她的房间去。然后，她为采取行动做准备。爱情被感受到了又卷土重来，爱情为我们的身体所急需，又经我们的心灵所美化，爱情是我们人生中所能遇上的至为真实的东西，如今以世界之敌的姿态重新出现，而她必须把它镇压下来。

她差人去请巴特莱特小姐。

这并非爱情与责任的一次较量。也许两者之间根本不曾存在这样的较量。这是真实与虚假之间的竞争，而露西的首要目标是打败自己。由于她的脑子里一片混沌，由于对风景的记忆日渐模糊，而那书里的词句也逐渐消失，她又回到她过去的陈腔滥调，将一切归因于"神经紧张"。她"战胜了精神崩溃"。她擅自审改事实，以致她忘却了事实的本来面貌。她记得自己已和谢西尔订婚，便强迫自己混淆对乔治的记忆。

对她而言，他什么都不是；他从来都无足轻重；他的行为可鄙；她可从未鼓动过他。谎言的盔甲于黑暗中微妙地铸成，它非但使人隐藏起来，瞒过他人，也使人瞒住了自己的灵魂。过了一会儿，露西已全副武装，准备好去迎向战斗。

"刚发生了非常可怕的事，"她的表姐一来到，她马上开始，"有关拉维希小姐的那部小说，你知道任何情况吗？"

巴特莱特小姐显得十分吃惊，说她尚未看过那本书，也不晓得它已经出版了，埃莉诺实际上是个讳莫如深、有所保留的女人。

"小说里有一个场面。男女主角在谈情说爱 。你知不知道这个？"

"亲爱的——?"

"请问你知不知道这个?"她重复一遍,"他们在山坡上,佛罗伦萨就在远处。"

"我的好露西亚,我是真的毫无头绪。关于这个我什么也不知道。"

"那里还有紫罗兰。我无法相信这是巧合。夏洛特,夏洛特啊,你怎么可以告诉她呢?我再三想过了才这样说的,一定是你。"

"告诉她什么呢?"她问,愈来愈紧张不安。

"关于二月的那个可怕的下午。"

巴特莱特小姐这回是由衷地动容了。"噢,露西,最亲爱的女孩——她不会把那件事写进书里去了吧?"

露西点了点头。

"是的。虽不至于会被人认出来。"

"那么埃莉诺·拉维希将永远——永远——永远不再是我的朋友了。"

"所以你的确对她说了?"

"我那是偶然说的——我和她在罗马一起喝茶——谈话中——"

"可是夏洛特——那么我们在收拾行李时,你对我许下的承诺呢?你甚至不让我告诉母亲,而你为什么要告诉拉维希小姐?"

"我永远不会原谅埃莉诺。她辜负了我的信任。"

"可是你为什么要对她说呢?这才是一件最严重的事。"

为什么一个人要把事情说与人知?这可是个不朽的问题,因此不出意料地,巴特莱特小姐只能回以一声轻叹。她做错了——她承认,她只希望她没有造成伤害。她是出于绝对的信任才把事情告诉埃莉诺的。

露西生气地直跺脚。

"谢西尔碰巧把这一段大声念给我和艾默森先生听。这刺激了艾默森先生,他背着谢西尔,又再欺侮我。啊!难道男人都是这样的人面兽心吗?在我们从花园里走来的时候,就在谢西尔背后。"

巴特莱特小姐连声说了许多自责和懊悔的话。

"现在该怎么办呢?你能告诉我吗?"

"天呀,露西——我永远也不会原谅自己,至死也不。想想要是你的前途——"

"我知道。"露西听到这字眼,不禁眉头一皱,"现在我明白了你为什么要我把事情告诉谢西尔,还有你所谓的'从别人那里'是什么意思。你知道自己已经告诉过拉维希小姐了,也明知道她这个人靠不住。"

这下轮到巴特莱特小姐紧皱眉头了。"不管怎样,"女孩说,对她表姐的诡诈多变十分不齿,"事情发生了便木已成舟。你让我陷入一个非常尴尬的处境。我要怎样摆脱这局面?"

巴特莱特小姐无法思考。她精力充沛的日子早已结束。眼下她是一个客人,不是一个少女监护人,而且这个客人还已经信誉扫地。当女孩拼了命要让自己表现出必要的愤怒时,她紧握双手站在那里。

"他必须——那个人必须得到一个永世难忘的教训。可是由谁来给他这教训呢?我现在不能对母亲说——拜你所赐。也不能对谢西尔说,夏洛特,这也是拜你所赐。我这是进退维谷,处处碰壁。我想我要疯了。没有人帮我。这是我请你过来的原因。现在要的是一个手里握着鞭子的男人。"

巴特莱特小姐同意:这下需要一个手里握着鞭子的男人。

"是啊——可是同意并没有用。问题是要怎么办。我们女人只会唠唠叨叨说个不停。一个女孩子碰上了无赖,究竟该怎么办?"

"我一直就说他是个无赖,亲爱的,这你无论如何得赞同我。从最初的那一刻起——他说他的父亲正在洗澡的时候。"

"老天,别计较赞不赞同,又谁对谁错了!我们是两个人一起把事情弄得一塌糊涂的。乔治·艾默森现在还在下面的花园里,是让他就这么脱身呢,还是让他受惩戒?我要知道这个。"

巴特莱特小姐完全帮不上忙。自己做的错事被揭发，使得她心虚不已，各种想法在她的脑子里痛苦地相互冲撞。她无力地走到窗前，试着在月桂丛中侦测那个无赖穿的白色法兰绒长裤。

"在贝托里尼公寓那里，你风风火火地要把我带到罗马去的时候，你可是胸有成竹的。现在你不能再和他谈谈吗？"

"我愿意上天入地——"

"我要你把话说得明确一些。"露西轻蔑地说，"你愿意和他谈谈吗？这肯定是你起码能做的，考虑到发生这一切都是因为你不守信用的缘故。"

"埃莉诺·拉维希永远不会再成为我的朋友了。"

真的，夏洛特在尽着她自己最大的努力了。

"是愿意谈还是不愿意，请说清楚。谈还是不谈。"

"这种事情只有男士能够解决。"她这么说的时候，乔治·艾默森正从花园里走来，手里拿着一只网球。

"非常好。"露西说，配上一个愤怒的手势，"没有人愿意帮我。我会亲自和他谈。"说完她马上意识到，她的表姐一直正打算如此。

"喂，艾默森！"弗瑞迪在下面大声喊，"找到那个丢失的球了？好家伙！要喝茶吗？"说着有人从屋里冲到了阳台上。

"噢，露西，你可真是勇敢！我钦佩你——"

他们聚集在乔治周围，而他招了招手，她恍惚觉得，这是越过了那些正开始啃噬她灵魂的无聊杂念、草率的念想及鬼祟的渴望，在向她致意。一看到他，她的怒气就消退了。啊！就他们自己的方式而言，艾默森父子都是好人。她不得不极力克制住血液里急窜的一股热流，然后才开口说：

"弗瑞迪把他带到饭厅里去了。其他人都往花园里面走。来吧。让我们快快把这事情了结掉。来吧。我要你一起在屋里，这是当然的。"

"露西，你不介意这么做吗？"

"你怎么会问这样荒谬的问题？"

"可怜的露西——"她伸出一只手来，"无论到什么地方，我似乎只带来灾难。"露西点点头。她想起她们在佛罗伦萨的最后一个晚上——收拾行李，那一根蜡烛、巴特莱特小姐的小圆帽在门上投下的影子。她不会第二次再掉进怜悯之情的圈套中了。她躲开表姐的爱抚，领着路走到楼下。

"尝尝这果酱，"弗瑞迪正在说，"这果酱好极了。"

乔治看起来高大而头发蓬松散乱，正在饭厅里踱来踱去。她走进去时，他停下脚步，说：

"不——没东西可吃。"

"你到其他人那里去，"露西对弗瑞迪说，"艾默森先生要什么，夏洛特和我全都会给他的。母亲在哪儿呢？"

"她在会客室里，正在写星期天的日记。"

"没关系。你走吧。"

他唱着歌走了。

露西在餐桌边坐下。巴特莱特小姐整个人噤若寒蝉，拿起一本书来装着阅读。

她不打算把话说得巨细靡遗。她只是说："我接受不了这种事，艾默森先生。我甚至没法和你说话。离开这房子，只要我一天还住在这里，你就永远不要踏进来——"说这些话时，她涨红着脸，用手指着门口。"我讨厌吵架。请你离开。"

"什么——"

"这不是在跟你讨论。"

"可是我不能——"

她摇摇头。"请你走吧。我可不想把维斯先生叫来。"

"你不会是真的——"他说，完全无视巴特莱特小姐——"你不会是真的要和那个人结婚吧？"

这句话实在出人意表。

她耸耸肩，仿佛他的粗鄙已经让她厌倦了一样。"你纯粹就是荒谬可笑。"她沉着地说。

接下来，他说的话十分严肃，声音盖过了她："你不可能和维斯一起生活。他这人只能当一个普通朋友。他只适合社交场合和高雅的谈话。他跟谁也不可能亲密相知，尤其是和女人。"

对谢西尔的性格，这是一个新发现。

"你和维斯谈话，有没有一次不觉得累？"

"我无法跟你讨论——"

"不，可是你有没有一次不觉得累呢？他是这样一种人，只要是与物件打交道就没问题——书也好，画也好——可一旦与人打交道就要命了。正因为如此，到了现在这样一团糟的时候，我还是要大胆把话说出来。失去你，无论在怎样的情况下，都已经够令人难受了，可是为了自己在意的人，一个男人通常都得自我节制，若你的谢西尔不是这样的人，我必然会退缩下来，绝对不会放任自己。但是在国家美术馆我第一次看见他，就因为我父亲

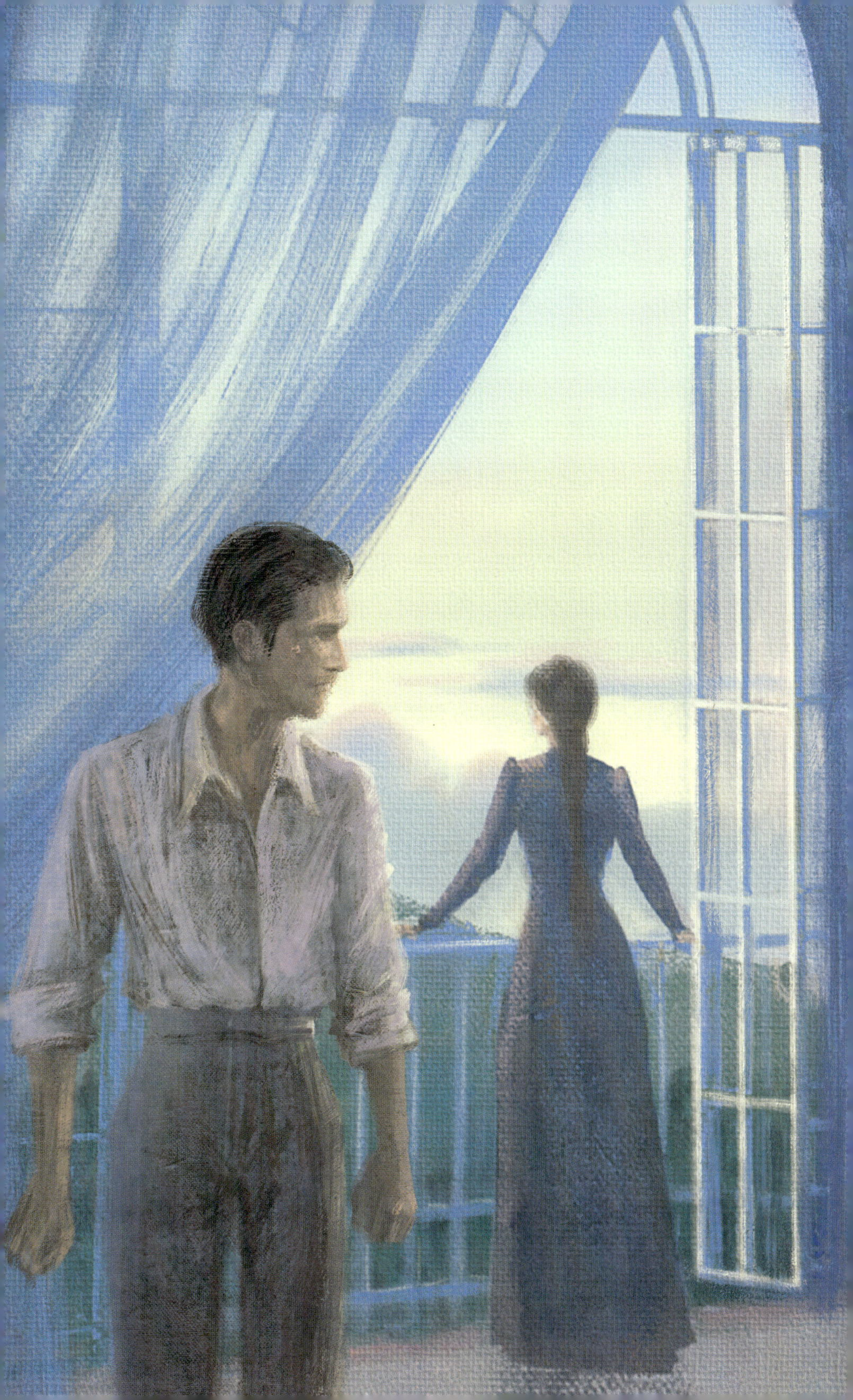

将一些大画家的名字念错了发音,他就紧皱眉头。后来他把我们带到这里,而我们发现这是为了戏弄一位好心的邻居。他彻头彻尾就是这样的人——对别人耍把戏,哪怕这是他所能遇见的最神圣的生活方式。接下来,我见到你们一起,发现他在保护你和你的母亲,还教导你们要表现得大惊失色,而你们有没有吃惊,本应由你们定夺。这又是典型的谢西尔。他不敢让一个女人来做决定。他就是那种使欧洲落后一千年的人。他生命中的每时每刻都在塑造你,都在告诉你什么叫迷人韵致,什么叫逗人欢喜,什么是淑女风度,也告诉你男人对女人有什么看法。而你呢,所有女性中的你,居然听他说的而不去聆听你自己的声音。在教区长家里见到你们时,情况也是一样;今天一整个下午情况也没有不同。因此——'因此我吻你',并不是那本书促使我这么做的,老天呀,我但愿当时能更好地克制自己。我并不感到羞愧。我也不道歉。不过我的行为让你受惊了,而你也许从未察觉我爱你,否则你岂会叫我离开,还用这么轻描淡写的态度对待一件大事?不过因此——因此我决定要与他一斗。"

露西想出了一句很巧妙的评语。

"你说维斯先生要我听他的话,艾默森先生。请原谅我提出来,你也养成了这个习惯。"

他接受了这伪劣的指责,略加修饰,使它成为不朽。他说:

"是的,我也一样。"他颓然坐下,像是突然感到疲惫不堪。"我骨子里也是同样横蛮的人。这种想要统治女人的欲望——根深蒂固,男人和女人必须一起对抗它,才能进入伊甸园。可是肯定的,我真的比他更懂得怎样爱你。"他想了一想。"是的——真的比他好。即便拥你入怀，我依然希望你有自己的思想。"他向她伸出双臂。"露西，快点——我们现在没有时间谈这个了——到我身边来，就像春天时你来到那样，之后我会温柔待你，对你解释。自从那个人丢了性命后，我便将你放在了心上。没有你我活不下去。'这没有用，'我想，'她要与别人结婚了。'然而当整个世界都溢满了明媚的阳光与流水时，我又遇见了你。看见你穿过林子走来，我明白除了你，其他的一切我都无所谓。我大声呼唤你。我要生活下去，也要有得到幸福的机会。"

"那么维斯先生呢？"露西说，仍然保持着令人称许的平静，"他对你也无所谓吗？还有我爱谢西尔，而且即将成为他的妻子呢？依我看，这也是无关紧要的小细节吧？"

但他从餐桌上向她伸出双臂。

"我想问，你的这番表白是想要得到什么呢？"

他说："这是我们的最后一次机会了。我会尽一切努力。"仿佛所有能做的事情他都已经尽了力似的，他转向巴特莱特小姐求助，彼时她僵坐着像某种凶兆，背向暮气沉沉的天空。"你若是理解，这一次就不会再阻挠我们。"他说，"我曾经进入过黑暗，而我就要回到黑暗里去了，除非你愿意试着理解。"

她那狭长的头颅不断前倾后仰，仿佛正在捣毁某些隐形的障碍。她没有回答。

"这是因为年轻。"他平静地说，从地上捡起他的网球拍，准备离去，"这是因为确信露西真的在意我。这是因为在理智上，爱情与青春是重要的。"

两位女士静默无语地看着他。她们明白，他的最后一句话纯粹是瞎扯，然而他会不会追逐下去呢？他，这个无赖，这个吹牛皮的骗子，会不会弄出一个更戏剧化的收场？不。他显然已经知足了。他离开她们，小心翼翼地关上前门。当她们从过道的窗口望出去时，看见他走上车道，开始爬上屋后那落满枯萎蕨叶的斜坡。她们翘起的舌头落了下来，都禁不住一阵欢腾。

"噢，露西亚——到这里来——噢，多可怕的人呀！"

露西没有反应——至少一时还反应不过来。"说起来，他让我觉得好笑。"她说，"若不是我疯了，那便是他疯了，而我比较相信是后者。又跟你一起大惊小怪了一回，夏洛特。十分感谢。我想呢，这是最后一回了。我的爱慕者不太可能再来给我添麻烦。"

巴特莱特小姐也试着做出调皮的样子：

"可是，最亲爱的，并非每个人都有这种征服人的战绩可以夸耀，是吧？啊，我们不应该发笑，我说真的。这事情本来很有可能变得非常严重。不过你还真的很明智很勇敢——很不像我那个年代的女孩了。"

"我们下去找他们吧！"

可是，一踏足户外，她便停下了脚步。有某种情感——怜悯、恐惧、爱恋，而这情感十分强烈—— 一把攫住她，让她意识到秋天的到来。夏天正走向终结，她闻到暮色中飘来了衰败朽坏的气味，更叫人不禁怀想起春天，便倍觉感伤。难道真有事物或别的什么在理智上是重要的吗？一片落叶剧烈颤抖，自她身旁飞舞而过，其他叶子都躺在那里毫无动静。难道大地正加快脚步重新进入黑暗，那些森森的树影也要覆盖临风隅？

"喂，露西！要是你们两人加紧些，这天色够我们再打一盘球。"

"艾默森先生已经不得不走了。"

"真讨厌！这可打不成双打了。我说啊，谢西尔，你来打吧，来吧，就为了这好小子。这是弗洛伊德待在这里的最后一天了。来和我们一起打网球吧，就这么一次。"

谢西尔的声音传过来："我亲爱的弗瑞迪，我没有一点运动细胞。正如你今天早上说的，'有的家伙除了读书，什么都不行'。很惭愧，我就是这样的家伙，所以我也不会让你受累。"

就像《圣经》中扫罗的眼睛上有鳞片掉下[①]，露西忽然耳清目明，茅塞顿开。她一直以来是怎么容忍得了谢西尔的呢？他这个人连片刻都叫人无法忍受，所以就在当天晚上，她终止了婚约。

[①] 在《圣经·使徒行传》第9章第18节中，扫罗经亚拿尼亚按手祝福："眼睛上好像有鳞立刻掉下来，他就能看见。"

17. 对谢西尔说谎

A Room With A View

他茫然不知所措，不知道该说什么。他甚至没有感到愤怒，仅仅是站在那里，两手握着一杯威士忌，满脑子在想到底是什么致使她做出这样的决定。

她选择了睡觉前的时刻，这时候，按他们资产阶级的习惯，她总会给男士们分配酒水。弗瑞迪与弗洛伊德先生必然会端着酒杯告退，而谢西尔则总会停留，在她给餐具柜上锁的时候，他细细地啜饮杯中酒。

"我对这事非常抱歉。"她说，"我谨慎考虑过了。我们的差异太大了。我必须请求你解除我们的婚约，而且请你设法忘记曾经有过这么一个愚蠢的女孩。"

这番话很得体，然而从她的声音可以听出来，她感到恼怒多于抱歉。

"差异——怎么说——怎么说——"

"首先，我没有受过真正良好的教育。"她继续说，依旧跪坐在餐具柜旁，"我的意大利之行来得太迟了，而我正一点一点地忘记在那里学到的一切。我将永远没法和你的朋友交谈，或者是做出身为你的妻子所应当有的表现。"

"我不了解你在说些什么。你跟平常不一样。你太累了，露西。"

"累！"她猛地被激起了怒火，这样回了一句，"这完完全全就是你会说的话。你总是以为女人嘴上说的跟她们心里想的不一样。"

"可是，你听起来像是累了，就像有什么事情让你苦恼似的。"

"是又如何呢？这不妨碍我认清事实。我不能和你结婚，而将来你会感谢我今天这样说的。"

"你昨天头痛得厉害——好吧，"——因为她刚才已经忿忿不平地抗议过了，"我明白这比头痛严重多了。但是请给我一点点时间。"他闭上眼睛，"我要是说出什么愚蠢的话来，你一定要原谅我，可是我的脑子已经四分五裂了。它有一部分还留在三分钟以前，那时我还很肯定你是爱我的，至于另外的那部分——我觉得这很难——我很可能要说错话了。"

他的表现并不那么恶劣，这让她感到震惊，却也使得她愈加焦躁。就和今天下午一样，她渴望一场斗争，而不是要进行一番讨论。为了激化这危机，她说：

"有些日子我们心里特别洞明，看问题特别清楚，而今天就是这么个日子。有时候事物的发展必然会走到极限，而正巧就是在今日。倘若你真要知道，促使我下定决心向你开口的，其实是一件很琐碎的小事——就是你不愿意陪弗瑞迪打球。"

"我从来不打网球。"谢西尔说，痛苦地感到惶惑不解，"我从来打不好。你说的话我完全听不明白。"

"在三缺一的时候你还是能打的。我认为你那样自私得叫人深恶痛绝。"

"不，我不能——算了，不谈网球了。可是你为什么——你若是觉得有什么不对，为什么当时不能警告我呢？午餐时你还谈到了我们的婚礼——至少你让我谈起我们的婚礼。"

"我就知道你不会理解。"露西十分恼怒地说，"我早该知道会需要这些令人讨厌的解释。当然不是因为网球的事——就我过去几个星期所感受到的，那只不过是最后一根稻草。当然了，在我感到确定以前，还是不说出来为好。"她进一步阐明这立场，"之前我常常怀疑自己是否适合做你的妻子——譬如说，在伦敦的时候。而你又适合做我的丈夫吗？我不那么认为。你既不喜欢弗瑞迪，也不喜欢我的母亲。总是有许多事情不利于我们的婚约，可是谢西尔，我们所有的亲戚朋友似乎都很满意，而我们又经常见面，所以真不好把话提出来，直到——是的，直到一切事情都有了头绪。今天就有了这些头绪。我看得很明白。我不得不把话说出来。就这样。"

"我没法认同你说的。"谢西尔轻柔地说，"我说不出理由来，但是尽管你所说的听起来全都正确，我还是觉得你待我不公平。这一切实在太可怕了。"

"大吵大闹没什么好处吧？"

"是没有好处。但是肯定的，我有权利听你多说一些。"

他放下酒杯，动手打开窗户。她跪坐在原地，把一串钥匙摇晃得叮当作响，从那里，她可以看见窗户出现一道漆黑的裂罅。而他那张沉思中的面孔正凝视着那裂缝中的暗夜，仿佛等着它对他"多说一些"。

"不要打开窗，你最好把窗帘也拉上。弗瑞迪或其他什么人都

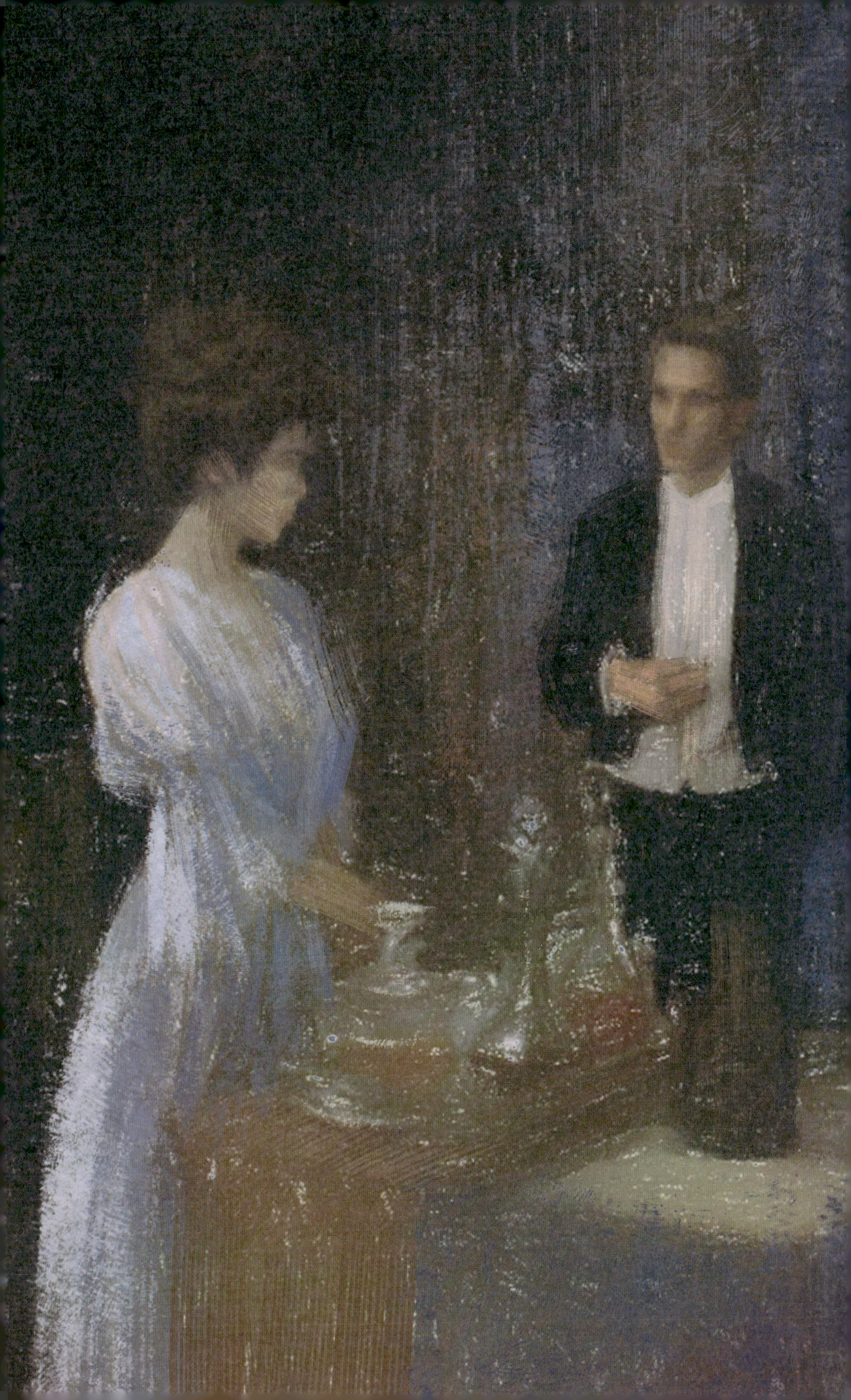

可能在外头。"他依从了她的话,"如果你不介意,我真的认为我们最好还是上床休息算了。我恐怕只会说出些过后令我难过的话来。正如你说的,这一切实在太可怕了,而去谈论它也无济于事。"

然而对于谢西尔来说,在这即将失去她的时刻,眼前这女子看起来似乎益发令人梦寐以求。他看着她,这是自从他们订婚以来,他第一次直视她,而不是透过她去看什么。她从列奥纳多画笔下的人物,变成了一个活生生的女人,有着她自身的种种奥秘与力量,也有着连艺术也难以体现的气质。他从震惊中恢复了神志,一下真情骤发,不由得呼喊:"可是我爱你,而且我确曾以为你也是爱我的!"

"我没有爱过你,"她说,"起先我以为我是爱你的。真对不起,你上一次的求婚,我本该拒绝才是。"

他开始在房间里来来回回地走动,态度举止端庄凝重,倒叫她愈来愈焦急苦恼。她本指望着他会表现得气量狭小,那样会使事情更宜于处理。然而这是一个残酷的讽刺,她居然将他性情中所有最优秀的特质都引出来了。

"你不爱我,这显而易见。我敢说你不爱我是应该的。但是我若能知道为什么,就会少受一点伤害。"

"因为"——有一句话在她的脑海中浮现,她抓住了它——"你是那种跟谁也不能亲密相知的人。"

他的眼里露出惊骇之色。

"我说的不完全是那个意思。不过纵使我请求你别追问,你还是会穷追不舍,而我终究得说些什么。大致上就是那样的意思。当我们没有定下名分,仅仅是普通朋友时,你让我随心所欲做我自己,可是现在你总是在保护我。"她的声音变得响亮,"我不要被保护。我要自己选择什么是淑女该做的,什么又是正确的。把我拉到身后去庇护我,实际上是对我的一种侮辱。难道信不过我能自己面对真相,而非得从你那里间接地取得第二手的真相吗?想想女人的地位!你看不起我的母亲——我知道你看不起——因为她因循守旧、墨守成规,关心着布丁这一类小事。可是,天呀!"——她站起来——"谢西尔,你才是因循守旧的人,因为你也许懂得很多美丽的物事,但你不懂得怎样运用它们。你还用艺术、书本和音乐将自己层层包裹起来,并且想要把我也这样包裹起来。即便给我最辉煌的音乐,我也不要这样被憋死,因为人才是更美好的,你却不让我接触他们。这就是我要终止婚约的原因了。你这个人,只要是同物事打交道,就完全没问题,然而一旦与人交往——"她没说下去。

房间里一阵短暂的沉默。接着,谢西尔十分激动地说:

"说得没错。"

"总的来说是没错的。"她纠正他,心里充满了说不清的羞愧。

"每一字每一句都说得没错。这真是当头棒喝。真的是那样——我。"

"总而言之,这些就是我不能成为你妻子的理由。"

他重复她的话:"'跟谁也不能亲密相知的那种人。'说得没错。就在我们订婚的第一天,我就不成样子了。我对待毕比和你弟弟的行为简直像个无赖。你比我所想象的更了不起。"她往后退了一步。"我不会让你为难。你待我实在太好了。我永远也不会忘记你的洞察力。而且,亲爱的,我只怪你这一点:在最初的阶段,在你还没有感到不愿意和我结婚的时候,你本可给我一个警告,也就给我一个改进的机会。直到今天晚上我才算是了解你了。我一直只是把你当作一个示范,好实现我认为女人该当如何的那些愚蠢的主张。可是今天晚上你跟以往完全不同了,新的想法——甚至是新的声音——"

"你说新的声音是什么意思?"她问,突然感到怒不可遏。

"我的意思是好像有一个新人通过你在说话。"他说。

这时候她再无法保持镇定,大声说:"假如你以为我爱上了别人,那你就大错特错了。"

"我当然没有那样想。你不是那种人,露西。"

"啊,不,你正是这么想的。这是你一直有的老观念,就是这观念使得欧洲长期落后——我说的是以为女人满脑子只想着男人。要是一个女孩解除婚约,每个人都会说:'啊,她的心另有所属了,她想要另外找一个了。'这简直恶心,野蛮!仿佛女孩就不能为了追求自由而终止婚约。"

他的回答谦恭有礼:"我过去可能说过那样的话,我以后再也不会这样说了。你教导了我,让我有了长进。"

她的脸蛋开始涨红,便又装着检查那些窗户。

"当然,这里面并不存在'第三者'的疑问,也无所谓'谁抛弃谁'或诸如此类令人作呕的蠢事。倘若我说的话听起来有一点那样的意思,那我恭敬地请求你的原谅。我的意思只是说,在你的身上有一股我过去从未发现的力量,直到这时候我才察觉。"

"好吧,谢西尔,那就行了。别向我道歉。是我误会了。"

"这问题关系到不同的理想,你的理想和我的理想——它们纯

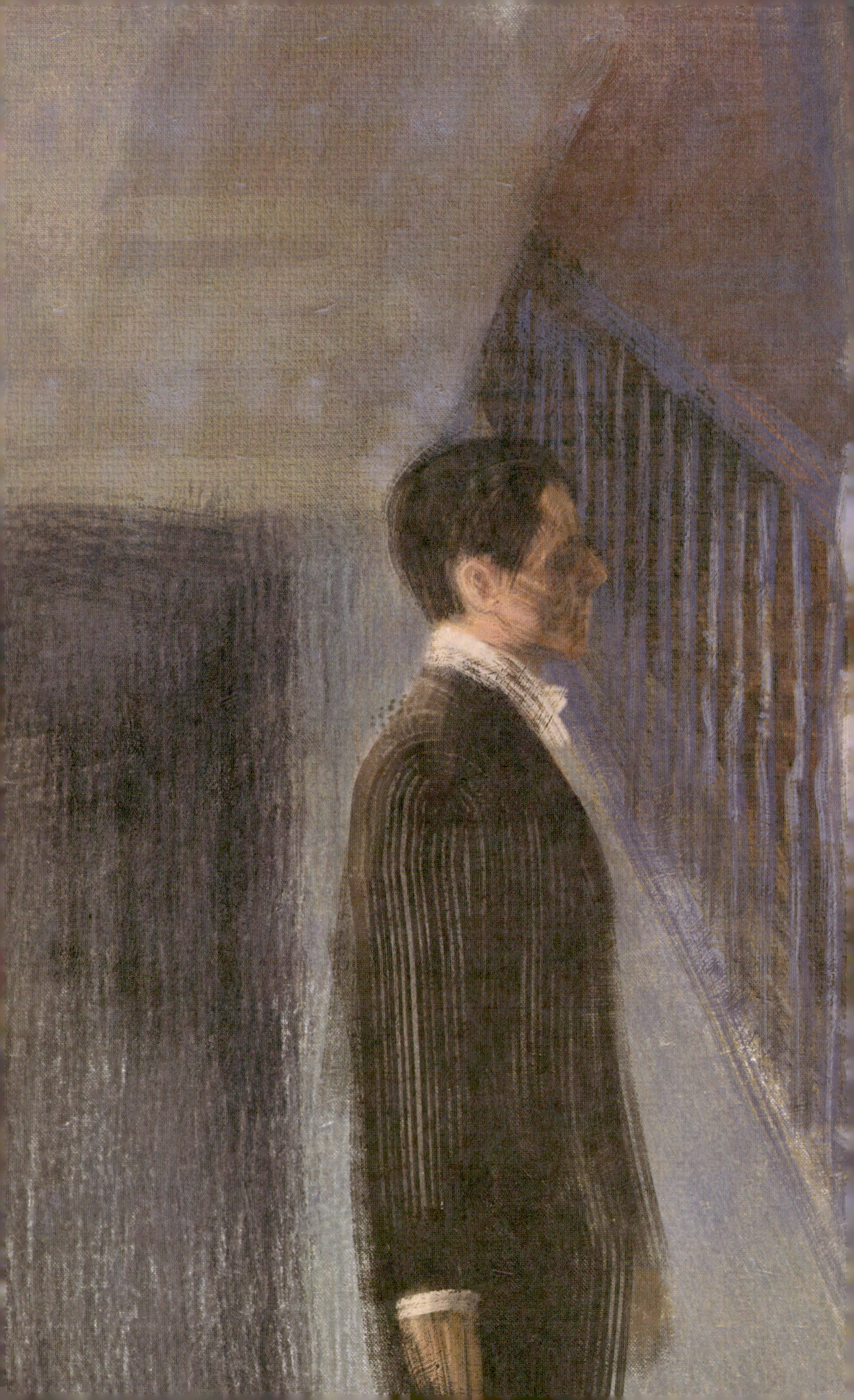

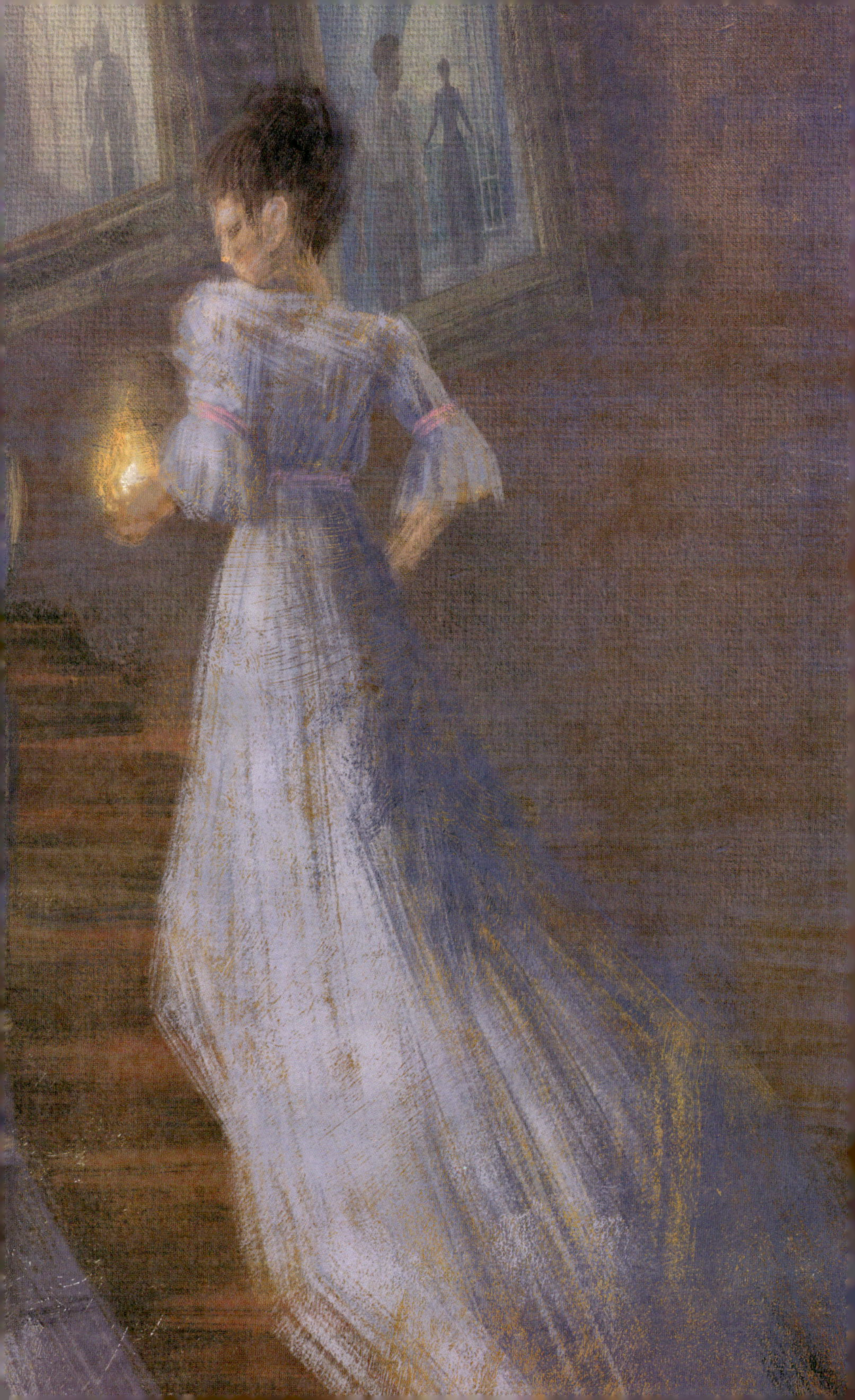

粹抽象,而你的更加高尚。我被陈旧的错误观念所捆绑,而你却一直光彩照人,历久常新。"他的声音一哑,"其实我必须为你所做的表示感谢——你让我明白了我实际上是怎样的一个人。我也郑重地感谢你,你让我看到了一个真正的女人。你愿意握个手吗?"

"我当然愿意。"露西说,另一只手却与窗帘绞在一起,"晚安,谢西尔。再见。这没什么了。对这事我很抱歉。非常感谢你这么温文宽厚。"

"让我来替你点亮蜡烛,好吗?"

他们走进过道里。

"谢谢了。再次祝你晚安。愿上帝保佑你,露西!"

"再见,谢西尔。"

她望着他轻轻拾级上楼,楼梯栏杆三根小柱的影子掠过她的面庞,犹如翅膀拍动。在楼梯平台上,他猛地停下脚步,于弃绝中看了她一眼,留给她美丽得难以忘怀的一瞥。因为以谢西尔所受的教养而言,他的内心实际上是个禁欲主义者,而他在恋爱中真正自在的时刻莫过于分手的时候了。

她永远不能结婚了。尽管她心绪混乱,对这一点却十分肯定。谢西尔对她深信不疑,将来有一天她也必须相信自己。她必须成为自己刚刚伶牙俐齿地赞美过的女人,她们真正在乎的是自由而不是男人。她必须忘掉乔治爱着她,也忘记他通过她来思考,为她赢得这体面的解脱,还得忘掉乔治已然离去,进入那——那什么来着?——那黑暗之中。

她熄了灯。

在这件事情上,思考无用,连去感受它也没有一点意思。她不再努力试着理解自己，毅然加入那一支蒙昧的大军，这支大军既不依从心灵，也不听从头脑的指挥，而是跟随时髦的口号，朝他们的命运大步进发。这大军里满是愉快而虔信的人。但是他们屈服于唯一要紧的敌人——那内在之敌。他们违反了激情与真理，而他们为追求美德所做的斗争终将流于虚空。随着岁月流逝，他们遭受非难。他们的愉悦与虔诚出现裂痕，他们的机智幽默变成了愤世嫉俗，无私成了虚伪。无论他们到哪里去，都会惶惶不安，也会让别人苦恼。他们触犯了厄洛斯[①]，也对帕拉斯·雅典娜[②]犯了罪，无需任何上天的干预，自然界的正常进程终会为那些结盟的众神报仇雪恨。

露西在乔治面前假装她并不爱他，又对谢西尔伴称她没有爱上任何人时，便已经进入了这支大军。黑夜收容她，一如三十年前，它也这样接纳了巴特莱特小姐。

[①] 厄洛斯为希腊神话中的爱与情欲之神。他的罗马同位体是人们熟悉的爱神丘比特。
[②] 雅典娜是希腊神话中的智慧女神和战争女神。

18. 对毕比先生、
    汉尼彻奇太太、
    弗瑞迪及仆人们说谎

A Room With A View

临风隅坐落于山脊，不是在顶端，而是在南边斜坡往下数百英尺的地方，就在支撑着那座山的其中一座雄伟扶壁的起拱点上。房子两边皆为浅谷，长满了羊齿植物与松树，有一条公路沿着左边的浅谷直达威尔德地区。

每当跨过山脊，看到这雄伟壮观的地势，而临风隅屹立其中，仿佛在为大地保持平衡，毕比先生总不免失笑。这周围的环境如此壮丽，而这房子即便不至于格格不入，却也是如此平平无奇。已故汉尼彻奇先生钟爱这个小方块，因为就他所花了的钱而言，它为他提供了最好的居住条件，而他的遗孀后来只增建了一座小塔楼，状如犀牛角，雨天时她可以坐在楼里观看路上往来的车子。虽说十分格格不入——这幢房子却还是"合宜"的，因为以它为家园的，是一些真心诚意热爱四周环境的人。这一带的其他房屋都由收费昂贵的建筑师所建，里面的住户总是对别人的房子感到烦躁不安，但是这一切表明的是偶然性与暂时性。倒是临风隅浑然天成，像是造物主本身避免不了的一件丑陋的作品。面对这幢房子，人们也许会忍不住发笑，却绝不至于为之战栗。这个星期一下午，毕比先生带着一点谈资骑自行车来到这里。他收到两位艾伦小姐的来信。这两位令人钦佩的女士由于不能到希西别墅来，便改变了计划。她们将到希腊一行。

"佛罗伦萨之行对我那可怜的姐姐大有裨益。"凯瑟琳小姐这么写，"我们想不到这个冬天为什么不到雅典去试试的理由。当然，去雅典是一次冒险，而医生也嘱咐她吃一种帮助消化的特殊面包。但不管怎么说，我们可以把面包带上，而且这只不过是先上汽船，之后再上火车的事。倒是那里有没有英国教堂呢？"信上继续说，"我并不期望我们会去比雅典更遥远的地方，不过你要是知道君士坦丁堡有哪家十分舒适的膳宿公寓，我们将会感激不尽。"

露西会很喜欢这封信，毕比先生冲着临风隅一笑，有一部分正是为了她。她会发现其中有趣的地方，也会看见它的一些美妙之处，因为她必定得时时看见美才行。尽管她在绘画上不堪造就，也尽管她的服装打扮时好时坏——哎，昨天在教堂里穿的那件樱桃红的连衣裙！——她还是必定能看到生活中的一些美，否则她不可能将钢琴弹得那样动人。他有一种理论，认为音乐家复杂得令人难以置信，对于自己想要什么，又是怎么样的人，他们知道的比其他艺术家少得多。按他的理论，音乐家不仅让自己困惑，也让他们的朋友困惑，音乐家的心理学是一种尚未被了解的现代发展。他并不晓得他的这个理论，很可能已刚刚被人以事实演示过了。他对昨天发生的事情一无所知，骑车过来只是想喝喝茶，看望他的侄女，也看看汉尼彻奇小姐能否在两位老小姐要探访雅典的愿望中发现一些美好的东西。

一辆马车停在临风隅门外，就在他看见那房子的一瞬，马车开动，在车道上不断加速，却在大路口那里戛然停下。如此看来一定是那头马在作怪，它总是期望车里的人会下来徒步走上山坡，免得它太劳累。马车的车门还真顺从地打开了，走出来两个男人，毕比先生认得是谢西尔和弗瑞迪。这两人一起乘车还真是罕见。不过他看到了车夫脚边有一个大衣箱。谢西尔戴着圆顶高帽，想必是要离开这里了，至于弗瑞迪（戴着一顶便帽）——是送他到车站去的。他们走得很急，又抄了捷径，到达山顶时那辆马车还在路上蜿蜒而行。

他们与这位牧师握手，却没有说话。

"你是要离开一阵吗，维斯先生？"他问。

谢西尔说"是的"，弗瑞迪正从一旁缓缓走开。

"我到这里来，是要让你们看看汉尼彻奇小姐那些朋友写来的这封信，它令人很高兴。"说着，他引述了信中的一些话，"这不是很妙吗？这不是很浪漫吗？她们必定会去君士坦丁堡。她们身陷一个永不落空的罗网里了。她们最终会去环游世界的。"

谢西尔谦恭有礼地聆听，还说他深信露西会感兴趣，也会被这消息逗乐的。

"可不是，浪漫这东西不按常理出牌！我从没有在你们年轻人身上发现过浪漫精神。你们什么都没做，不过是打打草地网球，却说浪漫已死，两位艾伦小姐倒是出尽法宝去对抗这可怕的事情。'君士坦丁堡一家十分舒适的膳宿公寓！'这是她们礼节性的说辞，实际上她们心里要的公寓有着神奇的窗户，推开它，就在空旷仙境中惊涛骇浪的白沫上！寻常风景可满足不了两位艾伦小姐。她

323

们要的是济滋①公寓。"

"非常抱歉打断你的话,毕比先生,"弗瑞迪说,"不过你有火柴吗?"

"我有。"谢西尔说,毕比先生注意到他对弗瑞迪讲话的态度比较友善了。

"你不曾见过这两位艾伦小姐,对吧,维斯先生?"

"不曾。"

"这样的话,你就看不出这希腊之行的奇妙了。我本人从没到过希腊,也没打算要去,我甚至想象不出我的朋友之中有什么人会去。总之,对于我们这些渺小的蚁民,它实在太大了。你不认为吗?意大利大概就是我们能应付得来的极致了。意大利像英雄,而希腊却是像天神或者恶魔——我不确定是何者,但不管是哪一个,都绝对是我们这些郊区人的视野所不能及的。好吧,弗瑞迪——我不是在卖弄小聪明,说实话,我不是——这个想法是我从别人那里拿来的。还有你用过了就把那些火柴给我。"他点了一根烟,继续对两个年轻人说下去。

---

① "开在空旷仙境中惊涛骇浪的白沫上",引自英国诗人济慈的名作《夜莺颂》。

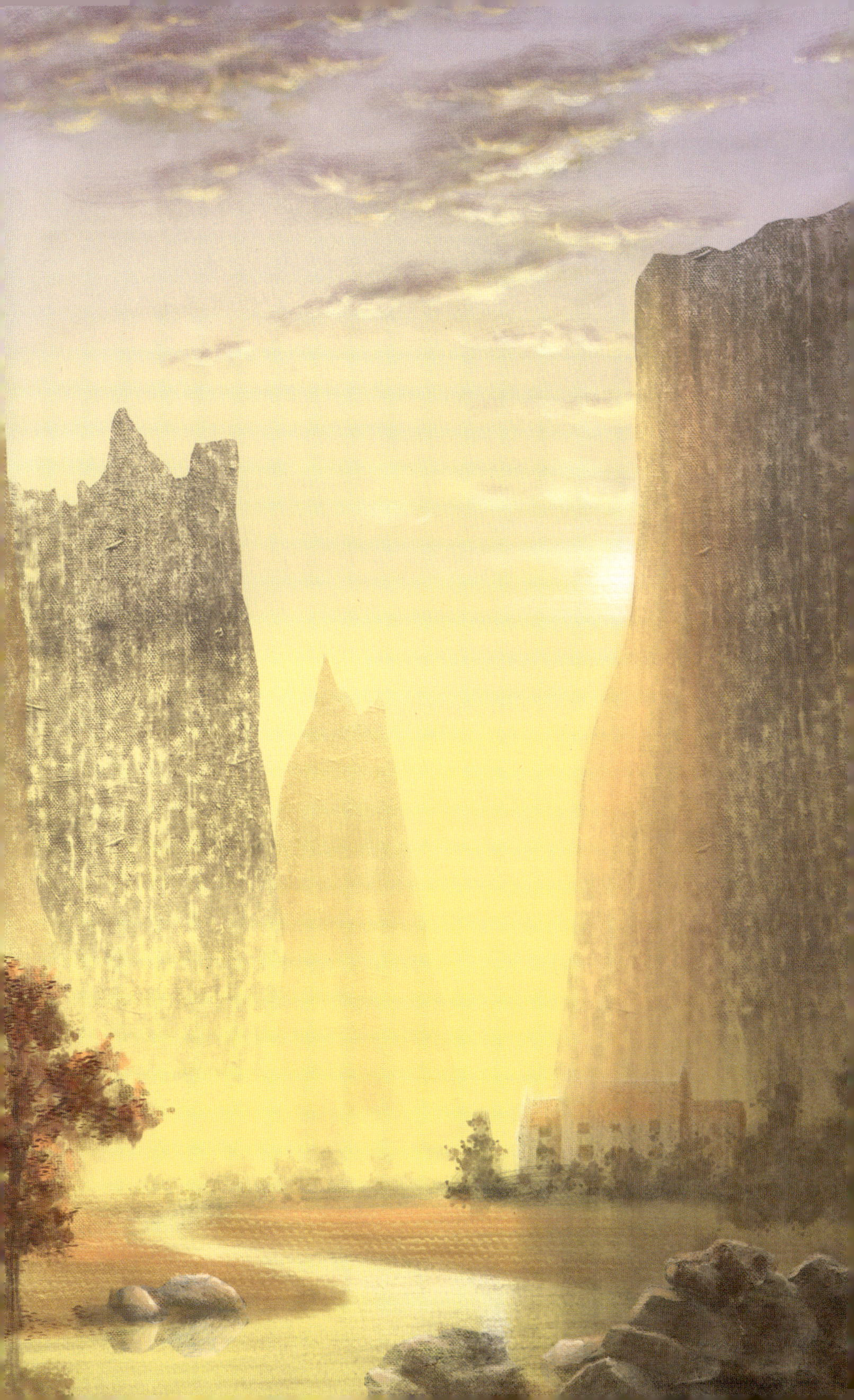

"刚才我说的是，倘若我们这些可怜的伦敦佬一定要让生活有一点依托背景的话，那就到意大利去找吧。凭良心说，意大利够大了。西斯廷教堂的天花板够我看的了。那些画上的对比大概是我的能力刚好可以领会的。但不是帕特农神庙，无论如何，也不是菲迪亚斯的檐壁饰带。哎，马车来了。"

"你说得很对，"谢西尔说，"希腊不适合我们这些渺小的人物。"说罢，他登上马车。弗瑞迪跟着上车，还向毕比先生点了点头，真的，他相信这位牧师可不是在开玩笑作弄人。他们才离开不过十来码，他跳下马车，跑回来要拿刚才还没归还给维斯的火柴盒。接过火柴盒时，他说："我很高兴你刚才只是谈谈书籍而已。谢西尔受了很大的打击。露西不愿嫁给她了。要是你刚才像谈论书籍那样谈起她，他说不定会崩溃。"

"可是，什么时候的事——"

"昨天深夜。我得走了。"

"也许他们不想我现在过去。"

"不——去吧。再见。"

"感谢上帝！"毕比先生大声对自己说，还满意地在自行车的鞍座上猛拍了一下。"那是她做过的唯一一件蠢事。啊，总算摆脱了，谢天谢地！"思考了一下以后，他心情轻松地越过陡坡，直达临风隅。这幢房子又恢复了它该有的样子——永远谢绝谢西尔那个矫饰而自命不凡的世界。

女佣说，他可以在花园里找到明妮小姐。

在会客室那里，露西正弹奏着一首莫扎特的奏鸣曲。他稍微迟疑，却还是顺应女佣的要求到花园里去。在那里，他看见愁云惨淡的一伙人。那一天狂风大作，大风把大丽花吹得东歪西倒。汉尼彻奇太太一脸怒气冲冲地在把花枝绑扎起来，而穿戴得很不合适的巴特莱特小姐，在旁碍手碍脚地一再提出要帮忙。稍远一些，明妮与"花童"，一个从外国来的小家伙，两人分别持着一长条椴木的两头站在那里。

"噢，你好吗，毕比先生？天呀，所有东西都一团糟！你看我那些猩红色的乒乓菊，还有这风啊，把你们的裙子都吹起来了。还有这地怎么这么硬，连一根木条也插不进去；再来是马车非出去不可，我本来还指望着鲍威尔，他呀——平心而论，他绑大丽花是有一手的。"

很显然，汉尼彻奇太太已精疲力竭了。

"你好吗？"巴特莱特小姐说，附上意味深长的一眼，仿佛在说被这秋风摧残的并非只有大丽花而已。

"椴木条拿来，莱尼。"汉尼彻奇太太呼叫。那花童不晓得椴木条是什么，站在小径上一动不动，满脸惊恐。明妮偷偷溜到她伯父身边，小声说今天每个人都很难对付，还说绑大丽花的细绳若是被撕裂而不是被扯断，那可不是她的过失。

"和我一起去散步吧。"他对她说，"你带给她们的麻烦已经够她们受的了。汉尼彻奇太太，我只是过来看看，没有什么目的。倘若可以，我想带她到蜂窝旅舍去喝茶。"

"噢，你一定要这么做？好，去吧。——别给我剪刀，夏洛特，谢谢，你看到我的两只手都满了——我完全可以肯定，不等我碰到那棵橙色的仙人掌，它就会倒下来。"

毕比先生是个纾困解围的高手，便邀请巴特莱特小姐凑个小热闹，陪他们一起喝茶去。

"是的，夏洛特，我这儿不需要你——去吧。屋里屋外都没有什么事情需要你留下来。"

巴特莱特小姐出言拒绝，表示她的职责在于照料大丽花坛，这使得除了明妮以外的每一个人都大为恼火，可她一转身却又接受了邀请，把明妮给惹恼了。就在他们往花园上方走去时，那一棵橙色仙人掌倒了下来，毕比先生最后看见的景象，便是那个花童像个情人似的一把将它抱住，他的一头黑发埋在了丰饶的花簇里。

"这真可怕，花儿遇到这样的浩劫。"他说。

"一连好几个月的期望毁于顷刻之间，这总是可怕的。"巴特莱特小姐清晰地阐述。

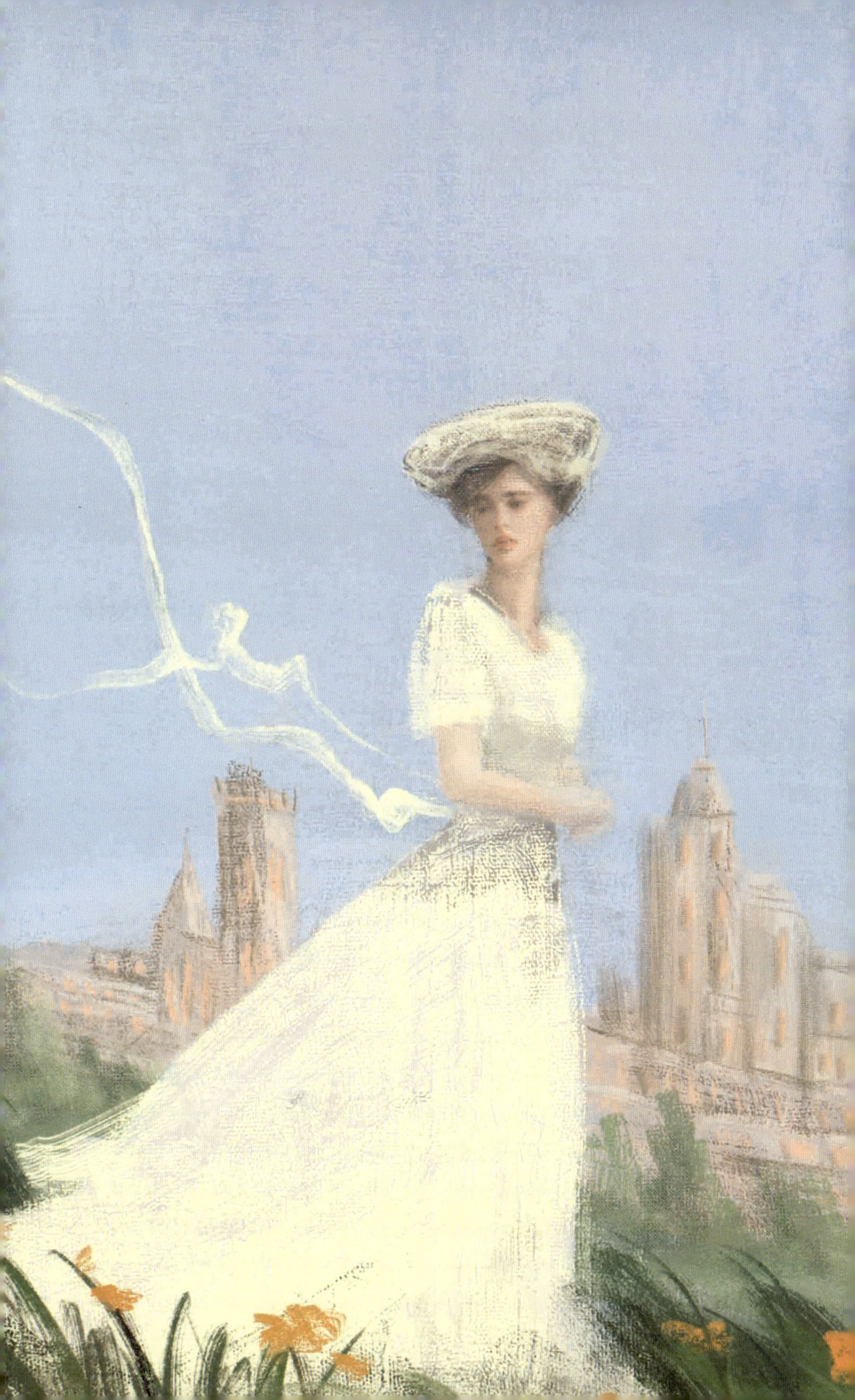

"也许我们应该叫汉尼彻奇小姐去找她母亲。要不,她愿意和我们一起去吗?"

"我想我们最好还是让露西一个人待着,做她自己想做的事。"

"她们生汉尼彻奇小姐的气,因为她吃早餐时来得晚了。"明妮低声说,"还有弗洛伊德先生走了,维斯先生也走了,弗瑞迪又不肯陪我玩。事实上,亚瑟伯伯,这幢房子完全不像它昨天那样了。"

"别这么一本正经的。"她的亚瑟伯伯说,"去穿上你的靴子。"

他走进会客室,露西仍然在那里聚精会神地追逐着莫扎特的奏鸣曲。看见他走进房里,她停下来。

"你好吗?巴特莱特小姐与明妮要和我一起到蜂窝旅舍去喝茶。你也一起去好吗?"

"我不去了,谢谢你。"

"好,我料想你不会太感兴趣的。"

露西转身向着钢琴,用力敲了几个和音。

"这些奏鸣曲多优美啊!"毕比先生说,虽然心底认为它们不过是些无聊的小玩意。

露西改弹舒曼的作品。

"汉尼彻奇小姐!"

"是。"

"我在山上遇见他们。你弟弟告诉我了。"

"噢,是吗?"她的声音听起来像是着恼了。毕比先生心里感到刺痛,他原以为她会乐意让他知道这件事情。

"不用说,我是不会把事情外传的。"

"母亲、夏洛特、谢西尔、弗瑞迪、你。"露西一面说,一面为每个知情者各弹了一个单音,接着再弹出第六个音来。

"如果你让我说,我会说我感到非常欣喜,而且我确信你做的事情是对的。"

"我希望别人也都这么想,不过他们似乎不是这么认为的。"

"我可以看出来,巴特莱特小姐认为这样做不明智。"

"母亲也一样。母亲十分介怀。"

"我对此感到非常遗憾。"毕比先生语带感慨。

汉尼彻奇太太憎恨各种变动,对这事情确实介怀,却远不至于达到她的女儿所伪装出来的这种程度,而且也只是一晃眼就气消了。这其实是露西为合理化她的怅惘消沉而使的一个计策——她自己对此并未察觉,因为她正与那些蒙昧的大军一起迈着大步向前走。

"弗瑞迪也很在意。"

"可是,弗瑞迪和维斯向来不怎么合拍,不是吗?我的印象是他不喜欢这个婚约,还觉得它很可能把他和你分开。"

"男孩子古怪得很。"

楼下传来了明妮与巴特莱特小姐争论的声音。很显然,到蜂窝旅舍去喝茶,意味着要从头到脚改换行头。毕比先生看出来露西不想讨论她的行为——这很对——所以在表达了深切的同情以后,他说:"我收到了艾伦小姐寄来的一封很荒唐的信。就是为了它我才到这里来的。我想它很可能逗得你们大家一笑。"

"真让人高兴啊!"露西用呆板的声音说。

为了有事可做,他开始把信念给她听。不过只听了几句,露西的眼神变得锐利了，很快打断了他，说："出国去？她们什么时候动身？"

"下个星期吧，依我看。"

"弗瑞迪有没有对你说，他会从火车站直接回来？"

"不，他没有说。"

"因为我真的不希望他到处去说三道四。"

如此看来，她确实想要谈谈她解除婚约的事。毕比先生向来殷勤随和，便把信收起来。她却马上高声惊呼："噢，请多告诉我一些两位艾伦小姐的情况吧！她们要出国去，那真是好极了！"

"我估计她们会从威尼斯出发，搭乘货轮直下伊利里亚海岸！"

她开心大笑。"噢，有意思！真希望她们带我一起去。"

"难道意大利使你成了旅游狂吗？也许乔治·艾默森是对的。他说意大利只是代指命运的一个委婉语。"

"噢，不是意大利，而是君士坦丁堡。我一直向往到君士坦丁堡去。君士坦丁堡实际上是在亚洲了，是吗？"

毕比先生提醒她，目前看来到君士坦丁堡去的可能性还不大，两位艾伦小姐志在雅典而已。"要是路上安全，也许还会去德尔斐。"然而这并不影响她的热衷。看起来就像她一直以来更向往去的地方是希腊。让他惊讶的是，他发现她显然不是在开玩笑。

"我没有意识到经过了希西别墅的事情后，你与两位艾伦小姐依旧有这么好的交情。"

"噢，那不算什么。我向你保证，希西别墅那件事对我来说不算什么。我愿意花任何代价和她们一起去。"

"你母亲会让你在这么短的时间里再次离开？你回到家里几乎

不满三个月。"

"她一定得让我走！"露西说，情绪愈来愈激动。"我就是一定得走。非离开不可。"她歇斯底里地用手指去梳弄她的头发。"难道你不认为我非得离开不可吗？我当时没有意识到——当然，我特别想到君士坦丁堡去看看。"

"你的意思是因为你解除了婚约，你觉得——"

"是的，就是那样。我就知道你可以理解。"

毕比先生其实并不太理解。为什么汉尼彻奇小姐就不能安歇在家庭的怀抱中呢？谢西尔很明显地采取了保持尊严的做法，今后不会来困扰她了。他突然想到让她烦恼的很可能是她自己的家人。他向她提出这个暗示，她也急切地接受了这个提示。

"是啊，那是当然的。到君士坦丁堡，直到他们都接受了这件事情，也等一切都平静下来。"

"恐怕这事会有点麻烦。"他轻轻地说。

"不，一点也不麻烦。谢西尔确实非常好。就只是——既然你已经听到了一鳞半爪，我最好还是告诉你事情的全部真相——那是因为他这个人太专横了。我发现他不让我按自己的方式做事。他总想在一些我不能被改进的事情上改造我。谢西尔不会让一个女人为自己做出决定——事实是他没有这个胆量。我这是在说什么胡话呀！不过大致上情况就是这样了。"

"我自己从维斯先生那里观察得来的正是这个印象。而根据我对你所有的认知，我得到的印象也是如此。我确实深深同情你，也衷心同意你的看法。因为太认同了，你必须得让我提出一个小小的批评：这值得你匆匆忙忙赶去希腊吗？"

"可是我必须得有个去处呀！"她嚷道，"我忧虑了一整个上午，而这封信来得正是时候。"她用两只紧握的拳头捶打膝盖，重复道："我一定得走！可是想想我本该与母亲一起共度的时光，还有她今年春天花在我身上的那些钱。你们都把我想得太了不起了，我但愿你们不曾待我这么好。"这时候，巴特莱特小姐走进来，让她更为紧张。"我一定得离开，走得愈远愈好。我必须弄明白自己的心思，并且知道我要往哪里去。"

"走吧。喝茶去，喝茶去，喝茶去。"毕比先生说着，把他的客人们推搡出大门。这一阵推挤十分匆忙，以致他把帽子给忘了。待他回头去取时，既宽慰又惊讶地，再次听到了叮叮咚咚的莫扎特奏鸣曲。

"她又在弹琴了。"他对巴特莱特小姐说。

"露西什么时候都能弹琴。"她的回答有一股尖酸味儿。

"她能够这样排遣自己，实在感激老天。很明显地，她十分苦恼，那也是理所当然的。我知道了整件事情。婚期已经那么逼近，她必定经过了一番艰苦的挣扎才鼓足勇气开口的。"

巴特莱特小姐的身体稍微扭动了一下，毕比做好了与她讨论一番的准备。他对巴特莱特小姐一向捉摸不透。在佛罗伦萨的时候，他有过这样的揣测："她很可能还有不知多少的异常之处，尽管它们不一定具有什么意涵。"不过既然她这人心肠这么硬，因而必定是可靠的。他坚信这一点，于是毫不犹豫地要与她讨论露西。幸运的是，明妮这时候正在采集蕨叶。

开场的第一句话就是："我们最好还是别再提这事情了。"

"我想知道为什么。"

"眼下至为重要的,是不让流言蜚语在夏街传开。这时候对维斯先生被打发走的事说三道四,可是会要人命的。"

毕比先生扬了扬眉毛。"要人命"可是一句重话——的确把话说得太重了。这根本不是一桩悲剧。他说:"汉尼彻奇小姐会选择在适当的时候,用她自己的方式来公开这件事,这是当然的。弗瑞迪之所以把事情告诉我,只是因为他知道露西不会介意。"

"我明白。"巴特莱特小姐客气地说,"不过就连对你,弗瑞迪也还是不该讲的。做人总是愈小心愈好。"

"说得也是。"

"我真的恳求绝对保密。不然与口没遮拦的朋友偶尔说上一句,就——"

"确实如此。"对于这些神经兮兮的老小姐,还有她们夸张地把话说得郑而重之的方式,他已经习以为常。作为一位教区长,本就生活在由小秘密、体己话及各种告诫交织而成的罗网里,他愈是放聪明些,就愈不把它们当一回事。他可以转换话题,也当真这么做了,他用欢快的声音说:"你最近有收到贝托里尼公寓那些人的信吗?我相信你和拉维希小姐一直有联系。说来真奇怪,我们这些住在那家公寓的,看起来完全是一群萍水相逢的人,却穿插到彼此的生活中了。我们当中的二、三、四、六个——不,是八个人,我把艾默森父子给忘了——好歹一直保持着联系。我们真该给房东夫人写一封感谢信。"

巴特莱特小姐对这提案不表赞同,他们一言不发地走上山,只有当教区长说出一些蕨类的名称时,才稍微打破沉默。在山顶上,他们停下脚步。比起一个小时以前他在这里看到的景象,这时候的天空变得更为狂野，给大地平添了一分在萨里郡极为罕见的悲壮之色。灰云飞快地冲过单薄如纸的白色云层，那白云慢慢地拉长、撕开，再成了碎片，一直撕到底了，才隐约闪现正在消失的蓝天。夏天在撤退中。风在吼，树木在叹息，然而这些声响根本不足以表现天空中那巨大的动静。天气正在变坏，忽晴忽阴，若说这让人感觉到超自然力量安排了天使的炮队，在这种危急关头枪炮齐鸣，不如说它让人感到一阵突如其来的骤变。毕比先生的目光停在了临风隅，在那里，露西正坐着练习莫扎特的曲子。这一回他笑不出来了，而他再次转换话题，说："一时半会儿应该不会下雨，但是天要黑了，所以我们走快一点吧。昨晚天黑得吓人。"

将近五点时，他们到达蜂窝旅舍。这家可爱的旅舍有一座游廊，年轻人和不怎么聪明的人都特别喜欢往那里坐，而较年长成熟的顾客，则喜欢找一个舒适的、地板铺砂打磨过的房间，坐在桌子旁舒舒服服地喝茶。毕比先生发现，要是他们坐在外面，巴特莱特小姐会觉得冷，可他们若坐在里面，明妮会觉得无趣，于是他提出了一个兵分两路的建议。他们隔着墙，从窗口把食物递给明妮。这样也就顺带让他有机会可以讨论露西的命运。

"我一直在想，巴特莱特小姐，"他说，"除非你十分反对，不然我还是想重新开始刚才的那个讨论。"她欠了欠身。"我要谈的无关过去。我对发生了的事所知不多，也不怎么关心。我绝对肯定在这件事情上，你的表妹是值得赞扬的。她的行为高尚而正确，而她说我们把她想象得太了不起了，这正符合她温和谦让的个性。我要谈的是将来的事。说真的，你对这个到希腊去的计划有什么想法？"他再次抽出那封信。"我不知道你刚才是否听到我们的谈话，可是她想跟两位艾伦小姐一起干这疯狂的事。这完全是——我说不明白——这是不对的。"

巴特莱特小姐安静地读了信以后，把它放下，像是感到犹豫，又接着再读了一遍。

"我看不出这样做有什么意义。"

她的回答令他十分惊愕："这我可不同意你的看法。我可是从中看到了解救露西的途径。"

"不会吧。那你说，为什么？"

"她要离开临风隅。"

"我知道——不过这似乎很奇怪，很不像她，很——我想说——很自私。"

"这很自然，毫无疑问——在经历过这些痛苦的事情以后——她会渴望换一个环境。"

这世上总有些观点是男性的才智所不能及的，很显然，这正是其中之一。毕比先生大声说："她本人也是这样说，既然现在有另一位女士赞成她的看法，那我得承认，我已经有点被说服了。也许她非得换一个环境不可。我既没有姐妹，也没有——所以我不理解这种事情。不过她为什么需要去希腊那么远的地方呢？"

"这个问题问得好。"巴特莱特小姐回答，她明显地对这问题感兴趣，也几乎不再躲躲闪闪。"为什么是希腊？（要什么呢，明妮，亲爱的——果酱吗？）为什么不是唐桥井？噢，毕比先生啊！今天上午，我和亲爱的露西有过一个漫长而令人非常失望的面谈。我帮不了她。我不再多说了。也许我已经说得太多了。我不说了。我要她到唐桥井去陪我住上六个月，她拒绝了。"

毕比先生用餐刀去戳一块面包屑。

"不过我的感受一点也不重要。我很清楚，我总是惹得露西跳脚。我们那次一起旅行失败透了。她那时要离开佛罗伦萨，可是等我们到了罗马，她又不想待在罗马了，而我每时每刻都感觉到我在花着她母亲的钱——"

"虽然如此，我们还是继续谈将来的事吧。"毕比先生打断她。"我需要听听你的意见。"

"那好吧。"夏洛特说。毕比先生头次见她这么语气一室，尽管这对露西而言是再熟悉不过的。"起码我愿意帮助她到希腊去。你呢？"

毕比先生正在思量。

"这绝对有必要。"她继续说，并且放下面纱，透过它低声说话，声音里带着浓烈的激情，使他感到吃惊。"我知道——我知道。"天暗下来了，他觉得这个古怪的女人确实知道内情。"她一刻也不能在这里停留，而且在她离开以前，我们都必须保持缄默。我相信仆人们什么都不知道。等以后——可是我或许已经说得太多了。只是有一点，光凭露西和我，根本不是汉尼彻奇太太的对手。假如你肯帮忙，我们也许会成功。否则——"

"否则——？"

"否则。"她重说一遍，仿佛这就是个终极的词了。

"好吧，我会帮她。"教区长说，下巴绷紧着，"来，我们现在就回去，给整个事情做个了结。"

巴特莱特小姐说了一大通富丽堂皇的感激之词。在她对他表示感谢的时候，旅舍的招牌——上面有蜜蜂均匀分布的一个蜂窝——被外面的风吹得嘎吱作响。毕比先生对情况并不了解，不过，他也并不打算弄明白，更不想匆匆下结论，像一个比较粗俗的人那样——轻易地想到事情涉及"另一个男人"。他只是感觉到，那女孩渴望从某种含糊不清的影响中被解救出来，巴特莱特小姐知晓那种影响，而它很可能是个血肉之躯。正是因为它含糊不清,才激起了他的侠义心肠。他对独身主义的信念,一直以来都讳莫如深,从不与别人谈起,而是小心翼翼地掩盖在他宽厚的气度与良好的教养底下,这时候它不仅冒出头来,还像什么娇嫩的花朵似的硕然绽放。他向来的信条是:"结婚的人是好,守身自制的人更是好。"① 因此每每听到有谁终止婚约,他总不免稍微感到欣喜。至于露西的情况,由于向来不喜欢谢西尔,他这种欣喜的感觉就更加强烈了。他甚至愿意更进一步——带她远离危险,直至她能坚定自己保持贞洁的决心。这种感觉非常微妙,也绝非武断,他从不曾告知任何一个卷入这场纠纷里的人。可它终究存在,而且,这种感觉随后就解释了他的行动,以及他对其他人的行动的影响。他与巴特莱特小姐在旅舍里立下的契约,不仅仅是要帮露西,也是要帮宗教。

他们仓促地穿过一个灰黑的世界赶回临风隅。他一路上谈的都是些无关紧要的话题:艾默森父子需要一个管家、仆人们、意大利仆人、有关意大利的小说、带目的性的小说、文学能不能影响生活?临风隅微光闪烁。在花园里,汉尼彻奇太太现在由弗瑞迪帮忙,仍然在为挽救她的那些花儿而搏斗。

"天太黑了。"她无可奈何地说,"这都是做事拖拖拉拉的结果。我们早该知道很快会变天的。现在露西还说要到希腊去。我真不知道这个世界要成什么样子了。"

"汉尼彻奇太太,"他说,"她必须到希腊去。来,我们到屋里

---

① 参见《圣经·哥林多前书》第7章第38节:"这样看来,叫自己的女儿出嫁是好,不叫她出嫁更是好。"

去把事情说清楚。首先，对于她和维斯分手，你很介怀吗？"

"毕比先生，我感到庆幸——就只是庆幸。"

"我也是。"弗瑞迪说。

"那好。现在进屋里去吧。"

他们在饭厅里商谈了半个小时。

露西若单凭自己，绝不可能让希腊之行得以通过。这个旅行计划十分费钱又出人意表——两种情况都让她的母亲厌恶。换作夏洛特也不可能成功。这一日的荣耀归于毕比先生。凭其机敏老练和丰富的常识，再凭其作为神职人员的影响——但凡神职人员，只要不是个傻瓜，总能对汉尼彻奇太太产生巨大的影响——他使得她屈从于他们的意向。"我看不出来为什么一定要到希腊去。"她说，"不过既然你认为非去不可，那我想这应该可行。这里头必定有什么道理是我无法理解的。露西！我们把这消息告诉她吧。露西！"

"她正在弹琴。"毕比先生说。他打开房门，听到一首歌里的词：

美人如玉，你莫要凝望。①

"我不知道汉尼彻奇小姐竟还会唱歌。"

君王兴兵，你不动如山。

---

① 这首歌曾在英国作家司各特的小说《拉美莫尔的新娘》中出现过，由小说中的女主人公露西·阿什顿唱出。

341

当酒杯晶莹发亮,滴酒不沾——

"这首歌是谢西尔给她的。女孩子可真古怪!"

"什么事?"露西突然停止弹唱,大声喊起来。

"好吧,亲爱的。"汉尼彻奇太太和蔼地说。她走进会客室,毕比先生听见她吻了吻露西说,"真对不起,我为了希腊的事大动肝火,不过那是因为大丽花出了状况,它又紧接而来。"

一个颇为生硬的声音回答说:"谢谢你,母亲。这一点也不重要。"

"还有,你说得对——去希腊的事并非不可行。要是两位艾伦小姐愿意接受你,你可以去。"

"天呀,太好了!噢,谢谢你!"

毕比先生随后进来。露西仍然坐在钢琴前,双手置于琴键上。她很高兴,然而不如他所预期的那样欢喜。她的母亲弯腰向着她。至于弗瑞迪,则斜倚地上,头靠在她身上,嘴里叼着一只没有点燃的烟斗,她刚才就是在给他唱歌。说来也怪,这群像美丽极了。毕比先生喜爱从前的艺术,因这情景而想起了一个他喜欢的主题,"神圣的谈话"①,画里面那些相亲相爱的人聚在一起,谈论崇高之事——这主题既无肉欲也不感性,因而不受今日的艺术界青睐。露西家中既有这般的良朋好友,她又何须出嫁或者远游呢?

---

① 意大利文艺复兴时期画作的一种类型,绘画圣母、圣婴及一群圣徒随侍在侧的场面。

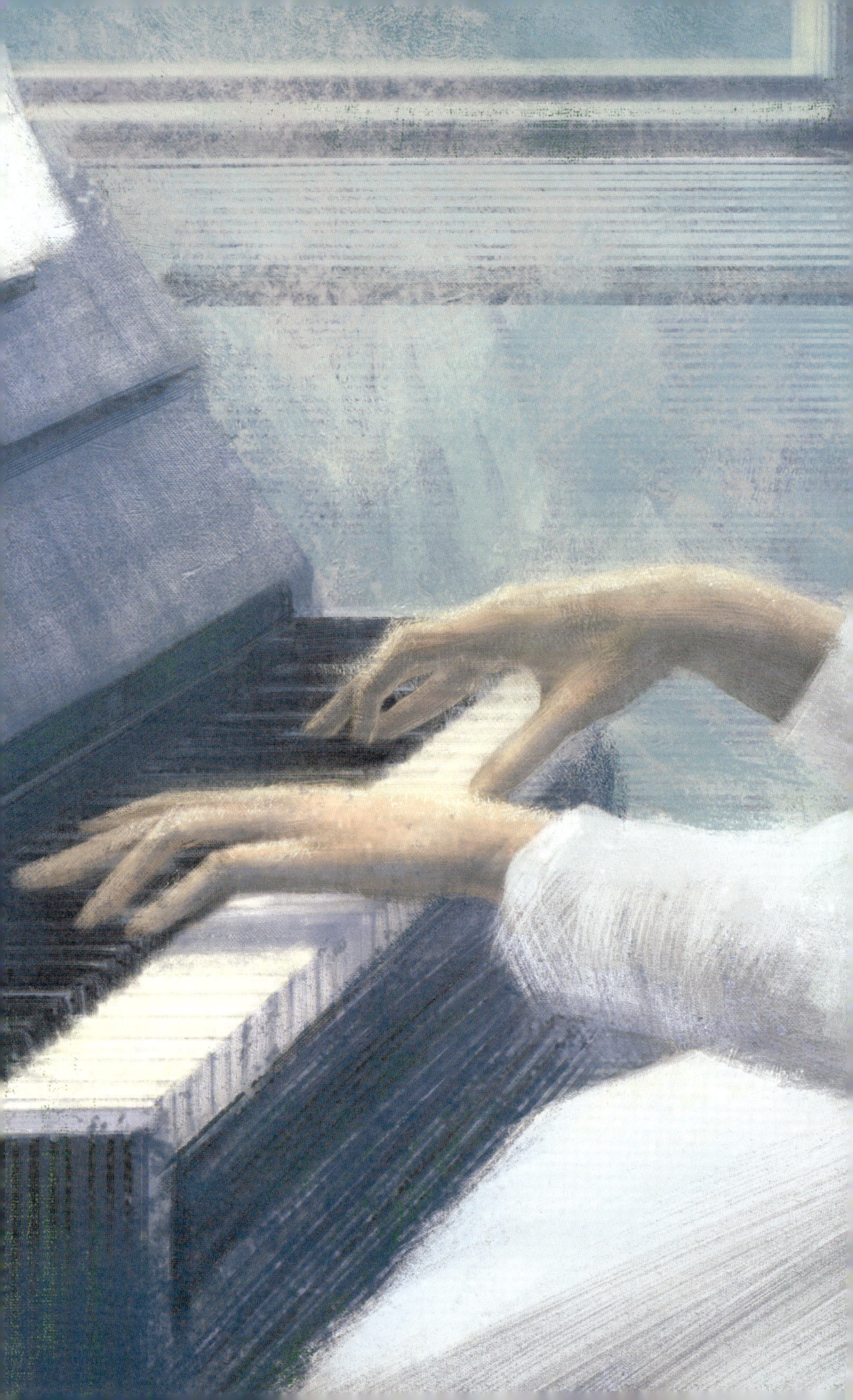

当酒杯晶莹发亮,滴酒不沾。

当人们洗耳恭听,一声不响。

她继续把歌唱下去。

"毕比先生在这里呢。"

"毕比先生知道我多有失礼的时候。"

"这首歌很美,还很有意思。"他说,"唱下去吧。"

"它并不是很好。"她无精打采地说,"我想不起来为什么——是和声或是别的什么。"

"我猜想是因为它没有学者气。可是它真美。"

"曲调还不错。"弗瑞迪说,"歌词却糟糕透顶。干吗这下就放弃呢?"

"你说话可真蠢!"他的姐姐说,那"神圣的谈话"因而中断。要知道,毕竟没有什么理由非得让露西谈谈希腊之行,又或者非得对他说服了她的母亲而道谢不可,于是他就此向大家说再见。

弗瑞迪在门廊里为他的自行车上灯,并以他向来精妙贴切的言辞说:"已经一天半了。"

堵住你的耳朵,莫听那歌者——

"等一等,她快唱完了。"

火红的金子,你不要染指,

心与手与眼，一一腾空，
活得轻松，静寂而终。

"我喜欢这样的天气。"弗瑞迪说。

毕比先生融入这天色中。

有两个主要的事实清楚不过。她表现得非常出色，还有他对她伸出了援手。一个女孩的生活，发生了如此巨大的变化，他不指望自己能掌握当中所有的细节。倘若他偶有不满或感到困惑，他也必须默然认同：她正在选择那比较好的部分。

心与手与眼，一一腾空——

也许这首歌对"那比较好的部分"陈述得太过强烈了些。他有几分相信那高亢的伴奏——他在风声呼啸中仍然听得清楚——符合弗瑞迪的见解，并且正轻轻地批评着它所装点的歌词：

心与手与眼，一一腾空，
活得轻松，静寂而终。

不管怎样，这是今天的第四次了，临风隅沉着平稳地矗于他的下方——这一回，在黑暗的滚滚怒潮中，犹如一座灯塔。

19. 对艾默森先生说谎

A
Room
With
A
View

两位艾伦小姐，身在布卢姆茨伯里附近一家她们心爱的酒店——干净，不通风，深受英国乡下人眷顾。每次漂洋过海之前，她们总是在那里下榻，然后花上一两个星期，为操办衣物、旅行手册、防水布、助消化面包及其他欧洲大陆必需品而瞎忙一气。她们从来没有想过，在海外，就连雅典吧，也有的是商店。对于她们而言，旅行是一场战争，出征者只能是那些在干草市场商店里做好充分准备的人。她们深信汉尼彻奇小姐也会费心为自己准备好合适的装备。现在奎宁有片剂了。要在火车上洗脸，肥皂纸则非常管用。露西有点郁闷地答应了下来。

"不过嘛，这些事情你当然全都知道，况且你还有维斯先生帮你的忙。男士是很可靠的后盾。"

与女儿一同进城来的汉尼彻奇太太，紧张得开始用手指敲打她的名片盒。

"维斯先生舍得放你一个人走，我们觉得他真好。"凯瑟琳小姐继续说下去，"不是每一个年轻男士都能够这么大方。不过，说不定他以后会赶来与你同行。"

"抑或是他被伦敦的工作缠身,走不开呢?"特蕾莎小姐说。两姐妹中,她较为尖锐又比较不客气。

"不管怎样,待他来给你送行,我们就会看到他了。我真期待见见他。"

"没有人会来给露西送行。"汉尼彻奇太太插话,"她不喜欢。"

"是的,我最讨厌送行了。"露西说。

"真的吗?太好笑了!我原以为在这种情况下——"

"噢,汉尼彻奇太太,你不一起去吗?这次能见到你,实在非常高兴!"

她们终于逃脱,露西松了一口气说:"好了。我们已经渡过这难关了。"

她的母亲却感到生气。"亲爱的,你就说我没有同情心吧。可是,我不明白你为什么不把谢西尔的事告诉你的

朋友，好让事情了结。刚才在那里，我们全程都在闪烁其词，几乎要撒谎，我敢说还被人识穿了，这真的太叫人不愉快了。"

露西的回答洋洋洒洒。她描述了两位艾伦小姐的性格：她们可是地道的长舌妇，谁要是跟她们说了些什么，一眨眼消息就会传开了去。

"可是，为什么这不该马上传开呢？"

"因为我与谢西尔商议好，在我离开英国以前，不会宣布这个消息。到时候我自会对她们说的。这样做，事情会愉快得多。这雨下得多大啊！来，我们从这里拐进去。"

"这里"指的是大英博物馆。汉尼彻奇太太马上拒绝了。倘若她们得找个地方避雨，那就到商店里去。露西对此感到十分轻蔑，她可是正计划着研究希腊雕刻，已经向毕比先生借来一本神话词典，好增强她对那些男女神祇的认识。

"好吧，那就去商店里。我们到穆迪①去。我要买一本旅游手册。"

"你知道吗，露西，你和夏洛特，还有毕比先生都说我很糊涂，我想我大概真的很糊涂，不过我怎么也弄不明白这种偷偷摸摸的做法。你摆脱了谢西尔——那当然好，我也很庆幸他走了，即便当时我确实感到生气。可是为什么不公告天下呢？为什么要这般遮遮掩掩、鬼鬼祟祟？"

"只要几天就行了。"

"可是究竟为什么呢？"

露西沉默不语。她的思绪逐渐飘远，不在她母亲那里了。其实要说一句"因为乔治·艾默森一直缠着我，而他要是听说我舍弃了谢西尔，很可能又要来纠缠不清"并不难——非常容易，而且因为这正是事实，对她有附带的好处。可是她不能这么说。她不喜欢对人说知心话，因为知心话可能会把人引向自我认知，还会引来恐怖事物中的王者——光。自从佛罗伦萨最后的那个夜晚以后，她就认定了对人袒露心迹并不明智。

汉尼彻奇太太也一样沉默不语。她在想："我的女儿不愿意回答我，她宁愿同那些爱打听私事的老处女相处，也不愿意与弗瑞迪和我在一起。只要能离开家里，什么张三李四、阿猫阿狗，显然她都没问题。"她这个人心里藏不住话，于是话就脱口而出："你是厌倦了临风隅。"

这倒是千真万确。逃离了谢西尔以后，露西确曾希望回到临

---

① 伦敦牛津街上的穆迪图书馆，附设书店，由查尔斯·爱德华·穆迪于1842年创办。

风隅去，却发现她的家已不复存在。它也许还在，却是为弗瑞迪这个生活依然端正、思想依然正直的人而存在的，而不是为她这样一个故意将头脑扭曲了的人。她不承认自己的脑子已被扭曲，毕竟要承认这点，本身就需要脑子的协助，而这生命中最重要的工具，正被她弄得混乱无序。她只是觉得："我不爱乔治。我解除婚约，是因为我不爱乔治。我必须到希腊去，是因为我不爱乔治。翻阅词典查找众神，这比帮母亲的忙更重要。其他人，每一个的态度都很恶劣。"她只是觉得满腔烦躁，很想发脾气，又急于做别人不期望她做的事，就在这种精神状态下，她继续与母亲谈话。

"噢，母亲，你这是在胡说！我当然不是厌倦了临风隅。"

"那怎么不马上就这么说，而居然要考虑上半个小时？"

她微弱地笑了一声："说半分钟还差不多。"

"会不会是你想以后干脆就离开家里了？"

"小声些，母亲！会有人听见的。"这时她们已经走进穆迪。她买了旅游手册，然后接着往下说，"我当然想住在家里。不过我们既然谈到了这个，我不妨也说出来，今后我会比过去更常离开家里。你知道的，我明年就可以拿到继承的钱了。"

她的母亲听得两眼噙泪。

受一种无以名状的迷乱，也就是被年长者称之为"反常"的状态所驱使，露西决意要把这一点说清楚。"我见过的世面太少了——在意大利的时候，我就觉得自己格格不入。我对生活的见识也少得可怜。真该多到伦敦来看看——不是像今天这样买一张廉价车票上来，而是得住上一阵。我甚至可能和其他女孩合租一套公寓，住一段日子。"

"然后与打字机和闩锁钥匙①厮混在一起。"汉尼彻奇太太一下爆发了，"还去搞鼓动，去大喊大叫，再双腿乱蹬地被警察带走。②还把这个叫作使命——可根本没人需要你！还把它叫作责任——可这表示你忍受不了自己的家！还把它叫作工作——可外面成千上万的男人，为它争得焦头烂额却还吃不上饭！然后为了给自己做好准备，去找两个走路摇摇晃晃的老太婆，跟她们到外国去。"

"我想要更独立自主。"露西讪讪地说。她知道自己需要某个什么东西，而争取独立是个有用的口号。我们无论何时都可以说，自己还没有独立自主。她试着回想自己在佛罗伦萨时的情感：它们真挚热烈，让人联想到美，而不是短裙和闩锁钥匙。不过毫无疑问的，以她所扮演的角色，争取独立是她必须说出的台词。

"非常好，你就带着你的独立离开。绕着世界上上下下兜一圈，吃也吃不上一顿好的，回来骨瘦如柴。你就瞧不起你父亲建的房子，还有他亲自开垦的花园，还有我们心爱的风景——去，找另一个女孩合租一套公寓。"

露西噘了噘嘴说："也许我的话说得太仓促了。"

"噢，老天！"她的母亲忽然灵光一闪。"你这可让我想起夏洛特·巴特莱特了！"

"夏洛特？"露西终于感到刺痛，一下激动起来。

"愈来愈像了。"

---

① Latch—key，一般指住所大门的钥匙，英语中含"行动自由""无人监管"的意思。
② 指参加当时由潘克赫斯特夫人领导的争取妇女参政的运动。

"我不明白你什么意思,母亲。夏洛特和我没有半点相似。"

"怎么说,我可是看到相似之处了。一样没完没了的担忧,一样把说了的话收回去。昨天晚上,你和夏洛特想要把两个苹果分给三个人吃,看起来简直像姐妹俩。"

"你在胡说什么3!还有,如果你那么不喜欢夏洛特,那真遗憾,是你请她过来住下的。关于她,我警告过你,我求过你,恳请你不要让她来,可是我的话,你当然是不会听从的。"

"看吧,就是这样。"

"你在说什么?"

"这又是夏洛特呀,我亲爱的,就这么回事。她就是这么说话的。"

露西咬了咬牙。"我说的是你不该请夏洛特过来住。我希望你不要把话岔开。"在争吵中,母女俩的谈话再无法继续。

她和母亲一言不发地买东西,在火车上没怎么说话,到了多尔金车站,马车来接,她们在马车里也没怎么说话。下了一整天的大雨,她们的马车爬上斜坡穿过萨里郡的那些深巷时,一阵阵雨水从悬垂着的山毛榉枝叶哗啦哗啦地落到车篷上。露西抱怨车篷里太过闷热。她倾身向前,望向外头水汽蒸腾的暮色,看见马车灯的亮光如同探照灯在泥泞与树叶上晃过去,没有任何赏心悦目的东西。"待夏洛特上来,车里有的挤了。"她这么说。因为她们得到夏街去接巴特莱特小姐。先前马车在去车站的路上,让她在那里下车去探望毕比先生的老母亲。"我们三个人都得坐在一边,虽然已经不下雨了,可树上还是会有水珠掉下。噢,来一点空气吧!"说了以后,她细听马蹄声——"他没有对人说——他

353

没有对人说。"这曲调被道路上的泥泞给模糊了。"我们不能放下车篷吗？"她强烈要求，而她的母亲突然充满柔情，说："非常好，你这位老小姐，让马儿停下吧。"于是马车停下，露西和鲍威尔力战那车篷，积水喷射到汉尼彻奇太太的脖颈上。现在车篷被拉了下来，她也就看到了一些本来会被错过的景象——希西别墅的每一个窗口都漆黑一片，她扫视了一圈，恍惚觉得自己看见花园的大门上挂了一把锁。

"那幢房子又要出租了吗，鲍威尔？"她大声说。

"是的，小姐。"他回答。

"他们离开了吗？"

"对那位年轻的先生来说，这里离城市太远，而他的父亲风湿病发作，不能一个人独居，所以他们想要把房子和家具一起租出去。"这是鲍威尔的回答。

"那么他们已经走了？"

"是的，小姐，他们走了。"

露西的身子往后一靠，沉到了车座里。马车在教区长的住宅门前停下。她下车去把巴特莱特小姐叫来。原来艾默森父子已经不在了，为希腊之行弄出这么多的麻烦来，全属多余。白白浪费！这一句似乎总结了生活的全部。白费了的计划，白花了的金钱，白白浪费了的爱，她还伤害了她的母亲。会不会是她把这一切都挥霍掉了？这很可能。别的人也曾这么挥霍过。当女佣把门打开时，她一句话都说不出来，只是呆呆地朝门厅里张望。

巴特莱特小姐立即走上前来，在说了一大通开场白以后，才提出一个重大请求：她可不可以到教堂去呢？毕比先生和他的母亲已经先去了，但是这意味着要让马车再等候整整十分钟，因此在她从招待她的女主人那里取得完全的认可以前，她拒绝和毕比先生母子一起走过去。

"当然没问题。"女主人倦乏地说，"我忘了今天是礼拜五。我们大家都去吧。鲍威尔可以绕到马厩去。"

"露西，我最亲爱的——"

"我不上教堂了，谢谢。"

一声长叹以后，她们出发了。教堂尚未在视野中浮现，但是在黑暗中，可以看见左边隐约有点色彩。那是一扇彩色玻璃窗，窗里透着微弱的灯光，而当大门打开，露西听到毕比先生的声音传出来，他正对着人数极少的会众在念祷文。就连他们的这座十字形教堂，也是这般巧妙地建在了山坡上，有着抬高的漂亮耳堂以及铺了银色木瓦的尖顶——可如今他们的这座教堂也失去了它的魅力，还有一个人们从不去谈论的东西——信仰——也像其他东西一样，正一点一点地褪色。

她跟随女佣走进教区长的住宅里。

她介意在毕比先生的书房中小坐吗？屋里就只有那儿生了火。

她并不反对。

房里已经有人了，因为露西听见女佣这么说："有一位小姐也要在这里等候呢，先生。"

老艾默森先生正坐在火炉旁，他的一只脚搁在了为痛风者准备的垫腿小凳上。

"啊，汉尼彻奇小姐，你来了！"他颤声说。露西马上察觉到自从上个星期天以来，他有哪里不一样了。

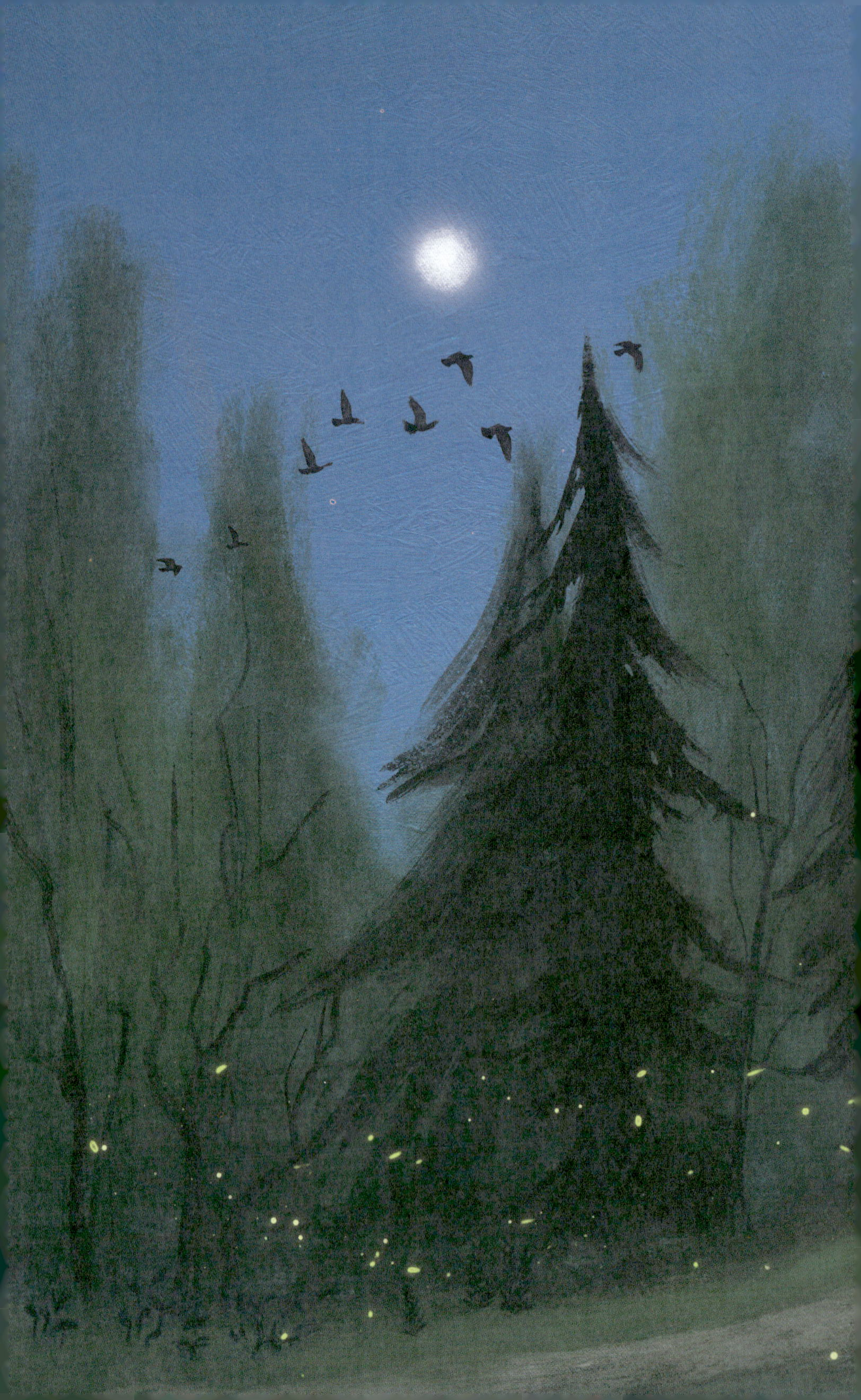

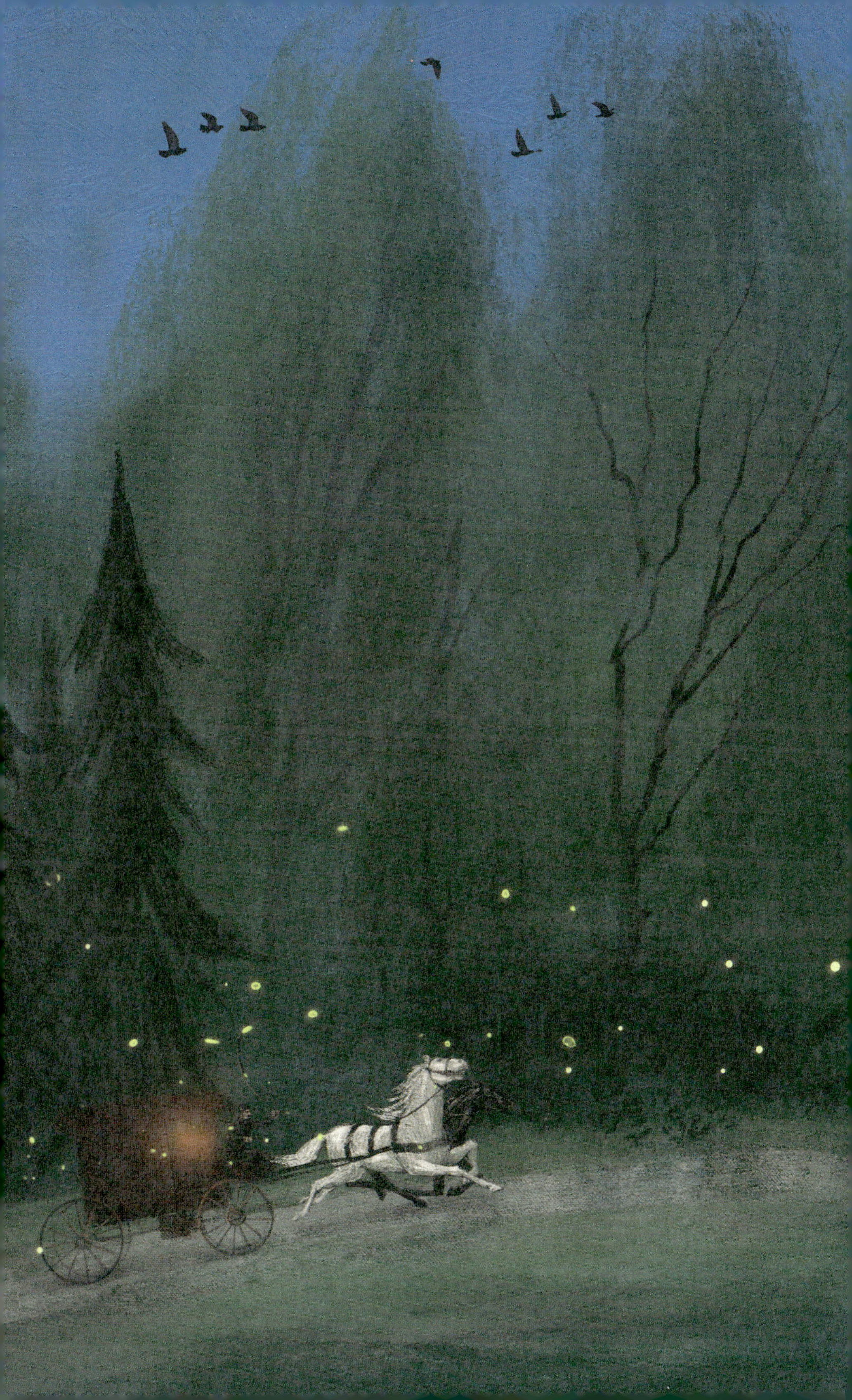

她哑然，不知该说什么。她连乔治都面对过了，就算要再面对一次也不成问题，然而，她却不知道该怎样对待他的父亲。

"汉尼彻奇小姐，亲爱的，我们实在非常抱歉！乔治难过极了！他以为他有权利争取。我不能怪我这孩子，但我真希望他能事先告诉我。他不该去争取的。这事我当时半点儿也不知情。"

要是她能记起来自己该有怎样的行为举止，该多好！

他伸出手："但你千万不要斥责他。"

露西转过身去，开始察看毕比先生的藏书。

"我教导过他，"他的声音颤抖，"要相信爱情。我对他说：'当爱情来临，那就是现实。'我说：'热爱不是盲目的。不。热爱是清醒的，而你爱的那个女人，其实就是你唯一能真正了解的人。'"他长叹了一声。"真的就是那样，那是永远对的，尽管我的时代已经过去，也尽管有了那样的结果。可怜的孩子！他很过意不去！他说看见你把你表姐带进来，他就知道自己干的是疯狂的事。也知道不管你感觉到什么，你都不是那个意思。然而——"他提起气力，抬高了声音，想要清楚确认——"汉尼彻奇小姐，你还记得意大利吗？"

露西挑了一本书——一部《圣经·旧约》的评注集。她把书举到眼前，说："我不希望讨论意大利，或任何和你儿子有关的话题。"

"但你是记得意大利的？"

"他从一开始就行为不端了。"

"直到上个星期天，他才对我说他爱你。我从来不会对一个人的行为妄下判断。我——我——猜想他是行为不妥。"

露西感到镇定了些，她把书放回去，转过身来面向他。他的脸肿胀下垂，可是他的一双眼睛，尽管深深凹陷，却闪烁着孩子才有的勇气。

"当然，他的行为卑劣极了。"她说，"我很高兴他感到过意不去。你知道他干了什么吗？"

"还不能说'卑劣极了'。"他温和地纠正她，"他只是在他不应该尝试的时候做出了尝试。你拥有了你想要的一切，汉尼彻奇小姐：你将要嫁给你爱的人了。你从乔治的生活中退场时，请不要说他是个卑劣的人。"

"当然，不能那么说。"露西说，提及谢西尔让她感到羞愧，"'卑劣极了'这话实在说得太重。对不起，我把它用到你儿子身上了。不管怎样，我想我还是到教堂去吧。我的母亲和表姐已经过去了。我再不去就实在太迟——"

"尤其是他都已经垮了。"他说得不动声色。

"什么？"

"自然而然地垮下来了。"他无声地击掌，头垂到了胸前。

"我不明白。"

"就和他母亲当年一样。"

"可是，艾默森先生——艾默森先生——你在说些什么呢？"

"我那时不让乔治受洗。"他这么说。

露西悚然一惊。

"她也同意洗礼毫无意义，可是他十二岁那年感染了高烧，她的看法就全变了。她认为那是报应。"他发起抖来，"噢，真可怕，我们当时已抛却了那种东西，与她的父母决裂。噢，太可怕了——简直糟糕至极——比死更糟糕，你好不容易在荒野中整理出一小块土地,在那上面种植花草,开垦一个小小的田园,让阳光进来,然后野草又蔓延开来了!这居然是报应!所以我们的儿子得了伤寒,就因为不曾有牧师在教堂里往他身上洒水!这可能吗,汉尼彻奇小姐?难道我们要永远退回到黑暗里去吗?"

"我不知道。"露西抽了一口凉气,"我不懂这种事。我是注定弄不懂这种事情的。"

"但是伊格先生——我不在的时候,他来了,照他的原则按章办事。我不怪罪他,我谁也不责怪……然而待乔治病好,她却病倒了。他叫她去思考她的罪过,她想着想着就垮掉了。"

这样,艾默森先生就在上帝的眼里谋杀了他的妻子。

"噢,太可怕了!"露西说,终于把自己的事置诸脑后。

"他没有受过洗。"老人说,"那时我的确很坚持。"说完,他目光坚定地看着那一排排的书本,仿佛在说——付出了多少代价!——他打败它们,赢得了胜利。"我的孩子将干干净净地回归大地。"

她问他小艾默森先生是不是病倒了。

"噢——上星期天。"他收摄心神,回到眼前来,"乔治他上星期天——不,没有生病,只是垮下来了。他从来都不生病的。不过他毕竟是他母亲的儿子。他有着她的一双眼睛,她也有着那样一个非常好看的前额,他同样觉得活下去没什么意思。他的情况总是如履薄冰,难以预料。他会活下去的。只是他认为不值得活下去。他永远会觉得什么事情都不值得。你记得佛罗伦萨的那座教堂吗?"

露西还真记得,也记得她曾在那里建议乔治不妨收集邮票。

"你离开佛罗伦萨后——情况糟透了。后来我们租下这里的房子,他和你的弟弟一起去游泳,情况才有所好转。你看到他游泳了?"

"我很抱歉,不过讨论这段经历无济于事。我对此深感遗憾。"

"后来又发生了关于一本什么小说的事。我完全不清楚那是怎么回事。我得知道更多,才能明白是怎么回事,可他就是不肯告诉我,他觉得我太老了。啊,怎么说,人总要遇到些挫折的。乔治明天过来,带我到他的伦敦住所去。待在这里让他受不了,而我必须和他待在一处。"

"艾默森先生,"女孩喊道,"别走,至少不要因为我而特意离开。我就要到希腊去了。不要离开你这舒适的房子。"

这是第一次,她的声音如此亲切,让他不禁微笑。"大家多好啊!你看毕比先生收留了我——今早他来我家,听说我正要走,就收留了我!就这样,我在这里舒舒服服地,烤着火。"

"是的,可是你别回伦敦去。这太荒唐了。"

"我必须陪着乔治,我得让他觉得生活还有牵挂,而在这里,他做不到。他说,想到会在这里看见你,或听到有关你的事——我不是在为他辩护,我只是在说发生了的事。"

"噢,艾默森先生,"——她握住他的一只手——"你千万别走。我至今已经给这个世界带来够多的麻烦了。我不能让你从你喜欢的屋子里搬出去,也许还因为这样而损失金钱——全都是为了我的缘故。你一定得留下来!我就要到希腊去了。"

"不远千里到希腊去?"

她的态度稍稍改变。

"到希腊?"

"所以你一定要留下来。你们不会拿这件事情到处张扬的,我知道。我信得过你们父子俩。"

"你当然能信得过我们。我们要么让你与我们一起共同生活,要么不惊扰你,让你去过你选择好的生活。"

"我不该要——"

"我猜想维斯先生一定对乔治十分生气吧?是,乔治做这尝试是不对的。我和他将我们奉行的信念推行过头了。我想我们是活该遭遇不幸和忍受悲痛的。"

她又看向那些书——黑色、棕色,还有那属于神学的尖酸呛人的蓝色。这些书将来访的客人团团围住,它们在桌子上成堆成叠,直至抵触上面的天花板。露西没看出来艾默森先生其实极为虔诚,他与毕比先生的差别,主要在于他对热情与爱的认可——在她眼里,这样一位老人,在万分忧愁时要钻入这么一个密室般的圣所,还得依靠一位神职人员施恩帮助,这状况似乎太凄惨了。

艾默森先生越发认定她累了,要把自己的椅子让给她。

"不,请坐着别动。我想我会到马车里去坐。"

"汉尼彻奇小姐,你听起来真的很疲累。"

"一点也不。"露西说时,嘴唇在颤抖。

"可你就是累了,而且你看来像是有一种乔治那样的神情。还有关于出国,你刚才是怎么说的?"

她一言不发。

"希腊"——她看得出他正在思考这个词——"希腊。可是我以为你今年就要出嫁了。"

"不，要等到一月。"露西说时紧扣着两手。到了关键时刻，她会不会真的说谎？

"那维斯先生必然陪着你了。希望——不是因为乔治开口说了那些话，你们两人才要一起走的？"

"不是。"

"我希望你和维斯先生在希腊过得愉快。"

"谢谢你。"

这时候毕比先生从教堂回来了，他的一身黑袍缀满了雨珠。"看来没问题。"他和蔼地说，"我就指望着你们相互做伴。这雨又愈下愈大了。所有的会众，包括你的表姐、母亲，还有我的母亲，都站在教堂里等着马车来接。鲍威尔来了吗？"

"我想应该来了。我去看看。"

"不——当然该我去看看。两位艾伦小姐怎么样了，还好吗？"

"很好，谢谢你。"

"你对艾默森先生说了希腊之行没有？"

"我——我说了。"

"要跟两位艾伦小姐一起出行，你不觉得她胆子真大吗，艾默森先生？好了，汉尼彻奇小姐，回去吧——房里暖和。对于旅行来说，我觉得'三'实在是个勇敢的数字。"说罢，他急匆匆地赶到马厩去了。

"他不去。"她用嘶哑的声音说，"我刚才说漏了。维斯先生留在英国，不会去。"

不知怎的，要欺骗这位老人是不可能的事。若换作乔治，换成谢西尔，她会再说谎的。可他看上去已经那般接近生命的尽头，

363

他那么庄重而充满尊严地走向深渊,他曾对那深渊有过阐释,而那些将他团团围住的书籍,则给出了另外一种。谈起他所跋涉过的崎岖道路,他表现得那么温和,以致那真正的骑士精神——不是两性之间那套陈腐的骑士精神,而是所有年轻人都该对老年人呈现的真正的骑士精神——在她的心里苏醒过来,因而她不顾一切风险,对他坦承谢西尔并不是与她一起去希腊的旅伴。她把话说得那么认真,风险便落实了,于是他抬眼看她,说:"你要离开他?你要离开你心爱的男人?"

"我——我不得不如此。"

"为什么,汉尼彻奇小姐,为什么?"

一阵恐怖感突然向她袭来,于是她又说谎了。她把对毕比先生说过的那一番冗长而颇有说服力的话说了一遍,那也是她打算以后对外宣布婚约无效时要再说一回的。他静静地听她把话说完,然后说:"我亲爱的,我为你担心。在我看来——"她神色恍惚,并不惊觉——"你掉进一团混乱里,深陷泥潭了。"

她摇头。

"听听一个老人说的话:世上再没有比掉进一团混乱里更坏的事了。要面对死亡、命运,还有那些听起来非常可怕的事,说来还是容易的。我回想自己陷入过的那些混乱,仍然心惊胆战——那些本是我可以避免的事。我们可以给予彼此的帮助非常少。过去我曾以为自己能指导年轻人把一生过好,但现在我明白多了,我给乔治的全部教导,可以一言蔽之:提防思想的泥沼。你记得那次在教堂里,你明明没有生气,却佯装被我惹恼了吗?你还记不记得在那之前,你拒绝接受那一个看得见风景的房间?那些都

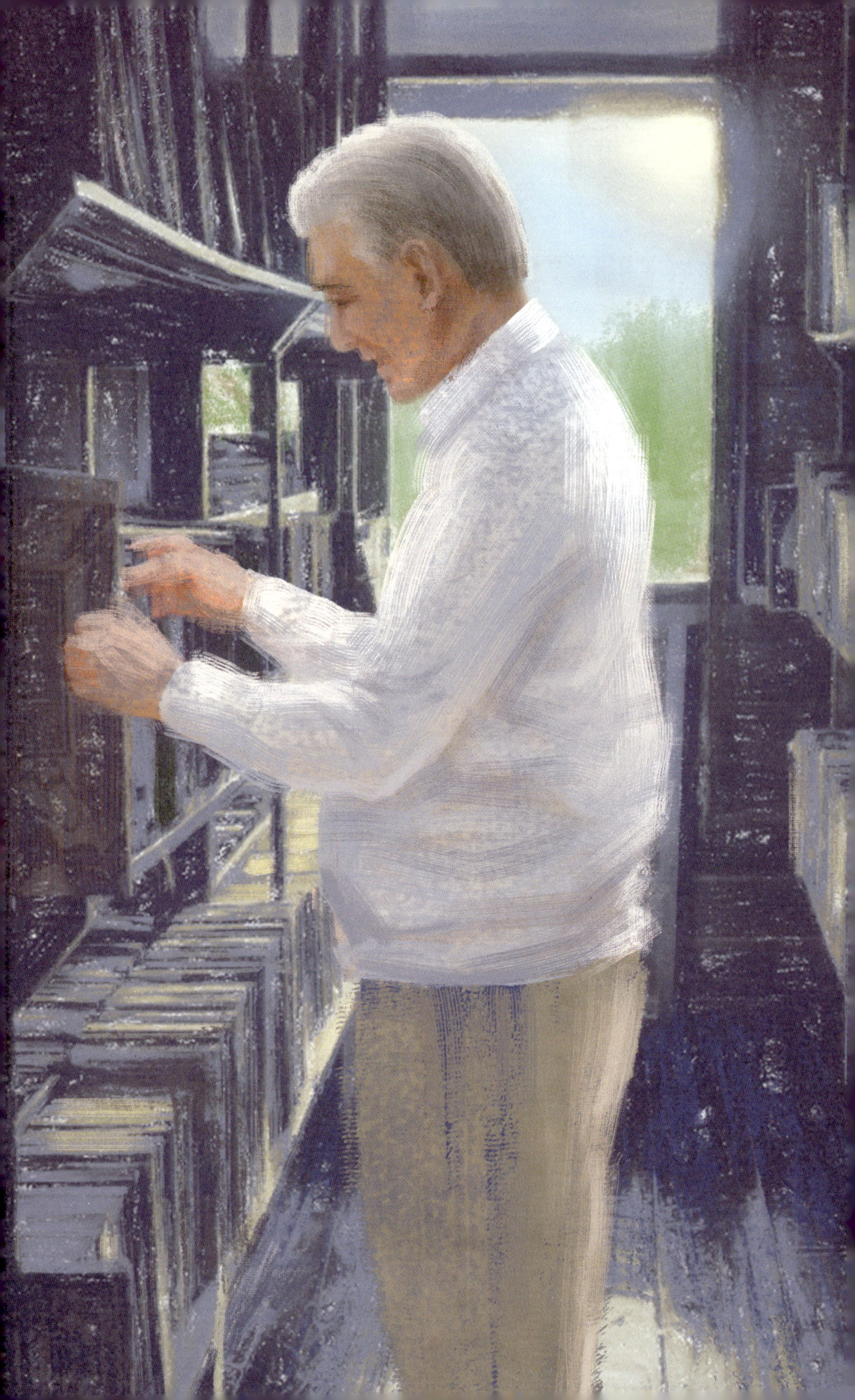

是思想的泥沼——很小，但都是不祥之兆——我恐怕你现在就陷进一个那样的泥沼里了。"她沉默不语。"别期望我可以帮你，汉尼彻奇小姐。生活虽然十分美好，却是艰难的。"她仍然不发一言。"我的一位朋友这么写过：'生活啊，是一场小提琴公演，而你得在演奏过程中学习掌握这乐器。'①我认为他说得很好。人必须在生活当中学会使用自己的各种功能——尤其是爱的功能。"说到这里，他兴奋地叫喊起来："这就是了，我想说的就是这个。你爱乔治！"最后这四个字，紧随在他那长篇大论的绪言之后，犹如无边大海上涌来的波涛，突然往露西扑过去。

"你的确爱着他。"不等她反驳，他继续往下说，"你明明白白、直截了当、全副身心地爱着我那孩子，就和他爱你一样，这没有别的词语可以表达。为了他，你不会嫁给另一个男人。"

"太放肆了！"露西倒吸了一口气，波涛的怒吼犹在耳中，"噢，还真像男人的口吻！——我是说，总以为女人一心想的都是男人。"

"可你就是那样。"

她努力表现出厌恶的样子。

"你感到震惊了，而我就是要让你震惊。有时候，这是唯一的希望。我没有别的办法可以打动你。你必须得结婚，不然就浪费了你的生命。你走得太远，已经无路可退了。我没有时间对你说柔情、战友之谊和诗，以及其他真正要紧的，让你为了它们而结

---

① 引自英国作家塞缪尔·巴特勒（Samuel Butler, 1835—1902）的《如何使生活过得更好》一文。此处与原文略有出入。

婚的东西。我知道,与乔治在一起,你会找到这一切,而且你是爱他的。那就做他的妻子吧。他已经是你的一部分了。即便你飞到希腊去,永远不再见他,或者把他的名字也忘掉了,乔治仍然会在你的思想中起作用,直至你死去为止。爱是不可能由得我们呼之则来,挥之即去的。你会希望能够做到,你可以让爱扭曲,可以忽视它、搅混它,可是你永远不能将它从你心里连根拔起。经验告诉我,诗人说得对:爱情是永恒的。"

露西在愤怒中开始哭起来了,尽管她的愤怒很快消退,眼泪却不能消停。

"但愿诗人也会说:爱情是属于肉体的,它并不就是肉体,却属于肉体。啊!我们若是承认这一点,能免去多大的苦难!啊!只要一点点坦率,就能解放灵魂!你的灵魂啊,亲爱的露西!我现在可讨厌这个词了,就因为迷信思想用那些虚伪的言语将它包裹起来。然而我们是有灵魂的。我说不清灵魂从何而来,也不知道它们往何处去,可是我们都有灵魂,而我看到你正在糟蹋自己的灵魂。这我不能忍受。黑暗再一次悄悄潜了进来,那就是地狱。"说着,他忽然住口,不再往下说。"我都在胡扯些什么——多么抽象,又毫不沾边!我还把你给弄哭了!亲爱的女孩啊,请原谅我说话这么枯燥乏味。嫁给我的儿子吧。当我想到生命何为,爱情多么难得被爱情回报——嫁给他吧。世界之所以被创造,为的就是像这样的一个时刻。"

她不明白他在说什么,他的言辞确实毫不沾边。然而就在他说话的时候,黑暗如同幕帐被撤去,一层一层,直至她看见了她灵魂的最深处。

"所以啊，露西——"

"你使我害怕了。"她呜咽着说，"谢西尔——毕比先生——票也买好了——这所有的一切。"她抽泣着跌坐到椅子里。"我掉进这团纠葛里，已经不能自拔了。我必须遭这个罪，远离他而终老。我不能为了他而把整个人生捣碎。他们都信任我。"

一辆马车停在了前面的大门口。

"请向乔治转达我的爱——就这么一次。告诉他，'覆水难收了'。"说罢，她整理一下面纱，而在面纱底下，她的脸颊仍然泪如雨下。

"露西——"

"不——他们在门厅里了——天呀，请不要说了，艾默森先生——他们信任我——"

"可是你欺瞒了他们，他们为什么该信任你？"

毕比先生这时候把门打开了，说："这是我的母亲。"

"你根本不值得他们信任。"

"什么意思？"毕比先生机敏地说。

"我刚才在说，既然她欺瞒了你们，你们为什么该信任她呢？"

"你稍等一下，母亲。"他走进房里，把门关上。

"我不明白你在说什么，艾默森先生。你指的是谁呢？信任谁？"

"我是说她对你装作自己不爱乔治。他们一直都爱着彼此。"

毕比先生看着啜泣中的女孩。他非常安静，那白皙的脸庞，配上微红的络腮胡子，看着忽然不像个活生生的人了。仿佛一根长长的黑色柱子，他站在那里等待她的回答。

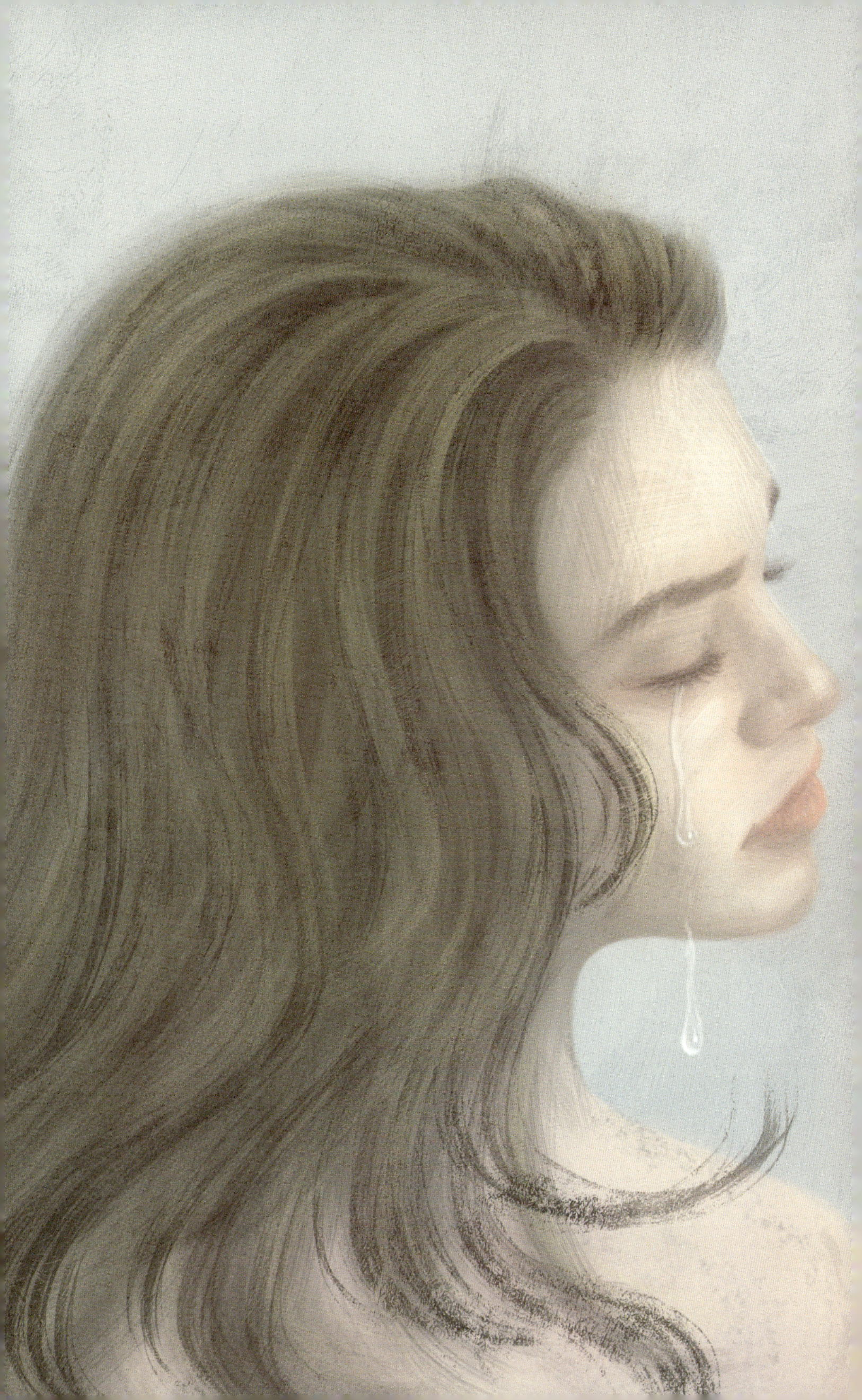

"我永远不会嫁给他。"露西声音发颤。

他露出轻蔑的神色,对她说:"为什么不呢?"

"毕比先生——我误导了你——也误导了我自己——"

"噢,一派胡言,汉尼彻奇小姐!"

"那不是一派胡言!"老人激动地说,"人的这一部分,正是你不懂的。"

毕比先生和蔼地把一只手放在老人的肩膀上。

"露西!露西!"马车那里传来了呼喊声。

"毕比先生,你可以帮帮我吗?"

他对这个请求感到惊讶,便以低沉而严峻的声音说:"我感到说不出的痛心。这太可悲了,太可悲——难以置信。"

"我那孩子有什么不好吗?"另一厢发起火来。

"没有什么不好,艾默森先生,只是他不再让我感兴趣了。嫁给乔治吧,汉尼彻奇小姐。他会是极合适的人。"

他走出书房,把他们留在那里。他们听见他领着他的母亲走上楼去。

"露西!"那些声音又在叫唤。

她绝望地转向艾默森先生,向他求助。他的脸让她重新燃起希望。那是一张圣徒的脸,而这位圣徒能懂、能理解。

"现在已全然陷入黑暗了。现在美和激情就像是从未存在过一样。我知道。然而请记住,佛罗伦萨的那些山峦,还有那一片风景。啊,亲爱的,我若是乔治,只需给你一个吻,就会使你变得勇敢。你必须冷冰冰地参加一场需要温暖的战斗,又得走进你为自己制造的乱局之中。你的母亲和所有的朋友都将鄙视你,理所应当的,噢,我亲爱的,倘若鄙视他人也能是理所应当的事。乔治仍然伤心欲绝,一声不吭地经受着所有的挣扎与苦楚。我说的有道理吗?"他自己的眼里也涌出了泪水,"有道理啊,因为我们并非只为爱或欢乐而战斗,还有真理呢。真理很重要,它的确很重要。"

"你吻我一下,"女孩这么说,"你吻我一下。我会尽力而为。"

他让她感到众神已经和解,还有一种感觉,在争取她所爱之人时,她也将为整个世界争取到什么。归家途中一路凄风苦雨——她一上车就开口说了——老人的致意与她同在。他从身体上拿走了污垢,从世间的嘲讽中取走了那蜇人的苦痛,他让她在坦率的情欲中看见了圣洁。她"从未真的弄明白",多年以后她会说:"他究竟是怎样令她坚强起来的,就像是他一次让她看到了所有事情的方方面面。"

20. 中古时代的终结

A
Room
With
A
View

两位艾伦小姐还真的到希腊去了，却是她们自己结伴去的。就她们这么一支小小的队伍将绕过马莱阿斯角，航行于萨龙湾的水域。就只有她们俩将到雅典和德尔斐观光，并且参观智慧之歌中两座神殿之一——一座在雅典卫城上[1]，被蔚蓝的海洋环绕；一座在帕纳塞斯山下[2]，苍鹰在那里筑巢，青铜战士驾驭战车一无所惧地驰向无垠。一路战栗、紧张，又受许多助消化面包的拖累，她们竟还真的走到了君士坦丁堡，最终环游了世界。至于我们其他人，则必须满足于一个相当不错却不那么艰巨的目标。Italiam petimus（说到意大利）：我们得回到贝托里尼公寓。

乔治说这是他住过的那个房间。

"不，这不是。"露西说，"因为这房间是我那时住的，而我住的是你父亲的房间。我忘了为什么，反正为了某个原因，夏洛特让我住这一间。"

---

[1] 指智慧女神雅典娜的神殿。
[2] 指太阳神阿波罗与文艺女神们的灵地的遗址。

他在瓷砖地上跪下来,将脸埋进她的裙兜里。

"乔治,你这小宝贝,快起来。"

"我为什么不该是个小宝贝呢?"乔治喃喃地说。

这问题她无法回答,便放下手中正在替他缝补的袜子,往窗外凝目。这是傍晚时分,还又是个春天。

"噢,讨厌的夏洛特。"她若有所思地说,"要用什么材料才能造出这样的人?"

"就跟做教区牧师一样的材料。"

"胡扯!"

"说得很对。用的就是胡扯。"

"快从那冰冷的地上站起来,不然下一个患风湿病的就是你了;还有你别再笑了,也不要这么傻乎乎的。"

"我为什么不该笑?"他问,并且用双肘夹紧她,把脸凑到她面前。"难道有什么事情要为之一哭的吗?吻我这儿。"他指了指那迎候着她亲吻的部位。

归根结底,他还是个孩子。到了关键时刻,记起了过去的人是她,曾遭受那剜心之痛的人是她,清楚知道去年谁住这房间的人也是她。他总是时不时出点儿错,这竟奇怪地让她对他更为爱恋。

"有收到信吗?"他问。

"只有弗瑞迪寄来的几行字。"

"现在吻我这儿,然后这儿。"

直到露西再以风湿病威胁,他才起身无聊地踱步到窗前,把窗打开(英国人总会如此),探身到窗外。护墙就在那头

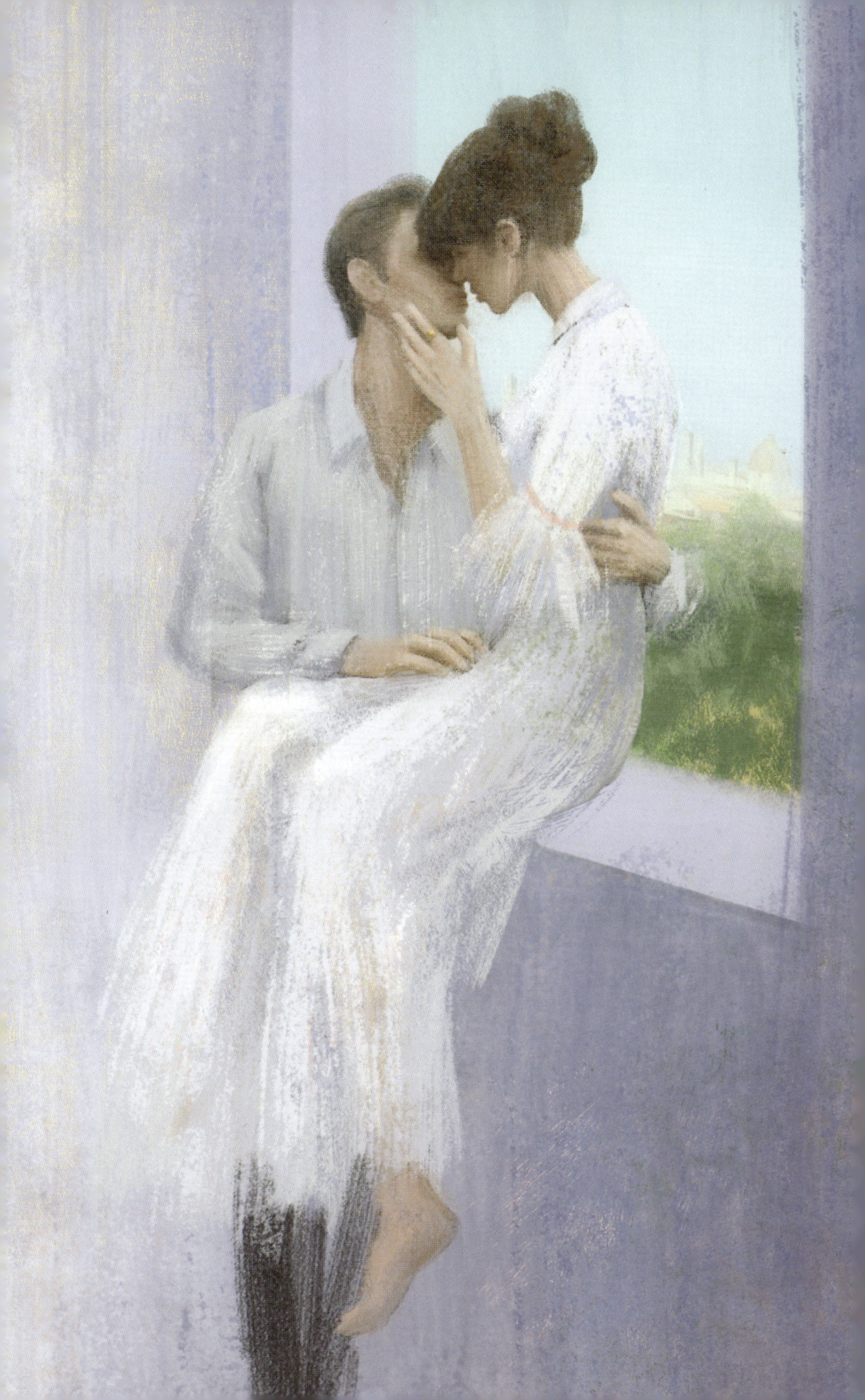

了,下面是河流,左边便是重重山峦的开端。至于那立时发出蛇一样的嘶嘶声,来向他打招呼的马车夫,很可能是法厄同,十二个月前让这幸福之轮开始运转的那个法厄同。一股感激之情——到了南方,一切感觉都会茁壮成长,成为激情——在这位丈夫心里油然而生,他心里祝福那些曾为一个年轻傻子不辞劳苦操碎了心的人和物。他自己确曾放手一搏,却做得何等愚蠢!

所有重要的战斗都由别人——意大利、他的父亲、他的妻子——来完成。

"露西,你过来看看这些柏树,还有那教堂,别管它叫什么名字,都还在。"

"那是圣米尼亚托。我快把你的袜子补好了。"

"Signorino, domani faremo uno giro.(先生,明天出去兜风。)"那个车夫大声喊,声音听起来很有把握,颇为动人。

乔治对他说找错对象了,他们可没有钱可以挥霍在坐车兜风上。

还有那些本来无意施以援手的人——那些拉维希小姐们、谢西尔们、巴特莱特小姐们!乔治向来对命运的力量甚为推崇,便将那些让他今日如此心满意足的各种力量细数了一遍。

"弗瑞迪的信里有什么好消息吗?"

"还没有。"

他自己的满足十分纯粹,然而她的满足却有些苦涩:汉尼彻奇家族尚未原谅他们俩,他们对她过去的虚伪矫情十分反感,她和临风隅之间产生了隔阂,也许永远无法修补。

"他信里说什么?"

"这个傻小子!他还以为这么表现很崇高庄重。他明知道我们会在春天离开——他都知道已经有半年了——也知道就算母亲不同意，我们还是会自己拿主意。这事早就说清楚了的，可现在他居然把这个叫作私奔。荒唐的小子——"

"Signorino, domani faremo uno giro——（先生，明天出去兜风——）"

"不过一切最终会好起来的。现在他不得不重新认识我们两个。我倒是希望谢西尔对女人的态度没有变得那样偏激。这是第二次了，他有很大的改变。为什么男人对女人会有那么多的揣度和看法呢？我对男人可没有任何意见。我也希望毕比先生——"

"这些希望都非常合情合理。"

"他永远不会原谅我们了——我是说，他再也不会有兴趣搭理我们了。真希望他在临风隅没有那么大地影响了他们。我但愿他从不曾有过影响——不过只要我们的行动诚心实意，那么真正爱我们的人，最终肯定会回到我们身边的。"

"也许吧。"他接着更加温柔地说，"对，我就诚心实意地行动了——那是我唯一真正做了的事——而你也真的回到我的身边了。所以你说的可能有道理。"他转身回到房里。"别管那只袜子了。"他把她抱到窗前，这样，她也看到了所有的景色。他们屈膝跪下，希望这样做路上的人就看不见他们了，然后便开始轻轻呼唤对方的名字。啊！这真是值得的。这就是他们曾期许的巨大欢乐，还有数不尽的许多小喜悦，是他们从不曾梦想过的。他们沉浸在静默中。

"Signorino, domani faremo——（先生，明天出去——）"

"啊，那个人真烦！"

露西想起了那个兜售照片的小贩，便说："不，别对他无礼。"接着平复了一下呼吸说："伊格先生和夏洛特——僵化麻木极了的夏洛特！对这些人，她不知会有多冷酷无情呢！"

"你看那一桥的灯光。"

"可是这个房间让我想起了夏洛特。像夏洛特那样老去，会是多么可怕的事呀！想到在教区长家里的那个晚上，她应该没听说你的父亲也在屋里。不然她会阻止我进去，而在这世上活着的人当中，唯有你父亲能使我觉悟。这你做不到。每当我感到非常幸福的时候，"——她吻了他一下——"就不期然想起这一切取决于多么微小的事情。只要当时夏洛特知道了，她就会阻止我走进屋里，那么我就会傻乎乎地到希腊去，这一生也就完全不同了。"

"但她明明是知道的。"乔治说，"她肯定看见我父亲了。他是这样说的。"

"噢，不，她没有看见他。她在楼上和毕比老太太在一起，你不记得吗？后来直接到教堂去了。她是这么说的。"

乔治又犯起倔来。"我的父亲，"他说，"看见她了，而我觉得他说的话更可信。他当时在书房的炉火旁打盹儿，一睁眼便看见了巴特莱特小姐。就在你进去的几分钟以前。他醒来时，她正转身离开。他们没有说上话。"

他们又聊了些其他的事情——漫无目的，断断续续，是那种历经千辛万苦方成眷属的人才会有的交谈，而他们赢得的报酬就是静静地安歇在彼此的怀抱中。过了许久，他们才又谈起巴特莱特小姐，而这一回，她的行为举止似乎更令人感到怪异了。乔治可不喜欢任何隐晦不明的事物，他说："事情很明显，她是知道的。那么,为什么她甘冒风险让你们见面呢?她知道他在那里,可她还是去了教堂。"

他们试着把事情拼凑起来。

就在他们谈论的当儿,露西脑海里闪过一个令人难以置信的答案。她不予理会,还说:"夏洛特不就总是这样,最后一刻稍有一点糊涂,便让自己满盘皆输了。"然而在行将消失的暮色中,在河的呼啸里,就连在他们的拥抱里头,都似有一个告诫的声音,说她这番话是站不住脚的,于是乔治低声说道:"会不会她是故意的呢?"

"故意什么?"

"Signorino, domani faremo uno giro——(先生,明天出去兜风——)"

露西倾身向前,柔声说道:"Lascia, prego, lascia. Siamo aposati.(走吧,拜托,走吧。我们已经结婚了。)"

"Scusi tanto, signora.(非常抱歉,太太。)"他的回应同样轻柔,并挥动鞭子抽打他的马匹。

"Buona sera——e grazie.(晚安——也谢谢你。)"

"Niente.(不客气。)"

那马夫哼着歌离开了。

"故意什么呢,乔治?"

他轻声低语:"难道是这样?这可能吗?我让你看一个不可思议的奇迹。那就是你的表姐其实一直都这么盼望。从我们最初见面的那一刻起,她脑海深处就这么想,希望我们会成为现在这样——当然,是在非常深的脑海深处。她表面上与我们作对,可内心却是这么希望的。倘若不是这样,我没法解释她的行为。你能吗?你看那一整个夏天,她是怎样让我活在了你的心里;怎样不让你有片刻宁静;随着时间一个月一个月过去,她又是怎样变得愈来愈乖僻、愈来愈不可靠。我们在一起的情景,让她挥之不去——否则她不会向她的朋友做出那样一番描述。那里头有细节——它十分灼人。我后来读了那本书。她并没有僵化麻木,露西,她没有彻底枯萎。她拆散过我们两次,然而那天晚上在教区

长家里,她又给了我们幸福的机会。我们永远不可能和她做朋友或向她道谢。不过我确实相信,在她的内心深处,在所有的言行背后,她是为我们感到高兴的。"

"这不可能。"露西喃喃地说,可接着她又想起了自己内心有过的体验,便说,"不——这恰恰是有可能的。"

青春围绕他们,令他们迷醉。法厄同以高歌宣布热情得到回报,爱也已经到手。但他们所感受到的爱情远比这个神秘。歌声逐渐远去,终至消失。他们听到那河,携带冬天的积雪,滔滔涌入地中海。

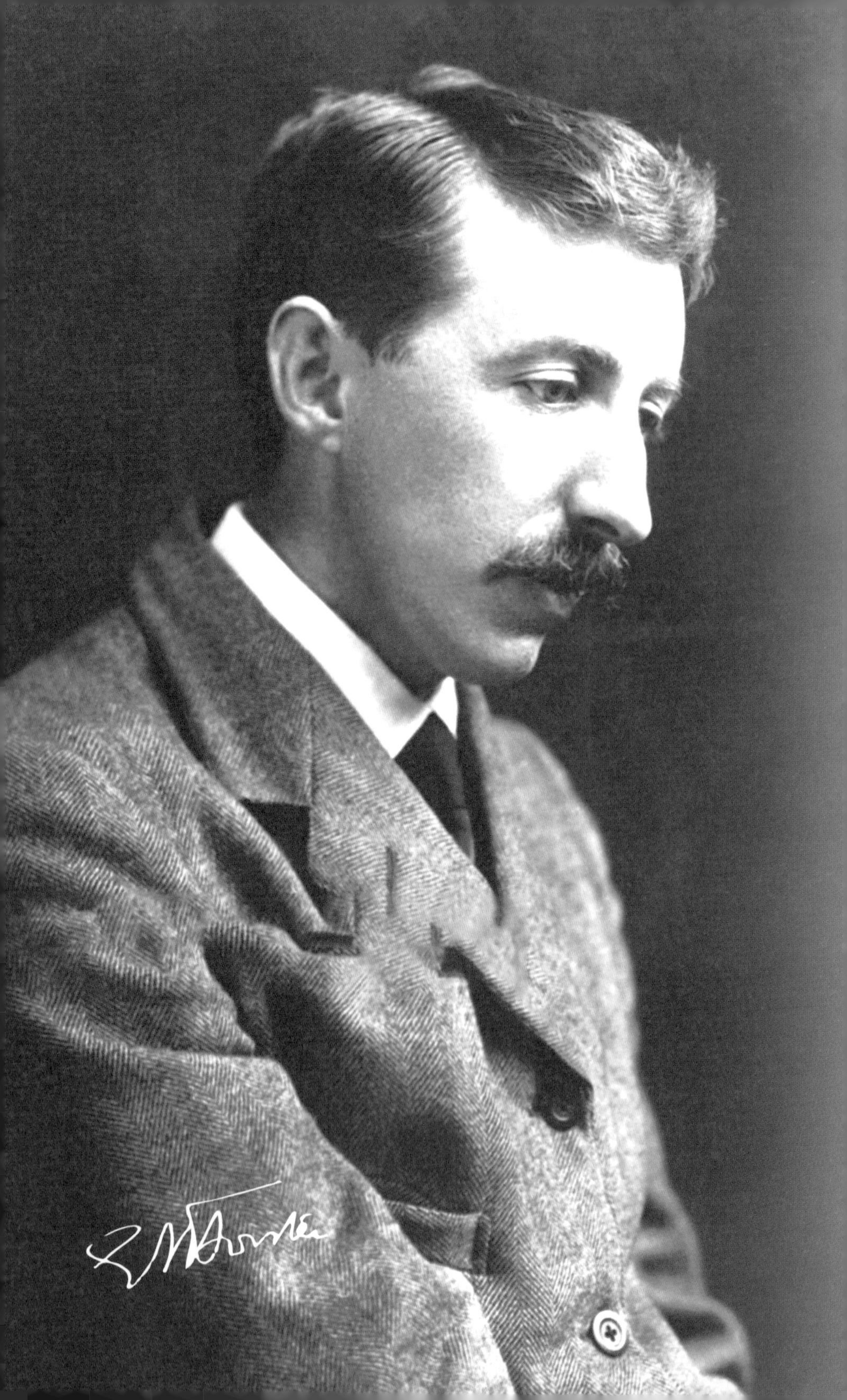

爱与真理最终将帮助人类渡过一切难关。

—— E. M. 福斯特

福斯特年表

1879年 出生

福斯特于元旦日诞生于伦敦西区马里波恩多塞特广场梅尔科姆坊6号,父亲爱德华·摩根·勒韦林·福斯特是一位建筑师,母亲是爱丽丝·克拉拉。

1880年 1岁

父亲因肺结核去世。

1883年 4岁

与母亲从伦敦搬到赫特福德郡斯蒂夫尼奇市附近的鲁克斯巢穴,一直住到1893年。这里也是他的小说《霍华德庄园》(*Howards End*)的原型。

▲ 幼年福斯特与母亲在鲁克斯巢穴的家

福斯特（最后一排，左一）在剑桥国王学院时师生照

1887年 8岁

叔祖母玛丽安·桑顿去世，8岁的福斯特继承了8000英镑（今日约上百万英镑）。这笔钱使他以后得以专心写作。

1897年 18岁

福斯特到剑桥大学国王学院就读（至1901年毕业）。他在这里加入秘密社团"剑桥使徒"，结识了后来成为经济学家的约翰·凯恩斯和学者列顿·斯特拉奇等人。

1905年 26岁

与母亲结伴到意大利和希腊旅行归来后，福斯特于这一年发表第一部小说《天使不敢涉足的地方》(Wheree Angelse Feare to Tread)。

▲ 福斯特在意大利，1902

▲《最长的旅行》手稿

1907年 28岁

发表《最长的旅行》(The Longest Journey)。

1910年 31岁

发表《霍华德庄园》(Howards End)。

1911年 32岁

出版短篇小说集《天国公车和其他故事》(The Celestial Omnibus and Other Stories)。

1913年 34岁

在访问了英国诗人兼同性恋运动先锋爱德华·卡宾特后,福斯特动笔写作同性恋爱情传记《莫瑞斯》(Maurice)。

1914年 35岁

与古典主义者高斯沃西·洛斯·迪金森一同造访埃及、德国和印度。

1917年 38岁

第一次世界大战爆发后,福斯特加入国际红十字会并赶往埃及。这一年他在亚历山大港认识了电车司机穆罕默德·艾尔·阿多,开始了一段持续两年的恋情。

1921年 42岁

福斯特第二次造访印度,担任德瓦斯的摩诃罗阇杜科吉拉奥三世的私人秘书。

1922年 43岁

阿多得肺结核去世前,福斯特在从印度回国的途中探望他。

1924年 45岁

发表最后一部小说《印度之行》(*A Passage to India*),并获得詹姆斯·泰特·布莱克纪念奖。

▲ 福斯特在印度,1921

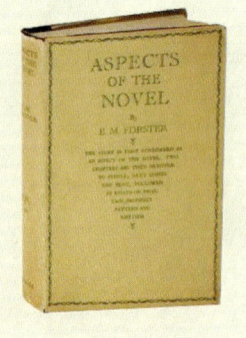

▲《小说面面观》,1921

1925年 46岁

编辑并出版伊丽·费伊来自印度的信件。

1927年 48岁

发表文学评论集《小说面面观》(*Aspects of the Novel*)。

1928年 49岁

英国官方禁止发行雷德克利夫·霍尔的女同性恋小说《孤独之井》(*The Well of Loneliness*)。福斯特与女作家弗吉尼亚·伍尔夫带头表示强烈的抗议,并在法庭上为霍尔发声。

1930年 51岁

福斯特结识了 28 岁的已婚警察鲍勃·白金汉，两人此后保持伴侣关系长达四十年。

1936年 57岁

发表随笔集《阿宾哲收获集》(Abinger Harvest)。

1937年 58岁

获英国皇家文学学会颁发的本森奖章。

1938年 59岁

《慕尼黑协定》签订后，英国举国陶醉于和平的幻觉中，这时福斯特写下了《我的信念》(What I Believe)，喊出"如果我要在背叛国家与背叛朋友两者之间做一抉择，我希望自己有胆量背叛这样的国家"。

1945年 66岁

福斯特的母亲去世，享年 90 岁。

◀ 福斯特与年迈的母亲

1946年 67岁

被选为剑桥大学国王学院的荣誉研究员。
同年，福斯特离开与母亲一同住了 20 年的萨里郡阿宾格·哈默村的西哈克赫斯特别墅。

1949年 70岁

拒绝接受骑士勋章。

1951年 72岁

出版随笔集《为民主喝彩两声》(*Two cheers for democracy*)。同年，福斯特根据美国作家麦尔维尔的遗作改写的歌剧《比利·巴德》(*Billy Budd*)在皇家歌剧院首演，由布里顿男爵作曲。

1953年 74岁

接受名誉勋位。

1961年 82岁

82岁的福斯特写了最后一部短篇小说，科幻故事《小伊伯》(*Little Imber*)。
同年，他获颁英国皇家文学学会授予的最高荣誉——文学伴侣(Companion of Literature)。

1969年 90岁

被授予功绩勋章。

1970年 逝世

6月7日，福斯特中风，在其长期伴侣白金汉的家中去世，享年91岁。

1971年

1913年写的《莫瑞斯》(*Maurice*),碍于当时的社会风气,在完成58年以后终于出版。

◀《莫瑞斯》初版,1971

1972年

短篇小说集《即将到来的生活和其他故事》(*The Life to Come and Other Stories*)出版,收录了福斯特1903—1960年的一些作品。

译者 | 黎紫书

马来西亚华语作家，译者。
1971 年生于马来西亚。
曾多次获得花踪文学奖，并包揽马来西亚优秀青年作家奖、云里风年度优秀作家奖、南洋华文文学奖、冰心世界文学奖，台湾《联合报》文学奖、《中国时报》文学奖，香港《亚洲周刊》中文十大小说等多项荣誉。
长篇小说《告别的年代》获得第四届红楼梦长篇小说奖评审奖。
已出版长篇小说、短篇小说集、微型小说集及散文集等著作十余部。

个人作品

长篇小说

《告别的年代》(2010)
《流俗地》(2020)

短篇小说

《天国之门》(1999)
《山瘟》(2000)
《野菩萨》(2011)

散文

《因时光无序》(2008)
《暂停键》(2016)

译著

《看得见风景的房间》(2022)

微型小说

《微型黎紫书》(1999)
《无巧不成书》(2006)
《简写》(2009)
《余生——黎紫书微型小说自选集》(2017)

| 策　　划 | 作家榜 |
| 出　　品 | |

出 品 人	吴怀尧
总 编 辑	周公度
产品经理	李　谨
装帧设计	杨净净
封面设计	王贝贝
封面插图	李芯儿
内文插图	王　嫒
产品监制	陈　俊
特约印制	吴怀舜

版权所有 | 大星文化
官方电话 | 021-60839180
本书图片如涉及使用版权等事宜请联系 | 021-60839180

图书在版编目（CIP）数据

看得见风景的房间 /（英）E.M. 福斯特著；黎紫书译. -- 北京：中信出版社, 2022.6
（作家榜经典名著）
书名原文：A Room with a View
ISBN 978-7-5217-4109-4

Ⅰ.①看… Ⅱ.① E…②黎… Ⅲ.①长篇小说 – 英国 – 现代 Ⅳ.① I561.45

中国版本图书馆 CIP 数据核字 (2022) 第 040762 号

看得见风景的房间

著　者：[英] E. M. 福斯特
译　者：黎紫书
出版发行：中信出版集团股份有限公司
　　　　　（北京市朝阳区惠新东街甲 4 号富盛大厦 2 座　邮编　100029）
承　印　者：浙江新华数码印务有限公司

开　本：635mm×940mm　1/16　　印　张：25.75　　字　数：277 千字
版　次：2022 年 6 月第 1 版　　　印　次：2022 年 6 月第 1 次印刷
书　号：ISBN 978-7-5217-4109-4
定　价：69.00 元

版权所有·侵权必究
如有印刷、装订问题，本公司负责调换。
服务热线：400-600-8099
投稿邮箱：author@citicpub.com